THE AMAZING
GRACE OF Σ

沉浸式劇本 ✚ 創作全紀實

吳洛纓、絡思本娛樂製作————著

我願意

沉浸式劇本 ✝ 創作全紀實

作者————吳洛纓、絡思本娛樂製作
策劃————高珈琳
劇照師————李孟庭
平面側拍————王俞捷
標準字設計————陳世川
撰文————彭湘、張婉兒

資深編輯————陳嬿守
美術設計————王瓊瑤
行銷企劃————鍾曼靈
出版一部總編輯暨總監————王明雪

發行人————王榮文
出版發行————遠流出版事業股份有限公司
地址————104005 台北市中山北路一段 11 號 13 樓
電話————02-2571-0297
傳真————02-2571-0197
郵撥————0189456-1
著作權顧問————蕭雄淋律師

2022 年 9 月 1 日 初版一刷
定價————新台幣 480 元
（缺頁或破損的書，請寄回更換）

ISBN ———— 978-957-32-9706-2

國家圖書館出版品預行編目 (CIP) 資料

我願意：沉浸式劇本＋創作全紀實 / 吳
洛纓，絡思本娛樂製作著. -- 初版. --
臺北市：遠流出版事業股份有限公司，
2022.09
　　面；　公分
　　ISBN 978-957-32-9706-2(平裝)

863.54　　　　　　　　　111012240

遠流博識網
http://www.ylib.com
E-mail: ylib@ylib.com
遠流粉絲團
https://www.facebook.com/ylibfans

THE AMAZING
GRACE OF Σ

吳洛纓 劇本

PREFACE
自 序

自媒體時代，到處都需要人（物）設（定）和劇本，編劇不僅是人的指稱、內容屬性，有時還兼某類應用程式，閱讀只是服務項目之一。

大多數的劇本都是戲的施工藍圖，沒有被拍出來只能算未上市的潛力股，真正的價值在哪裡，尚未實測。

這是第一次出版自己的影像劇本，知道自己將會製作導演，下手更不留餘地，學戲三十多年，知道如何拋去框條、縱身一跳，於是自由奔放了，也顧不及教課時提點學生該注意這些那些。但寫作時有多暢快淋漓，拍攝時就頓悟——人該知因畏果。

的確也不甘心神祕地躲在文字背後，順手做了些詮釋或記錄的小筆記，就當耳旁有人叨念，讀這森黑的故事，還有我在這裡，請相信，我會一直在。

CONTENTS
劇 本 目 錄

EPISODE

第 1 集

1‧夜／婚宴會館後台／本生、凱莉

幸福慈光動力會的年度課程大會，後台。

本生正對著鏡子刷著睫毛膏，他的睫毛很長，放得上一根棉花棒。

凱莉幫上場前的本生別上掛耳 mic，調整好角度。

本生溫柔地開了口。

本生：凱莉，動力會有妳真好。謝謝妳。

凱莉把右手的拇指與食指捏著，做成一個眼睛般的長橢圓，恭敬地放在額頭上，另外三指朝上，低眉斂目，對本生說。

凱莉：祝你幸福！

這是幸福慈光動力會的招牌手勢，互相問安、告別、表達關心、祝福，都會比出這個代表「祝你幸福」的動作。ᴵ

2‧夜／演唱會後台ᴵᴵ／慕淇、長月、工作人員們

演唱會現場，台下觀眾的鼓噪聲。

大螢幕上播放慕淇的單曲，《堅持好難》的MV，他一年沒有出過新專輯。

☦

I　這個手勢很重要，卻是讀本時和演員一起發展才確定下來的。我很喜歡導演和演員一起工作的過程，那充滿了創造性。

II　為了在有限的預算裡營造出巨星演唱會的氣勢，需要大量粉絲應援，拍攝時動員了約兩百人，光便當就很驚人。拍攝演唱會的調度很不容易，而群眾演員的全力配合，讓我感覺到偶像與粉絲之間極為特殊的親密感，且呼應了劇裡要探討的主題，是當初寫本時沒有料想到的。

側台，工作人員正在幫完妝的慕淇調整 mini mic。慕淇站在側台等候出場，他很用力地呼吸，像在喘氣。

台下開始大聲呼喊：「慕淇慕淇慕淇──」

長月不時在工作人員耳邊交代事項。

突然，慕淇胃裡一股酸意湧上，眉頭一皺轉身往後台狂奔，長月立刻跟上。

後台準備的工作人員紛紛讓出路來。

台下還在鼓譟著。

3‧夜／演唱會後台休息室洗手間／慕淇、長月

慕淇關在其中一間，用力乾嘔著。

長月在門外，輕拍門。

長月： 還好嗎？要不要讓我進去？不要太用力，嗓子會啞。還好嗎？

4‧夜／演唱會後台休息室／慕淇、長月

後台休息室，長月一臉擔心地給了正在休息的慕淇一顆藥丸。

慕淇喝水、吞下，赤足起身，以野獸撲殺獵物前的氣勢，開始朝著舞台奔去。

5‧夜／婚宴會館後台休息室／本生

休息室只有本生一個人，他極其沉醉、妖媚地舞蹈著，像在和自己跳舞，也像在暖身。

6‧夜／婚宴會館[III]／本生、蔡師兄、學員們、工作人員們

整個宴會廳中，最顯眼的是那盞巨型水晶吊燈。蔡師兄與凱莉分別站在舞台的左右兩側。他們兩隻手同時把食指與拇指捏住，放在胸前，兩根手指的橢圓型一前一後，對準心口。

椅子上坐滿一排排的學員，他們衣著輕便，掛著名牌，輕聲交談。類似世足賽廣告裡會有的樂曲，節拍很重，激勵人心。突然，凱莉大聲說。

凱莉： 各位學員，讓我們用最誠摯的心來歡迎本生老師。

走道盡頭本來關上的兩扇門打開，出場音樂響起，燈暗，聚光燈在走道上來回探照。像被魔術師變出來的白鴿，本生已經在光束下。他掛著耳 mic，從門外走進場內，穿著飄逸舒適，長髮高高束起，一雙 Tods 經典的 Gommino 休閒鞋，沒有襪子，感覺像個國際名模。造型看似隨意，其實仔細打扮過。

✝

III　幸福慈光動力會的大會，場景選在婚宴會館。和攝影、美術、場景、燈光各部門一起看過好幾個婚宴場地，炫目燈光、裝潢風格，甚至還有鞦韆！讓我對當代婚禮的華麗形式嘖嘖稱奇。

蔡師兄帶頭用力鼓掌，後面的人紛紛起身喝彩。本生微笑，一面進場一面和兩側的學員擊掌。眾人用掌聲迎接他，直到他一躍跳上舞台。

7‧夜／演唱會現場／慕淇、觀眾、舞群

慕淇正在唱他的招牌曲《堅持好難》。

觀眾們有人跟著唱，大聲喝采，台下有應援的霓虹燈牌「淇司愛你」，有人失控大叫：「慕淇！我愛你。」

台側的工作人員也被節奏感染，禁不住跟著打拍子。

副歌的快節奏，舞群出現，慕淇自信地跳著他跳過第 N 次的《堅持好難》，像睥睨一切的獅子王。

群眾的面容與前場對跳，產生混淆，演唱會像布道會，布道會像演唱會。

8‧夜／婚宴會館／本生、蔡師兄、學員們、 工作人員們 IV

本生在台上滔滔不絕，情緒激昂。

台下的人抬頭，專注地仰望他。

本生：親愛的朋友們，你們今天過得好嗎？今天我來的時候，我在路上遇到一個年輕人，他拿了一包面紙給我，你們覺得面紙能夠做什麼？你們有沒有想過，一張薄薄的面紙，有可能可以改變你的人生。

本生指著台下的的觀眾，露出微笑。

本生：朋友們，我們一起為這世界唱首歌。愛是什麼？

台下的觀眾一起比畫著手勢，齊心跟著本生喊出動力會口號。

本生：愛，是原動力；愛，是吸引力；愛，是我和你。

反覆數次，像集氣出征。

本生：頭腦要你賺錢，頭腦要你成功，頭腦要你拿第一名，頭腦用過去綁架你，但「過去」是什麼？管它髒的、爛的、讓你痛苦的、讓你睡不著的，都是過去，它影響不了我們，只有笨蛋會跟過去膏膏纏。放不下嗎？忘不了嗎？那就叫「過去」去死啦！（用力跺左腳）去死啦！你們一起來！

台下學員開始零零散散地跺腳。

✝

IV 　這場戲是在拍攝初期完成的，場地很大，我不斷地前前後後跑，某個快步急衝，被地上的線絆到，整個人往前，以一種打棒球奔回本壘版的姿態在百名臨演面前狠摔。沒有工作人員在旁邊，我強自鎮定，起身拍拍膝蓋（褲子還滑破了），裝沒事地再往前走。「他們應該以為我剛剛是在講戲和示範動作吧！」我告訴自己。

本生：用力啊！你不叫伊去死，伊就乎你死。

學員開始用力踩地起來，會館為之震動。

本生：對了！對了！就是這樣，一起來，一起。

學員們紛紛用力踏，節奏由凌亂變得整齊。每踩一下，房子都輕輕搖動。

本生：把它踩在腳底下，用力！踏死它，不要讓它再阻礙我們。

本生像帶動唱一樣，帶著眾人唱會歌，改編自鳳飛飛演唱的《祝你幸福》[V]。台上的螢幕同步打出歌詞：不論你在何時，或是在何處，莫忘了我的祝福。人生的旅途有甘有苦，要有堅強意志，發揮你的智慧，留下你的汗珠，創造你的幸福。

本生隨著節奏，雙手在空中拍掌，走進學員之間，蔡師兄和凱莉也一起帶動學員，現場如痴如醉，聲音宏亮整齊，不像祝福，更像是準備出征。

群眾投入陶醉的面容漸漸混淆。

9‧夜／演唱會前台／慕淇、觀眾、長月、工作人員們

演唱會大幕播放著 MV，慕淇穿著白色的羽毛服上台，他渾身都是翅膀，但他還是不能飛，坐在三角大鋼琴前，朝台下一笑，歌迷們尖叫。

台下有人起頭大喊：「慕淇慕淇……」

慕淇開始自彈自唱起一首歌，深情款款。

慕淇的頸子突然像被折斷一樣，額頭用力垂向敲盤，把所有人都嚇了一跳，沒有人知道怎麼了，也沒有工作人員敢上前。

觀眾歌迷們一陣驚慌，竊竊私語，突然有人在台下不斷大喊：「慕淇！慕淇！」其他人也跟著喊，像要把慕淇的魂魄叫回來。

10‧夜／婚宴會館／本生、蔡師兄、學員、工作人員們

全場燈暗。

穿著素樸胚布制服的研習生（他們的頸上都掛著一顆啟靈石，各象徵風火水土木其中之一），在研習師（他們的啟靈石是兩顆或三顆）的引導下從學員兩側魚貫走出，在學員們面前以本生為中心排成一列。

✝

V　《祝你幸福》這首歌，我在八歲時就會唱了。在漫長的人生時光裡，它像一首你不該記得的俗爛流行歌，被放在記憶裡。年至半百，再看看這首歌的歌詞，聽見鳳飛飛的聲音，頓時有發現真相的感覺。原來很久以前，就告訴過你人生的旅途有甘有苦，但我們仍然要祝福，祝福自己，祝福其他受苦的人。

動力會成員大合奏，聲音令人沉靜放鬆（樂器包含頌缽、手碟、非洲鼓、風鈴），靈透清亮。

凱莉發出了一個高亢的「啊～」，其他人跟著和。人聲和諧地相疊，像大自然合音。和聲也感染了台下的人，他們也輕聲跟上，聲音充斥在整個空間。

11・夜／保母車內／慕淇、長月、歌迷、保全、司機

兩名保全引路，慕淇從演唱會後台電梯出來，遠遠已經有一堆歌迷在等著。他匆匆上保母車，長月一手擋著，跟上車。車子還沒發動，慕淇就抱怨起來。

慕淇： 那裡面的空調是有開嗎？熱得半死，還有那個 spotlight，我不是告訴他們要在正中間。正中間！他們是聽不懂嗎？它就是要跟結尾一起結束的，到底哪裡搞不懂？媽的！

長月： 好，我明天會盯他們，不會再錯了。（對手機）我接一下。喂，是……馬西……順利啊！很順利，明天還有一場，會議準時開始。不好意思，你剛剛說……好，那就這樣，明天見。

車子剛剛發動，才前進不遠，有人敲車窗，是整群年輕粉絲不顧危險要送禮物給慕淇。長月來不及制止，慕淇已經按下車窗。他態度不變，親切得像是換了張臉，收下禮物和塞進來的花。

慕淇：（親切地對粉絲笑）謝謝，小心，bye-bye！

粉絲激動地哭了出來，推擠著，向車子猛揮手。

12・日／會議室／慕淇、長月、馬西、編劇統籌、編劇 A 西瓜、編劇 B 芭樂

玻璃窗外天色漸暗，近黃昏。

編劇會議繼續進行中，桌上都是吃剩的炸雞排，喝一半的珍奶塑膠杯，吸管東倒西歪。

導演馬西正在一人飾演多角（一對吵架中的夫妻），長月一直搗著手機講電話。

編劇們忍不住笑出來，氣氛很輕鬆，眾人如常，忍不住又開始瞎扯。

馬西： 笑什麼啦！你們自己寫的，還笑成這樣？

編劇統籌： 導演好會演，要不要自己下來演？

馬西： 我演什麼？女主角嗎？

編劇 A 西瓜： 你可以反串，自導自演，超有話題。

編劇 B 芭樂： 導而優則演。（故作驚訝）啊！慕淇老師，你要不要下來當導演？你們兩個交換。

慕淇沒有接話，他在心裡翻了無數個白眼。

馬西：靠北，（挨過去對著慕淇）慕淇，還是這次我當你的槍手，然後幫你把這部片子拍完之後，讓你掛名導演？導演費讓我領就好了，反正我們也都認識這麼久了。

編劇統籌：（略帶酸意）自製自導自演，完全符合慕淇老師您的理念，是吧？

編劇A西瓜：我們不會講出去的，我們都有簽保密協定。

慕淇冷笑，他一點都沒有被取悅，眾人見他不想開玩笑，也趕緊收聲。

長月見狀忙掛下電話圓場。

慕淇：（冷冷的）我沒有想當導演。

長月：大家都跟你開玩笑的，你別認真，你當然要好好演戲，然後讓導演好好拍戲。來，我們繼續，繼續。

馬西：那這一場，我是覺得，男主角是不是應該要生命受到嚴重威脅的感覺？也許就是說……打一打怎麼樣？打一打？

慕淇：（壓住脾氣）我知道，打打殺殺比較刺激，比較多人看，對吧？但一開始的驚悚到哪裡了？

長月：（自顧自地說）馬導，我覺得這個idea不錯，你不是要去練那個跆拳了嗎？

馬西：對啊，有一點打戲的話，這樣也會表現你的突破，對不對？誰說驚悚愛情片不能夠有打戲。

慕淇：（壓低緊繃的聲音）我演唱會巡迴剛結束，我連看劇本的時間都沒有。

編劇統籌：慕淇老師，其實如果你跟壞人對打，一定很帥！好不好？我們就加一場打戲，好不好？

長月：對，我之前不讓他接，就是擔心他受傷，因為他以前練過體操，有舊傷。可是這樣聽起來，加打戲真的可以幫助到票房，很不錯。

編劇統籌：我們就用那個《臥虎藏龍》李慕白那種對不對？慢慢打，擺一個姿勢。

眾人紛紛點頭，還有人比劃了兩下，眾人愈說愈熱烈。

慕淇突然暴走，但他的對象是經紀人長月。

慕淇：這跟我的舊傷有什麼關係？我是小baby是不是？要妳擔心這個，擔心那個。劇本的會議桌上，有妳經紀人說話的分嗎？妳有比我懂劇本嗎？還是妳比他們懂？It's none of your fucking business!

現場陷入一片尷尬，長月被罵得臉色蒼白。她的手機突然響起來，她本來想按掉，看見來電者後神色一凜。電話響個不停，她趕緊拿起電話，準備離席。

長月：（起身）抱歉，我先接個電話。

慕淇：很好，開會不用關手機，妳很專業。

慕淇繼續對長月發火，他用力摔劇本。

慕淇：我改本很重要，我想要在開拍之前
　　　修好我的劇本，妳不幫忙就算了，
　　　妳還一直講電話。我第一次當監
　　　製，第一次出錢拍電影、自己演，
　　　幾千萬就算了，拍不好丟臉的是
　　　我，被笑被罵也是我。我他媽就那
　　　麼衰嗎？我還要幫你們所有人吃吃
　　　喝喝買單嗎？

慕淇很激動，大家面面相覷，長月急著離開
會議室接電話，慕淇轉身面著窗外。

長月：不好意思。

馬西：放菸放菸，抽個菸，等一下再回來
　　　繼續討論。（對慕淇）不要那麼生
　　　氣。[VI]

13・昏／大樓安全梯／長月

長月快步走進安全門，焦急地撥號。

長月：陳祥和，你終於回我電話……我找
　　　你好幾天，電影都要開鏡了，我需
　　　要錢。

陳祥和：（電話）五千萬不見了。

長月：什麼？怎麼會這樣？

陳祥和：（電話）事情有點不單純。我等
　　　　一下去找妳好了，妳在哪裡？

長月：我在開編劇會。我等你，你一定要
　　　來。

長月快步往樓上走，高跟鞋蹬蹬蹬的聲音一
路迴旋。

14・夜／洗手間／慕淇

慕淇從其中的小間走出來，拿著一小截像
捲菸頭，放到水龍頭下用水沖熄，再扔到
垃圾桶。

慕淇從身上的菸盒裡拿出菸點上，對著鏡子
用力吸了好幾口，情緒才漸漸冷靜下來。

慕淇接著從一旁的黑化妝包裡拿出粉盒按
壓黑眼圈，再補唇膏，直到對鏡中的自己
滿意。

15・夜／會議室／慕淇、編劇 A 西瓜、編劇 B 芭樂、編劇統籌、馬西

慕淇回到了會議室，他已經整理好心情和大
家開始討論劇本，他專業且頭頭是道。

慕淇：總之我覺得是不夠緊湊而已，這個
　　　版本比上個版本又更慢，我看到第
　　　十頁的時候，我就看不下去了。

慕淇眼前的手機一亮，是長月傳來的語音訊
息。他看見了，但沒打開聽。

✝

VI　這場編劇會議的戲，無意要譏諷什麼，如這二十年來參加過的許多會議，它很寫實。

慕淇：最主要，我覺得男主角不會這麼快就知道女主角住在哪裡，要先打聽一下，然後要去做點調查，這樣才有懸念。

馬西：我們就是這種類型的片，犯罪愛情喜劇，對不對？

慕淇：假設是這樣，女主角夾在男主角跟偵探之間，一個是瀟灑貴公子，一個是天涯浪人，然後難以選擇，這樣好嗎？

編劇統籌：慕淇老師，這個其實我們以前有討論過，而且是第二版本。

編劇 A 西瓜：沒錯，就是我寫的那一版，我寫得超棒的。

編劇統籌：對對對，我們把它叫出來看一下。

慕淇：有，我有做筆記。這一段真的寫得不錯，然後我記得有第八版本有類似的主軸線。

編劇統籌：對，一個版本在講的是所謂糾結，然後一個版本講所謂犧牲奉獻，對不對？

慕淇：我記得那兩場都還不錯。

編劇 B 芭樂：可以，我覺得加上去的話，角色的那個深度也會比較深。

編劇 A 西瓜：超有張力好不好！

慕淇：男女主角的愛情也不會這麼勉強。

編劇 B 芭樂：對，不會太膚淺。重點是不要膚淺。

慕淇：因為畢竟我們講的還是愛情，我覺得三角戀還是有它迷人的地方。

編劇統籌：所以第二版加第八版。

突然窗外有東西一閃而過，發出一個巨大的落地聲，除了慕淇外，眾人走到陽台上，朝下望。

編劇 B 芭樂：什麼東西掉下來？

馬西：有人亂丟東西是不是？

編劇 B 芭樂：（驚叫）是人！

地上隱約看出來是面朝上的人形。

慕淇也轉頭看向陽台，但他沒有跟著起身，神色變了。

馬西：趕快打電話報警。

地上躺著長月墜樓後的模樣。 VII

16・日／致群教室／凱莉、高三忠班王正新、高一女同學、其他學生

上課中，凱莉在講台上，畫圖、寫白板，關於情緒管理的課。

✝

VII　死亡總是來得無聲無息，沒人在乎你準備好了沒？關於死亡，我們永遠沒法準備好。

有的學生專心聽課，有的學生偷偷在打手遊，有的同學在傳訊息。

凱莉：我們看到馬斯洛的金字塔，倒數第二層是什麼？

學生：安全。

凱莉：很好，那我們來看一下課本上面寫什麼。希望獲得保障，免於受到威脅，有什麼？

學生：安全感。

凱莉：很好，然後比如說治安要良好，個人的工作受到什麼？

學生：保障。

凱莉：很好。

門口突然出現一個高一女同學，打斷凱莉。

女同學：老師，我找王正新。

凱莉有點吃驚，但女同學沒有等凱莉回應，直接走到一個男同學身邊，拿起他桌上的課本，朝男同學的頭連打數下，男同學被嚇到來不及反應。

女同學：為什麼不回我訊息？已讀不回是怎樣？

王正新：有這個必要嗎？

女同學：你給我出去！你給我走，走啦！

王正新：你不要拉我，我自己會走。

王正新起身，跟著女同學走出教室。大家等凱莉反應，但她裝作沒事，好像剛剛只是個小頓點，換口氣，她繼續講課。

17・日／致群輔導室／凱莉、高一女同學、高一男同學

輔導室像是凱莉的小王國，她身後的牆面有許多學生作品，做成小畫框。一旁還有一個男同學正在拼一千五百片的拼圖。[VIII]

一個剛失戀的高一女生，紅著鼻頭剛剛哭過。她頭上的牆面，許多雙眼睛畫在不同材質上，瞪大眼睛看她們。

女同學：（啜泣）我到底做錯什麼？為什麼他要旋轉我？

凱莉：（柔聲）旋轉妳？那要是我的話，我也會很生氣，可是妳有跟王正新溝通過嗎？

女同學：他根本不理我，還 block 我，早知道我就先封鎖他。幹，他現在連看都不看我一眼……老師對不起，我就是太生氣。

✝
___

VIII 在學校的時候，你去過輔導室嗎？它們的布置陳設從來不是為了讓你記住，裡面的輔導老師也必要面目模糊。相形之下，凱莉老師是熱情多了。

凱莉：（拍拍女同學）好，沒事。（起身站到她身後，雙手按住她的肩頭）每個人都有情緒失控的時候，這樣很好。來，調整呼吸，妳要接受妳的挫折感，妳的自卑感，妳的不安全感，讓妳的所有的負面情緒像日出那麼理所當然地釋放出來，妳是不是感覺不到妳的自我？

女同學：（不安地摸摸自己）在啊……

凱莉：（非常投入）很好，繼續。閉上眼睛，感受自己，深呼吸，感覺妳的指尖有水流過一般。（按住她的雙肩按摩）每個人都有被拋棄的經驗，妳必須坦然地接受發生在妳身上所有的事情……[IX]

鐘聲響，旁邊拼拼圖的男學生突然舉手。

男同學：老師，那我們可以回去上課了嗎？

女同學：（尷尬）老師，午休結束了，我先回去上課。

凱莉：（清醒過來）好，好，那妳想來就來，老師都在這裡。

女同學：好！好！謝謝老師。

18 · 日／驗屍間[X]／又雲、安怡、慕淇

檢察官又雲領著慕淇進入停屍間。

又雲掀開白布。

長月灰白色的臉帶著撞擊傷痕，一側的頭有點傾斜，感覺後腦凹陷了。

慕淇看起來搖搖欲墜，忍著強烈的嘔吐感，快步離開驗屍間。安怡追了上去。

安怡：費先生，費先生還好嗎？要不要休息一下？

慕淇：沒事。

安怡：喝點水。

又雲注視著慕淇的每一個反應。

19 · 日／偵訊室／又雲、安怡、馬西

偵訊室裡，導演馬西趴在桌上睡著了，又雲敲桌子叫醒他。

又雲：你有想到她什麼原因會自殺嗎？

馬西：想不到。

馬西突然想到什麼，驚叫一聲。

✝

IX 拍這段戲時，我在螢幕前憋著笑，想起自己上過或叫過的表演課，就是類似這樣要你放鬆自己、絕對臣服。但凱莉是誠意十足的，她真心地想用她學會的來安撫每個走進這裡的人。

X 地點選在內湖三總，又是一個難拍的空間。慘綠的日光燈、冰冷的器械裝置，空調中會輕輕飄出一種藥水氣味，讓你不敢大口呼吸……

馬西：前兩天她有說，那個製片人陳祥和，她找不到，聯絡不上。長月她是那一種很負責任的女孩子，她不會把這個事情就擺爛放在那邊，然後……說不定，她這次真的是氣到了。笨，太笨了。如果她真的是因為這樣想不開，真的太不值了。

安怡：那電影還拍不拍？

馬西：我怎麼知道？長月一死，搞不好慕淇連拖鞋在哪裡都找不到，就看慕淇要怎麼處理。準備很久了，要是不拍的話太可惜了。你們覺得她不是自殺嗎？

又雲：以目前的狀況來說，她有可能是自殺，可是我們還沒有辦法確定。

馬西：希望不是，如果為了這種事情去自殺，真的就是太蠢了。

20・日／偵訊室／又雲、安怡、慕淇

慕淇還在目睹長月自殺的震驚中，悲傷得語無倫次。

安怡：請問你叫什麼名字？

慕淇：張黎明。

安怡：（停）是黎明那個黎明嗎？

慕淇點點頭。

安怡：請問你和死者三島長月的關係是什麼？

慕淇：她是我的經紀人。

安怡：所以她是你的員工？

慕淇：她是我經紀人，也是我朋友，我們從一開始就在一起了。

又雲瞇起眼睛，像是能夠看穿慕淇。

又雲：在一起？（謹慎）是有情感關係的那種在一起嗎？

慕淇：我不過就是罵她幾句而已，有必要自殺嗎？我平常也是這樣罵妳的，有這麼嚴重嗎？她就是去講個電話。我們在討論劇本，我真的搞不懂她為什麼要自殺？

像是幻覺，慕淇隱隱看見正對面的牆上緩緩浮現血色的四個大字，「殺人凶手」。

又雲的聲音打斷慕淇的幻覺。

又雲：她在現場沒有遺書，我們也沒有證據可以斷定她是自殺。需要進一步的解剖。

慕淇：（懇求）可以不要嗎？

又雲：當然是需要經過家屬的同意，但是你不是家屬。你還沒有回答我的問題？你說的在一起是什麼意思？

Insert：慕淇的回憶

＊慕淇一臉愁容，穿黑色套裝的長月坐在他旁邊的座位，拿著劇本正對他說話。

長月：深呼吸，吐，吸。

＊長月在開車，蟲鳴鳥叫的大自然聲音流瀉而出。

長月：你下一個試鏡是三點，先瞇一下，
我再叫你⋯⋯

＊健身房裡，長月穿著名牌運動服，熟練地
幫慕淇調整飛輪的控制。慕淇氣喘吁吁，還
在騎。

長月：別放棄啊！現在放棄就輸了⋯⋯演
唱會還有一個月，我們每天慢跑，
增加體力，我陪你⋯⋯

＊更年輕的兩人，穿著白襯衫牛仔褲的長月
騎機車，對後面帶著安全帽的慕淇講話。

長月：我知道每天趕通告很累，不能放棄，
賺夠我們就搭船去南極玩。去世界
的盡頭，還有東京迪士尼，還有倫
敦之眼⋯⋯ XI

又雲看著慕淇呆滯的眼神，忍不住叫他，慕
淇才回過神。

21・夜／輔導室／凱莉、小璇、紀新

一隻水晶串珠 DIY 的大隻粉紅豹掛在檯燈
上，不時反射閃光。

年輕的女老師小璇幽幽地哭著，眼淚撲簌簌
地掉。

凱莉把整盒面紙塞到小璇懷裡，然後拍拍她
的肩。

小璇：我真的很難過，他為什麼每次都可
以這樣？我真的覺得我好可憐。
（哇一聲又哭了）那個戒指還是我
買的。

凱莉看著小璇，像看著一個犯錯的小孩，包
容地微笑著。

凱莉：（自嘆）要不是我有遇到本生老師，
我現在應該更慘。

小璇：誰是本生老師？

凱莉：他是我們那個幸福慈光動力會的導
師。我們那邊的人，每個人都有好
多的人生的故事。妳真的要親身去
那邊體會，才能知道那種感覺，我
用說的也說不清楚。

小璇：那這種算是信教嗎？

凱莉：（笑起來）不是，我們是那種身心
靈的團體。我跟妳說，人只要找到
生命中的原動力，妳就會找到幸
福。對了！我們這禮拜有活動，不
然妳一起來？

凱莉從錢包中拿出動力會的名片，小璇漸漸
止住哭泣，露出期待的眼神。

紀新推門進來。

紀新：報告，我等一下去爸那邊一下。

✝

XI　我很喜歡三島長月長和張黎明一路在演藝圈打拼過來的設定，他們都來自破碎的家庭，一起參加某次
甄選而認識，像分配好似的，一個站在前面，一個站在後面。我們說這是革命情感，多半是因為從無
到有，但更折磨人的，卻是從有到無。無論如何，他們年輕，年輕是王道。

凱莉：不行！等一下下課先回去那個洗衣店，幫我拿送洗的那個毯子。

紀新：妳預約怎麼沒跟我講？不然我再打去改時間好不好？

紀新轉身就想走，被凱莉叫住。

凱莉：今天又不是週末，你去那邊幹嘛？

紀新：（哀求）我去一個晚上就回來了，又沒什麼關係。

凱莉：本來就說好週末歸他的，為什麼你要一直破壞這個規則？

紀新：哪有這樣的？什麼週末歸他歸妳，我週末就有事，而且我都幾歲了？這樣一直跑來跑去很麻煩。

凱莉：不管你幾歲都不能破壞，這就是遊戲規則。

紀新：對，遊戲規則都是你們訂的，我們就負責遵守，這樣對我很不公平，而且那個離婚協議書上面不是也寫說我到十五歲之後，就可以自己選擇跟誰一起住？

凱莉：（大驚）現在是不想跟我住是不是？

紀新：（口氣放軟）不是嘛！媽，拜託，我去一個晚上就回來，拜託好不好？

凱莉：離婚協議書，你爸給你看的？

紀新：不是，我自己在家翻到的。好，反正明天爸就會送我回來學校，這樣可以嗎？好不好？

紀新推開門出去，回過頭用拇指和食指對著凱莉比出愛心。

紀新：毯子我會幫妳拿，愛妳。 XII

22・日／豪宅門口／本生、蔡師兄、富豪

富豪領著蔡師兄和本生從豪宅裡出來。

富豪：本生老師，勞駕你親自跑一趟，真的不好意思。

富豪想要和本生握手，本生更早一步，抱住富豪。

本生：（用力擁抱）祝你幸福。

富豪：（略吃驚）幸福……幸福。

本生離開，先坐上停在一旁的 BMW 大七系列，留下富豪和蔡師兄。富豪從口袋拿出一個厚厚的紅包，上面寫著金色「祝你幸福」四個字，看那厚度大約十萬。

富豪：蔡師兄，真謝謝你。

✝ ─────────────────────────

XII 這是這對母子第一次出現，情感是親近的，但隱隱有種危機。母親不希望孩子長大，不希望孩子自己做主，不希望孩子不需要她……再好的親情都得接受青春期與更年期的考驗啊！

富豪想要上前擁抱蔡師兄，蔡師兄卻對富豪比了「祝你幸福」的手勢。

本生在 BMW 車內，車子還沒發動，蔡師兄上車，恭敬地雙手奉上紅包。

蔡師兄：老師，這是今天替李董家祈福的紅包。飯店那邊，李董都打點好了，不會再有人打擾您。

本生：（接過，閉目）辛苦你了。

蔡師兄發動他的 BMW，一面說著，看上去心情不錯。

23・日／小攝影棚／慕淇、造型師娟娟、製片小米

慕淇化好妝，吹整頭髮，正在細部檢查。他看著鏡子，四個紅字又出現在鏡子上，「殺人凶手」。

他用力甩頭，想甩去幻覺，大喊了一聲：「不要！」

娟娟：（嚇到）對不起，怎麼了？

慕淇：沒事，沒事。

娟娟：我注意一點，不好意思。

慕淇：先別弄了，妳出去一下。

娟娟：好。

慕淇看起來心煩意亂，他怔怔的，不知所措。 XIII

24・日／慕淇豪宅／慕淇、又雲、安怡

容納十二人的大理石長桌，桌上放了幾個手搖杯茶，看起來格外不搭。慕淇招呼他們，安怡搖搖手，拿出自己的環保水壺，東摸摸西看看。慕淇穿著運動服，眼眶發黑，像個遊魂。

又雲：你家很漂亮。

慕淇：（故作鎮靜）謝謝，請朋友設計的。

又雲：這幾天還好嗎？

慕淇：睡不著，不好意思，要你跑過來一趟，樓下和地檢署外面都是記者，我實在……

又雲：我也想等你情緒平復一點再好好跟你談。三島小姐的手機……

慕淇：（一面在家裡遊走）我還是一片混亂，到處都亂七八糟的。我睡不著就來吃甜點，（拿起空盤）一整盒布朗尼都被我吃光了。

又雲：這的確需要一段時間適應，三島小姐那個語音訊息……

✝

XIII　人會如此依賴另外一個人嗎？夫妻之間可能都不至於如此，但藝人與長期經紀人之間的共生關係，可能比家人還要錯綜複雜。

慕淇：布朗尼是長月之前做的，我在冰箱找到的。（哽咽，又很快壓抑）長月不只是我的經紀人，我的事業、生活、大小事，甚至是錢都她在管，她在投資。我百分百的信任她，我不知道她有什麼不能告訴我的事，非自殺不可。

又雲：我們發現有大筆的資金以提現的方式，被三島小姐領走了。如果是虧空的話，也有可能是她自殺的原因之一。

慕淇：不可能。（指桌上一堆報表）就跟你說的一樣，五千萬不見了，這些是我們要拍電影的錢，她一定是給陳祥和。

又雲：她墜樓之前，你們在會議室吵架？

慕淇：那不是吵架，是我罵她。我只要不順心，覺得不舒服、煩，我就會找她出氣。妳也知道，我也只能罵她一個人。

又雲看著慕淇慌亂又懊悔的樣子，露出憐憫的神色。

慕淇：這家的紅茶很好喝，你們要嗎？我可以幫你們叫。

25‧夜／慕淇豪宅餐桌／慕淇、律師、會計師

慕淇來回走著，一面喝著威士忌，像因禁在獸欄裡、失去方向感的動物。他和律師、會計師都面色沉重地盯著桌上慕淇的手機，長月最後一通語音訊息正在播放。

長月 OS：慕淇，對不起，因為我一直找不到陳祥和，有點心煩，不是故意在開會的時候講電話。所以你不要生氣，我找到他了，你別生氣。

短短的訊息，慕淇反覆聽了幾次，眼眶紅了。律師在一旁，逐字記下語音內容。事涉金錢流向，會計師顯然不願沾染，把責任推給長月。律師很怕惹禍上身，態度反而很積極，不斷強調嚴重性。

律師：她傳來的時候，你沒有馬上聽嗎？

慕淇搖頭，兩眼失神地看著地板。

律師：你知道陳祥和失蹤了？

慕淇：（搖頭）那你知道嗎？

會計師：我知道長月之前有先提了五千萬，（推託）但是我的帳都沒有問題，都是她親手處理，收入跟支出都有紀錄，（另外兩個人聽著他這段廢話，還繼續等著）她有時候會拿錢出去放高利貸。

慕淇：（錯愕）放高利貸？

會計師：她想幫你多賺點錢，籌拍片資金。

律師：（對慕淇）等一下，等一下，放高利貸這件事情，你不知道吧？放高利貸是違法的，如果她拿公司的錢去放貸，公司就會有大麻煩……

慕淇：（打斷）她到底做過多少次這種事情，為什麼……

律師：放高利貸的風險很高，而且大部分是透過黑市的管道。（暗示）我想金錢的流向會計師應該很清楚。

會計師：是這樣的，公司這幾年都在虧損邊緣，費先生的演唱會減少了，公司每個月都在燒錢……

慕淇被說中痛點，頓時沉默。

律師：五千萬到底是流到誰的手裡面？這麼大一筆錢，肯定不是第一次吧。

會計師：確實不是第一次，但是之前錢都有回來，更何況我只管我的帳數目對，她怎麼用錢我不過問。

慕淇茫然，放高利貸對他像另外一個世界的事，心中暗罵。

律師：只管帳是對的，然後連放高利貸都不管。

會計師：她是老闆，她怎麼說我怎麼做。

律師：我都不知道現在會計師這麼好當。

慕淇：她為什麼不告訴我這件事情？她怎麼會這麼傻？五千萬是不少沒錯，但是我不會因為這樣就怪她。

會計師：她如果自己想不開，一根羽毛也沒辦法承受的。

律師：檢察官告訴我，她所有的保單受益人都是你，所有金額加起來也超過一千萬，這就增加你涉案的可能性。

慕淇：我？我少了五千萬，我才是受害者吧？

律師：不是，有可能是你們兩個人合謀，把這五千萬花掉，然後商量好，她去自殺你去領保險金，以前也有這樣的案例。

慕淇：靠！你是八卦雜誌社還是律師？她是一個人欸！對我很重要的人，我寧願去坐牢，也不會讓她去死。

律師：我懂，但是這個案子的承辦檢察官詹又雲，她是以龜毛著稱，而且保險公司也會派人來調查這個理賠案件。

會計師：那個不好意思，打斷一下。那現在電影是怎樣？是要暫緩呢？還是要按原計畫開拍？我希望能夠愈早拍愈好，因為我們現在資金已經全部投進前置作業了。我現在沒辦法調度，你知道我意思嗎？

律師：現在開拍太高調。

會計師：那是怎樣？一直延嗎？延到什麼時候？我現在每天都在燒錢，再這樣子下去，我的損失太大了。

律師：妳覺得是資金調度重要還是法律問題重要？

慕淇：（被逼急）到底有誰可以告訴我該怎麼辦？

26 · 日／殯儀生命會館 XIV ／慕淇、本生、凱莉、蔡師兄、研習師群、娟娟、小米、又雲、告別式與會者

大照片裡是長月甜美的笑容，白色玫瑰、紫色桔梗、白百合花柱，更像個結婚禮堂。

約四十個位置都坐滿，本生老師帶著凱莉、蔡師兄和研習師們，他們穿著同款但顏色不一的制服。

又雲低調地坐在角落，觀察全場，眼光對上慕淇，點頭致意。

本生帶著幾位穿制服的研習師，在花團錦簇前合十默禱致意。

又雲發現凱莉也在其中，有點驚訝。

本生趨前，慕淇以為他要握手，本生卻上前一大步，伸手把慕淇拉過來，把他抱個滿懷，力道不輕不重。慕淇整個人僵硬，本生放開他，凱莉給慕淇一張名片：幸福慈光動力會。

凱莉： 費先生你好，我們是幸福慈光動力會的成員，這位是本生老師。長月是我們動力會的研習師，她跟我們的感情都跟家人一樣，你節哀。

慕淇： 謝謝你們來。

本生朝慕淇點頭後，帶領他們一一坐下，不時對慕淇點頭示意。

慕淇： 謝謝大家來長月的告別紀念會。我……（突然情緒快崩潰）跟長月認識了十二年，她幫我接演出的機會，她幫我對台詞，她幫我管理公司，我現在擁有的這一切都是她給我的。她跟我說過她想要海葬，因為她想像魚一樣在海裡面自由自在地游。我常因為工作壓力大就罵她，但我沒有想過……

台下的人頻頻拭淚，慕淇漸漸哽咽，努力想撐住，不想失態。他想說出更多的話，眼淚卻停不下來。

慕淇： 我沒有想過我對他說的最後一句話，竟然是在罵她……

慕淇扶著頭，感覺一陣暈眩。突然有隻臂膀伸過來，托住慕淇的背，不著痕跡地撐著他，是本生。

娟娟連忙上來幫忙把慕淇扶下去。

本生： 費先生這段時間一定很悲傷，沒有好好休息。我是長月的老師，我來分享一下我認識的長月。

慕淇坐回第一排位置，無助地望著本生。本生對他微笑。

✝

XIV. 拍告別式那天在三峽，行程時間很緊，隔壁廳一直在舉行告別式，不斷有聲音干擾，現場一團亂。外面的草地上陳設很多隻假的白羊，假裝在吃草。那是很魔幻的一天，我不斷想起又禁止自己想起……不到一年前，我才操辦過一場好友的告別式。

本生：我認識的長月，是一個美麗、善
良、又充滿生命力的女孩。她曾
經告訴我她在演藝圈這麼多年，看
盡人情冷暖，但她從不退縮，因為
她有一個好夥伴，一個很有才華卻
不知道怎麼跟這世界相處的人（特
別看了慕淇一眼）。她願意為他忍
受一切，讓他可以發光發熱。她願
意……

本生說話聲音平和，誠懇自然，態度從容不
迫，句句刺中慕淇的心。

本生：她始終以費先生的成就為榮。雖然
她離開了，也是她選擇更好的方式
去完成她自己。她選擇先去一個美
好的地方，每天都風和日麗的地
方，相信那只是形體上的轉換，她
留給我們每個人好多愛，回到海裡
讓她永生了。

台下的人漸漸止住淚水，全神貫注地聽本生
說話，動力會成員起立走向長月的遺照前，
眾人向長月行禮。

本生：我們不會失去這個好女孩，總有一
天，我們會在那裡重逢。下次再見
到長月，才能跟她分享這一生的美
好。

本生微笑，向慕淇點頭致意。慕淇看著眼前
神祕優雅的本生，覺得和他非常親近，他這
麼了解長月，也了解自己。

27．日／雙體帆船上 XV／慕淇、本生、蔡師兄、凱莉、小米、娟娟

雙體帆船出海，非常緩慢地行駛著。眾人一
個個對著海中擲白色玫瑰花。

慕淇捧著木盒，裡面的布袋像麵粉包裝，口
一打開灰就飛起來。海面很平靜，本生對著
大海念誦一段沒有人聽得懂的語言，像是祝
禱詞。

本生幫助慕淇把布袋中的骨灰往海裡倒，本
生的祝禱詞隨著骨灰揚升、激動乃至靜止，
像排練過。慕淇的手顫抖著，本生握著他，
幫他平靜下來。

骨灰在水面上泛開，很快就消失在海裡。

本生和慕淇並肩坐在甲板上，船搖晃著，慕
淇哀傷地抽菸凝望遠方。本生靜靜地陪伴，
順手把菸叼過手，抽起慕淇抽過的菸。

28．夜／總統套房客廳 XVI／本生、慕淇

本生領著慕淇進到飯店裡高級的總統套房。

✝

XV　在海面上的戲，必須租帆船出海，而且需要兩艘，好把工作人員接駁過去。那天大部分的人都暈船，
兩個男主角更是臉色慘白，幾個演員站都站不穩了，但天氣晴，拍出來的效果很好。

XVI　總統套房被美術設計很狠地改造了，脫去原來的典雅風，取而代之的是華麗的迷幻味。美術陳設現場
時，我就坐在那空間裡，思考畫面以及表演方式。寫劇本也類似這樣，有時必須不斷地用畫面思考，
像是心裡有片螢幕，戲必須跑動起來，才有辦法寫。我沒什麼祕訣，就是一直想，想好了才寫。

本生：你先隨便看一看。

本生往裡間走去，沏了一壺茶，緩緩走出。

慕淇看著眼前雅致的擺設，裊裊蔓延的薰香。本生幫他斟茶，茶盤上有小黑鑄鐵壺。陶燒的茶碗，每個都不一樣。

慕淇：你平常都住在這？

本生：這是一個會員很佛心幫我租的，我什麼房產都沒有，一個人來來去去、了無牽掛。他想租就租了，隨緣啦！

慕淇：你說你有話要跟我說？

本生：每個人要過這一關都很難，所以才邀你來，陪你說說話，這是我們的樂福茶，溫度剛好，喝喝看。

慕淇雙手捧起茶碗喝一口，忍不住又喝了兩大口，順順地滑過喉間，撫平剛剛激動的情緒。

慕淇：長月在這裡上課，有沒有跟你提到一些我的事情？

本生：你真的認為，她自殺跟你有關？

本生出乎意料地朝著慕淇走去，誠懇的眼神看著慕淇。

本生：你有沒有想過？她為什麼要自殺？選擇自殺的人其實最愛這個世界，太愛了，發現自己實在太渺小，沒有力量去改變這個他們最愛的世界，所以他們才選擇逃避，他們只是用比較自私方式逃避。這不是

任何人的錯，世界本來就是這樣運轉的。有善，有惡，有美，有醜，有生，有死，有數不清的灰色地帶，他們是不願意再做妥協，所以才做出選擇。

慕淇：我只是在想，是不是能早點發現就可以早點……

本生：我們能做的，就是讓未來、讓這個世界變得美好，讓像長月這樣的人有地方去。

慕淇沒有回答，他說不出話。

本生：你是費慕淇，你比任何人都有能力創造一個美好的遠方。

本生從櫃子裡拿出一個精美的禮盒，交給慕淇。

本生：這是你的樂福茶，每天喝一包，讓你好好睡個覺。

慕淇：這多少錢？我可以給你。

本生：老師上課才收費，樂福茶分享隨喜，沒有標價。

慕淇：那上課……是誰都可以上課嗎……

本生只看著他微笑，沒有說話。

29・日／致群圖書館／明曜、蓮心

明曜是圖書館工讀生，正在整理歸還來的書籍。

蓮心拿著禮物袋進來，明曜抬頭看了一眼蓮心，露出笑容。

明曜：蓮心？

蓮心躡手躡腳地悄悄到明曜前面，把禮物推到他面前。

蓮心：詹明曜，這個送你。生日快樂。

明曜：謝謝，但你怎麼知道我生日？

蓮心笑笑逃開。

明曜打開紙袋，拿出一個價格不菲的智慧型手錶盒子，他想說些什麼，蓮心卻不見蹤影。

30・日／學校樓梯間／凱莉、蓮心、同學A、同學B、同學C

蓮心戴著口罩，臉上有著紅色的胎記，總是被她的長瀏海蓋住，若隱若現。

蓮心沒留神，轉角撞上幾個喝飲料走來的女學生。飲料灑蓮心一身，還滴了幾滴在同學鞋上，她趕忙低聲道歉。

同學A：欸！妳走路是不會小心一點是不是？

蓮心：對不起，我不是……

同學B：大聲一點！

同學C：是不會大聲一點是不是？

同學A：妳是不是瀏海太長，看不到路？

同學A撩開她瀏海，掌心大的胎記，就貼在蓮心的左眼和眉尾，她一直用長瀏海遮著。她像是被嚇到，全身僵硬得不敢回應。

同學A：口罩拿下來講話。

同學B：不要遮，遮什麼？

蓮心：（生硬）對不起……

凱莉：同學，段考都結束了，還不回家？

同學A放開手，蓮心反射性地整理兩邊的頭髮，想遮蓋好。遠遠的，凱莉走來。

同學A、B、C：凱莉老師好。

凱莉笑容滿面，渾然不覺這裡剛發生什麼事，笑臉盈盈。

凱莉看著她們，也像什麼都沒看見。

同學B：我們在跟她玩，要走了。老師bye-bye。

人紛紛散開，凱莉叫住蓮心。

凱莉：李蓮心，妳衣服怎麼了？沒事吧？對了，我們那個家長會談要開始了，妳爸媽什麼時候有空？

蓮心：我不知道。

凱莉：（關切地說）爸媽都在國外，妳精神看起來不太好，晚上都沒有在睡覺？那沒事早點回去休息。

蓮心：謝謝老師。

蓮心胡亂應了一聲，趕緊走開。

31・日／學校洗手間／蓮心 ^{XVII}

蓮心潑了一點水在清洗她的制服，抬頭看到鏡子裡自己的臉，仔細地用頭髮蓋好臉頰上的大片紅色胎記。

32・日／致群熱音社練團室／明曜（團長兼貝斯）、紀新（主唱或吉他）、紀美（鍵盤）、國維（鼓手）、健健美（吉他）、蓮心（吉他）^{XVIII}

鼓聲傳出去，健健美在練習爵士鼓，坑坑窪窪很不流暢。

紀新、紀美和國維陸續走進社團教室。

國維：媽的白痴，健健美幹嘛偷打我的鼓？走開！打那麼爛還敢打！

健健美：練一下又不會怎樣，你不是有帶新鼓棒？

紀新：李蓮心呢？她自己說要練團的，她自己跟我說她要練電吉他，結果到現在都還沒練，然後又不來練團是怎樣？

紀美：你不是跟她同班？

紀新：我跟她同班，我還有很多考試要做，我還要準備功課什麼有的沒的。我跟她不熟，不要跟我講。

國維：（用力打一個節奏）沒差啦，反正她吉他彈得那麼爛。

紀新：不行，她沒來的話就沒有人買大奶微微。

健健美：她買的大奶微微特別好喝！

紀新和國維兩人開始用色色的口吻重複「大奶微微」四個字。

紀新開始唱起一段關於蓮心買奶茶多好喝的饒舌。

紀美：白痴！要是沒有蓮心的話，我們就沒有熱音社了。

健健美：她幫我們買飲料有什麼不好？

紀美：還亂講話。

紀新：做點公益！

健健美：她連來社團都沒有人要理她了，還來學校幹嘛？根本生無可戀。

紀新：有人講話很壞。

✝

XVII 李蓮心應該是我賦予最多情感的角色。在我的腦海裡，她總是一個人來來去去，在學校，在西門町。家裡桌子很大，但只有她一個人在一角吃泡麵。她不知道還能討好誰，才能被接納；不管怎麼反抗，也都沒有用。於是，她還沒死就像個孤魂野鬼。

XVIII 這個熱音社的人聚在一起就很中二，說垃圾話、不好笑的笑話、亂打胡鬧，但每次寫到他們我都很快樂，可能我不是個能成群結隊的人，他們的親暱讓人羨慕，也是全劇中唯一清明潔亮的部分。

明曜：（不知何時進來）對，我跟你們講，導線亂丟的人最爛好不好？幫幫忙一下，講幾次了？

健健美：社長大人！收導線達人！

明曜背起貝斯調音，注視角落歪斜的白色電吉他，若有所思。

國維乖乖開始理線，紀新拿出筆記本開始塗改歌詞。

一袋飲料放在他們面前，六杯手搖飲，蓮心不知道何時已經來了。她眼神搜尋著，看到明曜，神情才放鬆下來。

健健美：李蓮心來了！謝謝李蓮心！

國維：微糖少冰珍奶是我的，不要跟我搶。

健健美：沒有人要跟你搶。

明曜：（對紀新）紀新，歌詞寫完了沒？來不來得及？

紀新：當然沒有問題，寫完了。我還有歌名。

明曜：還有歌名？叫什麼？

紀新：我的歌名！Star？

國維：Star？這啥潲歌名？

紀新：幹！我就是要 Star 不行？

健健美：沒靈感，要不要請明曜法師幫你開光一下？

蓮心：（低聲）開示。

國維：聽到沒，是開示，神像才需要開光啦！白痴。

明曜突然一動不動，大家問他話他都不應，擺了個奇怪的姿勢，單腳獨立。

大家都不知道明曜在搞什麼把戲，蓮心也好奇地看著他。

紀新：詹明曜，幹嘛都不動啊！

明曜：（慢慢的）我是不動明王。嘘！！舞動明王！

眾人一下炸開，笑聲幹聲不絕，連蓮心都忍不住笑出來。

33・日／會館地板教室／凱莉、蔡師兄、研習師、研習生、小璇、本生、慕淇

會館教室舉辦長月的紀念會，現場坐滿五十人，慕淇盤腿坐在第一排。

本生：來，讓我們為長月祈求。

所有的人都非常專注，合掌於胸前為長月祈禱。流水潺潺、鳥語蟲鳴，就是長月車上播的音樂。

他們一一睜開眼睛。

本生：失去長月，我很難過，但我的難過一點價值都沒有，是垃圾。長月她並沒有死，她只是肉身離開我們，她的精神意念會朝向另外一個沒有負擔、沒有焦慮、沒有悲傷的世界，那裡的風就是慈愛，她就在這裡跟著我們一起，給她的愛，她都知道了。我們應該要祝福她，我們用歌聲送她出發。

眾人自動牽起手，他們開始唱起了《祝你幸福》。

投影幕出現長月的照片，她在動力會參加活動的照片，每一張都笑得很開心。

這些都是慕淇沒有看過的，他忍不住覺得這個長月很陌生，但旁邊這些人似乎都和她有很深的感情。

34・夜／會館地板教室門口／研習師、研習生

歌聲中研習生依序排隊，把一張張千元鈔放進像是勸募箱的紙箱裡。

放紙箱的長桌後面是一整排研習師，有人投，他們就會整齊劃一、雙手合十、微微彎身說：「祝你幸福。」

沒有人登記，沒有收據，沒有任何工作人員抄寫紀錄，隊伍長長的一列。

35・夜／飯店長廊／女高中生

一個穿制服的高中女生從電梯出來，七彎八拐來到本生房門前。

36・日／飯店浴室／本生

本生正對著浴室的鏡子，小心翼翼地拆下一側的假睫毛。 XIX

37・日／飯店房間／本生、女高中生

本生拿著枝狀型燭台迎接她。電視螢幕上重複放著柴火熊熊燃燒的畫面。

本生打開攝影機，紅燈亮起。

本生開始親吻女高中生，手上也沒停，脫下她的襯衫，打開她的短裙，脫下她的內褲。

床板撞擊牆面發出規律的咚咚聲，赤著上身的本生，背上散著柔順長髮，正在衝刺仰面享受的女孩。

本生順手從枕下抽出一條細繩，快速纏住自己的頸間，讓女孩用力一拉。本生的臉漲成絳紅色，來不及拒絕，瞬間兩人同時達到高潮。本生身體一鬆，趴伏在女孩背上，身體因急速呼吸劇烈起伏。女孩的腕間戴著粉紅色監視心律的運動錶，螢幕上愛心圖形閃動著，加快的心跳聲「砰！砰！砰！」地響，愈來愈大，嘎然而止。▶

✝

XIX　你沒看錯，本生戴假睫毛，如果你知道眼神對人會產生多大的吸引力，就知道戴假睫毛有多重要。

EPISODE
第 2 集

1 · 夜／地下室房間／本生

本生走下地下室的樓梯，一派輕鬆地吹著口哨。

工整的房間，病床上的病人用著維生儀器，被子突起，看得出來下面有一個人。牆頭處有一幅壁畫，畫裡是類似老師的人站在高處，其他人仰望他。本生帶了一大束紅花進來，插進床頭的花瓶，他打開黑膠唱機，傳出來的是香港歌手崔萍唱的《祝你幸福》。

本生坐在床邊。

本生：爸，我來了。

他拍拍老人的被窩。

本生：我來了，你應該很高興終於有人跟你說話了，有點聲音不錯吧！你每天都很期待我出現吧？（環顧四周）這裡沒有「每天」，因為你根本不知道今天是哪一天。

本生：這裡沒有窗，我怕你那些債主找上門……沒有債主？怎麼會沒有，你不知道你有多少冤親債主，我就是一個啊！我是貼心的好兒子，幫你蓋的這個墓穴很清靜吧！

本生：（輕撫被單）我喜歡你現在的樣子，這樣你就會一直在了。

2 · 日／輔導室／又雲、凱莉

凱莉：明曜媽媽你好……

又雲：我姓詹。

凱莉：詹小姐，我聽明曜說他爸爸很早就過世了，方便問一下是什麼原因嗎？

又雲：他是特勤小組，在追犯人的時候被同事誤殺。

凱莉：（硬是壓抑著驚訝）那妳一個人帶他，一定很辛苦喔？檢察官那麼忙，單親家庭的孩子能教成這樣，很不容易。

又雲：他很獨立，很貼心，不需要大人擔心。

凱莉：對，他的確是一個很貼心的孩子，這是紀新跟我講的，我兒子紀新跟明曜是很好的朋友。我還聽說，明曜他常常一個人吃飯。我知道單親家庭真的不容易，要不這樣，如果以後妳忙，妳就讓明曜放學的時候先到我家裡來，彼此有個伴，不會那麼孤單。不然一個人吃飯，太可憐了。

又雲：還好吧，他都高二了，他可以照顧他自己的。

凱莉：對啦，也是啦！（笑）他們都高中了。像明曜這樣子，心理素質這麼正面，學校成績又這麼好，對他未來推甄是很有幫助的，不過這孩子還是需要家長陪伴，雖然他們看起來很早熟，但是心裡面還是小孩。

又雲：每個孩子的成長方式不一樣，我尊重他，我希望他有自己的空間。如果沒有事情的話，那我先走了。

凱莉：慢走。[I]

3・日／學校大門外／又雲、明曜

又雲在大門外等明曜下課。

又雲熄了菸，把車門打開，噴芳香劑，清清裡面的味道。明曜走來看見她就忍不住笑了。

明曜：詹檢！妳真的很可愛，不用清了，我在教室就聞到菸味了。

又雲：你也太誇張了吧，我今天才抽第二根。

明曜：第二根而已？

又雲：我已經在戒菸了，快上車，我肚子好餓。

4・日／迴轉壽司店／又雲、明曜

咻一聲，一盤鮭魚握壽司和一盤鮭魚卵軍艦壽司飛快傳到他們面前。

✝ ─────────

I 詹又雲和秦凱莉都是單親媽媽，都是職業婦女，她們的孩子也都是高二男生。而她們看待孩子的方式，正好顯現出兩人的差異。柯淑勤和高慧君都是非常資深的演員，也都在這齣戲展現了教科書級別的表演。劇本要暗示，也要留出空間，讓演員在層次與細節上得以發揮。對話上不寫太多情緒指示，現場拍攝裡就會有看見有呼吸的表演。

明曜伸手拿下，放在桌上。

店員：您點的壽司來了。

明曜：（把鮭魚卵遞到又雲面前）妳吃這個，我吃媽媽。

又雲：你怎麼知道我想吃鮭魚卵？膽固醇太高，我不要。

明曜：不要挑食，這好的膽固醇。

明曜大口咬下鮭魚握壽司，又雲吃起鮭魚卵軍艦壽司，一臉滿足。[II]

店員又拿來鮮蝦蘆筍手捲。

又雲：我明天沒空接你喔，我下午出庭，不知道要搞到幾點。

明曜：抓到誰誰都倒大楣了，正義檢察官出動，咻——

又雲：喂，你們學校沒人吸毒吧？

明曜：報告檢察官，我沒有，我們樂團也沒有。

又雲：那就好，密切注意，隨時報告。

明曜：（轉身拿出一個紙袋）詹檢，我有個案子想請妳看一下。

明曜從書包拿出一個包裝盒，打開，給又雲看，裡面是一只酷炫的智慧型手錶。

又雲：送我的？不好吧，這我戴起來也太年輕了。

明曜：妳在說什麼啦，這人家送我的。

又雲：女生送你的？她喜歡你？

明曜：她家好像滿有錢的，但是收到這個，就覺得很奇怪……

又雲：你如果覺得怪，就不要勉強自己。

明曜：可是她在學校沒什麼朋友，我這樣把它退回去，她會不會很難過？

又雲：如果你不想因為這樣覺得欠她什麼，那就做你認為對的決定。

明曜：嗯，我還給她，朋友不是用禮物交換來的，我願意做她的朋友，不用禮物。（像是自言自語）好，我懂了。退！

又雲：詹明曜，你是不是把我的蝦手捲吃掉了？

5・日／土地公廟連家門口／嘉美、三個小孩

嘉美虔誠地向土地公祈求，口中念念有詞。

嘉美騎著機車回家，前面載一個小孩，後面還有兩個，四頂安全帽不斷彼此撞擊。

✝

II　鮭魚與鮭魚卵的幾句對話，來自於我和長子的真實對話。彼時他十一歲，我想記得那份體貼。

四人穿過窄巷，小男孩跑在最前頭。

嘉美：哥哥你不要跑那麼快。你等一下給我摔倒，講幾次了。

小男孩不理會嘉美，繼續邊跑邊玩，嘉美也揚起聲音。

嘉美：我跟你講，你等一下摔倒我真的不理你，哥哥。

嘉美：姐姐，妳等一下記得給我寫功課。不要每次跟我說妳有寫，結果沒有寫。

姐姐：好啦。

嘉美：還玩不夠？等一下又給我摔倒。

他們走得磕磕絆絆，走進一排老舊到要都更的公寓。雜草叢生，樓梯間堆滿雜物。

6·日-夜／路上連家門口／維成

維成停好機車，拎著裝便當的塑膠袋，沿著都更的鐵圍籬走回家。天色一點點暗下來。

7·夜／趙家客廳／維成、嘉美、三個小孩

擁擠的小公寓，一台特別突出的大電視正播放卡通影片，音量開得極大。兩個孩子盯著卡通，眼睛都沒眨一下。

維成提著晚餐走進來，把裝便當的袋子放到孩子們面前晃了晃，提醒要吃晚餐了。

孩子們顧著看電視，嘴上敷衍著。

老大：好啦，再一下。

嘉美追著老么擦頭髮，從裡間走出來，小女孩在前面跑。

嘉美：妹妹不要急。頭髮溼答答的。

孩子們繼續全神貫注在電視上。

嘉美：吃飯，不要看了。

維成打開餐盒，熟練地拿著免洗餐具幫孩子分配飯菜。

嘉美一面幫小女孩擦乾頭髮，一如往常地問維成。

嘉美：今天十五，你有沒有先去土地公那裡拜一下？

維成看上去像是忘記了，嘉美感到不耐。

嘉美：不要看了。吃飯吃飯，慢吞吞。

維成走到孩子們面前搶過遙控器，轉到新聞頻道，畫面上正在播放慕淇記者會。

主播OS：有關經紀人與藝人之間的愛恨情仇，造成網路熱議，現在有進一步的消息。根據調查，經紀人三島長月日前跳樓輕生，傳出是因為和費慕淇先有感情糾葛，後又疑似與捲款潛逃失蹤的製作人陳祥和有關，最後造成三島長月壓力過大，走上絕路⋯⋯

維成對嘉美示意點點頭，嘉美看著電視新聞，大驚。

嘉美：那不是三島小姐嗎？（對維成）怎麼會這樣……

維成也盯著螢幕，訝異地指著嘉美，做出清掃動作。

嘉美：對呀，我還奇怪他家怎麼變這麼亂……（對維成）等一下我要出去，你顧他們。

維成心不在焉，視線一直停在電視上。

嘉美一直催促小孩吃飯。[III]

8 · 夜／會館外／嘉美

譚嘉美趕到動力會會館，手上還提著安全帽，在門口確認了一下地點，趕忙進去。

9 · 夜／會館／嘉美、凱莉、蔡師兄

嘉美一進門就往凱莉方向衝，並道歉。

嘉美：秦老師，對不起，對不起，還來得及嗎？

凱莉：來得及，來得及。

嘉美：所以在裡面嗎？（嘉美直接要進去）

凱莉：等一下，那個，妳的手機借我保管一下，因為老師上課不喜歡那個3C產品。

蔡師兄拿起桌上的收納箱，裡面有十幾支手機，嘉美有點猶豫。

蔡師兄：手機可以放在這，這是我們的養機場。

凱莉：養手機的。

蔡師兄：我們會好好保管。

凱莉：妳可以寫名字，然後放在這個袋子裡面。

蔡師兄的模樣端正，笑容也讓人很安心。嘉美乖乖按照指示把手機交出來。

蔡師兄：（親切地引路）來，我帶妳到教室。

10 · 夜／會館教室／本生、嘉美、凱莉、蔡師兄、研習師們、學員們

嘉美躡手躡腳要溜進去，立刻被本生發現。本生環視全場，微笑看著大家。

本生：這位同學，妳新來的？

嘉美：嗯，不好意思，我……

本生：妳過來。

嘉美：不好意思。

本生：妳遲到了。

✝

III　以劇本而言，這個家庭是重要的戲劇線條和角色。為了讓角色一出場就好好地被關注，刻意留到第二集才出現。

嘉美：對，因為我老公比較晚回來。我小孩要給他顧，不好意思。

本生：但妳還是來了，妳知道這是什麼意思嗎？

嘉美：我不知道。

本生：妳的心想要妳改變，所以不管妳遇到什麼阻礙，妳就是會想辦法來。

嘉美：（不好意思）因為秦老師，跟我說這裡很好——

本生：同學們，我們祝她幸福好嗎？

學員：（齊聲）祝你幸福。

本生：我們給她掌聲鼓勵，她的心想要追求幸福，她願意改變。

從沒有被特別注意過的嘉美，像是被聚光燈照射，有點困窘也有點興奮。

蔡師兄：來，妳坐這邊。

嘉美小心翼翼坐在本生旁邊。

嘉美放鬆一些，看看左右都是研習師，他們的服裝、項鍊都和其他人不一樣。

燈略暗，前後左右的白牆上，多媒體影片投影出露珠滾動的葉子、熊熊燃燒的營火、一片稻浪、雄偉的瀑布，各種自然氣息包圍著所有人，搭配蟲鳴鳥叫的聲音。本生輕盈地起身。

本生：你們多久沒有接觸大自然？沒時間？沒機會？還是害怕？對大自然的恐懼是可以理解的，大自然的力量，往往是我們沒有辦法控制的，所以我們就開始和它對抗、和它打仗、傷害它，想盡辦法遠離它，躲到一個黑黑的小螢幕裡。各位，那個小螢幕裡的世界是假的，是虛的，是像棉花一樣軟趴趴的。

他往前走到學員面前，突然伸手到學員的座位下，拿出一支閃著光的手機。

學員連忙跳起來，一陣驚恐。

學員：不知道，我不知道，這手機不是我的。

本生：（把手機亮給所有人看）這裡面什麼都有，什麼遊戲都有，什麼答案都有，還有一些好像是你的朋友。

本生走回原位，變魔術般拿出一個榔頭，用力朝手機一敲，手機被打爛。

本生：但是……這樣，就沒有了，你的人生什麼都沒有了。我光看你們有些人坐立不安的樣子，我就知道你們上癮有多嚴重了。各位啊！能不能分辨真實跟虛假的？有沒有這種智慧啊？看看你們身邊的人，把手牽起來。有沒有感覺？熱熱的、軟軟的，可能還溼溼的，這裡的朋友是真的。你受委屈了跟誰講？Siri 嗎？它有沒有辦法抱抱你，拍

拍你？跟你一起哭一起笑，一起抱怨討厭老闆，沒有辦法，但這裡的師兄姐可以，因為他們已經放棄人世間物質的追求，買房買地，銀行的存款。他們拿出真心來跟你們交朋友，你們願意花時間在一個冷冰冰的機器上，還是在活生生的人上面？你們自己好好想一想，接下來，我們請師兄姐帶領你們分享。

本生起身，瀟灑地離開。研習師示意他們趕快圍圈圈。

研習師帶著一組大約七、八個人坐成小圈圈，蔡師兄和凱莉巡視，時不時參與聆聽。到了嘉美那組，嘉美正在說話，蔡師兄坐下來聆聽。

蔡師兄：我要聽妳的故事是什麼，我們很想知道。

嘉美：（略猶豫，開始敘述）我爸爸很早就離開了，我媽把我和我妹帶大，很辛苦，所以我高中就開始去安親班打工，再去速食店做到打烊。（苦笑）那時候傻傻的，很多事都不懂，被欺負了都不知道，一天到晚被占便宜。本來以為結婚會好一點，結果生了三個小孩，每天還是很忙很累。（自怨自艾）也不知道自己是造了什麼孽，這種苦日子要過到什麼時候？

眾人：（齊聲）祝你幸福。

11・夜／會館談話區／凱莉、研習師A、研習師B、研習師C、小璇、嘉美

凱莉帶著小璇、嘉美進入談話區，與剛剛略帶詭譎的氛圍不同，這區顯得溫馨舒適，還有高級的開放式廚房，播放靈性音樂，桌上有香草茶、小點心，凱莉要她們先坐下。

凱莉：我請他們跟妳說明。

兩人打量著四周覺得陌生，而且和大教室的氣氛又不一樣。

三個研習師A、B、C進來，開始遊說她們入會。研習師A對她們微笑。

研習師B：今天的啟靈日還好嗎？

小璇：很好啊！本生老師說的每一句話，都像是戳中我內心一樣。

研習師A：妳要感謝凱莉師姐，她真的是妳的幸運，妳不覺得能來到這裡，認識我們大家，就是妳幸運的開始嗎？

小璇：嗯，不然我每天都只能在家裡哭，能出來走一走真的很好。

研習師C：（握著她的雙手）我們也不是要給妳壓力，但是來參加的學員有什麼疑惑，盡量問，不要怕。

小璇：謝謝。

嘉美：你們好像都很開心，為什麼？

幾個研習師都笑了。

研習師A： 我們大家能聚在一起，當然很開心。

研習師C： 我母親剛過世的時候，我那一兩個月真的是，失眠，睡不著，是凱莉師姐介紹我來認識大家，認識到這麼多人，讓我覺得我好像又有新的家人一樣。而且這些家人，都是這麼愛我的人。

研習師B： 沒錯。

研習師A： 我們還有課程，本來不應該告訴妳的，只限內部學員參加，上過課後，妳會脫胎換骨。

小璇： 是什麼課程？

研習師A： 開發愛的原動力。愛是一種技能，我們都要學習，學習怎麼樣的去愛，我們才能夠成長。

凱莉進來，端一盤小餅乾出來。

凱莉： 好，先吃一點點心，你們一定覺得今天是免費課程，對不對？（笑）雖然三千塊不是什麼大錢，但那是你們願意加入這個大家庭的證明，你們入會以後，會有師兄師姐跟你們一起學習，認識愛。

嘉美： （拿不定主意）凱莉老師，我不知道我有沒有時間來。

小璇： （下定決心，略激動）我決定了，我願意參加。

研習師B： 太棒了，恭喜妳。

小璇： （略顯激動），我覺得本生老師真的講得很好，我已經很久沒有感受到這種溫暖了。謝謝你們。

研習師C： 太好了。讓我們來抱抱妳，從現在開始，妳就是我們的一分子了。

三人用力摟摟她，一起抱緊她。 ⅳ

凱莉： 那就麻煩師姐帶她去填一下那個入會表。

12．夜／會館櫃檯連外／嘉美、蔡師兄

蔡師兄把手機歸還給嘉美，陪著她一起走出去，月色正好。

蔡師兄： 怎麼樣？今天上課覺得如何？還喜歡嗎？

嘉美： 嗯……很好……老師人很好，也沒有罵我遲到。

✝
___

ⅳ　小璇本來是個比較扁平的人物，她的未婚夫在結婚前逃婚，對她打擊很大，想到動力會尋求一些安慰。這次找到王渝萱，拍攝中就發現她的亮度讓人不得不看她，爾後她以《該死的阿修羅》拿了金馬獎與台北電影節最佳女配角。是個能自帶光、照亮角色的演員。

蔡師兄：老師說的都是金玉良言，對我們的人生是很有啟發的，聽進去，人生才會改變！

嘉美點點頭。

蔡師兄：家裡還有哪些人？

嘉美：就我老公，還有三個小孩。

蔡師兄：要一邊工作一邊照顧小孩，一定很辛苦。

嘉美：對啊，沒辦法。

蔡師兄指指她的眼眶，畫一個圓。

蔡師兄：我是指這個，都快變熊貓了。

嘉美：（不好意思）那麼暗你也看得到？就從來沒有睡飽過。

蔡師兄：都是這樣，老公嘴巴甜一點，老婆再累都甘願。

嘉美臉上閃過一絲難堪，低頭笑笑。

嘉美：不是啦，我老公不能講話，不是天生的啦，是車禍受傷，還好……命還在。

蔡師兄：一整個家都妳在扛，一定很累很辛苦吧！

嘉美看著蔡師兄，一下子說不出話來，第一次有被了解的感覺，眼眶略紅。[V]

13・夜／趙家主臥室／嘉美、維成

嘉美進家門，又進房間，剛洗好澡的維成正在擦頭髮。

嘉美坐在化妝台前，望著鏡中的自己，心思還在剛剛那場大會、那裡的人上。

維成從後面抱住她，蹭著她的頸間，開始親吻她的脖子。

嘉美知道那是什麼意思，面露不悅。

嘉美：幹嘛？

維成繼續把手伸進去，輕撫嘉美的胸部，嘉美有點用力撥開他的手。

維成也愣了一下。

嘉美：我累了，你先睡吧，我去洗澡。

維成看著嘉美離開房間的背影，心裡很受挫，訕訕地坐回床上。[VI]

✝

V 從嘉美的家，到參與動力會活動，再回到她的家。只是一個晚上的課程，她身上隱藏的開關就被打開了。

VI 人物設定趙維成因為車禍而不能說話了，其實是想把婚姻關係在柴米油鹽中被磨損、又失去溝通的困窘，表現得更明白些。有時我們用事件來烘托角色，有時在人物設定上直接可以完成。

14·日／空曠的頂樓／又雲、安怡、大樓保全

空曠的頂樓，又雲打開玻璃門，強風襲來。

保全： 就是這裡。

又雲沿著玻璃的女兒牆查看，安怡跟在後頭。

又雲直到一扇小閘門前停下，她試了一下小閘門。

又雲： （指小門）這個門一直鎖著嗎？

安怡： 沒有鎖，當天這個門一直是開著的。

又雲： CCTV看了嗎？

安怡： 看過了，死者當時自己一個人上來，沒有看到其他人。

又雲把高跟鞋脫下來，交給安怡。

安怡接過來，小心捧著，像在保護證物，崇拜地看著又雲。又雲打開小門走出女兒牆，保全大驚，出聲想阻擋。

安怡拉住保全，阻止他打擾又雲，他自己的眼神其實一直在注意又雲的動靜。

又雲站在長月跳樓的位置，往下看，又抬頭，像在感應長月跳樓前的心情

安怡： 驗屍報告出來了，三島長月體內沒有特殊藥物反應，除了高處墜落造成大面積的傷勢，其他指甲、皮膚、毛髮都很完整，墜樓前沒有受到外力傷害或者掙扎的跡象……

又雲： 沒有強烈的自殺動機，卻用這麼激烈的方式，這也太奇怪了。

訊息來，安怡查手機，對著又雲說話。

安怡： 詹檢，上面要我們四十八小時內把這案子結了。

又雲悶哼一聲，望向天空，天清氣朗，但她心裡有不好的預感。

15·日／校車停車場／蓮心、維成、同學們

校車停在校門口，學生已經下得差不多，剩下三三兩兩在最後。

維成數著學生們，一面按計數器，發現數字不對，好像少了一個。

維成解開安全帶，走到最後一排，果然看見蓮心倒睡在座位上。

維成沒好氣地推推蓮心，她坐起，睡眼惺忪地張望四周，完全沒有起身的意思。

蓮心： 到了？我不想上學，不然這樣好了，我給你五千塊，你載我出去玩。

維成拒絕，示意蓮心動作快一點，快遲到了。

蓮心： 好，不要再催了。

蓮心慵懶地收拾書包，不情願地走下車。

維成目送蓮心進校門，整理校車，發現座椅下一個遺落的皮包。

維成翻來翻去，裡面有學生證、會員卡和一萬元現金。

16・日／教室／蓮心、同學們

蓮心一進教室，看到抽屜放著被歸還的手錶盒。[VII]

17・日／圖書館／蓮心、明曜、同學們

圖書館一片靜謐，偶爾傳來翻書和走路摩擦的腳步聲。

明曜推著書車，把書一本一本歸位，排好。

剛把書上架，明曜就嚇了一跳，發現書架另一側，蓮心正露出一雙憤怒的眼睛瞪著他，他皺眉別過視線，繼續排書。

蓮心刻意繞到他身邊，亦步亦趨。

蓮心：詹明曜，錶為什麼還給我？

明曜：妳為什麼這麼堅持？我是不會收的，妳就把它拿回去退掉吧。

蓮心不理，把他排好的書一本一本抽出來，丟在地上。

明曜深吸一口氣，按捺著性子看著她胡鬧。

蓮心：你憑什麼命令我？

明曜：我不是在命令你，我是請求妳這麼做。

蓮心：什麼請求。

明曜：蓮心，我知道妳很不開心，但我真的沒有別的意思好不好。

蓮心：你那麼凶。

明曜：我有嗎？

蓮心：廢話。

明曜：好，對不起。但是妳那個禮物我真的不能收，太貴重了，我們要當朋友可以，但是妳不用送這麼貴重的禮物給我。

蓮心：你不知道那個錶是什麼意思，那是限量版的，我好不容易才買到，你收一下是會死？

明曜想再說些什麼，蓮心突然氣憤的把書架上的書丟給明曜。

蓮心：我知道，你就是跟那些人一樣討厭我們這些直升的對不對？

明曜：我從來都沒有覺得你們直升的有什麼問題，其他人覺得怎樣是其他人的事情，跟我無關，妳不要隨便扣我帽子。

蓮心再度想把書丟到地上時，明曜上前阻止，兩人重心不穩，靠在書架上，明曜正色說道。

VII　為什麼要送一個喜歡的人手錶？因為手錶會圈著他；因為他每次低頭看錶，就會想起是誰送的；因為那是一種祈求，我想與你一起虛度光陰……

明曜：好了，李蓮心。要不然這樣……妳請我喝一杯珍奶好不好？半糖少冰。

明曜話才說完，蓮心漲紅了臉，突然踮起腳尖，攻擊式地作勢要親明曜。

明曜倒退一步，重心不穩撞到推車，車上一大疊書倒下，明曜也摔倒。

明曜：（起身）李蓮心！妳鬧夠了沒?!

蓮心惱羞成怒，狠狠瞪著明曜。

蓮心：你不懂我送你這個錶是什麼意思，你永遠都不會懂。

明曜：我真的不懂。

蓮心：不懂你就去死！

閱讀區的學生們一陣騷動，紛紛轉頭張望，蓮心氣呼呼地衝出圖書館大門。

明曜氣餒地彎身撿書。

隔著書架另外一排，一支手機的鏡頭正對著他們。

18・日／致群高二信班、仁班／明曜、紀新、紀美、蓮心、同學 A、同學 B、同學 C、同學們

下課時間，同學在走廊圍觀手機畫面，同學ABC還誇張地模仿起蓮心和明曜在圖書館的樣子，眾人大笑。

手機螢幕裡面，圖書館的蓮心正踮腳要親吻明曜，明曜閃開。

同學們起鬨，還有人誇張地模仿明曜倒退的樣子。

高二信班教室一側，紀美不悅地看著他們，明曜在做數獨。

紀美：（對明曜）你們到底是怎樣，蓮心幹嘛要推你？

明曜：我只是把手錶還給她而已，我不知道會變成這樣。

紀美：那她是真的要親你？

明曜沒答腔，繼續做數獨。

紀美：你真的把手錶還給她？

明曜：我如果不還給她的話，事情會變得很複雜。

紀美：你不收的話，才會變得更複雜。你就是因為一直在算數獨才會那麼複雜。

教室走廊外，到處都是取笑蓮心的同學和反覆播放的手機影片。

高二仁班的喧鬧突然安靜了，圍觀同學讓開，蓮心走過來，冷冷地看著同學 A 和同學 B。

蓮心：你們在幹嘛？把影片刪掉。

同學A：憑什麼？這是我的手機，我想拍什麼就拍什麼。

蓮心：妳拍到我的臉了，侵犯我的肖像權，我可以告妳。

同學B：肖像權？妳的臉適用肖像權嗎？

同學A：我跟妳講，半邊適用啦，半邊，只有半邊。

同學有人噗哧笑出來，旁邊的人用手肘互頂。

蓮心氣不過，衝進教室，出來時手上多了兩個書包，伸出女兒牆往樓下倒，最後把整個書包拋出去，同學B尖叫大哭，同學A怒目以對。

書本、文具、考卷、梳子、衛生棉……全都在空中飛舞，散落在校園裡。

蓮心往上爬，正作勢要跳。

明曜：李蓮心！

蓮心整個身體有一半都伸出牆外，看起來像要摔下去似的。

明曜就站在教室門口，擔心地看著她，蓮心回頭看了明曜一眼。

紀美：蓮心，妳先下來。妳有什麼話下來再說，蓮心。

19・日／學校中庭／蓮心、維成

維成拿著皮包要到訓導處，走到中庭，突然滿天的東西掉下來，紙張飄在空中，他抬頭看，正好看到蓮心，他對著蓮心揮一揮她的皮包。

20・日／慕淇豪宅／慕淇、嘉美

嘉美俐落地整理客廳展示櫃，仔細清理櫃子裡的昂貴威士忌和藝術精品。房間裡傳來慕淇的聲音。

慕淇OS：他們在樓下三天，煩都被煩死了，我知道，但是我不下去回答他們問題，他們是不會走的，這樣我要怎麼跟你約？

慕淇戴著藍芽耳機走出房間，一邊講電話，一邊把手錶、戒指、圍巾……逐一穿戴上身。

吸塵器的聲音讓慕淇陷入一陣煩躁，不耐地斥責。

慕淇：欸，我在講電話。

嘉美：不好意思。

慕淇：好，就三個問題，我只回答三個問題，關於電影的，長月的事情我絕對不會回答他們，好，我現在就下去跟他們講，你等我。

桌上擺著一張幸福慈光動力會的名片。嘉美眼睛一亮，拿起名片查看。

慕淇戴上墨鏡，嘉美趕緊把名片放回桌上，繼續埋頭工作。

慕淇：那個……妳叫什麼名字？

嘉美：我姓譚，叫我嘉美就好了。

慕淇：嘉美，我大門的電子密碼鎖到底是多少？

嘉美：一一○九。

慕淇：一一○九不是我生日嗎？有人用生日當密碼的嗎？

嘉美：是三島小姐設的。

慕淇：蠢……對了，更衣間幫我整理一
下，我記者會來不及了。

嘉美眼看慕淇就要關上門，她趕緊上前把門
拉住，想攔住慕淇說話。

嘉美：費先生，是這樣……不好意思，我上
個月的薪水，三島小姐沒有匯給我。

慕淇耐著性子，掏出皮夾，從裡面抓出一疊
鈔票塞給她。

慕淇：該給妳多少？

嘉美：一個小時六百元，那六週就是……

慕淇：這裡兩萬，能付多久就做多久。

嘉美：我知道三島小姐……

慕淇：（吼）不要再三島小姐了！她死
了！想繼續做就不要再提她！

砰一聲，門關上。嘉美手上東西多，一不留
神鈔票散了一地，她急急開始撿錢。 VIII

21・日／慕淇豪宅樓下大廳／慕淇、書晴、又雲、五名記者、男性工作人員

慕淇一出現，整群記者湧上來，鎂光燈不停
閃爍。

慕淇戴著墨鏡，悻悻然從電梯走過來，大家
一湧而上，用麥克風堵住他。

慕淇：三個問題。你們問吧。

記者C：電影還拍嗎？

慕淇：電影的事情劇本都已經做好了，很
多工作人員也進到前置作業，所以
不太可能說不拍就不拍。

記者搶著發問。

記者A：慕淇，你經紀人跳樓的事情，目
前確定是自殺嗎？

記者B：案發當時，你也在現場，有看
到……她跳下來的樣子？

慕淇：對，我是看到，但是我要描述給
你聽嗎？

書晴：講一下啊，你感覺怎麼樣？看到她
跳樓，你感覺怎麼樣？你們有發生
過關係嗎？

記者D：我們找不到你們電影製作人陳祥
和，連他的家人都不知道他的下
落，這件事情跟長月有關嗎？

書晴：有傳聞說他們兩個人聯手掏空電影
的製作費，後來分贓不均，所以三
島長月才自殺是真的嗎？

慕淇：你們剩最後一個問題，想好再問。

VIII　毋庸置疑，這齣戲也談階級差異。看起來比較平等是加入這類團體的動力之一，但階級的界線真的能
　　被愛抹平嗎？

記者E：三島長月會自殺是不是跟之前你帶那個年輕演員 David 回家過夜有關係？

記者們把麥克風又更往前推。

書晴離開記者群。

慕淇：今天走的這個人，不是只是我的經紀人，也是我的好朋友。從出道到現在，你們一直拿我跟她的事情做文章，今天我想請你們對逝者有點尊重，適可而止可以嗎？至於電影的事情，有新消息我會再跟各位說，今天就這樣吧！

慕淇用力轉身離開，有種演出舞台劇的氣場。工作人員攔住記者們。

又雲坐在遠處，手上拿著一本書，遠遠地看著他。

22・日／慕淇豪宅門外／慕淇、書晴、工作人員們

書晴直接來到慕淇豪宅門口，氣喘吁吁，看樣子是從樓梯一路跑上來的，手裡還拿著手機要錄音。

書晴：（叫住慕淇）對不起！

慕淇：（驚訝地看著她）妳是怎麼上來的？

慕淇深呼吸，壓抑情緒，瞪著書晴。

書晴：你對目前調查方向滿意嗎？檢察官傳你都問了什麼？

慕淇：請離開。

書晴：你覺得朝自殺方向偵辦是正確的嗎？長月死了你有什麼感覺？

慕淇不理會，正要踏進家門前，突然轉身回過頭對她吼。

慕淇：妳家一定是沒死過人，才會問這種問題，滾！

慕淇冷冷地關上大門。

23・夜／汽車旅館／又雲、權志

激情的做愛聲，床頭規律震動，又雲的手指緊抓著權志的肩頭。

床頭櫃上端正地放著一雙又雲的高跟鞋。

整面牆的鏡子，照出他們赤裸著身體交纏的側面。

他們進入高潮，激烈晃動。

權志癱在床上，進入半死狀態。又雲把被子拉到胸前，但面露緋色，頭髮亂了。

又雲：凶不凶，爽不爽？

權志：（台語）妳今天比較凶喔。

權志翻身撲倒在又雲身上。

權志：妳怎麼這麼棒？

又雲：就跟你說一試成主顧了吧。

權志沒搭腔，拉起又雲的手像欣賞她的手指。

又雲：你在做什麼啊？驗屍啊！

權志翻身蹭到她胸口，抬頭問她。

權志：我問妳，妳最近在忙什麼？妳很久
　　　沒有call我了，妳是不是又找別人？

又雲：對。

權志：誰？

又雲：我在找一個陳祥和。

權志：（神色有點驚訝）陳祥和？妳找他
　　　幹嘛？

又雲：你認識他？

權志：就一個非法吸金案跟他有關，但我
　　　們查很久，找不到人。

又雲：（正色）他連費慕淇投資拍片的
　　　五千萬，連人帶錢消失不見了。

權志：這個陳祥和我們追很久了，所
　　　以……拜託，不要壞了我的事情。

又雲：所以……（看權志）那表示說我們
　　　可以……互相交流一下……

權志：妳不要來這套，我們講好了公私分
　　　明，所以這件事情我們就當作是兄
　　　弟爬山，然後各自努力。

又雲：誰跟你是好兄弟啊！（開玩笑）你
　　　才需要多多努力。

又雲站起來把毛巾包上身，要進浴室。

權志在她身後大聲嚷嚷。

權志：喂！妳現在是在跟我客訴嗎！不然
　　　再來一次啊！怕妳喔？

權志躺在床上，看著左手無名指上戴的婚
戒。

浴室傳來嘩啦啦流水聲。

權志：（對又雲）她答應了。

又雲：（聽不清楚）你說什麼？我聽不到。

權志：我說，她答應要離婚了。[IX]

24・日／熱音社練團室／明曜、紀新、紀美、國維、健健美

樂團成員們賣力練歌伴奏，演唱著自己創
作的「去死歌」。紀美像有大發現般，叫
著他們。

紀美：喂！

紀新：幹嘛？

紀美：蓮心上靠北致群了，你們趕快看。

大家紛紛拿出手機，點進專頁，各自浮現不
同的驚異表情。

✝ ────────

IX　詹又雲對我來說比本生更神祕，她的自主性比較高，活在血汗淋漓的罪惡裡，時進時出，並不比其他
　　人輕鬆，但她很清楚自己在做什麼。當然，人一定有一小部分是無法被言說、被解釋，連自己也不知
　　道為什麼會如此的選擇。

紀新：哇靠，這寫什麼？太過分了吧，這個。

手機螢幕裡，一則社團貼文用大字寫著「大奶微微強吻學霸未遂還嗆人！」，底下照片是在圖書館偷拍明曜和蓮心的截圖畫面。

明曜看著手機，臉色一沉。

國維興致勃勃地念出底下留言，還有人 tag 明曜。

國維：靠北，社長有人 tag 你啦，（開始讀）「她以為她誰啊？直升就可以硬來，她又硬不起來」「有特權」「明曜受驚了秀秀」「演哪一齣啊？」「秀秀詹明曜來葛格這裡呼呼」⋯⋯

紀新：（制止他）白痴喔，不要講了。

紀新巴了國維的頭，有點擔憂地看著明曜。

白目的健健美繼續念下去。

健健美：「小心被陰陽臉強吻」⋯⋯「沒錯我朋友跟我說她有在賣」⋯⋯「明曜大大實在太委屈你了」⋯⋯

明曜：講完了沒，還要繼續嗎？

明曜大吼一聲，眾人安靜下來。明曜臉色難看。

紀新：（對健健美）跟你說了吧，白痴。

25．夜／蓮心房間／蓮心

蓮心一邊看著手機裡的「靠北致群」社團頁面，一邊撫摸著身旁的兔子。

有人正問掛「直升的婊子有哪些？」，她往下拉留言，果然看到自己名字，全是被辱罵的字眼。

「李蓮心 +1，長成那樣還敢出門？根本是人間凶器！」

「她那胎記到底算是什麼顏色？我拉出來的大便顏色都比它好看！」

「李蓮心 +1，她頭毛和陰毛都是蟾蜍色無誤！」

「陰陽臉家裡有錢，不過她爸媽都嚇到不敢回家。」

長長的留言，都是惡毒的字眼、不堪入目的哏圖，還在不斷增加當中。蓮心一直看到最後，面無表情。X

蓮心：斑斑，要不要吃草？

兔子咀嚼長長的葉子，不到幾秒就吃乾抹淨。她學兔子吃草，咬了一口吐出來，丟進垃圾桶。

藍芽音響播放著費慕淇的專輯，蓮心把音量開大。

桌上躺著明曜還她的那只錶盒。

✝ ────────────────────────────

X　你相信嗎？網路的語言暴力，的確會致人於死地。當邪惡搭上進步的便車，朝我們輾壓，那滋味嘗過就讓人永生難忘。

26・日／輔導室／凱莉、蓮心

蓮心坐在輔導室裡，前面有三張椅子，面無表情，目光低垂，雙手緊緊握拳不放。

凱莉坐在蓮心對面。

凱莉：蓮心，妳有什麼話要對他們說的？

蓮心：什麼？

凱莉：妳再認真地想像一下，椅子上有妳的爸爸媽媽，還有那兩位同學，妳內心裡面有沒有什麼話要對他們說？

蓮心：叫他們去死啦。

凱莉：好，妳認真地想一下，椅子上這邊是妳的爸爸媽媽⋯⋯

蓮心起身踹倒三張椅子。

蓮心：叫他們去死！可以了嗎？

凱莉：妳跟紀新都是熱音社的對吧？我聽同學說，妳突然抓狂然後把同學的書包丟出去了，我也問了你們的社長詹明曜，他說不是妳的錯。

蓮心：詹明曜？他說什麼？

凱莉：他說妳是被學生欺負，然後反擊。我就說為什麼同學要欺負她，他叫我來問妳，妳跟詹明曜之間有什麼嗎？

蓮心：沒有。

蓮心緊抿著嘴，一臉倔強。

凱莉：蓮心，我知道妳從小就直升，從小就讀致群，那些外考的同學一定覺得妳程度比不上他們。但是致群寶寶不是只有妳一個，妳有沒有想過其他致群寶寶他們的心裡，他們怎麼樣面對壓力。我知道妳的外表比較難交到朋友，但是妳覺得這樣世界就拋棄妳了嗎？沒有！妳等一下。

蓮心慢慢抬起頭，盯著凱莉看。凱莉拿出一張小名片，塞進蓮心手裡。

凱莉：妳不想要老師幫妳，但是好歹妳要幫幫妳自己吧？有空去這邊走走看看，如果幸運的話妳會遇到本生老師，那妳就有救了。我以前也很糟糕，妳知道老師離婚了嗎？紀美的爸爸把我傷得很痛、很深，我就像一個被穿破的舊鞋，但是妳看我現在，我好了。

凱莉起身，轉了一個圈，裙襬揚起，自我感覺良好。

凱莉：我現在完全地好了，我現在再也不會哭到睡不著覺，也不會莫名其妙地生氣，一直在難過。我都好了，為什麼？因為我從痛苦中解脫出來了。妳不要學校的人幫妳沒有關係，妳一定要去到這裡，一切都會有答案。

蓮心拿起名片，「幸福慈光動力會」，還有個「Σ」符號。

蓮心：老師，這是⋯⋯Sigma？

凱莉：嗯，這是希臘的字母，也是一個數學的符號。

蓮心：是一切加起來的總和。

凱莉：妳很聰明，妳看，人生就是把一些亂七八糟的東西都加在一起，就沒事啦，是不是很奇妙？[XI]

27・夜／蓮心家客廳／蓮心、李父、李母

蓮心門一開，撞到行李箱，她探頭皺眉，知道爸媽回來了。

她站在玄關，父親在餐桌旁背對著她，戴著耳機在跨國視訊會議。

李父：（沉著）We can't raise wages as well as bonus. We've spent too long talking about it. I think it's time to make a decision.

李母從房內出來，拿著兩件禮服，要李父替她選。李母一轉頭，終於看見蓮心進家門，迎上笑臉。

李父胡亂地指指右邊，各種禮盒放在餐桌上。

李母：蓮心，妳回來了？

李父揮揮手，示意要她別吵。

李母：（對李父）你還要多久？我們七點半要到，不能遲到的。

蓮心別過臉，連招呼都沒打，直接回房間。

耳邊傳來的都是媽媽對自己的批評，蓮心插上導線，開始練習起電吉他。

李母：我跟妳說房間裡面不要養寵物，不衛生。

李母：我才要說說妳，妳那冰箱怎麼一點吃的東西都沒有，妳也不買點吃的。爸爸，你也說說她，你看她，我怎麼講她都不聽。

李父：蓮心，妳在搞什麼？我們難得回來一趟，妳就不能乖一點嗎？（對李母）妳平常也教教她，妳看看我這樣怎麼工作呢？我不工作怎麼賺錢？我怎麼養這個家呢？

李母：都是你，你就不能好好管管她嗎？

李父：那也是妳女兒，妳也該管一下。妳好好管一下，我得好好工作。

蓮心父母的聲音，淹沒在電吉他亂彈的嘈雜聲中。

聽見敲門聲，蓮心歇斯底里地大叫。

蓮心：走開！

✝ ————————————————————————

XI 這是我自己很喜歡的一場戲，有蓮心的無助，也有凱莉的自憐和自以為是。加上高慧君略帶神經質的詮釋，成了像「芥蘭牛肉」般的完美搭配。

28·日／刺青店／蓮心、刺青師傅

正在刺青滲血的肌膚，刺青師傅正仔細刺一個被藤蔓纏繞的太陽。

在尖銳的機器轉動聲中，蓮心沒有絲毫痛苦的表情，滑著手機。

刺青師：同學，翹課？

蓮心：嗯。

刺青師：那個……妳臉上那個，要不要我順便幫妳處理一下？

蓮心繼續滑著手機，費慕淇演唱會的預告，她臉上依舊沒有太多表情。

蓮心：刺了只會被更多人注意。

刺青師了解地笑，繼續工作。[XII]

29·日／西門町街頭／蓮心、遊客們

西門町鬧區人車川流不息，蓮心瞎晃著。

徒步區的十字路口，巨大電視牆上正播放費慕淇演唱會的 DVD 預購廣告。

沒有人抬頭看電視牆，大家行色匆匆，在蓮心四周穿梭。

30·夜／手搖店／蓮心、維成、店員們、客人們

蓮心等飲料，看見皮夾裡的動力會名片，拿出來端詳。

一名外送員走到櫃檯取飲料，滑著手機，綁好每一個塑膠袋。老闆娘用刻意誇張的聲音和外送員溝通，引起蓮心注意。

蓮心歪頭看他，認出安全帽底下的外送員是維成，蓮心向老闆娘解釋。

蓮心：其實他聽得到。

老闆：你們認識？

維成也認出蓮心，驚訝之餘，表情顯得有點窘迫。

蓮心：你校車跑不夠，還要來跑外送？

維成比了「不要說，拜託」的手勢。

蓮心：好，我不會說。謝謝你把錢包還給我。

維成點點頭，提起幾大袋飲料，快步離開。

蓮心往外看，維成把東西放進機車後座，後座保溫箱標示著「有無外送」。

✝

XII　關於刺青，在觀察中發現，這個世代（指千禧年後出生）的年輕人對身體自主性的奪權，往往發難於「刺點什麼」這件事。相較於過去刺青常常被標籤化，有複雜的社會意涵，現在都不是那回事了。

31・夜／趙家／維成、嘉美、三個小孩

電視正播放新聞，即將發生日環蝕。嘉美跟維成帶著小孩，一家人圍著啃雞爪。

記者OS：歷史上最強的日環蝕，發生在一九五五年，而今年六月十日發生的日環蝕，長度預計只有三分五十一秒……過去，有人認為這是世界末日的前兆。

嘉美：我上次去參加一個心靈成長課程，感覺還不錯。

維成手比出錢在哪裡的手勢。

嘉美：入會費一個人才三千塊，應該還好吧？

維成瞪大眼睛，不可置信地比了三千塊的手勢。

嘉美：還好吧？對了，這次換你拿錢給余太太。

維成表情垮了下來，面有難色。

嘉美：你不要每次都推給我！

維成依然瞪著嘉美，緊抿著嘴，一臉倔強。

嘉美：每個月都要聽她一次囉唆，煩都煩死了，比月經還煩！明明人是你撞的，（發現維成神情明顯不悅）……好啦！算了算了，我去就我去。趕快吃。

維成表示謝意，但嘉美的注意力都被電視上誇張的談話節目吸引，維成拿出雞爪逗嘉美開心。

32・日／慕淇豪宅／慕淇、維成

慕淇花了好大力氣才能從床上起來。

他想要喝飲料，卻發現杯子裡都空了，只好替自己倒杯水。

慕淇感到厭煩，拿起手機選了外送。訊息留言都是來催促他、問電影開拍的事，也有無濟於事的慰問，夾雜著表情符號，花裡胡哨。

他打開平板，長月的推特頁面，有上百則哀悼留言。

留言一半是哀悼，一半是爭執死因。有人辱罵慕淇，也有粉絲出面護航。

網友甲 VO：費慕淇根本是個渣男！

網友乙 VO：死 gay！長月為這種人死真是太不值得了！

網友丙 VO：不是說會負責？現在躲到哪裡逍遙了?!

網友丁 VO：不知道狀況的人不要亂講好嗎？

網友戊 VO：為什麼不公開戀情呢？我們都會支持啊！

網友己 VO：所以證明他心裡有鬼，只想男女通吃搞劈腿……

網友庚 VO：死一條人命，叫你們家偶像出來面對啦！

社群網頁上的吵鬧聲音像一隻隻小蜜蜂縈繞交疊，尖銳地鑽進慕淇腦子裡。

慕淇打開陽台落地窗，陰天，他發現一盆盆植物沒人澆水，都枯萎了。

慕淇往下看著，想起了長月，想像自己如果墜落會掉在哪裡。

門鈴響，打斷了慕淇的思緒。

電話響起，慕淇接起電話。

慕淇：我知道，我開門了。

凱莉OS：請問是費慕淇先生嗎？

慕淇：妳是誰？

慕淇打開家門，門外是維成來外送，慕淇接過漢堡紙袋，關上門前，維成忍不住朝豪宅裡面探了探頭。

凱莉OS：（溫柔可人）我是幸福慈光動力會的秦凱莉，我們在長月的告別紀念會上見過。我不是要找你聊長月的事情，是我們本生老師要找你，他想要邀請你來重新認識自己，畢竟事情都過了，總要有個新的開始。

慕淇：秦小姐。

33・日／輔導室／凱莉

凱莉坐在輔導室一邊講電話。

凱莉：你叫我凱莉就可以了。

慕淇VO：凱莉，我的意思是請妳跟本生老師說我沒有時間上課。

34・日／慕淇豪宅／慕淇

慕淇一面應著，望著窗外整片灰色的天際。

凱莉VO：我可以叫你慕淇嗎？沒有接住長月是這個世界的損失，所以本生老師特別交代我們這次不能再錯過你了，而且你也不應該一個人承受，難道你不希望有一個人可以傾聽你的心事、分擔你的悲傷嗎？我跟你說，我們活在一個非常混亂的世界，隨時可能都會結束的，因為每一個人都只想到自己，想要賺大錢、想要成功，但是很多事情都不是金錢能夠替代的，好比說，拿出你全部的身家能夠換回一個長月嗎？或許所有的事情都是一個啟發。本生老師也有一些話想要跟你說，所以你就來一趟，不要有壓力，來一趟。

慕淇看著窗外，想哭，連忙吸氣，壓抑情緒。

慕淇聽著凱莉說，一面吃著漢堡。囫圇吞棗地大口咬下，喝可樂。

35・日／會館大門外／慕淇、書晴

慕淇下計程車後，猶豫著要不要向前跨出一步。

對街隱密處，書晴站在私家車邊，把手機對著慕淇，拍他的一舉一動。

慕淇走進會館大門。

36 · 日／會館地板教室／慕淇、書晴、志工兩名

慕淇戴著口罩，低調走進地板教室大門。

本生醒目的人形立牌張開雙臂，像是歡迎，也像是擁抱。

慕淇忍不住被海報上的本生吸引，駐足凝視，一個研習師走到他身旁，熱心地介紹著。

研習師：這位就是我們的本生老師，如果你有什麼問題的話都可以跟他聊聊，他會很願意幫助你的。心靈也會比較平靜。來，我們這邊請。

研習師自然而然地把慕淇引進教室裡。

書晴跟著慕淇進來。

小璇：你好，祝你幸福。

書晴：你好。

小璇：請問是來參加分享會的嗎？

書晴：對啊。

書晴猶豫著要不要跟進去，小心觀察四周。

小璇：歡迎你參加啊！進來就是緣分，老師今天有很多美好的心情要分享。

書晴：你們沒有做網路直播？

小璇：（嚴肅）老師不希望大家太常上網，過度使用 3C 用品，更不要說什麼直播了。

37 · 日／會館地板教室旁樓梯間／本生、凱莉、兩位工作人員

會館的樓梯間，有些狹小擁擠，凱莉埋著頭往上走。本生跟著，察覺到凱莉不太對勁。

本生：今天心情不好？

凱莉：今天下午跟雙胞胎有點鬧不愉快……我兒子個性愈來愈像他爸。

本生：永遠不要跟孩子嘔氣，把焦點放在自己身上，先對自己好。

凱莉：我知道，可是這……

本生：（打斷凱莉）打住，不要再氾濫下去。妳把離婚這件事變成毒藥，時間到就發作一下，這樣會汙染妳的心靈，讓妳失去智慧，看不清楚。（把凱莉的雙手放到她的胸口）心靈是很寶貴的，妳是最有慧根的研習師，一定要以身作則，做我們幸福的見證。

38 · 日／會館地板教室／本生、慕淇、凱莉、蔡師兄、嘉美、蓮心、書晴、接待志工、研習師們、學員們

這場都是研習師或是研習生，現場大約五十位左右。有經驗的研習師閉目靜坐，其他人則興奮地小聲交談著。

蔡師兄站在台前主控全場，燈光漸暗，全場安靜了下來，頌缽敲響，本生飄逸地從一側走出來，全場鼓掌。

慕淇看著本生的一舉一動，本生走出來，好像周遭一切都緩緩靜下來。慕淇沒碰過這樣的人，只是看著就讓人忍不住想對他微笑。

本生：各位，愛是什麼？

本生雙手抬起，微笑注視著大家，眾人齊聲呼喊回應，還帶著手勢。

學員們：愛是原動力！愛是吸引力！愛是我和你！！

本生：祝你幸福，我的好朋友們。

學員們：祝你幸福，本生老師。

慕淇發現大家似乎都知道怎麼反應，這讓他有點緊張，擔心被認出。

本生：那一天又有人問我，為什麼我們叫「幸福慈光動力會」？難道加入學員，就能保證得到幸福？就會得到動力？就像《星際大戰》的原力一樣，May the force be with you？

學員們發出笑聲，蔡師兄邊笑邊觀察學員反應，凱莉則苦笑搖頭。

本生：我就跟他說，對啊，你要不要試試看？無效退費。

學員們又笑了。

本生：幸福永遠是相對的！難道老師可以跟你們每個人結婚，給你幸福嗎？

那你們也太慷慨了吧。沒有人能給你們幸福。（認真環顧四周）可是愛不一樣，愛是絕對的，沒有愛，仇恨就有機會進入你的生活，仇恨是容不下幸福的！

慕淇又偷看身邊全神貫注的人，沒有人發現大明星來了。在這裡沒有人認識他，他很舒服，又隱隱感到不安。

書晴坐在最後一排，在慕淇的斜後方，觀察他臉上的變化。

本生：有愛的幸福會閃閃發光，你想不注意它都沒辦法。我們要找的幸福是這種的。各位，它是光，也不是真的光，那是一種體悟，一種明白，不是我給你們的。你們看，老師背後沒有那種萬丈光芒，對不對？我也沒有那種可以浮起來的照片可以賣給你們，還是有誰要幫我P一下……

全場笑著，慕淇看看周圍的人，有些人笑中帶淚，嘉美和蓮心也跟著笑，帶著期待的表情。慕淇發現自己也被逗笑了。

本生：我人活生生在這裡，把我得到的訊息傳達給你們，這次閉關得到的訊息很簡單，「麥造」，不要再逃避了，承認自己害怕寂寞、很軟弱、需要愛，大方承認就好。 [XIII]

✝ ────────────────────────────────

XIII 本生老師說的話，哪一句是錯的？甚至已經超過「話術」的標準，更不是一般江湖術士瞎扯唬弄。告訴我，你能不相信他嗎？

本生走到忍不住輕聲啜泣的凱莉身旁。

本生：我的好朋友，妳為什麼哭泣？

本生扶起了凱莉。

凱莉：我離婚到今天滿五年了，我本來沒有在記的，但今天下午，我跟我兒子吵架，然後他罵我……他說我前夫為什麼會離開我……是因為就像本生老師講的一樣，我不懂愛，所以他受不了……可是……

本生：妳不再愛他們了？

凱莉：我很愛他們，而且我什麼事情都為他們著想，但是只要有衝突的時候，如果他們講出很難聽的話，我一定會用更難聽的話去還擊他們，尤其是我的前夫……我覺得我這樣去傷害他，我很滿足。我很生氣這樣的自己，我非常不喜歡這樣的自己，我會拿他跟他的同僚還有同事去比較，我會嫌他賺錢的能力很差，所以才在旁邊這樣看別人這樣步步高升，我們家的車子房子都很差……但是其實明明我並不在乎我坐什麼樣的車，我住什麼樣的房子，可是那麼惡毒的話就從我嘴巴這樣說出來了，我真的不知道為什麼那些話就這樣……就這樣說出來，我真的不喜歡這樣的自己，我……

本生：很好，妳做得非常好。

凱莉不懂本生的意思，大家也納悶地看著本生。

本生：妳看妳，妳就這樣坦誠說出來了，完全說出了自己的反省和懊悔，就在我們面前。妳承認妳傷害老公，妳的婚姻可能因為這樣破碎了，但妳的人生結束了嗎？還沒！妳還活著，妳在我面前完全展現了妳的脆弱和勇氣！妳這麼相信我們。

凱莉：相信。

本生：我們要感謝妳。

眾人鼓掌致意，凱莉再也忍不住，痛哭失聲。[XIV]

本生走上前一把抱住凱莉，緊緊抱住她。

本生：我們要感謝妳！妳一定能改變，有我們陪著妳，重新學習愛人，學習被愛。

慕淇覺得自己被說中什麼，看著周遭人激動的反應。有人拭淚。

本生上前，把地上的坐墊交給凱莉。凱莉擦擦淚，隨即接過坐墊，用力打在隔壁研習師身上。全場驚呼。

第一排的研習師也都站起來，拿起坐墊互打，大笑大叫，又躲又跑。

✝

XIV 一場完美的布道，少不了痛哭流涕的見證。凱莉師姐並沒有「表演」，她每一滴眼淚都是真的。

蓮心和嘉美也加入戰局，打到坐墊都破了，棉絮飛到空中。

書晴站在最後一排，難以置信地看著全場，每個人都像是小孩一樣，陷入瘋狂的枕頭大戰中。

慕淇被打了好幾下後，也自然而然地加入戰局，彷彿小時候愈被禁止的遊戲，現在愈是用力發洩，才算獲得真正的自由。

棉絮翻飛在半空中，像雪花般在每個人身邊翻滾飛舞，既混亂又美麗。慕淇歡愉大笑，回頭張望，不知何時，本生已經不在現場。

凱莉附在慕淇耳邊，不知說了什麼。 XV

39・夜／會館茶室／本生、慕淇

飯店某層樓電梯打開，慕淇走出來，穿過長長的走廊，慕淇走到套房門口，發現門已經開了。XVI ∑

✝

XV　最後的枕頭仗，以及那些讓人愉悅的恣意妄行，剪接時看這段戲，腦中即浮現拉威爾（Joseph-Maurice Ravel）的《波麗露》（Boléro）。

XVI　這集把許多線頭接起來，慢慢織出一張網，身在其中，難逃且不得張揚。

EPISODE
第 3 集

1 · 夜／飯店總統套房／本生、慕淇

慕淇走進套房客廳，沒有見到人，試探性地四處張望。

慕淇：老師！老師！

慕淇走進本生房間，本生應聲出來，見到慕淇後露出微笑。

慕淇：凱莉師姐說你找我有事情。

本生：我看你參加活動都很投入。

慕淇：對，大家都玩得很開心，而且也沒人認識我。

本生：你坐！沒有人認出你，你很失望？

本生把手中的茶遞給慕淇，他低啜了一口，想了一下。

慕淇：沒有……（有點迷惑）是有這麼一點，我覺得好像比較輕鬆。難怪長月會想來這裡，大概是在我身邊總是很不開心吧。

本生：你真的認為她自殺跟你有關？

慕淇不解地看著本生，這段時間他一直背負著這份愧疚活下來，難道誤會了什麼。

本生：你也太自大了吧？你有聽過希格瑪檔案嗎？

慕淇搖搖頭。

本生：在希格瑪的世界裡，每個人都有屬於自己的希格瑪檔案，裡面會有你的前世今生、你在這個世界的任務和意義，你正面對的問題，癥結在哪裡，當然也包括最後的幸福歸屬……很遺憾，長月沒辦法讀到自己的檔案，她最後決定這樣離開，我想她的幸福歸屬在另一個世界，跟你無關。

慕淇紅了眼眶，難以解釋心中的那股遺憾傷心。

本生：慕淇，人的生跟死，從來不會是單一原因造成的。

慕淇：為什麼……為什麼好像，我希望是因為我，又好像不希望是因為我？

本生：慕淇，愛不是用生死來證明的。

慕淇點頭，期待地望著本生。

本生：讀檔案是一個非常痛苦的過程，身心靈都是。也因為這樣，我創辦幸福慈光動力會，建立系統化的課程，就是不要想讓徬徨的人盲目摸索，經歷像我一樣瀕臨死亡般痛苦。（握了握慕淇的手）我們起碼能彼此陪伴。

慕淇：老師，那你的希格瑪檔案呢？

本生意味深長地笑了笑。

本生：那是一個非常複雜的生命描述，你的名字也在裡面。

慕淇：（睜大眼睛）我的名字？

本生：你的希格瑪檔案，有一個副本，放在我最深層的檔案抽屜裡。

一陣倦意襲來，慕淇忍不住打了哈欠。

慕淇：對不起。

慕淇眼前突然一陣黑。

2‧日／飯店總統套房 II ／慕淇、本生

慕淇在躺椅上驚醒，陽光斜灑室內，身上多蓋了一條毯子。

本生斜靠在床頭優哉游哉地喝茶，微笑地看著慕淇。

慕淇：我睡得好沉……我睡了多久？

本生：你大概睡了十七個小時。

慕淇大驚失色。

慕淇：這麼久？（四處摸索）我的手機呢？

本生：沒電了。（他把手機扔給慕淇）你看，你消失了一整天，世界還不是照常運轉。

慕淇：（自嘲）可能我不重要吧！

本生：支離破碎的你當然不重要，而且沒人要。現在睡飽了？

慕淇：老師，我想要來上課……

✝ ————————————————————————

I　很多人問我希格瑪檔案是什麼？如果覺得很難懂，不如把它視為一個超大的雲端硬碟。而開檔案要密碼，密碼不是每個人都有的。你也想知道裡面有什麼樣的檔案嗎？

II　這場戲在西華飯店的總統套房拍攝，不到一年，西華飯店就無預警宣布歇業了，幸好我們的影像記錄了它的總統套房、酒吧、宴會廳等等，留下這個典雅五星飯店最後的身影。

本生：可以，但每個人都要從第一級課程開始，雖然你的希格瑪路徑比較特別，但為了保護你，也不能例外。

本生起身，走到慕淇面前，非常非常近的距離，臉幾乎要貼上他。

慕淇：那我也可以，讀到自己的希格瑪檔案嗎？

本生：我會幫你讀，放心。

本生更靠近他，慕淇都快不能呼吸了，但本生狡猾地從他身邊擦肩而過。

3·日／飯店門口／慕淇、書晴

慕淇在飯店前抽菸，等飯店為他叫好的車。書晴看起來在外面等了一夜，一看到慕淇就趕緊上前，但看到書晴，慕淇原本精神抖擻的臉垮了下來。

慕淇：又是妳？

書晴：你在裡面也待太久了吧？都在幹嘛？

慕淇戴上墨鏡，不理會書晴。

書晴：你今天氣色看起好很多。

慕淇：你到處堵我，不累嗎？還是妳跟蹤我？我應該報警吧！

慕淇冷冷看了書晴一眼。

書晴：只要你沒有回答我的問題，我就會一直追下去。

慕淇：妳要當我的背後靈我也沒辦法，我告訴妳……接下來，我需要時間好好思考電影開拍的事，妳一直跟著我也沒用。

書晴：（岔開話題）你不覺得那個動力會很奇怪嗎？尤其是本生老師。

車來了，慕淇按捺著性子，深呼吸，準備上計程車。

慕淇：我好不容易睡個飽覺，心情很好，讓我保持一下。

書晴皺眉看著慕淇消失的背影，拿起手機，撥出一個號碼，不久後對方接聽。

書晴：喂？費慕淇的記者會通告出來了嗎？發給我。

小朱OS：許書晴，妳又要幹嘛？

書晴：小朱，我問你，你說你之前拍到三島長月葬禮的照片，有一群穿制服的去觀禮，你還記得他們嗎？

小朱OS：他們是幸福慈光動力會，三島長月是他們的學員，第三級還是第四級的，這要再查，他們資料很隱密，學員口風很緊，不太好問。

書晴：他們的領導人，是不是叫本生老師？

小朱OS：沒錯，他在心靈成長圈還滿紅的……

書晴聽著手機，抓著包包，轉身走回車子旁邊。

書晴：打聽一下他的背景，傳給我。

4·日／Plan A+ 書店咖啡館／慕淇、書晴、四位文字記者、記者群

咖啡館門口擺放著宣傳海報，《如果我不愛你而你愛我》宣傳記者會。

台下四排椅子，坐滿手上拿著平板或手機的娛樂記者和其他客人。

慕淇戴著墨鏡，斜坐在一張單人高背白色扶手皮椅上，拿著麥克風侃侃而談。

許書晴快速地在 iPad 上打字。

慕淇：⋯⋯這部新片特別找了金牌製作人陳祥和，他以前做過的《當哈利愛上露雅》、《戀人啊》都是收視冠軍。（見他們沒反應）你們都沒看過？沒聽過？你們可能還小，當然，我也是小的時候看的。（乾笑）

記者A：你要自己當導演嗎？現在不是很流行，演員兼導演？

慕淇：（愈說愈投入，不自覺地誇張地演起來）我很佩服那些有辦法自編自導自演的人，如果有機會，我當然也想跟他們學習，當演員好累啊，

可是當演員，你可以把幻覺變成真實，做了這麼多年藝人以後，我覺得，演員真正扮演的角色是上帝，上帝的工作是什麼？創造一切，要你生就生，要你死就死。要累積這種能量，最重要的是，演員要愛他的角色，愛他在演的故事，讓它活起來。我就是要做這樣的一種戲，有血有肉的角色，值得演員付出真愛，願意真心去對待。在那個神祕的時刻發生的一切，都會弄假成真——[III]

突然有個記者打斷他。

記者A：你不打算說明長月的事？

現場略略騷動，慕淇看著記者A，<u>坐直身子，其實有點招架不住，但他裝聾作啞。</u>

慕淇：（清清嗓子）其實我們還約了幾個天使投資人正要談——

又雲低調地走進咖啡廳，快速地把現場打量一圈。

記者A：（打斷）慕淇！最近有人看到陳祥和在海外，你這邊有什麼消息嗎？

記者B：對啊，要不要講一下檢察官偵辦三島小姐案子進度到哪裡了？

✝

III　慕淇對表演工作的自戀，在這一大段近乎獨白的台詞中展露無遺。他和本生老師是同一種人嗎？

記者C：畢竟她之前一直都很保護你，我們要訪你也都很困難，你也知道。那現在她離開了，你有想要找新的經紀人嗎？我聽說那個Amy她帶得也不錯。

幾個記者不打算放過他，他開始不耐煩。

慕淇：檢察官辦案，我怎麼會知道她的進度？她又不用跟我報告。長月才剛走，我沒有打算要找新的經紀人，暫時自己來吧。今天找大家來，是希望透過你們的報導，能夠有更多的投資人，一起跟我打造這一部印鈔機。

記者C：你怎麼用印鈔機來形容？

記者D：多聊一下長月的事嘛！

慕淇：（無視）我們這一部劇的劇本很難，我們不斷地修改，拍攝也不那麼容易，我希望對的投資人可以帶對的錢進來，這樣這部戲才有更有機會可以成功，就這樣吧！

在記者的錯愕中，慕淇突然起身，往咖啡館後面走去。

5・日／咖啡館後巷／又雲、慕淇

又雲走進後巷，張望，發現閃避記者的慕淇抱頭蹲坐在後門外牆角。

慕淇拿出菸，又雲幫他點燃，他吸了一口，看著白煙裊裊上升。

又雲也在慕淇身邊蹲下來，拿出菸，遞到慕淇面前。慕淇看了她一眼。

又雲：我知道你戒菸了，沒關係，我也戒了好幾次。

慕淇：要是長月還在就好了。費慕淇這品牌，有一半是她弄出來的。還有一半是我的歌迷，我根本什麼都不會。

又雲：你能紅，她絕對有功勞，這很合理啊！

慕淇：不，另外一半靠的是歌迷，我根本什麼都不是，我什麼都不會，連長月有心事也看不出來。我很糟糕，沒有資格說是她的夥伴。

又雲：你為什麼不告訴記者我們會以自殺來結案？

慕淇：（激動）幹嘛跟他們說？讓他們知道幹嘛？賺幾天頭條，多賺些觸及率，然後呢？長月又不是公眾人物，要是他們知道她是自殺，他們一定會想盡辦法再挖更多她的事情，我才不要。

又雲：（安撫）你是沒有必要告訴他們，但是不給他們一點消息，好像也說不過去。

慕淇：（沉溺在自己的情緒）我們一起做電影夢，一起完成屬於我們自己的作品，她以前每天雞毛蒜皮管那，罵也罵不走，現在在我們真要做大事了，就這樣把我丟下不管一走了之？這算什麼！

又雲：（起身）之前李律師給我的錄音檔，分析報告快出來了，結果怎麼樣我再告訴你。你趕快找錢吧，繼續拍電影。

又雲要走了，慕淇突然開口。

慕淇：我真不知道長月這些年是怎麼對付這些人，難怪她想躲起來！

又雲：躲去哪？

慕淇：就那個什麼幸福慈光動力會啊，她在那裡好像很開心，至少比在我身邊開心（苦笑）。詹檢不是圈內人，妳可能不知道，有時候我都不知道那些人寫的我到底是誰？

又雲再一次聽到幸福慈光動力會，這讓她更好奇了。[IV]

6・日／咖啡館洗手間／慕淇、書晴、助理

慕淇盯著鏡子，拿出粉盒按壓黑眼圈，用眉筆修補眉型，直到自己滿意。

耳邊傳來和導演馬西的通話內容。

馬西VO：慕淇，我先出國度個假，長月不在，電影肯定開不了，你加油。

戴上墨鏡，他朝鏡子冷著臉罵了髒話，是剛剛記者會上罵不出口的。

拉開洗手間門，書晴堵在面前。

慕淇的助理馬上要隔開書晴。

助理：小姐，我們記者會已經結束了。

書晴：還記得我吧？

慕淇：妳到底想怎樣？

書晴：我剛剛沒有問你跟三島長月的關係，你不覺得我人很好嗎？

慕淇：所以呢？

書晴：一個專訪，晚點有空嗎？

7・日／網美咖啡店／慕淇、書晴、店長、客人數名

慕淇被咖啡店客人拉去拍照，店內的花花草草與繽紛擺飾襯托出他的明星氣質，書晴在一旁耐心地等他。

書晴OS：你們沒有各自發展感情關係嗎？

慕淇OS：沒有。

書晴：你覺得你真的很了解長月嗎？她不會有什麼事情瞞著你嗎？還是你擔心你聊開之後她會離開你，所以你才選擇什麼都不講，一直讓她繼續抱著期望？

✝

IV　無可否認，又雲對慕淇的確多了一些同情，儘管她不是「圈內人」。失去生命中重要的人，像被自己的世界穿了一個大洞，大到連哭泣都沒有回聲。

慕淇：我知道我是一個很自私的人，我只是不想面對，因為不管從什麼方面來看，我的生活裡就是不能沒有她。

書晴：你真的滿自私的。這樣不是在利用她嗎？我只是看不慣你因為懦弱把她拖下水，她一定很痛苦吧？

慕淇：隨便妳怎麼說。

書晴：那五千萬的去向？

慕淇：我是希望陳祥和在他被通緝之前出面跟我調解。妳真的覺得長月是因為我才自殺的？

書晴：人會結束自己的生命，多半是因為恐懼。恐懼會變形，會蔓延，直到淹沒你對未來的盼望。我想長月是害怕看不見未來吧？ [V]

8・日／校園女更衣室／蓮心、紀美、女同學五個（含 AB）

剛上完體育課，學生換下體育服，沖完澡換制服。

蓮心沖完澡，發現剛剛換下來的體育服不見了。自己的衣櫃被撬開，裡面的制服也不見了，她只剩一條浴巾。

蓮心無助地坐在更衣室裡，望著鏡子裡的自己，頭髮還在滴水。

上課鐘響。

9・日／教室走廊／蓮心、紀美、女同學七、八個

同學都進教室準備上課，蓮心圍著浴巾、溼著頭髮、打著赤腳走過來，她穿過走廊，完全無視他人的眼光。行經的教室裡，學生紛紛探頭出來。

Insert：蓮心的制服散落在樓下的水泥地上

10・日／高二仁班／蓮心、同學A、同學B、同學C、紀新、健健美、同學們

蓮心進教室時老師還沒進來，她裸著的整隻手臂上刺了各種圖騰、英文名字。有幾個同學沒看過蓮心手臂上的刺青，議論紛紛。她走到同學A面前。

蓮心：我的衣服呢？

同學A：我哪知道，妳不會自己去找？

同學B：不知道，妳幹嘛問我們？我知道了啦，書包在哪裡，衣服就在哪裡啊。

✝

V　書晴對慕淇的興趣，一開始可能是記者挖內幕，深入了解後，她看得出慕淇的無助，於是又生出一些同情。又是同情？可能慕淇這個人一直散發出一種「救救我」的訊號吧！

蓮心推開他的桌子，一耳光打在同學 B 臉上，同學 B 反擊去扯蓮心的毛巾，三個人拉扯間，蓮心的毛巾被兩個人扯了一半，她拉著毛巾一角試圖遮蓋自己，長長地尖叫一聲。

同學 B：幹嘛？

同學 C：瘋子？幹嘛突然尖叫？

同學 B：你是怎樣？

紀新衝進來馬上拿自己的運動外套蓋住蓮心，蓮心面色蒼白，發抖。

紀新：蓮心！是我紀新！沒事。（對同學 ABC）妳們在幹嘛？

Insert：蓮心的制服散落在樓下的水泥地上，明曜正在撿

紀美抱著蓮心的制服進仁班教室，邊瞪邊推開他們所有人，扶著蓮心離開。明曜抱著衣服，衝上樓交給紀美。

紀新：（對同學 ABC）妳憑什麼這樣對李蓮心？她做了什麼事，妳們為什麼要這樣對她？我高二仁紀新，有種來找我。

同學 C：你跑到別人班那邊亂叫什麼？

紀新：為什麼要這樣對她？

同學 C：所以呢？怎樣？

紀美：妳們這些人到底有什麼毛病？有病看醫生好不好？

同學 C：妳才有病。

紀新：你們全都有病！

同學 B、C：你才有病。

紀新：我跟妳講，要不是因為妳是女生我早就——

同學 C：早就怎樣？

健健美：閉嘴啦，臭三八！

同學 ABC：臭男生！

紀新：有種來找我！

紀美扶著蓮心經過走廊時，蓮心對上明曜的目光。明曜感覺到蓮心受傷了，但他一點辦法都沒有。 [VI]

11・夜／熱音社練團室／紀新、紀美、明曜、健健美、國維

樂聲從熱音社裡傳出，紀新高亢清亮的聲音很好辨認，他們練完一個段落後，紀美帶了凱莉教她做的蛋糕，分給大家吃。

明曜：我媽今天不在家，要不要來我家打Switch？

紀新：走！

✝ ─────────────────────────────

VI　因為不想把被霸凌者寫成無力反擊的可憐人，於是想辦法反擊，但有什麼比反擊失敗的崩潰更讓人難堪嗎？

紀美：不行！你今天要倒垃圾，你不弄的
　　　話，媽回來又要歇斯底里。

紀新：干我屁事。

健健美：明天再倒就好了。

明曜：好啦，不然你週末再來。

紀新：不要管我媽，真的。我們兩個平常
　　　就像孤兒一樣，她去她的動動動就
　　　好了。

健健美：動動動是什麼？你媽也會打鼓？

紀新：靠北啊！我媽去的是幸福慈光動力
　　　會。

國維：那是什麼？

紀美：那只是心靈成長課程，輔導老師去
　　　上課。

健健美：幸福慈光動力會？

紀新：妳就演一下，妳就說……妳就說我
　　　去洗澡。

紀美：你洗澡洗一輩子？

國維：洗澡洗很久？

紀新：你是不用拉屎喔？

國維：拉屎也不用那麼久。

紀美面露喜悅，蓮心手上拿了一件外套突然
進來，塞到紀新懷裡。

蓮心：紀新，這是你的外套，謝謝。

明曜：蓮心，一起吃蛋糕。

蓮心：沒關係，謝謝。

紀美：蓮心！

蓮心轉身就要走，明曜追出去。

明曜：李蓮心！妳還好嗎？

蓮心怨懟地直視明曜，轉頭小跑步離開。明
曜難過地看著她忿忿離去。

12・日／客戶家衣帽間／嘉美

更衣間裡，各式精品皮包、外套、鞋子……
一字排開，全是名牌。

嘉美換穿著一件名牌套裝，在鏡子前顧影自
憐，又試穿一件假毛皮大衣，像貴婦。

13・日／客戶家豪宅大門口／嘉美

電鈴響，嘉美嚇一跳，想脫下外套，但拉鍊
卡住，脫不下來。

快遞員耐著性子按著電鈴，兩次，三次，門
終於打開。

嘉美把工作圍裙穿在毛皮大衣外，下面還是
防水工作膠鞋。她探頭出來，快遞員多看了
她一眼，她有點心虛。

快遞員：妳好，包裹，幫我簽收一下。謝
　　　　謝。

嘉美：喔，好……

嘉美伸手簽名，接下包裹，露出全身詭異的
模樣。

快遞員看她的裝扮，又打量嘉美的臉。

嘉美急急關上門。

14・日／會館大廳／嘉美、蔡師兄、學員們、工作人員們

高級木質長桌旁放著一個用本生的全身照做的等身人形立牌，一旁還有學員在跟立牌合照。

研習師： 妳好，參考看看，這是我們老師精心研發閉關潛修的課程，叫作「你不知道你是誰」，這是非常有創意、非常多元、非常豐富的課程，可以開發妳的潛能。

蔡師兄微笑上前，招呼嘉美。

蔡師兄： 嘉美嗎？

嘉美： 蔡師兄！（不好意思）你怎麼記得我名字？

蔡師兄： 當然記得，我還記得妳在分享的時候，妳講的故事，妳說妳很早就出社會工作，但妳在工作上被欺負、被霸凌。妳很勇敢，妳很棒。

嘉美： 謝謝。

嘉美有點受寵若驚，有點高興自己被關注，又有點興奮。

嘉美： 我來報名這個課程，你覺得適合我嗎？

蔡師兄： 當然適合，妳很積極，妳只要持續保持這個態度，很快就會感受到改變。

嘉美： 我是時間都留好了。可是學費要六萬，可以打折嗎？

蔡師兄： 妳覺得妳的幸福可以打折嗎？三天兩夜的時間，可以近距離跟本生老師對談，找到自己的幸福密碼，而且說不定本生老師還可以解讀希格瑪檔案，可以知道妳的紀錄，這一生的祕密都在這裡面。

嘉美： 希格瑪檔案是什麼？我之前都沒聽過。

蔡師兄： 妳上課之後就會知道了，妳也可以邀請朋友一起來，說不定他們入會了之後，會對課程很有興趣，你們這樣就可以一起上課，一起成長。

嘉美： （羞怯地笑）我會努力學習。

蔡師兄： 我相信你一定會的，希望可以在幸福的道路上遇見你。

蔡師兄比了「祝你幸福」的手勢，離去。

嘉美轉頭看著本生的人形立牌，像在對她神祕地微笑，又看著蔡師兄的背影，下定決心。

15・夜／趙家／嘉美、維成、小孩

維成幫小孩剝蝦，一大袋全是烤好的泰國蝦。

老大和老二吃得津津有味，維成邊剝邊喝著冰啤酒，陪著看卡通。

嘉美進屋，發現老么不在。

老二：媽媽回來了！

嘉美：姐姐怎麼那麼乖？吃什麼？

老二：蝦子啊。

嘉美疲累地脫下膠鞋，維成把一隻剝好的蝦塞進她嘴裡。

嘉美：好大隻喔，餓死了，再幫我剝一隻。

她喝了一口維成的啤酒解渴。

嘉美：（咂咂嘴）好好喝。週末我要帶我媽去健檢，三天都要住在醫院，你要記得禮拜五去接小孩。

維成比出三天手勢，做出驚訝表情。

嘉美：對，她就一直說不舒服，徹底檢查比較安心，又一直叫我要陪她。

維成點點頭，又比著數錢的手勢。

嘉美：喔，那個錢……保險公司提供的，沒多少錢，她自己有。

嘉美看看被卡通逗得哈哈大笑的孩子，塞了一張籤詩給維成，自己繼續剝蝦喝啤酒。維成看著，神色漸漸喜悅，籤詩寫：「唐明皇賞花——百花競放賀陽春，萬物從今盡轉新，末數莫言窮運至，不知否極泰來臨。」

兩人交換興奮的眼色，一張籤詩好像又帶來莫名的希望。[VII]

16・日／校園／蓮心、同學 A、同學 B、同學 C、老師、同學們

下課時間，同學圍著蓮心看她的兔子，她抱著兔子讓同學輪流摸牠，她看起來柔和許多，同學也問她關於養兔子的事。

上次被丟書包的同學 A、同學 B 經過，湊過來好奇他們在做什麼。

蓮心反射地把兔子趕快裝回寵物籃。

蓮心：（對兔子）不要緊張，不要緊張，牠太緊張了。

同學 A：是兔子耶，好可愛唷。

同學 B：我可以看一下嗎？

同學 A：蓮心，之前不好意思，我們只是想看一下。

同學 B：沒有，我不會怎樣，因為我家有養兔子。因為牠這個洞太小，牠會有點……

蓮心：斑斑……

同學 AB：好可愛，哈囉。

蓮心把兔子給同學 A、同學 B 看，兩人卻搶走寵物籃。

蓮心著急地追上去。

蓮心：等一下。

VII　這是嘉美少見的幸福時刻，好像等待了多年的改變機會終於來臨，忍不住要飛撲上去。

同學 B：李蓮心，妳不用擔心。

蓮心：沒有啦，那是我的兔子，還給我。

同學 AB 一上一下，把裝兔子的寵物籃拿起來當成球拋接。

蓮心只能來回跑，要搶過兔子。

同學 AB 又把籃子伸出欄杆，威脅要扔下去。

同學 B：接著。

蓮心：斑斑！斑斑給我！

同學 C：道歉！快點！

同學 B：快點道歉，快點，我要丟下去了。

同學 C：土下座！跪下妳！

同學 B：土下座！現在！

同學 A：加倍奉還有沒有聽過？

同學 B：土下座！

同學 A：哭什麼哭？

同學 B：現在土下座，快點！妳到底跪不跪？妳把牠丟下去！丟下去！

蓮心不知如何是好，同學 ABC 不斷脅迫她，她不情願，又擔心兔子，周圍的聲音突然離她很遠，她緩緩跪下。

同學 C：不早點跪，很瘦，怎麼那麼難相處？

同學 A：丟書包。

同學 B：很會丟書包。

鐘聲響起。

同學 C：好，上課了。下次再玩！

同學 B：走著瞧。

同學 ABC 把籃子扔回給她，她還跪著，但寵物籃裡的兔子不動了。[VIII]

蓮心：（非常擔心）斑斑，你有沒有怎麼樣？

17．日／校車車內／蓮心、維成、四個校車同學

蓮心坐在最後一排，抱著寵物籃，她把口罩拉緊，眼神呆滯地看著窗外。

幾個學生竊竊私語，輪流偷拍她，迅速把照片上傳。

所有人都下車，只剩下蓮心。

維成轉動校車方向盤，靠邊暫停，打開前側車門，發現沒人下車。

他納悶地看照後鏡，伸出頭朝車後張望。

他解開安全帶起身查看，發現蓮心無助地抱著寵物籃。

蓮心看著維成那張耐著性子的臉。

維成指指籃子。

✝ ─────────────────────────────────

VIII　沒有一隻動物因本劇而受傷，望周知。

蓮心：我的兔子被同學弄死了。

兔子在籠子裡又掙扎一下。

維成驚訝地反覆指著籃子。

蓮心連忙檢查，兔子又抽動一下。

蓮心：（急）你可以帶我去寵物醫院嗎？
沒有很遠。

維成見她著急的樣子，示意她坐好，他回駕
駛座。

18・日／動物醫院／蓮心、維成、寵物醫生

蓮心站在動物醫院櫃檯前，拿出錢包。

蓮心：你說三天是一萬？

醫生：對。

蓮心：好，那我先給你訂金五千塊。

醫生：謝謝，這樣就可以了。下禮拜再來
接斑斑。

蓮心總算有點笑容，兔子似乎有救了。

維成侷促地等待，他看不懂寵物醫院為什麼
這麼明亮光潔，他從來沒有來過這種地方。
自己生病不嚴重，忍忍就過了。

兩人從寵物醫院出來，蓮心想道謝，又有點
尷尬。

維成：（寫）住院好貴！

蓮心：沒關係，我家只剩下牠可以陪我
了，貴一點沒關係。謝謝。

維成：（比手語）送你回去？

維成示意往另外一方向。

蓮心：（點點頭）我自己走就可以了，謝謝。

維成笑了，搖搖手，看著蓮心離開的背影。

19・夜／蓮心房間／蓮心

蓮心在電腦上看到網路上嘲笑她的圖片，她
一一看過留言。

蓮心拿出美工刀，反覆推開關上，發出刺耳
的刷刷聲

蓮心假裝在自己的手腕上割，還試了幾個
位置。

手機響，來電顯示「明曜」。蓮心接起來。

明曜：蓮心嗎？我是明曜。

蓮心：嗯！

明曜：妳還好嗎？校版上有妳跪著的照
片，她們又欺負妳了嗎？

蓮心：她們不喜歡我，也不喜歡我的兔
子，叫我道歉。

明曜：又是把妳衣服扔掉那幾個嗎？

蓮心：就是她們。

明曜：她們太過分了，學校一點反應都沒
有，不然我們去報警。

蓮心：有用嗎？只要我還活著的一天，這
種事就一定不會停止。只要我還在
學校，她們就會繼續。

明曜：我們去報警，叫她們的家長出來，不然去找我媽，我陪妳去，妳不要胡思亂想。

蓮心：詹明曜……謝謝你打電話過來。

聽筒裡傳來紀新著急問明曜的聲音。

紀新 OS：她還好嗎？她是不是在哭？

蓮心：bye-bye！

蓮心突兀地掛斷電話，把美工刀收回抽屜。IX

手機傳來訊息聲：「幸福慈光動力會第一級課程即將開始，好朋友，我們歡迎你。」

20・日／檢察官辦公室／又雲

又雲的辦公室堆滿資料檔案，角落一堆文件箱子，幾乎蓋滿長沙發。檔案、書籍、卷宗堆在桌上，唯一看得清楚的，只有她和明曜一起去拍的大頭貼。

又雲反覆聽著電腦上的語音檔。

電腦螢幕突然跳出一個訊息，有新郵件。

螢幕上是聲紋分析報告，全是英文。

又雲把字放大，最近開始有點老花，但她不想讓別人知道。

螢幕顯示：經聲紋分析後，除死者外並無其他人聲。

21・日／希格瑪莊園／本生、凱莉、慕淇、嘉美、蓮心、書晴、學員十數名

地點很隱蔽的希格瑪莊園被樹木圍繞著，大間木造的建築物，在中央的希格瑪廣場上，有個以竹子編成、類似講台的遮蔽物，四周都是大自然的聲響。

希格瑪廣場上約有二十個學員，女性居多，他們兩兩一組，面對面站立，做「鏡子遊戲練習」X。他們都穿著動力會的制服，看起來沒什麼區別，即使是費慕淇這種大明星也一樣。

本生帶領著他們。

本生：想像你們之間有一面鏡子，觀察對方做出反應，去試探你身體的各個部位的極限，加大你身體的幅度，慢……用身體去感受，再慢……我們都在投射，把對方當作鏡子一樣地投射。這不是默契大考驗，你們要跟上對方，也有責任讓對方跟上。

IX　蓮心是不是會自殘？Yes。蓮心是不是想自殺？No！她不過是覺得自己卑微到下水道裡了，只要否定自己的存在、沒有感覺，就不會痛了。用手上的疼痛轉移心裡的傷，促使她做出這樣的行為。

X　我在十八歲就開始做這種練習，在表演課的肢體訓練課程裡，這幾乎是起手式。表演者需要這樣的練習，控制自己的身體，並且在帶領時，練習給予對手訊號，這都是很重要的表演技能。至於一般人為什麼要做這樣的練習？是練習專注吧！被手機制約的我們，真的愈來愈難集中精神。

慕淇正對面就是書晴，他瞪著她，看起來想咬她似的。

他們先有一方當領導者，另一方要模仿對方的動作，聽到鼓聲再交換。兩人盡可能像照鏡子，連動作節奏都完全同步。

慕淇：（一面做練習）妳來這裡幹嘛？

書晴：你來這裡幹嘛，我就來這裡幹嘛。

慕淇：妳要是敢寫任何一個字，等著收我律師信。

書晴：我不是第一天當記者，我知道分寸，還有，我是繳費的學員，你不能把我趕出去。

本生：有心事可以晚點聊，現在請你們專注。

本生突然出現在他倆身邊。

本生：很好，試探自己身體的極限……每個部位……

22・日／莊園地板教室外平台／本生、蔡師兄、凱莉、慕淇、嘉美、蓮心、書晴、研習師群

休息時間，長桌放著小點心、香草茶。眾人三三兩兩自在地談天，和風徐徐，他們盡情享受大自然的風光明媚。

蓮心突然認出費慕淇，怯生生地變成小粉絲，朝著他走去。

蓮心：你好，請問你是費慕淇嗎？

慕淇：你好。

蓮心：我很喜歡你的音樂！

慕淇：謝謝。

慕淇冷冷地禮貌道謝後就走開，完全不等蓮心把話說完。

其實慕淇身在其中有點不自在，眼神也一直跟著書晴，凱莉發現了，過去招呼他。

本生看蓮心獨自一人，上前叫她。

本生：妳昨天很晚睡？我看妳一直打哈欠。

蓮心：我很少這麼早起，你們的課都好早。

本生：妳很快就會習慣，多上幾次，連睡覺都不需要了。

蓮心：老師，這裡常常有名人來嗎？

本生：（看了慕淇一眼）不管他有多大的名氣，來到這裡都會變成平常人，在這裡大家都平常心，妳慢慢就會習慣了，再吃點東西。

蓮心：沒關係，謝謝。

23・日／莊園外樹林／本生、凱莉、慕淇、嘉美、蓮心、書晴、研習師群

每個學員都在做傾聽練習，有人抱著樹，有人對著一朵盛開的木槿花，有人握著石頭。草地上，有人趴，有人躺，還有人把耳朵貼著草皮。

還有幾個人，臉迎著風來的方向，斜望天空，瞇著眼，等著風起。

本生：找到了嗎？跟你能量最近的大自然，用耳朵聽，用手去感受，撫摸它，用心去傾聽，你聽見鳥叫聲，你聽見蛙鳴，你聽見蝴蝶翩翩的聲音，這是大自然給你的訊息。你聽見了嗎？還是已讀不回？大自然常常給我們很多聲音，我們要仔細聆聽，不要抗拒地心引力，讓它帶著你，往下沉，往下沉，往下沉，沉到地心。你就是你，你不是你，你是我，我是你，我們在一起。

眾人齊聲跟著本生用丹田之力發出「哈！」的聲音。

蟲鳴鳥叫的聲響四起，更顯得林間安靜，細微的聲音都被放大了。

24．日／希格瑪莊園餐廳／凱莉、慕淇、嘉美、蓮心、書晴、研習師群

每個人面前都有圓缽似的木餐碗，看起來就像丼飯，顏色搭配很漂亮，三三兩兩坐在長桌前。

凱莉：各位學員午安。

眾人：午安。

凱莉：現在在你們面前看到的，是我們動力會最有名的幸福養生餐。現在外面不是很流行低GI，什麼生酮飲食嗎？在家裡自己做是不是很麻煩？來我們這裡就吃得到，是不是很方便？全部都是天然的食材，都是大自然的顏色，我們看一下裡面有什麼？有我們的玉米黃，還有我們的木耳黑。還有什麼？番茄魔力紅（有些研習生笑了）！這些都是非常天然的食材，我們看到這個幸福聚寶盆，為什麼叫幸福聚寶盆？因為我們每吃的一口都是很多人努力換來的，都是寶，所以叫幸福聚寶盆。

有人雙手合十，閉目，像在祝禱。書晴看看碗底，印著小小的本生二字。[XI]

凱莉：那你們今天吃完，就可以把這個聚寶盆帶回家。帶回家幹嘛？帶回家藏起來，放到床底下，然後身上，身上的零錢一個都不要少，把它丟進去，你們相信嗎？零錢會長大，這個聚福聚財還不用澆水。這幸福聚寶盆只有在課程期間開放對外訂購，一個兩千塊，你們面前的吃飽就可以帶回家，那另外要訂購的，只有在課程開放期間跟我、跟蔡師兄講一下，祝你幸福。

✝

XI 這個木碗，是特別去訂做的。在創造動力會的周邊產品時，我的確像動力會的高層幹部一樣，思考著形與意、質地與價位。而令人崇拜的人物或團體，都似乎要有些「東西」讓信徒購買，不管當成買贖罪券或幸福彩券，有各式各樣的玩意兒可買，他們才有認同感，也才會安心。若真有奇效，這個價位很便宜了，對嗎？

底下開始用餐，不斷有人叫凱莉老師和蔡師兄要訂碗。

慕淇看起來輕鬆多了，對書晴也沒有那麼防備，兩人並肩吃飯。

書晴：有沒有人來跟你要簽名？

慕淇：沒有。

書晴：他們不可能認不出你啊！

慕淇：他們最好都不認得我，你不知道這樣有多輕鬆。

書晴：偶包太重！我採訪過的明星都這樣，每個都唉唉叫，又沒人逼你們當明星，粉絲沒有你們想得那麼笨，真的假的他們都知道。

慕淇：（反駁）才不是什麼偶包，我要維持粉絲心目中完美的形象，就是不想讓他們失望，他們那麼支持我，買我的 CD、買票看我的演唱會、買周邊，就是要一個完美偶像費慕淇，不是做自己的費慕淇。

書晴：你真的連假掰都找得到藉口。

慕淇：（氣不過）你是為了罵我才來上課嗎？成本也太高了吧？

書晴：你要做自己，我就不能做自己嗎？

慕淇低頭吃飯，不理她。

25 · 日／車內（加油站）／明曜、又雲

又雲和明曜在加油站洗車，兩人合力拉起毛巾布，把車擦乾。

又雲：拉緊一點。

明曜：很乾淨。

又雲：當然很乾淨。

明曜：妳太久沒有洗車了吧。

清潔車內時，明曜在駕駛座下好像看到什麼東西，他撿起來，是某某汽車旅館的折價券。

又雲正好買飲料回來。

明曜：（把折價券遞給又雲）這你的吧？收好。

又雲：（接過來，揉掉）怎麼會有這個，不知道誰掉的。

又雲有點不好意思，裝忙。明曜反而很貼心，把揉成一團的券又攤開，好好地夾在車裡的遮陽板上。

26 · 日／家庭式餐廳／明曜、又雲、權志

權志、明曜、又雲一起吃飯，美式餐廳桌上有整盆的薯條、奶昔、炸雞翅。

權志把自己打理得帥氣整齊。

權志：你媽媽說她都不用擔心，不用看你的成績單？

明曜：她太忙了啦，小學開始，她就給我一個印章，她沒時間，我就自己蓋。

又雲：（解釋）其實看他的聯絡簿也滿好玩的，他在那聯絡簿裡的小日記寫「我最討厭寫小日記」，其他空白。後來老師還不是要你補寫，你在要什麼帥啊你。

明曜：我那時候很常在聯絡簿上面寫說，今日事今日畢，昨天隨風而去。

又雲：跟老師鬥嘴很好玩？

明曜：你要跟老師互動，小日記很無聊。

又雲：很無聊你還不是得寫。

母子倆繼續笑談嬉鬧，權志聽著，覺得好玩，插話。

權志：等一下，所以還有刻印章這一招是不是？那我這麼累幹嘛？每天看我兒子聯絡簿，還要簽名，我要刻十個放著。

他的話被手機鈴聲打斷，起身去接。明曜一面吃薯條，不經意地問。

明曜：你們在交往？

又雲：（瞪大眼睛）你這麼快就破案了？

明曜：不是嘛！我們從來沒有來過這種親子餐廳，是吧，這他挑的吧？而且又炸雞又薯條的，拜託，妳是沒有跟他講我幾歲是不是？

又雲：（心有不甘）我只是進行一個告知的動作，你少在那邊打分數，我告訴你。

明曜：好，妳開心就好，我不想管妳。

又雲：你好無情。

又雲癟起嘴，開始裝哭。

明曜把一根薯條塞到媽媽嘴裡。

明曜：少來，妳明明就很開心，而且妳心裡面一定偷偷在想，早知道就去吃肯德基就好了，來吃這個幹嘛？浪費錢，對不對？

又雲：（翻白眼）我臉上是有寫字嗎？有寫字嗎？

明曜：我早就看穿妳了，詹檢。

權志：好，關機關機。

權志走回來，明曜看了看兩人，主動邀請他玩旁邊的桌上足球。

明曜：決鬥啊！

權志：來就來，誰怕誰？

兩個人認真地玩起來，又雲看著他們，感到單純的幸福，打從心裡燦笑如花。[XII]

27・日／莊園地板教室／本生、慕淇、嘉美、書晴、蓮心、凱莉、學員們

學員們躺在地上，其中也有慕淇和嘉美，蔡師兄敲著手碟，凱莉敲頌缽和風鈴，他們都閉上眼睛。本生繞行在他們之間。

✝ ─────────────────────

XII　光看這些描述，會覺得他們是幸福的一家三口嗎？在劇本寫作上，我認為這種關係的延伸戲，有助於角色的確立和關係的鞏固。也不用多，找到關係裡的本質，試著讓他們產生衝突，戲就來了。

本生：你們都踏上了靈性的道路，開始修練自己。這是很個人的事，不需要張揚，說出去好像很驕傲，很了不起，我們不用這樣。在這裡，就算我們是個彼此信任的團體，還是有幾件事情要大家遵守。第一，遠離網路遠離3C。這些壞處不用我多說了。第二，節制自己的欲望，物欲、性欲、貪念都一樣，這是為了要鍛鍊各位的心性。第三，努力向別人傳播你在這裡得到的愛，你可以跟家人朋友分享。你很幸福快樂，那種重新開始的快樂。

慕淇在其中，他閉上眼，像是沉入海底。[XIII]

28・日（回憶）／西華飯店酒吧／慕淇、長月

慕淇和長月約在酒吧，長月一坐下，慕淇就著急詢問。

慕淇：怎樣？金周刊有打給妳嗎？

長月：我要一杯威士忌，謝謝。

慕淇：幹！現在記者是怎樣？問都不問就可以寫？

長月：就正常發揮，有那麼驚訝嗎？

慕淇：偏偏他們就是要寫 Sandy，他媽都多久以前的事情了？

長月：沒有 Aleen，就不會有 Sandy。

慕淇：就跟妳說了，Aleen 是朋友，妳在氣什麼？

長月：你不能每次都出這種包要我收拾，上次那個 David 也是，還被挖出來他兼做牛郎店。你不要撿到籃子裡都是菜可以嗎？

慕淇：David 在上次人生劇展裡，你也說他演得不錯啊！

長月：所以你要打包回去，證明真的很不錯嗎？

慕淇說不過長月，忿忿地拿著菸離席，留下她獨自一人喝威士忌。[XIV]

✝

XIII　田調的過程中，發現不少與宗教和心靈相關的門派，都提到「節制欲望」這條規矩，甚至把禁欲認定是修行的基本功。我邊寫邊想，人的欲望有可能被壓抑嗎？或者說，想得到幸福得到愛，不正是一種欲望？

XIV　慕淇的性傾向在設定上是「不清楚」。正確地說，是他即使確定，也不願意明說。慕淇知道長月對他的情感不只是朋友，甚至期待更專一相屬的關係；長月也知道慕淇不會回應她，不會依她的方式建立關係。於是情感與工作上的拉扯變成兩條繩，不斷地折磨著長月。

29 · 日（回憶）／停車場車內／長月、慕淇

慕淇坐進車裡，用力把車門關上，長月在車外皮笑肉不笑地講電話。

長月終於掛上電話，她上車，用力握緊方向盤，熟練地發動車子。

長月： 他們拍到不少張，你們從酒吧出來就開始被跟了。

長月： 是 David 的經紀公司通知金周刊來拍，想利用你的知名度，你看不出來嗎？你明明就知道！

慕淇： 幹！他問我意見，我給他意見，他想當演員，我給他看劇本，就這樣而已啊。我拍戲我唱歌，我都需要情感，這些情感就只有跟人交流才會有，妳又不是不知道，我根本沒有朋友。

長月難以置信地看著他，極力掩飾受傷的感覺。

長月： 誰告訴你這個圈子交得到朋友？就沒有！誰都不能信任，你是費慕淇欸，誰敢跟你做朋友？ XV

慕淇驚訝又無辜地看著長月，他賭氣地想忍著眼淚，還是控制不住。沒有人能了解他有多渴望一個真心的朋友，但每一次他都失望。

30 · 夜／希格瑪莊園池塘邊／本生、蔡師兄、凱莉、慕淇、嘉美、蓮心、研習師群

莊園的夜晚，偶爾有黑狗的叫聲。

研習師領著學員，每人手上都拿著 LED 燈做的蠟燭，坐在莊園某處。

這堂是分享課程，正在微弱的燭光中進行，所有人面對本生盤腿而坐。

本生： 你們都叫我老師，「老師」過去是一個尊稱，是一個對「傳道、授業、解惑」的一個尊敬。但現在呢？愈來愈多人被叫做老師，不管是你認識還是不認識的人，大家都拿香跟拜，亂叫一通。你們想從這些人身上學到什麼？你們想從我身上學到什麼（質問全場，靜默）？神讓一個像廢物一樣、不實用的「本生老師」坐在這裡，要給你們什麼？

（刻意地停頓）神要跟你們說話，神要給你們答案，神要你們為了更美好的明天改變自己。你們一定在想，哪裡來的邪教？他哪位……竟然開始說起神的話？很好，很好，懷疑是好的，懷疑才能夠找到好答案。

我要告訴你們，我什麼都不是，

XV 「你是某某某，誰敢跟你做朋友。」這句大實話，說多傷就有多傷。聽者像被判刑，是成名的代價。拍攝這段時，兩位敬業的演員都哭了，他們無可避免地拿出自己真實的情感，我也在監看螢幕前默默落下眼淚。

我只是一個普通人，一個吃過很多苦、終於明白人生真相的普通人……但也只有像我這樣的人，才能告訴你們真相。你們想聽真相嗎？想聽實話嗎？實話很傷人喔，真話會害你被朋友討厭喔，真話說出去就收不回來了喔？

（指著蔡師兄）蔡有儒！你一直對過去念念不忘，你一直沉溺在過去的痛苦裡面，怎麼樣？這樣顯得你比較偉大嗎？

（指著書晴）許書晴，妳每天都在找真相，但是你自己就是一個最大的謊言，妳騙自己說，這種工作有權力可以操縱別人，其實妳根本不想這麼做。

（指著嘉美）譚嘉美！妳每天都在為別人的過錯承擔，妳把自己放到哪裡去了？

（指著凱莉）秦凱莉，妳明明就已經得到神的消息，知道幸福的動力，卻自私地不肯告訴別人，妳到底想不想為這世界上的人多努力一點？

每個被他指正的人面帶愧意，或在思索。他正要指向慕淇的時候，伸出去的手又慢慢收回來。慕淇因為沒有被「真話」打擊，有點失落。

本生：我一向認為，人，為了目標努力，是一件非常動人的事，但是你們有沒有想過？現在的生活是會帶你們找到目標？還是空虛、毀滅、沒有答案？

我從小就在親戚家長大，我出生的時候，我媽跟我爸吵翻了，我媽把我丟下來，跑了。我爸呢？為了要工作賺錢，哪裡有工地，他就去那邊工作賺錢。我呢？我也沒好到哪裡去，姑姑這邊住幾天，舅舅那邊住幾天，我想要在一張書桌上面寫功課都沒有，趴在地上，冬天也一樣。還好我爸給我一個睡袋，我在每個人家裡的角落都可以睡得很舒服。

一個七歲小孩沒有媽媽，沒關係，可不可以給他一張床睡？沒有，都沒有。我那時候就知道了。要靠自己，什麼都要靠自己。我國中就開始打工，去餐廳洗碗，去洗車場洗車，半夜的時候去夜市幫忙收攤，第二天起床，上課的時候，打瞌睡被老師罵……現在想起來，我都不知道，那時候到底怎麼過來的。同學被送去上補習班，我去補習班摺廣告紙，你有摺過嗎？沒有。同學們去逛夜市，看到我在夜市擺攤賣小孩子的內衣褲。要跟人家比？我比不完了……但是我沒有被打敗，我想盡辦法去讀到高中，我去工地幫忙，幫我爸賺錢，我力氣比他大，賺得比他多。

有一天，我在幫忙粉刷油漆的時候，我拿油漆刷在牆上畫，沒想到被屋主發現了，他知道我的天分不能被埋沒，他支持我去讀美術系，但是沒錢的時候，我還是一樣去刷油漆賺生活費，我去自助餐店撈

湯的料。（學員們一陣大笑）一直到我當完兵回來，我爸過世了，我很難過，我拿不出像樣的錢幫他辦後事，我只好去借小額信貸，但還不出來，我只好跑到東部去，東部是好地方，在那裡，我的人生改變了。我都懂了，人家說什麼一期一會，其實是一場誤會。[XVI]

好，有沒有人要跟我分享你的人生故事？來，說出來，我們說出來才可以一起找到方向，有沒有人願意分享？

蔡師兄：（舉手）老師，我想說說我的啟發。[XVII]

蔡師兄談吐得宜，說話有些世故，對比於本生的高冷，他顯得親近溫柔。

蔡師兄：你們好，我是你們的師兄蔡有儒，幾年前我還在菲律賓做生意，我那時候腦袋只有想著一件事情就是賺錢，賺錢，再賺錢。後來有一天，有一個朋友傳了一個照片給我，他說他看見我老婆跟另外一個男生在搞曖昧。我不相信，結果真的在一間汽車旅館裡面看到我老婆，還有那個男生，赤裸裸的躺在床上。她回答我，他們是真愛，她希望我可以放手，結果呢？我們每天吵，什麼都吵，吵到不可開交。有一天我們真的吵得非常凶，吵到我受不了，我就跑出去了，想冷靜一下，而她可能是喝多了吧，應該是喝醉了。等我回來的時候，我就看到她自殺。

我變得一無所有，什麼都沒有了，我就開始酗酒，開始墮落了，我開始懷疑我自己的人生，到底是怎麼搞的？一直到了有人介紹本生老師給我，本生老師的開示，讓我認識了我自己的命運，他讓我了解我的使命、我的責任，所以我放下了，我面對，重新開始。我不再傻傻地去追求那些很虛的東西。

蔡師兄握著本生老師的手，單膝下跪。

蔡師兄：謝謝你，本生老師。

映著燭光，他看起來真誠可愛，大家忍不住為他鼓掌。

✝ ——————

XVI 本生老師說起他的前半生，特別是童年時期的處境，擺明是個硬傷，他一面自嘲的態度，引發出更多的同情。「一期一會」的典故來自日本茶道大師千利休，而變成一場誤會，那就是個悲劇了。

XVII 在本生老師的大段獨白裡，演員姚淳耀幾乎完全沒有忘詞、落詞，他像是把詞吃進去，消化吸收，再開出一朵花來。這種大段台詞不只本生有，凱莉師姐、蔡師兄都有，每個演員的表演方式都不一樣，卻同樣精彩。別再擔心演員做不到，就自動降低劇本難度，這對演員不禮貌。

蔡師兄：希望我的經驗可以回饋給大家，讓每一個人都可以找到自己的幸福，因為這就是動力會。讓我們自己幸福，讓別人幸福，就是最好的動力。

眾人鼓掌，本生給蔡師兄一個擁抱。

本生：你們不要看蔡師兄講得那麼瀟灑，他那時候哭得很慘。

蔡師兄：老師，你不要虧我了，我現在不一樣了。

大家都笑了。其他人也跟著舉手分享，慕淇看著他們把自己的心聲說出來，都有如釋重負的神情。這裡的人都很真誠，和演藝圈不一樣，本來升起的一點疑慮也消失了。嘉美更是若有所思，一再玩味蔡師兄的話。書晴一直注意著本生，他神態自若，就像心理諮商小團體的帶領人。

凱莉：各位夥伴，我們為蔡師兄的勇敢，還有他的分享，一起給他一個鼓勵好不好？一起來，來！

所有的人跟著做「愛是原動力，愛是吸引力，愛是我和你」，慕淇也跟上。他們反覆大聲念誦，情緒愈來愈高昂，歡呼。

31・夜／莊園／本生、蔡師兄、凱莉、慕淇、嘉美、蓮心、研習生群

凱莉走在最前頭，手拿頌缽，大家排成一長列，依序沿著莊園裡的路徑繞行，手拿燭火，反覆吟著「祝你幸福」，這四個字已經像一句咒語了。

本生老師站在高處，注視著他們。^{XVIII}

✝
XVIII 希格瑪莊園的拍攝地在一座山裡，腹地廣大，原來的大型木造建築很獨特，第一次去勘景就認定要在那裡拍攝，戲的安排也因此設想好，於是這場「遯境」就自然呈現了。因建物裡的大空間都沒有安裝空調，拍攝時近仲夏，工作人員各個揮汗如雨，只能開窗。收音時蟲鳴鳥叫都關不掉，只能到後期再想辦法了。

EPISODE
第 4 集

1・夜／會館地板教室／本生

本生一個人在會館地板教室跳著探戈，他假想有另外一個人正與他共舞。

本生 OS：現在，你找到你的原動力了嗎？感覺到愛了嗎？完成第一級課程，各位應該是滿心歡喜，靈性的探索如同大海，我們開啟了你的自我意識，讓你覺醒，讓你從漫長的愚昧中醒過來。第二級課程，我會繼續引導大家，不想迷失方向，就趕快跟上吧！

舞蹈結束，本生微微欠身。[I]

2・日／舊公寓外／嘉美

嘈雜的街道，路邊停滿亂七八糟的汽機車、雜物。嘉美一路走來，得小心避開不時竄出的車流，她走到舊公寓門前，深呼吸，按下電鈴，對講機傳來應門聲。

嘉美神情略顯疲累不耐。

3・日／余家公寓陽台／嘉美、余母

嘉美進四樓公寓，門已經開好，她熟門熟路地關門，進客廳。房裡有一堆不知道是否洗過的凌亂衣物。

嘉美：余太？

---

† ─────────────────────────

I　探戈是很性感的舞蹈，不像國標舞那樣剛正不阿，更如一場與靈魂交媾的祭典，兩個人包裹在不斷變形的一層膜裡，抵死纏綿。那一個人的探戈呢？

嘉美點點頭，不再多說什麼。

4·日／余家兒子房間／嘉美、余母

嘉美走進房間，她手上的佛珠已經拿掉了，呼吸維生器的運轉聲規律地持續著。牆上電視播放著無聲的綜藝節目，一張專業級的醫療電動床，躺著無法分辨年紀、蒼白、消瘦的年輕人，鼻胃管、導尿管，該進該出的管子插滿全身。他有意識，眼珠子跟著嘉美轉，但說不出話來。

一個六十多歲、略胖的女人穿著居家且狼狽，手上還抓著毛巾，嘉美默默幫她把一旁水桶裡的水拿去倒。[II]

余母： 你來啦？你先生怎麼沒來？

嘉美： 今天週末，讓他陪小孩。吃了沒？

余母： 哪有時間？來，坐。才剛幫弟弟換完尿布，妳看我們家漏水漏成這個樣子。小孩很可愛，長大就不聽話了，當初弟弟就是這個樣子，叫他不要騎車出去，他就偏要。

嘉美： （急急把紅包遞出去）余太，這是這個月的紅包。

牆上有些斑駁，貼滿獎狀、錦旗、彩帶，只是看得出來大都泛黃。

余母： （理所當然地接過來，把抹布遞給嘉美）我知道你們也不好過，要養孩子又要付賠償金，但我也沒辦法，我一個人，以後我老了，也不知道該怎麼辦，弟弟誰來照顧？如果我死了，就連他一起帶走好了。（自怨自艾）還好，我身體還算健康，一時半刻死不了的，天天擦屎把尿的，我上輩子是做了什麼壞事？這輩子會有這種報應。

嘉美擦著地板，天花板的漏水像是怎麼樣都擦不完。

嘉美： 余太，我想要介紹妳去一個地方。

余母： 什麼地方？

嘉美： 我跟妳說，那個地方叫幸福慈光動力會，妳可以去上那裡的課程，聽老師開示，換比較正面的想法，我自己去過，覺得幫助滿大的。

余母面露微笑，起身往後走。

余母： 我去課程，誰來照顧弟弟？妳啊？

嘉美： （尷尬）我是想說，妳那麼痛苦，去那裡應該會好一點，那邊的人都很好，或許可以幫忙。

II 車禍賠償的案件很常見，一埦就是兩家人，看不到盡頭的折騰像無期徒刑，唯有死亡是終點。寫的時候覺得不忍心，能不能牙一咬、眼一閉，裝瞎就過了？但沒辦法，因為人間的苦放過誰了？

余母：我們這麼痛苦還不是因為你們。（換語氣）我知道妳的好意，如果妳想幫忙，就幫他擦個身體，謝謝。

余母把臉盆遞給嘉美。

嘉美替年輕人擦身體，擦著擦著，愈來愈不耐煩，氣憤地把毛巾丟在床上。[III]

5・日／公園／維成、嘉美、三個小孩、顧客們

維成帶著三個小孩在公園遊戲區玩遊樂設施，細心看顧著他們爬上爬下。

嘉美氣餒地走向他們，在維成身旁坐下。

維成：（比手錶）去那麼久？

嘉美：余太又要我幫她打掃。

維成露出不悅的表情。

嘉美：每個月要給她五萬，我們自己的小孩怎麼辦？

維成：（比出抱歉的姿勢）Sorry。

嘉美沒回應，老大走到維成和嘉美的身邊。

老大：爸爸，我要喝飲料。

維成把僅有的一杯，送到小孩手上。

嘉美：才一杯？不是叫你不要讓他們喝同一杯飲料嗎？這樣很不衛生。

維成：（比動作）省點錢。

嘉美搖搖頭，吐了一口長長的氣。

維成拍了拍手，吸引孩子們的注意，比出開車轉方向盤的姿勢，孩子們齊聲歡呼。

三子：耶，雲霄飛車！

維成沒等嘉美反應，拉起小孩作勢要走，嘉美不甘願地起身跟上。

6・日／校車車內／維成、嘉美、三個小孩

維成坐在駕駛座上，假裝轉動方向盤，嘴裡發出噗噗咻咻的氣音，模仿平常在開車的樣子。

三個小孩坐成一列，激動地尖叫嬉鬧，好像真的要坐雲霄飛車，滿是期待。

嘉美幫小孩檢查安全帶。

嘉美：各位乘客，我們準備要出發了，安全帶有沒有繫好？要坐好喔，好，我們準備出發了，司機先生準備好了沒？好了！好！一二三，我們出發！

✝ ─────────────────────────────

III　這場是開拍第一天的戲，印象很深，劇組所有人都在磨合中，都是善男信女、客客氣氣。其實這場戲不好拍，表演上有一定的難度，在那個實景公寓裡，受限於角度，很難玩什麼花樣。

維成看他們一眼，開始轉著方向盤「假裝玩雲霄飛車」的遊戲，嘉美用口語製造效果，他們用僅有的能力想辦法讓孩子開心。

嘉美：我們現在前方有一個上坡，上坡，愈來愈高愈來愈高，怎麼那麼高？好可怕！好可怕我們到最高了！我們把手舉起來！要下坡了，啊～沒事沒事，好可怕。

一家人玩得不亦樂乎，車窗倒影上，嘉美沒有笑容的憂愁一閃而過。[IV]

7・夜／莊園地板教室／慕淇、書晴、本生、凱莉、蔡師兄、蓮心、嘉美、研習師們、學員們

幾個志工把窗簾放下，室內變得有些陰暗，參加第二級課程的學員圍成圓形，他們的正前方是一大張長長的畫紙。

書晴走來，直接在慕淇身邊坐下。慕淇別過頭，不想向書晴打招呼。

書晴：你還好吧，沒睡好嗎？

慕淇直視著前方，裝作沒聽見，不想回答。

書晴：我聽說劇組要解散了？

慕淇：妳有完沒完？不是已經給過妳獨家了嗎？

書晴：獨家永遠不嫌多，我們公司的獨家獎金特別優。

慕淇：（放棄）對，我電影不拍了，我房子還拿去貸款，我會把劇組的錢還一還，就這樣，沒有什麼勁爆的，妳想要怎麼寫就怎麼寫。

書晴：你那天不是說，無論如何電影都會拍下去？

慕淇：醒著都過不下去了，哪有力氣做夢，我現在就想要擺脫過去。

書晴微微皺眉，正想追問，前方舞台傳來頌缽聲響，全場安靜下來，不時加入手碟的敲擊聲。

凱莉率領眾人圍繞著，閉目合掌等待。

一陣非洲鼓樂後，本生貓步走入教室，披著長髮，赤裸上身，穿著紮腰寬褲，打赤腳，露出胸前手臂的肌肉。他站在桌前，開始閉目搖晃吟唱。跟著頌缽的聲響，加上手碟的和奏，那是低沉、模仿風的聲音。

本生雙手撐在桌上，身體微微搖晃，將眾人合禱的力量匯聚在自己身上。

書晴和慕淇前面的幾個研習師，回頭瞪了他們一眼，示意他們別再說話。

✝ ────────────────────────────────

IV　這也是自己很喜歡的一場戲，「假裝」是個好東西，對貧苦的人尤其如此，孩子好騙，能瞞就瞞。

本生眼睛微張，開始舞蹈翩翩。自創的舞步，飄逸生姿，手碟和手鼓作為節奏，他跳躍轉身，把長髮甩到身前，開始屈身舞蹈。

不知何時，本生已經一手執辮和綵布為筆，開始在地板上的大宣紙舞蹈作畫。鼓聲搭著他的動作，愈顯激昂。汗水從他額上滑落，手臂及肩背上的肌理，也因汗珠浸潤而線條分明。

慕淇看得兩眼發直，不相信自己到底看到什麼。沾過墨汁的髮筆在他一轉身後墨汁四濺，灑到他們身上。

凱莉等研習師都合掌跪下，為本生聚氣。

嘉美和蓮心在最後一排，像瞻仰神一樣，遠眺著傳說中的一刻。

蓮心臉紅心跳地看著本生，呼吸不由得急促了起來。

長達五、六公尺抽象繽紛的寫意畫，本生的雙手、雙肘幾乎全沾滿了墨彩。他突然頭一甩，又將髮筆沾墨，如獨舞的修士般，畫完最後一筆畫，頌缽和鼓聲霎時停住。[V]

本生低頭靜默，抓起一把金箔往空中揮灑，片片掉落到畫作上。接著身體一軟，昏厥倒下，全場驚呼。

蔡師兄上前，滿意地看著巨幅六公尺的書畫，上頭的墨彩，像是蒼勁的黑色枝椏躺在絢麗的地衣上，落葉歸根。[VI]

8・日／校車上（致群校門口）／蓮心、維成、同學們

校車停好，維成開門讓學生們下車。

蓮心依舊是最後一個，但這次沒有睡著。她把一頭長髮紮成馬尾，沒戴口罩，精神奕奕地排隊下車。

維成一下認不出是她，顯得有點驚訝。乍看有點陌生，好像不是她。她還拎著一個蛋糕。維成趕緊從駕駛座旁置物籃拿出一個行動電源，給蓮心。

蓮心：這怎麼在這？謝謝。

維成點頭笑笑，看著她下車。

9・日／高二仁班／蓮心、班上同學們、紀新

午休時間，大家都在做雜事，蓮心打開蛋糕蓋子。

蓮心：嗨大家，今天是我生日，想請大家吃蛋糕。（見大家沒有回應）我就放在這裡，大家自己來拿。

✝ ──────────────────────────────

V　本生起乩舞蹈作畫，畫成的靈畫有開運祈福招財等奇效，口耳相傳下，得排隊等待才買得著，而且不叫「買」，是「請」，請神一般地請回去掛。

VI　靈畫之舞是整齣劇集重要的場次之一，源於在網路上看過的一段影片：中國某書畫大師用長辮子寫書法，旁人大聲喝采，每個人都暈陶陶。為了這場舞戲，請舞蹈家鄭皓編舞，教演員並反覆練習；長辮的形式和重量，反覆試了又試；畫紙的材質和長寬也考驗著美術，費盡功夫才完成。

蓮心站在講台，看大家都各做各的沒人反應，有點尷尬，不知道如何是好。紀新從座位走上前，盯著那個精緻的蛋糕。

紀新：這麼好吃的蛋糕，怎麼能不吃一口？（咬了一口，看蓮心）嗯，還不錯吃，生日快樂啊！

蓮心略顯感謝地看著紀新，他一派酷樣，一邊吃著，一邊走回座位。

10・日／校園／蓮心、同學 A、同學 B、同學 C、凱莉

同學 ABC 擋在蓮心面前，蓮心看著他們，態度漠然。

同學 A：李蓮心，妳好像還欠我們八千塊，什麼時候還？

蓮心：（止步）如果你想要紙錢，我可以燒給妳。

同學 BC：在講什麼東西？

霸凌組要上前動手。蓮心舉起手機，做出錄影的動作。

蓮心：不要動手哦，小心我拍給我校外的朋友看，讓他們知道妳們是怎麼樣的人。

霸凌組三人先是一楞，後來同學 B 哼笑一聲。

同學 B：妳不是沒朋友嗎？拍給鬼看？

蓮心：如果你再動手，那我就有證據了。

同學 C：那我就把妳手機摔爛，看妳要拍給誰看。

同學 A：妳沒朋友裝有朋友，妳不要演那麼大好不好？

凱莉不知何時出現在他們身後，開玩笑地說。

凱莉：同學，拉拉扯扯的不好看。

同學 C：老師，沒有，我們在跟她玩。

同學 A：下次再一起玩。

三人藉口跑掉，蓮心鬆了一口氣。

蓮心：謝謝師姐。

凱莉：在學校要叫我老師，（打量）蓮心，妳變得不一樣了，頭髮綁起來，這樣看起來很整齊、很有自信，本生老師如果知道一定很開心。

蓮心：（激動）老師，那天我聽到我心裡的一個聲音跟我說，我應該要把頭髮綁起來，結果我把頭髮綁起來之後，做事情就變得更專注。[VII]

凱莉：是啊，那是因為妳的原動力被啟動了。

✝

VII 「我聽見心裡一個聲音跟我說……」這種俗爛的句子，當它不再是隱喻，而是行動指引，被用來作為與靈性溝通的媒介，這個自我暗示的系統，就算安裝完成了。

11 · 夜／趙家／維成、嘉美、三個小孩

嘉美負責餵小女兒吃飯，維成顧著兩個大的，分食一個排骨便當。嘉美的手機響起通知聲，她收到蔡師兄傳來的第二級課程提醒，維成注意嘉美看完訊息的反應。家裡始終很凌亂，玩具到處都是，電視播放廣告，沒有人在看。

維成：（比）現在去打掃？

嘉美： 新的客人，白天去會打擾到他們工作。

嘉美：（對小女兒）來，我們最後一口。

嘉美準備出門，老二突然冒出一句。

老二： 愛是動動力！愛是我和你！

老大： 笨蛋，愛是原動力。

維成不懂他們在講什麼，催促他們吃飯。

嘉美： 沒關係，我們先去洗澡，先去洗澡，趕時間。我今天會晚一點，我明天就要共修了，半個朋友都沒找到，我現在只能找客人。

老么： 媽媽，我想喝湯。

嘉美： 我們等一下再喝，我們先洗澡。

維成：（寫）清潔劑，貴。

嘉美： 這次不是直銷，沒有要買東西，不要緊張。 VIII

嘉美匆忙吩咐，關起浴室門。維成站在浴室門口，聽見裡面傳來水聲，他一臉狐疑。

12 · 日／阜東藝廊／本生、慕淇、蔡師兄、藝廊經理、男女賓客們

新開幕的阜東藝廊正舉行藝廊開幕展，精品級的花籃、花柱擺滿走道。這個空間對慕淇有點陌生，雖然也是名流，但他很少來這種地方。他似乎瞥到本生的身影一閃而過。

時尚穿著的男女賓客穿梭其間，輕聲且熱切地交談著，也有年輕貴婦似乎認出慕淇，興奮地指指點點。

慕淇站在第一○○號的大型超現實主義油畫畫作前，看著畫中人物看得入神。畫中的人都以詭異的神情融入寫實的景物隱沒其中，呈現出不寫實的異狀。

蔡師兄走向慕淇，看見他入神的表情。

蔡師兄： 慕淇也喜歡看畫？

慕淇微笑，又繼續看著那幅畫。

慕淇： 這幅畫很特別，我一直被它吸引。

蔡師兄： 瀨野先生的畫就是有這種魅力，藝評家也都這麼說。

✝

VIII　嘉美曾在傳銷系統裡，以自購的方式販售家用清潔劑，這讓維成對她最近的異狀隱隱感到不安。友情或親情通常抵不過現實的考驗，那涉及不只是金錢的數額，更多是價值觀上的衝突，別試。

慕淇仔細看解說牌，畫名為《錮》，畫家名叫「瀨野吉平」，慕淇搖搖頭。

慕淇：抱歉，這個藝術家的名字我不是很熟。

蔡師兄：瀨野吉平就是本生老師。

慕淇驚訝地看著蔡師兄，又看解說牌。畫作標價兩百八十萬，已經貼上小紅點。

蔡師兄：老師他只會畫，很多俗氣的事情他是不懂的，我們這些做弟子的就是要多幫他忙。今天是陳董的新畫廊開幕，他人脈廣，買氣熱，這是很正常的事。

慕淇：這麼說應該很多人搶著要吧。

蔡師兄：當然，這每幅畫的第一拍就可以增值百分之兩百，接著第二幅跟第三幅慢慢放，然後其他幾張先後去市場裡面轉一下，轉個幾圈之後口袋就飽了。

慕淇：藝術市場這麼……有利潤。

蔡師兄：正因為有利潤，所以本生老師才會親自出面，帶你去跟陳董認識一下，老師他是真的把弟子的事情放在心上。

13・日／藝廊貴賓室／本生、慕淇、蔡師兄、陳董、藝廊經理

優雅的貴賓室，陳董親自幫他們斟上波本威士忌。

本生也在座，慕淇環顧四周，高樓層風景好，加上品味不俗有設計感的裝潢傢俱。

陳董：（招呼二人）這裡難得有大明星光臨，慕淇在這裡，整個氣場都不一樣了。

慕淇：（應酬笑）沒有，是陳董的那個藝廊把我薰陶的。

陳董：（把酒分給每個人）我們先敬本生老師，您的畫一掛上去，馬上就被人訂走了。

本生：陳董的藝廊開幕就展我的作品，我才感恩你。

陳董：本生老師，那個靈畫，什麼時候也可以有機會讓我欣賞一下，好多朋友都在排隊等啊。

本生：靈畫的事你要拜託蔡師兄，我今天是帶慕淇來跟陳董交個朋友，他有個電影要開拍了，請你多幫忙。

陳董：老師太客氣。

本生：他現在不只是大明星了，他要自己當導演。

慕淇有點不好意思，他不知道本生怎麼會提到自己要當導演。

陳董：當導演？好，演而優則導，你放眼國際市場，哪一部片不是靠明星賺錢，對不對？所以還是要靠你有賣點。

本生：慕淇，我用瀨野吉平的名字畫畫，到現在賣得還可以，都是靠陳董支持，說起來他也算是我們動力會的頭號粉絲。

蔡師兄：慕淇，老師有跟陳董提過你現在的電影正在籌資，而陳董很感興趣對吧？

慕淇疑惑地看著他們。

陳董：我的理解是這樣，你的電影卡住了，劇本和人都有，就欠最後一把東風。沒錯吧？

慕淇：算是！

陳董：我告訴你，（拍慕淇的膝蓋，慕淇有點閃躲）找錢的方法對了，不要說幾千萬，幾個億都不是問題。

慕淇懷疑地看他，另外兩個人反而顯得很鎮定。

陳董：「通證經濟」（Token）聽過吧？

慕淇搖搖頭。

藝廊經理拿平板進來，放在他們面前播放檔案。全英文、花俏的視覺、節奏準確的簡報說明。

陳董：通證經濟是這幾年區塊鏈圈的新概念，就是透過密碼技術，來推動我們覺得有價值的商品或是資產，就像文創、電影都是。

慕淇：區塊鏈我是聽過，但不是了解得很詳細。

陳董：（繼續）過去中心化的經濟體，會造成流動阻礙，像權力太集中這樣的問題。這個的好處，就是任何人都可以註冊，比如說你的影迷、歌迷、圈內人、圈外人……只要認同你、認同這個項目，都可以投資。就是用加密貨幣，來幫你籌措電影基金，這樣聽懂了？

慕淇看著本生，欲言又止，本生沒有回應，慕淇聽不太懂也不敢貿然答應。

慕淇：確實是一個很新的方式，我回去考慮一下，再來請教陳董。

蔡師兄：如果陳董你可以投，然後再找你幾個朋友一起，有錢大家賺，這樣是不是就搞定了？對不對？來，我們先敬慕淇，祝他的新電影一定大賣。

大家舉杯，敬酒。

陳董：慕淇，聰明的人會掌握機會，不然夢想不是一場空，就是一場惡夢。來來來！

14・日／藝廊電梯外／本生、慕淇、蔡師兄

三人等電梯時，蔡師兄戴著藍牙耳機跟另外一端對話。他盡量壓低聲音，還是聽得一清二楚。

蔡師兄：我知道LCX，那個衛斯理‧史奈
　　　　普的新電影就是跟他們合作……
　　　　拜託，LCX是列支敦斯登加密
　　　　資產交易所……是兩千五百萬美
　　　　金……

慕淇和本生站在一旁，慕淇終於鼓起勇氣開
口問本生。

慕　淇：老師，陳董的意見……

本　生：直接說，不用怕。

慕　淇：那個什麼區塊鏈，還有通證經濟，
　　　　你覺得可靠嗎？

本　生：他們的做法的確很新，跟你們一般
　　　　拍電影的製作過程不一樣。不過，
　　　　他是要幫你找錢，又不是跟你拿
　　　　錢，你有什麼好擔心的？

蔡師兄：慕淇，陳董是搞創投的，他這個
　　　　人夠專業，人脈也廣，如果讓他
　　　　帶著你去找資金，事情會容易很
　　　　多。而且，老師對你拍電影很有
　　　　信心的。

本　生：我的信心不重要，你還是要問問你
　　　　自己，真的準備好了嗎？

慕淇沒料到本生會反問他，一下子說不出
來。[IX]

15‧日／莊園地板教室／慕淇、凱莉、蔡師兄、嘉美、蓮心、本生、其他學員

慕淇進去，發現整個教室都很安靜，前方有
一塊活動白板，上面貼著一張紙，紙上寫著
「自我觀察的訓練」，每個人都在這個空間
裡隨意走，他加入，本生就出現了。

本　生：現在我要你們在這空間裡面，隨
　　　　意、安靜地走，探索這個空間，
　　　　碰到其他人。你觀察自己的感受，
　　　　從「你很容易親近」、「你很難
　　　　以親近」、「我不了解」三種
　　　　形容詞當中選擇其中一種，告訴
　　　　對方你對他的感受。請開始。

大家開始在地板教室裡隨意走動。

慕淇幾乎對遇到的每個人都說「你很容易親
近」，即使他真正想對那個人說的是「難以
親近」，但他說不出口，頂多說「我不了
解」。但是他所遇到的其他學員，都一個接
著一個對他說「你很難以親近」，他感到很
挫折，臉色愈來愈難看。

遇到書晴時，慕淇毫不猶豫地說出「你很容
易親近」，卻只見書晴緩緩地說出：「我不
了解你。」慕淇被完全擊垮，他反射性應
酬，書晴非常直接。

IX　本生老師和蔡師兄對慕淇真的特別，好心要幫他一把。對慕淇來說，這世上的人大多把他當一棵搖錢
　　樹，有人釋出好意，反而讓他有點不習慣。人在相信與懷疑之間，據說選擇懷疑，腦子比較費勁，所
　　以多數都會選擇相信。當然，這裡還有一種「我值得」的滿足感，普通人招架不住。

本生：（接著開口）有沒有人在碰到其他人的時候，你想要雙手抱胸，或是想要擁抱？你或許是害怕對方，忍不住想要防禦；或是你想要親近，卻又不敢表現？有沒有人覺得其實對方很難親近，卻騙他說，你很容易親近，你只是害怕別人的臉色，怕別人不喜歡你，你不敢說出自己真正的感受。有沒有人覺得因為希望對方說自己很「容易親近」，所以也跟對方說你很「容易親近」呢？你只是在討好對方，想要交換對方喜歡你。說穿了，都是虛偽的面具，你的真心到哪裡去了？

慕淇臉上露出佩服的神情，卻也認真地想，自己究竟有多虛偽。

本生：三，二，一，走。

大家又再一次的開始走動，這次慕淇收到的都還是「你很難以親近」，他努力維持好自己臉上的表情。

16・日／圖書館／明曜、紀新、紀美、蓮心、國維、健健美

放學後，圖書館沒什麼人，一群人浩浩蕩蕩來找明曜。

蓮心也來了。

明曜：為什麼你們都來這邊？

健健美：找你啊。

明曜：等一下不是要練團嗎？

紀新：超有把握，可以，走了，趕快。

明曜：等一下，我還有幾本書。

紀新：還要多久？

明曜：快了。

他們在書櫃間遊蕩，互相捉弄，抽書出來玩。

明曜繼續整理歸還的書，刷學生證和條碼。

紀新拿起被擺在櫃檯上的書。

紀新：《先知》，你想當先知喔？

明曜：你幹嘛？

紀新：（手按著封面上）像書這種東西，我需要touch，當我看到這個書的厚度，就可以找到我寫歌詞的靈感。

明曜：（翻書）分享一篇給你看，我很喜歡他說「只有當你們感到尋求自由的願望也是一種束縛時，只有當你們不再稱自由是目標是成就時，你們才是自由的」。

紀新：很有道理。我也喜歡，好了跟我說。

紀新若有所悟，但轉身加入其他人玩鬧的行列。紀美和蓮心正坐在一起聽音樂、畫畫。

明曜 VO：期望與恐懼，厭惡與珍惜，追求與逃避，所有這一切始終相擁相伴在你們體內運行，恰似光與影彼此緊緊相依相隨當陰影消逝，駐留的光將成為另一道光的陰影。因此，當你們的自由擺脫束縛，它就會成為更大自由的束縛。ᵡ

紀新突然被角落的滅火器吸引，以及它一旁的標示牌，紀新把國維、健健美叫來，三人盯著。「滅火器」中的「火」字被人塗銷兩點，變成「滅人器」。

17·日／河濱公園／明曜、紀新、紀美、蓮心、國維、健健美

河邊草地上，眾人猜拳。

紀新被口罩蒙住眼睛，抓著滅火器朝天空噴出白色噴霧，大家尖叫嬉鬧。白色噴霧如雪花般飄落，他們彼此又笑又躲。

蓮心將一個信封悄悄塞進明曜的數獨本裡。[XI]

明曜 VO：「你的孩子不是你的，他們是『生命』的子女，是生命自身的渴望。你可以給他們愛，但別把你的思想也給他們，他們有自己的思想。你的房子可以供他們安身，但無法讓他們的靈魂安住，他們的靈魂住在明天，那裡你去不了，哪怕是在夢中。你可以勉強自己變得像他們，但不要想讓他們變得像你。因為生命不會倒退，也不會停在昨天。」

「你的孩子不是你的，他們是生命的子女，他們是生命自身的渴望。他們經你而生，但非出自於你。他們雖然和你在一起，卻不屬於你。」

不斷飛舞的噴霧雪花，緩緩掉落在草地上。

18·日 - 夜／河濱公園／明曜、紀新、紀美、蓮心、國維、健健美、巡邏志工

夕陽西下，彩霞滿天。草地上，放置著幾個東倒西歪的啤酒罐和可樂罐。

紀美打開一包零食，隨手抓了一把，剩下的傳給蓮心，蓮心再傳給男生。

大家舉起啤酒乾杯，痛快地喝倒在草地上。

蓮心玩著自己手上的髮圈。

紀新：詹明曜，你今天沒有跟你媽去吃飯？

明曜：我又不是每天都跟她吃飯，而且她最近很忙，放生我。

紀美：我們最近很常被放生。

---

†

X　請出紀伯倫（Kahlil Gibran）的《先知》（*The Prophet*）。主要是以明曜的視角看待生命，儘管是個高中生，但他就是我們一般所說的「老靈魂」。這段話很美，也說出了人在追尋中的迷思。

XI　要怎麼去引導年輕演員的戲？得到他們的信任是最重要的，若是群戲，彼此間的熟悉感從開拍前就要開始培養，也需要有經驗的演員不吝惜分享。我承認偏愛年輕人，對他們耐心更多一點，並非因他們青春正盛，而是相信年長者對年輕人有責任，不管在專業上或社會上，只要他們尊重他們自己，願意嘗試或努力，就應該被陪伴與照顧。

紀新：還不就是去那個什麼……那個……
　　　什麼東西？

紀美：幸福慈光動力會。

蓮心一怔。

紀新：對，那個幸福什麼雞巴毛會，每天
　　　都很晚才回來。

蓮心：（小心翼翼）你們不喜歡她去那個？

紀新：道理很簡單，還不是物以類聚？當
　　　一群很不幸福的人聚在一起在那邊
　　　哭枵，就覺得自己很幸福，都不知
　　　道在想什麼。

紀美：（朝紀新丟東西）不要這樣講！媽
　　　有時候也很可憐。

紀新：哪時候，拿皮帶打我的時候？

國維：秦老師會打人？

紀美：你就是欠打！

紀新：還不是妳害我被打！

明曜：你就欠揍！

紀新：可是我爸就不會打人。

蓮心：可是我覺得每個人都有不同表達自
　　　己情緒的方式。

明曜：對，也不是每個人都知道自己要的
　　　幸福是什麼吧。

每個人在微醺的振奮中，看著河畔的夕陽。

國維：我要的幸福很簡單，給我一套旗艦
　　　級的 Roland V-Drums。

健健美：你永遠不會達成的！我的幸福比
　　　　你便宜，我一把 Martin D-28 就
　　　　好，價錢不用你的一半。

明曜：不行！你們這樣不行，我的比較重
　　　要，聽好了！我們一定要拿到洛克
　　　大賽的冠軍！。

紀美：我的比較難，全世界各種口味的洋
　　　芋片都讓我吃過一遍。

蓮心：我，我現在就覺得很幸福啊。

明曜忍不住多看蓮心一眼，他從沒聽蓮心說
出「幸福」二字。

紀新：喔！這我不行，這太噁了！

大家笑成一團。突然巡邏志工騎著腳踏車經
過。

巡邏志工：同學！這滅火器你們的嗎？！

紀新：不是啊。

大家跳起來，警戒地看著巡邏志工，望向聲
音來源。

兩個穿著守望相助背心的里民巡邏志工，騎
著腳踏車巡邏

巡邏志工：怎麼在這裡玩滅火器啊？

大家假裝收拾東西，突然很有默契一起拿書
包，又叫又笑地拔腿就跑。

巡邏志工只能兵分兩路。

巡邏志工：你們在幹嘛！哪個學校的！

19 · 夜／河濱公園車道／明曜、紀新、紀美、蓮心、國維、健健美、巡邏志工

兩個巡邏志工騎著腳踏車沿路追，眼看就要追上他們。

大家瞬間鳥獸散，紀新和明曜一個方向，國維和健健美一個方向，紀美和蓮心另一個方向。

巡邏志工傻住，兩人只好分開，分頭追兩路男生。

蓮心跑了幾步回頭，發現志工都去追男生，停下腳步，擔憂地看著男生們。

紀美喘了幾口氣，打開手中緊抓的零食袋，塞了一片零食到嘴裡。

蓮心：（喘著氣）好刺激！好好玩！我也要一片。

紀美：（拿了一片給蓮心）蓮心，妳今天怎麼感覺怪怪的。

蓮心：是嗎？才吃妳洋芋片一下，妳就說我怪怪的。

紀美：不是啦，就妳今天很開心，最近比較常來學校。

蓮心：（突然笑了）對呀！我跟妳說，我最近每天都超開心的，我每天早上一醒來，一睜開眼睛就覺得自己好幸福。

紀美：妳看，妳現在已經語無倫次了。

蓮心：我跟妳說一件事情，妳不要告訴別人，我最近去一個地方上課，那裡真的好棒，妳媽也有去，妳下次跟我一起去。

紀美：哪裡啊？

蓮心：就是我們剛剛說的，幸福慈光動力會，妳媽怎麼都沒有帶妳去？

紀美：不知道，可能我天資駑鈍吧！

蓮心：他們有說好東西要跟好朋友分享，我直覺你跟那裡有特殊的緣分，下次跟我一起去上課。

紀美：不用了！我每天在學校在家裡都會看到我媽，我的「特殊的緣分」已經夠了。XII

20 · 夜／橋下斜坡／明曜、紀新

明曜和紀新兩人在河堤邊狂奔。

紀新：詹明曜你快點，你很廢。

明曜：跑快一點。

狼狽慌張地跳下橋墩斜坡，兩人蹲下身子不出聲。

✝

XII　蓮心的變化很明顯。她認為自己的生命被動力會這個團體和老師改變了，那些新朋友和新事物讓她亢奮，從一灘死水變成一座花園，每天更有動力醒來了。

橋上腳踏車影子一閃而過，四周逐漸沉靜下來。

紀新：低一點，低一點，這樣應該看不見了吧。幹！超衰的。

明曜：還好我們平常有在練肺活量，可以跑贏腳踏車真的不容易。

紀新：還不就我平常一百公尺九·五八秒！

明曜：九·五八？（兩人齊聲）閃電波特。

兩人這時才看到河堤外的橋下牆面被噴漆塗鴉，一幅巨大耶穌像上面還寫著 SOS，在燈光映照下看起來格外詭異。

紀新：欸，這麼高是怎麼畫上去的？

明曜：該不會有人會飛？

紀新：詹明曜，你小學生哦，會飛？人只有死了才會飛。

明曜：（正色）你是在說我爸嗎？

紀新：（看明曜一臉嚴肅）對不起，我不是——（發現自己被騙，明曜憋笑）哭爸啊！你哭爸啊！嚇死我了，我還以為……很會嘛！地獄哏，原來你也會地獄哏。

兩人往下走到巨大耶穌像的下方，向上仰望，感覺更壯觀。

他們坐下來，看著黑色的水面，朝水面丟石頭。

明曜：說不定真的有人會飛啊！不然就是會瞬間移動。

紀新：最好是，你頭過來（把手掌貼在他頭上）我現在幫你除溼，你腦子可能進水了。

明曜：你腦子才進水。

紀新：你不覺得李蓮心最近怪怪的嗎？

明曜：有一點，她把口罩拿下來了，而且還綁馬尾，滿不一樣的。

紀新：你還好意思講，還不就是你退了手錶，人家現在移情別戀了。

兩人一陣沉默，紀新看起來若有所思。從下午在河濱，明曜就感覺到紀新似乎在和他母親鬧彆扭。

明曜：紀新，你在想你媽的事對不對？

紀新：幹嘛現在講我媽？你在表演超能力哦？

明曜：不是，我的意思是說，你去陪你媽做她喜歡的事，也是一種關心。

紀新：喔……你怎麼不陪你媽去驗屍？

明曜：如果可以的話，我真的滿想去的。

紀新：幹，看屍體，你不會怕？

明曜：我們每個人早晚都會死好不好？而且那是很久以後的事情。我們才幾歲？拜託。

明曜：（突然）有了，我有了，第一句：「我願意把明天剪碎成詩，我願意讓青春腐化成泥。」

紀新：我願意現在到永遠不要結束。

明曜：好爛！

紀新正要回嘴，突然手電筒的強光照向他們，有人對他們叫：「同學！你們在幹嘛？那裡很危險，趕快下來！」

21・夜／凱莉家／凱莉、紀新、紀美

凱莉幫他們兄妹熱晚餐，一直在絮絮叨叨，為了偷滅火器的事碎碎念。

凱莉：誰給你的主意，去偷什麼學校的那個滅火器，你知道學校會告你偷竊罪，你知道嗎？這是很嚴重的，你們兩個就被退學，然後我就被革職，然後我們三個就去睡馬路。不就好棒棒！我秦凱莉怎麼會生出一個天才兒子，偷滅火器去玩，那有什麼好玩？

紀美：媽，可是其實還滿好玩的。

紀新：對！

凱莉：有什麼好玩的？

紀美：那個白泡泡很像雪。

紀新：雪！

凱莉：你們六歲就玩過雪了，有什麼好稀奇的？

紀美：不一樣啦！

凱莉：拜託一下，而且妳為什麼不阻止你哥那中二的行為。

紀新：妳不要罵妹妹，就我拿的，反正我要做的事，沒有人能攔得住，反正大不了就賠錢，如果賠不出來的話就退學！退學我就重考！反正我那麼聰明。

凱莉：對，你要做什麼事情，沒有人可以阻擋你，你去殺人放火也沒有人可以阻擋你。

紀美：有啊！滅火器！

紀新：啥洨！

凱莉：你說什麼話？你知道你剛才說那個字，那──

紀新：洨。

凱莉：（搗住耳朵）你知道那什麼意思嗎？

紀新：媽，我都已經高二了，如果還不知道那個詞的話，妳才要擔心。

凱莉：等一下，你來一下，（聞）你有酒味！你喝酒！

紀美：媽，他今天喝酒。

紀新：沒有，她也有喝，她喝比較多，她才喝……她酒喝比較多，我沒有！

紀美和紀新推諉彼此喝酒，一家三口笑鬧著，牆上有一幅他們三人笑咪咪挨在一起的油畫。

22・夜／趙家主臥室／維成、嘉美

維成進房，嘉美雙手交握放在肚子上，雙眼閉上已經躺平。

維成爬上床，看著妻子一動也不動，把臉湊上去，想看她脖子上多了一條項鍊。嘉美突然睜開眼，被近在眼前的維成嚇了一跳。

嘉美：你在幹嘛？

維成輕拉她頸間的寶石項鍊，像詢問這是什麼，嘉美很用力把他的手撥開，維成覺得痛，一臉不高興。

嘉美：不要碰！我在冥想，這是客人做了
　　　　送我的。

維成面無表情地躺回去，嘉美感覺到他的怒氣，安撫地張開雙臂，想擁抱他。

嘉美：不好意思啦，那項鍊很容易斷，我
　　　　不是故意那麼用力的。

嘉美求和，維成趁機蹭上來想向她求歡，嘉美本來虛應一下，突然又停下。

嘉美：（推開）我那個來不舒服，我去叫
　　　　小的起床尿尿，免得又尿床了。

嘉美下床，轉身過去下意識摸著頸上的項鍊，一顆火之石貼在她心口上。

維成看著她出房門，他們已經有一段時間沒有性生活，他不知道他們之間究竟發生了什麼事？

23・夜／莊園廣場／本生、慕淇、書晴、凱莉、嘉美、蓮心、研習師們、學員們

本生和一名研習師正忘情地擊打非洲鼓。

學員圍著圓圈，眼前的簧火忽明忽暗，大家沉浸在鼓聲中。

本生：恭喜各位見證了第二級課程的絕妙
　　　　時刻，靈畫是大家傳達愛和幸福的
　　　　信念給我，我才能完成。我歷經了
　　　　無數次輪迴，得到最重要的啟發，
　　　　就是人生的真相藏在愛和美之中，
　　　　你只有用藝術的、美的形式才能夠
　　　　傳達人的情感。驅動我的身體，驅
　　　　動我的靈魂，從意念進入指尖。
　　　　（伸出雙手）但這雙手，和大家有
　　　　什麼不一樣？沒有，你拿針刺它會
　　　　痛；拿刀砍，手指斷，還會鮮血
　　　　亂噴。有時候我也很好奇，這些顏
　　　　色、線條，到底是怎麼來的？我還
　　　　是我，我意識清醒，我認得你們每
　　　　一個人。你們不會好奇，這股力量
　　　　是怎麼來的嗎？

一頭烏黑滑順的長髮自然披散著，本生略帶著陰柔之氣。

慕淇緊鎖眉頭，遠望著本生，心裡的瘡疤彷彿隱隱作痛。

本生：我被追債到東部那段時間，我跟朋
　　　　友一起去登山，山上的氣候瞬息萬
　　　　變，我不小心脫隊迷路，被困在山
　　　　裡，等他們發現我的時候，已經是
　　　　二十天之後的事了，在那二十天，
　　　　發生了影響我一輩子的事。在我奮

奄一息的時候，有人把我帶到像部落一樣的地方。你們不要胡思亂想，這不是什麼食人族或什麼妖魔鬼怪的故事，除了部落裡面的一個巫師。他一看到我，他就朝我臉上吐水，說我已經死了，我拚命想發出聲音，但全身軟趴趴的，就在他們把我抬進樹林裡面，準備扔進一個土坑……

蓮心、嘉美和其他學員們入神聽著，聽到這已經忍不住驚呼。

一位研習師拿著玻璃壺，一一在學員們手中的杯子倒入綠色汁液的飲料。

本生：我用力睜開眼睛，他們才發現我還活著……他們把我抬回部落，拿了一碗藥草湯給我喝。就是你們手上這杯，一模一樣的。 XIII

眾人看著杯子裡綠色的液體，有人湊近聞聞，除了顏色，沒有味道。

本生：因為這碗藥草湯，我活了下來，也因為這碗湯，我才能領略到希格瑪教的精神，而且，讀到了自己的希格瑪檔案。

24・夜／莊園餐廳／蔡師兄

一盞明亮的工作燈映照著工作桌。屋內四周堆滿各式繪畫用具和顏料，已完成和未完成的超現實主義油畫作品錯落其中。

空曠乾淨的牆上只掛著一幅仿秀拉風格的點彩畫，全開大的彩色希格瑪符號。

蔡師兄把本生的靈畫鋪開，四角固定，用長尺丈量，每五十公分寬度，用裁紙大刀垂直割斷，最後，裁出十二張寬五十公分、高八十六公分的長型畫作。

本生 VO：我開始做夢，夢見我進入一個山洞，裡面好涼快，山洞裡滿是壁畫，我躺下來，我睡著又進入一個夢裡，那個夢沒有視覺，我什麼都看不到，但是我什麼都知道。我不再感到疼痛，一股清醒的意識貫穿我全身。我在救護車上醒過來，有人在山路邊發現我，報了警，我滿身都被蟲咬傷，都是紅斑，有些傷口還有爛瘡……

蔡師兄拿出紙箱子裡的十二個長形錦緞收納盒。

XIII　曾聽過一個朋友講述他到部落被巫師治療不孕的過程，聽起來驚心動魄，很不二十一世紀，但她的確在後來有了兩個孩子。寫本生老師如何得到解讀希格瑪檔案的能力時，我想起大家的好奇。得道的經驗多半帶著傳奇色彩，一杯水不只是一杯水，一團火也不只是一團火。把真實抽色，記憶也會變得模糊。

本生 VO：這些就是那個希格瑪行者給
我留下的符號，多虧這個叫
Dreamer 的藥草湯讓我活下來，
祂們在我最虛弱的時候開啟了
啟靈能量，我才能讀到強大的
生命奧祕，擁有了解讀希格瑪
檔案的能力。

蔡師兄打開本生的抽屜，小心翼翼拿出本生
的印鑑，斟酌著每張畫不同的構圖，蓋下本
生的落款印章。最後他撒上金箔，讓每幅畫
看起來更珍貴，再以金蔥絲帶捲好，裝進精
裝的錦緞收納盒中。

25・夜／莊園外草地／本生、慕淇、書晴、 凱莉、蓮心、嘉美、研習師們、學員們

本生：我知道我要成為帶領大家的人，帶
領你們學著愛自己、學著愛人、學
著發光，照亮自己的幸福道路，我
不再恨世界上的每一個人，我澈底
自由了。各位，這就是幸福慈光動
力會的開始。 XIV

學員們個個聽得入神，有人看著自己手上杯
子裡綠色的汁液。

本生：你們手上那一杯，就是帶我進入真
正自我的神奇藥草湯。喝吧！我們
會照顧你們，不用擔心，你們會有
一趟真實的體驗。

學員們紛紛喝下藥草湯。四周燈光幽暗，不
知道多久後，每個人開始有不同的反應，有
人哭泣著，有人面壁禱念，有人左右搖擺。
他們看起來表情動作激烈，但每個人在意識
上都被制約在自己的小範圍裡，牆上的黑影
看起來都比他們嚇人。

研習師敲擊著非洲鼓，起初本生最先開始舞
動，隨後眾人也開始翩翩起舞。

模仿蟲鳴鳥叫的自然樂音流瀉進來，每個人
開始有不同的幻影。本生微笑地看著大家，
雙眸像孩子般懇切明亮。

蓮心緊閉雙眼流淚，好像水做成的一樣。本
生上前，輕輕拍著她的背，安慰她。她像是
抓住浮木般，緊抓著本生的手臂，本生也因
此看到她手腕內的傷疤，像小蟲一樣爬著。

Insert：明曜撥開蓮心的瀏海，在無瑕沒有
胎記的額頭上親吻

嘉美大字躺著，她覺得暈眩疲累，突然她躺
著手舞足蹈起來。

Insert：嘉美在雨中跳舞，非常快樂的樣子

書晴倒在地上不停抖動。

Insert：書晴穿著細肩長衫和小短褲，在迷
宮裡不停往前奔跑

✝ ───────────────────────

XIV 本生是個從死亡那裡回來的人，這加深他能看透每個人的可信度，曾幾何時，死亡能用來幫傳奇加值。

慕淇雙手抱頭，像是痛苦不堪，眼前的畫面開始快速變化，夾雜著不協調的聲音，有時是雨聲，有時是刺耳的金屬刮過牆面。

Insert：空空的演唱會場地，慕淇朝著舞台上一幅大螢幕直直走去，螢幕上是本生展開雙臂。他走上台，跪了下來

慕淇的眼淚流下，他四肢動彈不得，抱著自己蜷縮起來的身體。

有一雙手從後面環抱他，他轉頭，竟然看見長月對他微笑。

長月：別擔心，謝謝你。

慕淇緊緊握住對方環抱在胸前的手。

慕淇：對不起。

他定睛一看，不是長月，是本生老師。他感到很安全，很放鬆，突然又哭泣起來，無法停止。[XV]

26・夜／莊園外草地／本生、慕淇、凱莉、嘉美、蔡師兄、蓮心、書晴、研習師、研習生們

不知何時，草地上有人升起篝火，一陣一陣的鼓聲傳來，跟著本生老師的歌聲。夜色裡的火光閃耀，開始有人加入火堆旁的舞蹈，圍著同一個方向轉圈圈，隨意地擺動四肢。

四下寂靜，除了蟲鳴，他們聚集坐成一個圈圈。書晴看起來神情舒暢，一直拚命喝水。慕淇雙手環抱自己，眼神迷茫，但臉上不時泛起笑容。嘉美異常亢奮，她旁若無人，大聲地跟老師對話。

嘉美：我阿公把瘋子叔叔關在房間，他半夜都會大叫，叔叔好可怕，也常常偷偷的想，要是叔叔消失就好了……

本生：後來呢？

嘉美：有一天我放學回家他就不見了，我媽媽說他跑出去，不見了。我……我很害怕，我覺得一定是我詛咒他，他才不見了。（已經哽咽）怎麼會這樣？怎麼會這樣？

蓮心的憤怒與孤傲感都不見了，她看著本生，拉拉他的衣服。

蓮心：老師，我覺得很好。

本生：（拍拍她的頭）祝你幸福。

輪到慕淇分享他的恐懼。

慕淇：我爸爸打我耳光，還用棉被把我捲起來，差點悶死。

本生：你媽媽呢？

✝

XV　為了戲，我也研究過死藤水，其實不管是希格瑪檔案或死藤水，都有掙脫現世的意圖，想看見自己「怎麼來怎麼去」，好解釋眼前的一切。但相信我，知道太多未必是好事，且永遠回不去不知道的狀態。這是一條單行道，上路前請先想好。

慕淇：我媽帶我離開爸爸，叫我「不要變得像我爸的廢物」，要做一個屬害的人。可是我還是很愛我爸，他有時候對我很好。

本生：你是聽媽媽說的話，才想要成為明星、想要出名吧？

慕淇：她希望我能像黎明，她喜歡黎明……

慕淇一陣噁心，他吐出來。

27．夜／地下淨化室／本生、慕淇、凱莉、書晴

淨化室的地板上畫著很大的希格瑪符號，慕淇半睡半醒，時而發出夢囈的聲音。書晴在旁邊照看著他，本生和凱莉進來，確認他的狀況，本生突然問書晴。

本生：他醒了嗎？說了什麼？

書晴：他有發出聲音，但我聽不懂，好像是一些奇怪的話，我沒有聽過。

本生和凱莉對望一眼，露出微笑。

書晴：怎麼了嗎？

凱莉：沒事沒事。

本生沒有回答，手在慕淇胸前比劃，口中念念有詞，像是在發功運氣。

書晴：（有點緊張）他還好吧？是生病了嗎？

本生：沒事，他很好，我們只是找到了一直在找的人。

書晴聽不懂，還來不及問，慕淇醒過來，看到身邊的幾個人，略顯迷濛驚慌。

慕淇：這是哪裡？我怎麼了？

慕淇喝下一口凱莉給他的熱茶，本生從容自在地看著，笑而不答。

書晴：（急）老師，你剛剛說慕淇是你一直在找的人，是什麼意思啊？

凱莉：老師需要一個人幫忙，但不是每個人都適合，只有喝過死藤水的人，才能夠喚醒他的靈魂，才能夠接近他最深的自我。

本生：你看看凱莉師姐身上戴的啟靈石，這就是開啟靈性旅程的鑰匙，每顆石頭代表不同階段。紅色的石榴石是火，藍色的清溪石是水，綠色的橄欖石是木，黃色的玄皇石是土，最後，透明的水晶是風……[XVI]

✟

XVI 僅有這場戲解釋了啟靈石各自代表風、火、水、土、木的意義，啟靈石有神聖性，也是修行進階的象徵，與先前出現的聚寶盆那類周邊商品完全不同。崇拜大自然的希格瑪教，只有老師作為詮釋者，沒有信奉的神祇。

書晴覺得很有趣,恍然大悟。

凱莉:自由是愛的真諦,是幸福的源頭。
　　所以透明的水晶就代表風的啟靈
　　石,所以我還要再努力一下。

書晴注意到凱莉的項鍊,已經有四顆啟靈
石。

慕淇喝過茶清醒一點,突然插話。

慕淇:長月有幾顆?

凱莉溫柔地拍拍慕淇。

凱莉:慕淇,長月她現在本身就是風了,
　　老師找你好久,我們終於等到你了,
　　或許長月的離開就是為了要讓你進
　　來,讓你幫忙讀更多的希格瑪檔案,
　　讓更多人得到幸福,不是嗎?

本生:慕淇,你願意成為希格瑪的使者嗎?

慕淇連忙點頭。

慕淇:我願意。

本生緊靠著慕淇的頭,把手高舉在空中,像
是在接收什麼能量。

凱莉跟書晴跪著做出「祝你幸福」的手勢。

EPISODE
第 5 集

1．夜／夜店包廂／慕淇、蔡師兄、陳董、投資人 Steven、跑趴女孩

中間是 Steven，蔡師兄和陳董在另外一側，慕淇曾經是夜店咖，桌上一大盆水果盤冒著煙，每人桌上都有個小白盤。

Steven 攬著慕淇要自拍，其他人要幫他，他就是不要，跟慕淇兩個人緊挨著才親熱。好不容易拍過癮了，才放下外殼搖滾風的浮誇手機。他開始把一片西瓜放在盤子上，一顆一顆挑籽。

蔡師兄笑吟吟，眼神中卻透露出他正在觀察，伺機而動。[I]

Steven：（對慕淇）來，說說你的故事。

慕淇：我們這個電影就在講一個「愛對方需不需要經過對方同意」的事情……

Steven：這樣好啊！最近不是在講那個什麼……Me Too 對不對？我跟個妹講話搞得大家都很緊張，跟個妹說話還要經過她得同意，說是不是，要簽同意書嗎？繼續說……

慕淇：基本上是這個樣子，從一開始這個男主角很喜歡女主角，但這個女主角因為才華出眾，然後又長得漂亮，很多追求者，所以根本沒有注意到男主角。一直到有一天，這個女主角下班的時候在路上遇到一個

---

†

I 　這場戲選在台北東區一家夜店華麗的包廂，上午拍攝，空調味道混合著前夜的歡愉。想起自己曾以陪客身分參加過類似那樣的電影集資場合，眼睜睜看著四、五億台幣的交易就在一頓大閘蟹私房菜中成交。桌上籌碼不只是錢，還有黑乎乎的人性，什麼劇本、故事、角色都不重要，要緊的是商業模式，如何能玩一場金融遊戲，把利益最大化。

想要侵犯她的人，差點被性侵，這個時候男主角突然出現營救她。女主角才意識到原來有這個人存在，但事實上，這個男主角從戲的一開始，就是每一天跟著這個女孩子下班回家，到她開燈才會放心地離開，算是一種暖男的行為。

Steven：（驚呼）就是一個變態跟蹤狂！

慕淇：沒有，沒有變態跟蹤狂，是護花使者！你知道嗎？就是默默守候的那種。

Steven：變態跟蹤狂很好啊！我最近追了很多劇，他們都在講這個劇情，好看！真的，好看。

陳董：（插話）Steven，我上次跟你說過了，這個片子有我們慕淇老師主演，票房絕對沒問題，有好項目大家一起來，對不對？而且我上次去打球遇到張總，他很有興趣，你知道嗎？他老婆是慕淇的粉絲。

慕淇：對，如果有這樣的投資者，我拍起片來會更有信心，而且你對劇本有什麼問題的話，我們都可以調整，都可以討論。

Steven 沒回他，逕自把籽都挑好的一片西瓜，送到慕淇面前。

Steven：吃吧！

慕淇想開口接點話，卻被 Steven 遞過來已經剔去黑子的西瓜堵住了。

Steven：（半帶強制性）先吃！（對陳董）你知道我，對不對？我做事不是靠「奇摩子」的，我已經看過去年那個電影票房收益，整體來講，整個中國市場啊，疫情的因素，全世界的票房成長是逐漸趨緩的，再加上 OTT 串流，所以你現在跟我講什麼題材會賣錢，我都很懷疑。

慕淇正在吃西瓜，也忍不住認真聽起來，整個注意力都放在這個看起來像玩咖的富二代身上。

陳董：這種愛情片，現在這個時候投資是最保險的，隨便去中國市場繞一繞，幾個億就掉下來了，這我一點都不擔心。

Steven：加點驚悚！好不好，加一點動作戲，對不對？驚悚動作愛情片，這樣新鮮了吧！現在已經不流行那種什麼悲傷、彈琴唱歌說故事那套了。

慕淇：驚悚我們有！

陳董：對不對？劇本隨便改一下就有了嘛！

Steven：對，有，那你就放大。放大一點，格局再做大一點，這樣我們才能賺錢，對不對？如果我們拍的東西連自己都不喜歡，怎麼讓觀眾進去買票呢？是不是說，要怎麼樣感動自己，才能感動別人，是不是這樣說？

陳董：好了！你到底要投多少？你說個數
　　　字，我們可以開喝了，好不好？

慕淇：打戲我們也有。

蔡師兄：打戲他可以！

Steven：你有在練？

蔡師兄：（搶話）有，他有。

Steven：三千，我坦白講，我第一次投電
　　　　影，所以我一開始不敢出到太闊
　　　　綽，我爸爸會找我開檢討會。

陳董：好了，三千就三千，那個兩瓶香檳
　　　開了，渴死了。

蔡師兄：我想說你怎麼都不喝，開開開！
　　　　來！這邊缺酒。

慕淇有點驚訝，他只吃了一片西瓜，就拿了
三千萬的投資。突然湧進三四個 Steven 熟
識、衣著入時的跑趴女孩，擠到慕淇旁要求
合照、上傳。慕淇一一應付，笑容洋溢。
Steven 和陳董低聲努努嘴。

Steven：真的夠帥，太漂亮了，我剛剛都
　　　　不敢直接看著他的眼睛，我怕我
　　　　自己會被掰彎了。

陳董：就是賣這張臉，要不然誰要看那種
　　　什麼變態跟蹤狂的故事。

慕淇打心裡高興，看四周熱鬧，一切都很順
利，渾然沒有察覺自己正像貨品一樣被秤斤
論兩。[II]

2・日／慕淇豪宅／慕淇、書晴

書晴一進慕淇豪宅就發現堆了好幾個皮箱、
塑膠箱，書晴試著在他家穿梭。

慕淇：妳來幹嘛？

書晴：你要搬家？

慕淇：沒有，就這些衣服鞋子，我覺得東
　　　西太多了，我又穿不到，就想說丟
　　　一丟吧。

書晴：我還以為你被本生老師嚇到要連夜
　　　快逃。

慕淇：我為什麼要跑？

書晴：你被本生老師選上了，還不跑嗎？
　　　你該不會真的覺得自己具有閱讀希
　　　格瑪檔案的超能力吧？

慕淇：（繼續整理）有沒有沒差，反正總
　　　是要開始改變，那首先的第一步就
　　　是要斷捨離。

書晴看著幾個 Prada 的皮件，皮包、皮夾、
皮帶，忍不住讚嘆。

✝

II　慕淇對自己被物化有沒有自覺？或者他習慣了？無論如何，對於這樣就拿到三千萬資金，他也欣然
　　接受。

書晴：你這個也要丟？這限量款！

慕淇：丟，丟！

書晴：遊民穿著你的皮草大衣合適嗎？

慕淇：你來找我幹嘛？趕快說一說，我還要去會裡一個特訓課程。

書晴：什麼特訓？我為什麼沒收到通知？

慕淇：說是「反饋」的練習，幫助你發現（拿出手機讀）「真正的你原本是一個純潔無瑕、很棒的人，現在卻變成這副樣子，你不想回到原來的自己嗎？」

書晴：好啦，我相信老師很喜歡你，要對你賦予重任，沒有信賴關係不可能進行特訓。（神情嚴肅）我想寫一本關於老師的書，我想貼身採訪他。

慕淇：（雙手一攤）老師不會理你，他忙著到處布施，才不會讓你採訪。

書晴：（可憐狀）我當記者到現在，都沒寫過什麼像樣的人物（慕淇轉頭瞪她），我不是說你不像樣，就是我對老師的過去很有興趣，我想貼身採訪老師，現在有你幫他了，拜託啦！你不是想改變？就不要再當bitch，日行一善啊！反正老師喜歡你⋯⋯

慕淇：好啦好啦，但你要幫我整理東西。

書晴果斷地選了幾箱衣服，開始試穿。

慕淇：（自言自語）自從長月走了之後，本生老師是唯一給我安全感的，他說改變是痛苦的，卻是必經的道路。至少在動力會裡面我是真的很開心，不像應付圈子裡人一樣，每一個人都好假，都有目的才跟你來往。

書晴：（在他面前揮手）哈囉，你是在哈囉？所以我是假的嗎？我是幻覺嗎？

慕淇：你是娛樂圈的人嗎？

慕淇拿著手上的帽子朝她身上扔過去，兩人半開玩笑地打鬧。

3・夜／地下淨化室／本生、蔡師兄、凱莉、慕淇、研習師ABCD

凱莉把慕淇帶進地下室，通往地下室的樓梯像個隧道，愈往後面就愈沒有光，門也是厚厚的隔音門。

慕淇：（好奇）師姐，今天的課只有我一個人？

凱莉：是，本生老師特別為你設計了一個單獨的課程。

這間像洞穴的教室，沒有窗戶，只有一個Σ型符號的開口透出光。本生已經在等慕淇。

本生把慕淇帶到中間一張椅子坐下，其他人跟著蔡師兄魚貫進入，圍繞著慕淇，表情冷峻。慕淇覺得慌張，不知道會發生什麼事。

本生：（認真）你什麼時候才願意撕下面具，真誠地看我們？

慕淇：（不知所措）我，我有啊！

本生：你知道人的心很像一座礦，只有愈挖愈深，一直挖下去才會有寶藏。你看起來很 peace，很 nice，看起來都接受，但是你知道，你說得出來你內心真正的感受嗎？

慕淇：（微微顫抖）我，我不知道。

本生：我感受到你強烈地抗拒我們，你就是封閉自己，你才會說不出來。因為這都是你那些該死的學校，那個假惺惺的演藝圈，他們為了讓你乖乖聽話而植入你心中的想法。不放下這些，你要怎麼自由？

慕淇感覺到自己雙腿無力，老師說的都是對的。

慕淇：我也不想這樣，可是老師你知道，我們做藝人的就是要有觀眾緣，怕大家討厭我們，我不可能真的做自己，我也不想要我這樣假。

蔡師兄一改往日親切面容，走到慕淇身旁，開始斥喝他。

蔡師兄：大明星又上身了是不是？三句話離不開演藝圈，不想被媒體寫，不想被狗仔拍，你以為你時時刻刻都可以這麼完美？

本生：這段時間你想清楚了嗎？

慕淇：要想什麼？

本生：長月到底怎麼死的。

慕淇無言以對，他自己也沒有答案。

本生上前，唰就一個耳光。慕淇被打，更是莫名驚懼。

本生：她都死了，你還一點後悔都沒有嗎？

慕淇：我有，我很後悔。

本生：你後悔什麼？

慕淇：我……我後悔沒有好好對她……我對她很壞。

本生反手又一個耳光。

凱莉：就是因為你不愛她，她才自殺的，你知道嗎？你不愛她為什麼要利用她？你知道她因為你有多難過嗎？

慕淇：我知道！我知道！

凱莉用報紙捲成結實的棍子，猛力朝慕淇的腿打下去。

慕淇疼痛、恐懼，想護著自己。每個人手上都有紙棍，開始一個一個往他身上打，他已經在地板上蜷縮成一團。

本生：你知道你有多可悲嗎？

蔡師兄：你以為那些粉絲很愛你？沒有，他們只是一陣熱，很快他們就會去粉其他的偶像，愛你的只有長月一個而已。

凱莉：你是怎麼對長月的？你自己知道吧，她都已經告訴我們了。

慕淇：對不起！（哭著）對不起！

本生用力踹在慕淇身上，慕淇痛到叫出聲來。

本生：你愛慕虛榮，有名了，有錢了，就把長月當作什麼？

凱莉：你就是利用長月！愛你、寵你、對你言聽計從，你才會變成現在的王八蛋、自私鬼！

每個人開始咒罵慕淇，踢他，拿棍子打他。在微弱的光下，每個人都看起來都面目猙獰。

蔡師兄：王八蛋！

研習師A：爛人！

研習師B：渣男，去死吧！

蔡師兄：知不知道錯？

慕淇開始哀哀哭嚎著，自責，覺得他們說的都沒錯，自己就是這種爛貨。

一群人輪流打慕淇的背部，邊哭邊叫邊怒吼，看到慕淇沒有跟著哭，就更用力地用紙棍打他的背。蔡師兄蹲下來對他說。

蔡師兄：一個人很辛苦，很寂寞吧！沒有長月幫你。你在哭喔？你會痛喔？很好啊，還沒變成殭屍嘛！

凱莉：你想得到媽媽的愛，不想被媽媽拋棄。那些記者給你封面上節目，吹捧你是為了錢，為了點擊率，你還以為他們喜歡你？

蔡師兄：你以為有名氣了，有人氣了，你就不用面對自己的問題嗎？

慕淇：對不起，我知道錯了，我該死，長月對不起。

凱莉：你就承認你自己是個大爛人！自私鬼！

更多的研習師不知什麼時候也跟著圍到了慕淇的身旁，開始大力拍打他的背部，發出歇斯底里的叫喊。

在恐懼、怒吼與疼痛交雜之下，慕淇終於從哀嚎變成放聲大哭。

凱莉：你能不能像個人？自私鬼！

研習師C：你這個刺眼的噁心低等爬蟲！（以下一連串髒話）

研習師D：你就是最下流的噁男！（以下一連串髒話）

凱莉：你現在承認自己是個爛人吧！

蔡師兄：哭得更大聲一點吧！喊得再更大聲一點吧！再更大聲一點！你整個人就是個悲劇啊！

本生的聲音從頭頂上傳來，他站在椅子上大喊著，像施咒語。

本生：你原本是純潔無瑕的自然界之子，來到這個地球上是為了完成希格瑪的使命，結果你卻以為自己是世俗的孩子，把自己當成財產，想要在這個自私醜陋社會得到名氣，把所有人生用來博取別人的喜愛。多可悲，你有多可悲？

你原本是自然之子，是由風火水土木相互交媾，你陷入這個世俗的名字，把自己當成一個大混蛋，什麼是善惡輸贏，你真的都知道嗎？

慕淇的哭叫聲夾雜在這些詛咒、謾罵與尖叫聲中，他的腦袋突然一片空白，漸漸搞不清楚這是夢境還是現實。時間的感覺也早已消失，意識漸漸變得迷茫。[III]

4·日／莊園本生房間／慕淇、本生

陽光透過窗外綠蔭灑進來，緩緩移動，曬上慕淇的臉，他身上滿是傷痕。他醒來，有點慌亂，發現不在自己的房間，而是本生的床上。

本生坐在床沿，溫柔地看著他，輕撫他。

慕淇：老師……

本生：我以為你不想醒過來了。

慕淇：我怎麼會在……

本生：我看到了。

慕淇不解地看著本生。本生的眼神顯露哀傷，同時露出憐憫的微笑。

本生：你快游不動了，你以為船上的大人
　　　　會來救你，你快被水嗆死……

慕淇有點訝異，陽光從本生背後照進，他的面目反而沒那麼清晰，聲音像乘著光一起傳來。

本生：我們都一樣，我們都被大人遺棄
　　　　過，被神遺忘了……

本生走近，輕撫慕淇眉尾上的傷，慕淇這才意識到自己渾身疼痛。

本生：很痛？沒關係，你還有我。你感覺
　　　　到不一樣了？沒關係，每次改變就
　　　　是這麼痛，浴火重生也要先奔向火
　　　　焰，你需要排毒，就會愈來愈堅強。

慕淇主動伸出手，本生比慕淇更早一步握住他的手。

慕淇：（虛弱）老師，謝謝你。我好幸福。

5·日／莊園本生浴室／慕淇、本生

本生的浴室寬敞明亮，有拼花的馬賽克牆，還有一幅壁畫，畫的是本生老師慈愛的面容，他坐著，周圍信徒環繞，還有小孩子坐在他的腿上。

慕淇有點無所適從，坐在法式四腳浴缸裡，深紫色的水，飄著藥草和花瓣，還有香氣。

他的浴袍被脫在一旁。

✝

III　這是一場大轟炸，目的是把慕淇炸到成渣，言語與肢體的暴力是最好的武器，特別是對那些心神不寧的人。在讚美與詛咒間，自我就會像蛻皮一片片剝落，直到你體無完膚。

本生拿著白色的毛巾輕柔地擦拭慕淇，從頸肩順著背到腰部，他口中念念有詞，但聽不懂在念什麼，只聽見裡面不時夾雜著「慕淇」的發音。再擦拭腹部，到腿到腳，非常仔細，反覆來回。很舒服，慕淇感覺到愈來愈放鬆。

本生舀起水從慕淇頭上淋下，一次，兩次，三次，慕淇睜不開眼睛。

本生：你現在從裡到外完全乾淨了。

本生指尖輕輕滑過，慕淇像觸電般顫抖了一下，本生的手掌按著慕淇的後頸，停了一下，力道剛剛好，足以讓慕淇感覺到深濃水面下的自己勃起了。[IV]

本生：你還需要多休息，我晚點再進來叫你。

本生走出浴室，走出房間，慕淇聽到喀噠一聲，門似乎從外面上鎖了。

看到本生走後，慕淇才略鬆一口氣。

慕淇躺在浴缸裡，他不斷回想起剛剛本生幫他擦澡時，許多次用手觸摸過他的胸口、他的身體。

慕淇閉上眼睛，把手伸進胯下。

Insert：本生抓著布從慕淇的頸肩往下撫過胸口，一再反覆

慕淇呼吸變得有點急促，他側彎身，看見他的手臂和背影，自瀆的手不停來回抽動，直到高潮後鬆軟。他彷彿想起什麼。

6・夜／地下淨化室／本生、蔡師兄、凱莉、慕淇、師兄姐數人

慕淇悠然轉醒，本生將一把小刀交給他。

本生：殺了他們，殺了你媽，讓他們再也不能逼你，在你的人生裡指指點點，你要成為你自己啊！

蔡師兄：把他們幹掉吧！把過去的你也殺死吧！

凱莉給他很多墊子，慕淇遲疑了一下，突然大吼大叫，猛踹墊子，往地板上捶打。他大腦一片空白，不知哪來的怒氣化為口中很多髒話，連珠砲地咒罵。

慕淇：可惡，畜生！媽的，混帳！我會變成這樣的爛人，都是你們害的……

本生：用這把刀子，把你媽的腸子挖出來剁碎吧！

研習生 A：把那些幸災樂禍的人的眼球挖出來！

研習生 B：殺死過去！

✝

IV　本生對慕淇的吸引力，絕對不止於大師崇拜，情感的成分多半複雜。只是那個當下，我們只感覺到強大如洪流的情緒被淹沒。本生時不時把水弄渾，你就什麼都看不清楚了。

研習生 C：讓它再也無法復活吧！

慕淇瘋狂哭喊、咒罵，把所有的怒氣都發洩出來。

慕淇：媽的！你這個混帳！去死！去死！去死！……

7・日／藝廊貴賓室／陳董、蔡師兄、藝廊經理

藝廊經理 Sabrina 把平板螢幕給陳董過目，拍賣會正開始，平板裡秀出瀨野吉平的畫作《錮》的畫面。螢幕裡直播的是拍賣會現場。

拍賣官 VO：接下來是拍品 5012，留法畫家瀨野吉平的超現實主義畫作《錮》，是這位最近很熱門的神祕畫家的最新作品。我們底標從三百二十萬開始，三百二十，三百四十，三百六十，三百六十萬書面出價……三百六十，三百八十？

一旁的桌上，Sabrina 還有三部平板同時在操作。拍賣官的語速很快。

拍賣官 VO：非常感謝您，現場 A201 出價三百八十萬……三百八十萬還有出價空間嗎？……網路上四百，謝謝！電話出價四百二十，四百二十萬嗎？網路四百四十，四百四十，還有沒有更高叫價？還有人出價嗎？現場 A308 四百六十，網路四百八十，四百八十，四百八十

萬，最後一次？現場 A308 出價五百，五百，最後一次？（敲槌）成交！五百，A308。

Sabrina 看著陳董，露出勝利者的笑容。陳董舉杯，蔡師兄也跟進。

蔡師兄：線上操作，果然效率很好……

陳董：是 Sabrina 機靈！

Sabrina 拿過來一個黑絨銀盤，上面有個紅包，比一般紅包大一些，上面燙金字印了「祝你幸福」。陳董交給蔡師兄。

陳董：這一百五你幫我拿給老師。下個月香港秋拍，我再把老師那張《覺》拿出來，肯定會破五百。謝謝老師幫忙。

蔡師兄：我會再拿給老師，放心，能幫上忙，老師非常樂意。

陳董：做期貨的那個張總，他一直想要老師那張靈畫《風生水起》，他不知道聽誰說，會有不可思議的財源滾滾來。

蔡師兄：（笑）這要「請」一幅畫，也要看老師下次發功是什麼時候，可能要請張總再等一等。

陳董：他不怕等，他怕沒有，所以蔡師兄幫我留一張，我會請他馬上捐款。

蔡師兄：（笑）陳董，您都這麼說了，我肯定放在心上，但是老師他是只收……

陳董：我知道！現金！

蔡師兄：漂亮！祝你幸福！

陳董：老師的規矩我懂，還有，上次那個
電影投資的事，七七八八，差不多
可以請大明星出場見客了。

兩人互敬，將杯裡的酒一飲而盡。

8 · 日／蓮心房間／蓮心

鏡子前，蓮心把頭髮整個往後梳，綁起俏麗
的馬尾，把遮住半邊臉的頭髮撥開，看著臉
上的胎記。

她生澀地畫上淡妝，戴上墨鏡，看起來有點
神祕。

她抬頭，迎著窗外的陽光，露出了帶點自信
的微笑。

9 · 日／山上步道／本生、蓮心

蓮心跟在本生後面，穿越林間小道，本生時
不時回頭注意著身後的蓮心。

突然間，本生愈走愈快，蓮心已經快要追不
上，直到本生突然停了下來，蓮心一回頭，
興奮地看著眼前湖光山色的遼闊景致。

蓮心：好漂亮！

本生看見蓮心手腕上不只一道的割痕，抓住
她手腕，故作驚訝。

本生：妳自己割的？

蓮心收起笑容，看著本生嚴肅的表情。

蓮心：嗯。

本生：為什麼要割？

蓮心：（遲疑）不知道，我也沒想死，就
是想痛吧。

本生突然一揮手，刷了她一個耳光。蓮心被
嚇到，手一直摸著熱辣辣的臉。

本生：有沒有很痛？想痛有很多方法，這
種最笨，你知道割腕最大的問題是
什麼嗎？是很難死，而且還會留疤。

本生突然抱住蓮心，抱得緊緊的。蓮心嚇一
跳，立刻像小孩般在本生懷裡哭起來。

本生：妳知道妳這樣真的很笨，妳這樣會
讓愛妳的人很心疼，妳知道嗎？

蓮心：（抽泣）老師你可以不要告訴別人
嗎？

本生：（放開她，摸摸自己心口）妳放心。
我都收在這裡，我知道妳覺得自己
很爛，覺得活得沒價值，所以妳要
懲罰自己，讓自己痛，其實妳根本
不想死。

蓮心：（傻住）老師為什麼你都知道？

本生：（放開她）因為我跟妳一樣，被
大人放棄過，死活都沒人在乎，
對活著沒有感覺了……下次想痛的
時候，就打給我，不要再傷害自己
了，好嗎？

蓮心：我不知道。

他們在台階上坐下，本生直視著蓮心的雙眼。

本生：蓮心，請妳允許我閱讀妳的希格瑪檔案。

蓮心：為什麼……為什麼我可以？

本生把手指放在蓮心的唇上，輕噓一聲，比出安靜的手勢。本生閉上雙眼，像在冥想。口中念念有詞。

本生：妳曾經是一個富裕小國的公主，父親長年在外打仗，母親被冷落陷害，所以妳一直活在威脅恐懼之中……

蓮心眨著眼睛，不知道本生在說什麼。

本生：妳有一個表姐，她常常開導妳，但是妳的命運她無法改變，所以她就把妳託付給大將軍，希望他能夠保護妳……

蓮心聽得入神，好像聽出裡面的玄機。

本生：大將軍第一眼見到妳，就知道妳與眾不同，妳受盡委屈卻選擇善良勇敢，是象徵人間還有希望的純潔天使，讓他願意為妳奮戰。

蓮心突然睜大眼睛，聽懂了。本生緩緩張開眼睛。

本生：蓮心，我讀到妳的檔案了。

蓮心難以置信地摀著嘴，說不出話來。

本生：妳擁有世上最美麗的靈魂，妳臉上的印記是天使的印記，我第一次見

到妳就知道了，但是我們要非常小心，這是一個很大的祕密，妳如果想要繼續待在我身邊，就要遵守希格瑪的約定，不能跟任何人說。

蓮心猛點頭，拍拍自己的心口，站了起來。

蓮心：老師，可不可以拜託你抱我一下。

本生緊緊地擁抱蓮心，沉浸在被需要的幸福裡，幾乎想親吻她，但他還是忍住了。

10・日／街頭十字路口／慕淇、凱莉、蓮心、小璇、研習師們、路人們

穿著動力會制服的研習師帶著研習生拿著傳單，站在路口向行人發送。行人來來往往，速度很快，願意停下或接受傳單的人寥寥可數。

街道旁，慕淇戴著墨鏡在發傳單，凱莉在一旁面授機宜。

慕淇刻意穿得樸素，站了半天，沒人認出偶像大明星在身邊。

慕淇：參考一下，祝你幸福……

行人頭也不抬地擦身而過，其中有個路人覺得他面熟，走到一旁回頭看他。

慕淇：祝你幸福。

凱莉：祝你幸福，有空來聽課。

慕淇：祝你幸福。

凱莉：很棒很棒，狀況不錯，很好，不會緊張了吧。

慕淇點點頭，他愈來愈有信心。

11・夜／幫傳媒梳妝間／小朱、女演員

幫傳媒編採組長小朱正在採訪一個欠下高額賭債的女演員。

小朱：（問）要不要講一下那天事情發生的經過？

女演員：那天就是我去打麻將……

小朱：所以妳覺得，他們那天打麻將設局坑妳嗎？

女演員一直在滑 iPad，她沒回答，反而把手上的 iPad 螢幕畫面給小朱看。

女演員：哥，你看這個。

螢幕播放著慕淇發傳單被偷拍的影片，影片裡上傳的人驚呼連連。

路人 OS：你們看，是費慕淇？！

路人 OS：是欸是欸，他剛剛發傳單給我，我就懷疑。

路人 OS：我可不可以拿他的單子給他簽名啊……

小朱看著影像，慕淇和凱莉在發傳單。

傳單上幸福慈光動力會的圖樣看起來甜美和諧，彷彿一方淨土就在眼前。

小朱閃到一旁，打電話給書晴。

小朱：喂，書晴，我小朱……那個費慕淇被上傳的影片，妳看到了沒？

書晴 OS：看到了，（嘆氣）他也投入太快了。

小朱：非常時期嘛！這是戲劇高潮，妳去敲他來做這個禮拜的人物直播專訪。

書晴 OS：我不確定他會不會答應——

小朱：（半命令式）就看你的能耐了，把他弄來，你沒問題的。這集直播室創新高，我會發獎金，你放心。

小朱掛下電話，換上一張臉孔，繼續未完的採訪。 V

12・日／慕淇豪宅／慕淇、蔡師兄

蔡師兄把信封交給慕淇，露出鼓勵的微笑。

蔡師兄：收著，把欠人家的薪水給還清。

慕淇抽出信封裡的支票，票面金額五百萬，面露不解。 VI

V　媒體或狗仔的議題在此劇集中不是探討的重點，因此也沒有發展成線性的故事。但影劇版記者的角度，甚至直播，與劇中角色有背景上的關聯性，還是需要有小一點的事件去烘托。

VI　這張五百萬的支票，是本生老師拋過來的橄欖枝，在慕淇的電影籌備進退兩難時，無疑是一場及時雨。

蔡師兄：在電影還在募集資金之前，老師想說先幫你頂一下，他知道這個階段劇組是在燒錢的，你就把它當成是老師也投資你的電影就好了。

慕淇：師兄，我都還不知道可不可以開拍，這樣不好吧？

蔡師兄：陳董已經在安排天使投資人見面了，你就把時間空下來。

慕淇：我怕辜負老師的期望。

蔡師兄站起來，一拐一拐地走到慕淇豪宅偌大的落地窗前，眼前視野遼闊。

蔡師兄：你可是活在鎂光燈底下的高富帥，你有車，你有房，你沒有什麼事情做不到的，別辜負老師的心意。

慕淇看見他領口露出來的啟靈石項鍊。

蔡師兄把項鍊拉出來，讓慕淇看清楚。

蔡師兄：你在看這個？

慕淇：（羨慕）對。

蔡師兄：我一直停留在四顆。

慕淇：師兄，我還可以再跟老師說我想要嗎？

蔡師兄：只要老師許可，不管你是不是研習師，你都可以把啟靈石「請」回家。第一顆是一萬塊錢；第二顆是十五萬；第三顆是二十萬……以此類推。重點是啟靈石是來幫助我們修行，來增加我們的智慧還有我們的靈性，是不管你的級別還有年資，隨時都可以買。

慕淇：（興奮）好，那我去問老師。

慕淇被說動了。

13·日／幫傳媒直播間／慕淇、書晴、小朱、工作人員們

簡單的桌椅陳設，桌上放兩瓶礦泉水，幫傳媒的大 logo 直接掛在後面，比起攝影棚裡的講究，這裡顯得更「樸實」。工作人員替慕淇別 mic。

書晴已經就位，正在檢查訪問 rundown。慕淇看著她的淡妝和服裝，覺得自己好像太過火了。

慕淇：你，就這樣？

書晴：對啊！直播本來就是走親民風格，不過你是費慕淇，你沒這樣大家才覺得奇怪。

慕淇穿著訂製款襯衫，敞領，袖口還有小繡花，金屬釦子每一顆都不一樣。

慕淇：（趕緊脫下手上的高級沛納海手錶）這不要戴好了（交給一旁的工作人員）幫我收一下。你覺得……老師會不會不高興？

書晴：又沒做壞事，幹嘛不高興？

慕淇：我們沒有經過他同意，就來上節目講動力會……

書晴：你可以不要提到老師——

小朱 OS：慕淇哥，書晴，我們準備好開始囉！

筆電上架著攝影鏡頭，小朱和工作人員看著監控畫面，向書晴比手勢。

書晴對著鏡頭，擺出職業笑容。

書晴：哈囉，觀眾朋友們大家好，我是許書晴，今天來到靈魂拷問室的是超級大明星費慕淇！（轉身）哈囉，慕淇你好！

慕淇：書晴妳好。

書晴：那聊聊你之前經紀人的那個意外，還有那些不好的事情，給你帶來什麼樣的影響。

慕淇：我覺得算是一種學習吧，我覺得在人生的這個過程當中難免會遇到一些挑戰、一些困難，但是如果你逃避它的話，你就永遠沒有辦法成長。

書晴：我看過很多受挫折的藝人，但你很快就振作起來，為什麼？你的方法是什麼？跟我們分享一下。

慕淇：健身！

書晴：（疑惑）健身？

慕淇：不單單只是身體上面的健身，而是心理上面的鍛鍊。

書晴：聽起來很有趣，大家都很想知道，你多聊一點吧。

慕淇：這樣說好了，我覺得在那個地方，我可以不用做我自己，這個不用做自己的那個自己，可能是過去的自己，也就是說我可以完全真誠地去面對我自己心裡的感覺感受，所以這個地方，這個所謂的健身，我還滿推薦大家去的，然後這個地方需要介紹人才有辦法去這個課程。

14 · 日／幫傳媒休息室／慕淇、妝髮師

剛畢業的年輕妝髮師顯得緊張，有點手忙腳亂，正在幫慕淇卸妝。

妝髮師：其實你的睫毛不用畫就夠長了。

慕淇閉目，妝髮師手微微顫抖，小心翼翼，輕輕擦拭他的面容，慕淇為了讓她放鬆，找話聊起來。

慕淇：你做多久了？（看了一下她的名牌）Vivian？

妝髮師：一年多了……一畢業就來了。

慕淇：年輕的時候就知道自己要的是什麼，真好。不像我。

妝髮師：慕淇哥……不好嗎？那麼紅，又那麼多人喜歡你，歌也好聽。

慕淇：那是你們看到的，我不喜歡我自己啊，有什麼用？

妝髮師：（誇張驚叫）為什麼？你什麼都有。

慕淇轉身面對兩個年輕妝髮師，面露本生老師式的微笑。

兩人一臉茫然。

慕淇：我真的很開心有這個機會，可以跟妳們推薦這個課程，幸福慈光動力會。以前呢，我一直覺得我是一個失去很多的人，妳看，像我失去長月，失去我很多東西，好像這個世界只有我一個人在承受失去，但是在這個課程裡面老師教會我一件事情，他教會我如何去愛一個人，愛自己，愛身邊這個大家庭，愛老師，所以妳們一定要來，妳們一定會很有收穫的，失去就是獲得。

妝髮師：可是慕淇哥，你好像瘦很多欸。

慕淇：（被說中，愣了一下，馬上接話）對啊，我是瘦很多，但是妳要知道上這個課程妳的作息會變得很正常，很正常就有好的睡眠，妳不是說妳要減肥嗎？睡覺就是最好的減肥方式。

妝髮師：對！

慕淇：所以你們一定要來，下次新課程上課的時候，我一定通知妳們，一定要來。

慕淇從包包拿出一張傳單給妝髮師，妝髮師開始讀著傳單內容。

15・日／莊園本生房間／本生、蔡師兄

本生看著蔡師兄平板螢幕上的新聞畫面，臉色愈來愈嚴肅，蔡師兄急著想說明。

蔡師兄：前幾天費慕淇跟著凱莉去發傳單被偷拍，後來這個影片，在網上也傳得很凶，幫傳媒就打電話到會所裡面，希望可以了解慕淇在動力會裡的事情。

本生：（微慍）那你還讓他去上直播？

蔡師兄：她想要專訪費慕淇，可以帶一點正面的宣傳，我就讓他去了。

本生：（語帶諷刺）這種搞媒體公關的事情，我是不懂。

本生背過身去，似乎不想再繼續這個話題。蔡師兄意識到本生不太高興，忙著解釋。

蔡師兄：老師，今年新學員招募並不是太理想，我想蹭一點費慕淇的名氣，也沒什麼不好，我看老師你很看重他，而慕淇呢，他也是很投入，很熱心在動力會上面。

本生：我們不熱心嗎？你不熱心嗎？你不是到處牽線幫他找投資？

蔡師兄：陳董也介紹了幾個投資者，慕淇會一一拜訪。

本生：大明星去拜訪客戶，他行嗎？

蔡師兄：已經談成一筆投資了。

本生：很好啊！投資談成都不用告訴我嗎？

蔡師兄：我是想說錢都入帳了之後，再來跟老師您匯報。靈畫也是，如果費慕淇可以多介紹他幾個明星朋友來，這跟廣告代言是一樣的意思……

本生：（疾言厲色）這幾年下來，我們盡量保持低調的原因是什麼？你以為讓他們發傳單是真的要宣傳嗎？那是為了要磨練他們，讓他們放下身段，除掉過去那些自大傲慢的個性，真的要做宣傳，我去買廣告就好了，用得著這樣一個帶一個嗎？人跟人的接觸有多重要，你手放在鍵盤上如果感覺到溫暖，那是你電腦壞了，那不是人的溫度。

蔡師兄：老師，我們不是看中費慕淇的名氣嗎？

本生：當然，但用得著這樣敲鑼打鼓的嗎？叫費慕淇來一趟！

16．日／健檢醫院診間外／凱莉

牆面上貼著一張衛教海報，上面有個孩子捧著愛心蠟燭，標題是：「健康是幸福的根本」。

凱莉從診間出來，一下子不知道去哪裡，她呆坐在空盪盪的候診椅上，望著診間的門。

17．日／凱莉家／凱莉、紀新、紀美

凱莉正在蛋糕上抹白色奶油，抹得比牆還平整，拿起紅色的鮮奶油花嘴正在寫上 Happy Birthday 花體字樣。

紀新和紀美背著包包，穿好外出服一起走出來，凱莉的失望寫在臉上。

凱莉：今年做的蛋糕是不是不太一樣！等一下就可以吃了，等一下就……唱完生日快樂歌就可以吃了！漂亮吧！你看，還有個愛心。

凱莉抬頭，發現雙胞胎穿著外出服，背著包包，像急著去哪裡。

凱莉：不是，你們穿這樣要去哪裡？

紀美：我們要跟爸去打球，哥沒有跟你說？

紀美看向紀新，但紀新不打算回答，逕自從鞋櫃拿鞋子穿上。

凱莉：今天你們生日，不在家裡過？

紀美：去年就在家過，今年跟爸爸過，不是說好隔年換嗎？

凱莉：不是，前年他放你們鴿子，你們忘記了？協議不算數了。

紀新：（對紀美）那個，爸有訂場地時間，要趕快去了。

凱莉：哇！他一整年不聞不問，然後過個生日他要當聖誕老人。

紀美：媽，爸沒有不聞不問，他過年的時候有發紅包。

紀新不想再聽，穿好鞋子站起身。

紀新：對啊，那個生日蛋糕可不可以回來再吃？拜託。

凱莉：不准去！我跟你講，我一天的行程我都安排好了，我跟你講，你不是要那個遊戲片嗎？我們就先去買遊戲片，然後再去吃那個戰斧豬排……

紀新：不是，媽，妳規劃這些行程怎麼都
　　　沒先問過我們。

凱莉：你們以前不是很喜歡嗎？

紀新：對，那是小時候的事。

凱莉：小時候喜歡，現在就不喜歡？人家
　　　說生日是母難日，我懷你們的時候
　　　整個人腫得跟河豚一樣，可是我還
　　　是充滿愛地把你們生下來。

紀新不理凱莉，說著就開門往外走。

凱莉：你怎麼這樣！

紀新：（對凱莉）媽，我知道妳把我們生
　　　下來很辛苦，可是妳不要每年都講
　　　一次好不好？

凱莉：我又沒有講錯。

紀新：妳就是這個樣子，我們才不想跟妳
　　　過生日。

紀美：哥！

紀新：妳總是安排我們那樣這樣的。

紀美把紀新往外推，不讓他再說下去。[VII]

紀美：算了！我不去，你自己去。

凱莉：（辯解）我是你們的監護人，我對
　　　你們有責任，我一大早就起來做蛋
　　　糕……

紀新：（對紀美）妳到底去不去？

紀美：我不去，你自己去。

紀新轉身就走，紀美不知如何是好。

凱莉癟著嘴，不讓自己哭出來，紀美走過
去，輕輕摟著媽媽。

凱莉：他真的就這樣……這樣就走了。

紀美：媽，好了，不要理他，今天也是我
　　　生日。

凱莉：我知道！

紀美：我帶妳去吃一個很好吃的蛋糕店。

凱莉：（哭得一臉花）我自己一大早起來
　　　就幫你們做蛋糕。

紀美：那個等哥哥回來再吃。

凱莉：那就不好吃了。

紀美：不會，很好吃。那妳帶我去買球鞋
　　　當我生日禮物。

凱莉：好，我買兩雙給妳，我不要買給他。

紀美：（哄）好啦！媽，妳幹嘛哭。

凱莉：他每次都跟爸爸，他每次都被他收
　　　買。

紀美：好！不要哭。

✝ ─────────────────────────────────────

VII　紀美與母親的關係，顯然和哥哥不同。她不斷地安撫母親，希望她不要因為紀新的叛逆傷心。但她
　　忘記自己其實也是個需要愛的孩子，也或許母親給他們的，她都領受到了，可以更成熟地看待他們
　　的母女關係。

18 · 日／棒球打擊場／紀新、紀父、球友們

餵球機啾一聲，連球都沒看到，紀新揮棒落空。

紀新：幹！爛機器！

紀父：欸，不能講髒話……不要讓你媽覺得我好像在帶壞你一樣。

紀新沒好氣地放下球棒，手機響起，但紀新沒打算接。

紀父：你手機一直在響，要不要看一下？

紀新：看什麼？還不就是你前妻，每天在那邊奪命連環叩，我真的不懂欸。

紀父：看一下吧，免得真的有什麼事，你媽又要傳訊息罵我，每次一寫就是一大篇，是在寫論文？好像我在綁架你們一樣（苦笑）。

紀新無可奈何地滑開手機，凱莉來了三十幾則訊息，他點進去看，是凱莉在咖啡館，拍蛋糕擺盤，拍紀美許願的樣子，還有她和紀美故作沒事歡樂的自拍。

紀新：什麼東西，紀美是白痴吧。

紀父：沒事吧？

紀新：你自己看。

紀父：（看他手機上面的照片）這什麼？

紀新：我終於知道你為什麼會跟她離婚了。

紀父：你媽生你們的時候差點死掉，你不能這樣講她。

紀新：（試圖解釋，又不知從何說起）哎！你不知道啦。 VIII

紀新把手機關機，上場打擊，一記又高又遠的好球。

19 · 日／網美咖啡館／凱莉、紀美、客人們

凱莉刻意的俏麗打扮，顯得有點突兀礙眼。

紀美看著手機裡的群組。

紀美：凱莉老師，他已經已讀了，我們可以吃蛋糕了吧？

凱莉：可以啊，吃，全部吃光，這是妳哥最喜歡的口味，妳全部吃掉，讓他後悔到爆炸。

紀美：妳怎麼知道他最喜歡的？

凱莉：我看到他跟同學說的。

紀美困惑地看著母親，一時沒意會是什麼意思。

✝

VIII 紀新的父親紀遠鐘，五年前因為習慣性外遇，讓凱莉一氣之下離婚，但他很快又被另外一個女人拴住。這是離婚後凱莉依然過不去的原因之一，為什麼他可以「拋棄」他們的家，卻和其他女人過上好日子？其實沒有人能回答凱莉，如果沒有看清楚問題的本質，一分耕耘從來就不會是一分收穫，特別在親密關係上。

紀美：他沒事說這幹嘛？在學校說的？

凱莉頓了一下，眼神閃爍，卻不覺得理虧的樣子。

凱莉：有一次他手機忘了放在教室，他同學拿來輔導室給我，然後我就看了一下他跟同學的那個對話紀錄……

紀美有點生氣，顯然這超過她的底線。

紀美：媽，妳看他手機？

凱莉：（自顧自）妳知道嗎？我還看到他相冊裡面有那個猛男的照片。

紀美：又怎樣？

凱莉：妹妹，他到底喜歡男生還是女生？他到底是不是在談戀愛？

紀美：媽！這不是重點好不好！重點是妳看了他手機，這很嚴重，妳知道嗎？

凱莉：我會看他手機，是因為他最近變太多，妳看他早上跟我講話的態度，他小時候多乖多聽話，妳也是知道的，都妳爸害的，好好一個家被他跟那個女人就這樣搞沒了，妳哥才會變成這樣。

紀美不理會她，開始吃著蛋糕，凱莉拿起手機，又拍她吃蛋糕，看著手機得意地笑，打卡，上傳。 ^{IX}

紀美：（忍住）這個也很好吃。妳拍我幹嘛？妳不要拍！給我看！

20‧夜／網咖／明曜、紀新

明曜和紀新熟門熟路走進網咖。

明曜：老闆，老位置謝謝。

紀新：我跟你講，我明年開始生日自己過。

明曜：今年啦，明年。

紀新：現在！

明曜：也好，你們早就該分開過了好不好，她又不打電動，來幹嘛？

紀新：所以我說你剛剛真的在看妹？快點給我看！

明曜：好啦，我拿給你。

明曜看了紀新一眼。

原來是慕淇在街上發傳單被拍的影片，明顯看出凱莉也在場和慕淇互動，最後帶到傳單內容。明曜把畫面暫停，停在傳單特寫上。

✝

IX 　許多父母都會用這方式窺探青春期孩子的世界，對於剛開始有自己祕密的青少年，這卻是會引起火山爆炸的地雷。父母為什麼會用如此拙劣的方法，掌握孩子的「全部」？更嚴重的是把偷看當作了解孩子的唯一方法，這踰越了人與人之間的分際。親子之間的那條線成形的過程，會決定未來的親疏距離。

明曜：這是你媽吧？還有幸福慈光動力會。

紀新臉沉了下來，憤怒又無奈。

紀新：我本來還以為她離婚以後，可以去那裡交一些朋友，有個地方讓她變開心。

明曜：她在家不開心嗎？

紀新：我不知道是誰讓她不開心，她愈來愈不像我媽，可能是Z次元派來監視我的外星人……

明曜：那你是誰生的？外星人？

紀新：好了，不要講我媽了。我們去打獵殺女巫，我要親手殺光那些人皮女巫，救回我的艾麗西亞大天使，把這個世界重導光明！

明曜：為了聖堂！

紀新：為了榮耀！

紀新重拾笑容，兩人嘻嘻哈哈。

21・夜／凱莉家／凱莉、紀新

紀新進門，丟下包包，餐桌上有打包外帶的美式食物紙盒，他拿出他最喜歡的肋排。

凱莉開大燈，紀新沒理她，開始吃起肋排。凱莉刻意放軟口氣。

凱莉：回來了？你怎麼不熱一熱再吃呢？

紀新：這樣就好了。

凱莉：你去哪裡了？

紀新：幸福慈光動力會。

凱莉：動力會？

凱莉一愣，紀新放下肋排，擦擦手，拿出手機給母親看那支影片。

紀新：底下的網友都留言說，你們根本就是邪教。

凱莉搶過手機，不安地看著底下長串的留言，回應有好有壞，但邪教字眼出現不少次，很刺眼。

凱莉：這都酸民，這太無知了，這就是對自己不知道的事情亂回應。

紀新：我不在乎那些網友怎麼講，重點是我媽在這個影片裡面就是事實，妳總不會不承認那是妳吧。

凱莉：那是我，我們在發傳單宣揚理念，又沒有做什麼傷風敗德的事情？你不要胡說八道，什麼邪教。

紀新：好，沒關係，妳開心就好，反正我跟爸商量過，我畢業之後就搬去跟他一起住。 X

紀新擦擦手，回房間。

凱莉：你不是說回來要吃蛋糕嗎？

✝ —————————————————————————

X　對凱莉而言，孩子不跟她住了，代表否定了她過去所有的努力，這是她最害怕的事——再一次被拋棄。

22 · 日／汽車旅館／又雲、權志

又雲拿著一堆零食進房間，哼著歌，沒說什麼，逕自開電視亂轉台，斜倚在床緣。

權志正在刷牙。突然間又雲停下來，新聞重播慕淇在街上發傳單的影片。

主播OS： 藝人費慕淇在街頭發傳單的影片在網路上瘋傳，說他的穿著打扮跟過去截然不同。他所屬的幸福慈光動力會也引發了網友們的好奇，開始在網路上面搜尋相關的資訊。根據相關人士的消息，指出幸福慈光動力會大多是以這個報名上課的方式……沒有主張信仰、神明、宗教，純粹是以身心靈自我成長的方式來分享……號稱能夠幫助學員們找到幸福的原動力，他們不定期舉辦講座，宣揚人生哲學，目前沒有任何不法行為……

畫面裡，有慕淇上書晴直播室的片段，有慕淇罵狗仔的瞬間，最後是慕淇和凱莉在街上發傳單互動的片段。

權志走出浴室，想擋住她的視線。

權志： 知不知道這裡不開電視的嗎？

又雲： 那是我兒子學校的老師。

權志： 誰搞這一套？檢察官都來了，還不行動？

又雲： 我已經注意他們一陣子了，可是都沒有找到什麼犯罪證據。

權志在又雲脖子上蹭。

權志： 這樣子我有沒有犯罪證據呢？

又雲： 通姦已經除罪化了。（站起來走掉）明星就是明星，穿上了幸福動力會的制服還是那麼帥。

權志： （往後躺）我以前也是小鮮肉好不好？（拍拍肚皮）只是現在三層肉。

又雲： 我們如果被發現了，我還是犯了「妨礙婚姻罪」（刻意強調）。

權志： （站起來叫又雲）小姐！

又雲： 怎樣啦？

權志舉起左手，手上乾乾淨淨，婚戒不見了。

又雲： 幹嘛？

權志： 妳沒有發現哪裡不一樣嗎？妳沒有犯什麼罪。我們辦好手續了，她明天要去東京。

又雲非常吃驚，朝權志狂奔，跳到他身上，讓權志抱著她。

兩人深情擁吻後，背著權志，又雲燃起不確定的眼神。[XI]

---

†

XI　權志應該認為離婚後的自由，是為他與又雲的未來鋪好一條路。又雲顯然不這麼認為，她從來不想把這個關係穩定下來，她要怎麼面對接下來的發展？暫時還不想操這個心。

23 · 日／莊園餐廳 XII ／本生、凱莉

本生指著植物，一種一種為凱莉講解。凱莉面帶愁容，還是亦步亦趨。

本生：你看，這種叫狼尾蕨，你看這個葉子表面，有絨毛，也很像鱗片，像兔子的腳，也叫兔腳蕨，這個根莖都可以當藥材，治風溼的。還有這個，你吃過吧！山蘇啊！

凱莉：去吃炒野菜那種嗎？

本生：對啊！其實叫鳥巢蕨，又叫山蘇花，你看這個形多漂亮，像噴泉一樣。還有這種，我們都叫蜈蚣草，其實叫蜈蚣鳳尾蕨。這種，我最喜歡，鹿角蕨，你看這個葉子尾端這裡，像不像蝙蝠？又叫作蝙蝠蕨。

本生：這些是茄子的幼苗，茄子可以清熱解毒，最適合夏天的時候吃。而且紫色在靈性上來說，可以給我們內在能量，增加我們內心的平靜，下次把它加到我們的幸福養生餐。

凱莉：（心不在焉）好！好！

本生：把葉子撿一撿。

凱莉雙手略略顫抖，不斷交互搓著。

凱莉：老師，其實我今天來是有事情想跟你聊一聊……

本生繼續整理眼前的盆栽。

凱莉：我前天去，去看我的檢查報告，我的乳房有腫塊，其實我很害怕。

本生：醫生怎麼說？

凱莉：（一如以往的放大自己的悲慘）醫生先叫我回去觀察三個月，看看有什麼變化，再回去回診，看要不要開刀還是什麼的。紀新紀美還這麼小，萬一我死了怎麼辦？我好不容易才把他們生出來，他們一點都不感激，尤其是紀新，他現在很叛逆，一直在跟我……一直在跟我反抗，還說要搬去爸爸家裡，好，那等我死了，他們就都可以跟他爸爸去。

本生：（拿著剪刀舉到凱莉面前）妳記不記得我跟妳說過，妳這些負面想法會凝結成髒東西？

凱莉看到老師像要攻擊她，立刻驚嚇地點點頭。

凱莉：我的希格瑪檔案！

本生：檔案已經提醒過妳了，妳的那些怨恨、憤怒，都是從妳內在生出來的。但是妳有沒有去駕馭它？

✝

XII　莊園裡的餐廳種植了一排排的室內植物，像巫醫的溫室。寫劇本的時候經常會受限於寫實的既定空間，但地點的選擇又非常關鍵，為了拉出空間的層次，有時我會用「複合式」的做法，讓空間不止一種功能，於是就會有樣貌上的疊合，利於氣氛營造。

凱莉：我不知道！

本生：妳就是愚昧到沒有意識，這些念頭一起，妳就要化解。妳讓它們愈來愈囂張，就像這些蕨類，它們需要一個潮溼的環境才能生長，妳心裡沒有光，妳用自己的眼淚把這些惡念養大，它們才有機會長成這樣……

凱莉：我盡力了，可是他，他就是很叛逆，而且他爸爸還在幫他，我不曉得他在我兒子面前講我什麼，可是我一個做媽媽的，我也需要被愛，他自己不要這個家，也不能慫恿孩子跟他走，我真的盡力……

本生不知道聽過多少次她的牢騷，凱莉叨念起來很熟門熟路，他有點受不了了。

本生：（怒斥）好了！是人總會生病，妳不能期待自己一輩子無病無痛，妳要找出病源來。

凱莉：（嚇呆）我不知道……我也不想生病啊老師！我真的不知道。

本生：因為妳只想到妳自己。

凱莉：我沒有，我真的對他們很好，我很關心他們，我很愛他們。

本生：妳真的愛他們嗎？還是妳希望他們像妳愛他們一樣愛妳？（凱莉沉默）妳這是把愛當作交易，他們不順妳的意，妳就像在討債。檔案已經提醒過妳了，愛沒有什麼公平不公平，這是妳的課題，妳對愛這麼飢渴，妳要找出方法來填飽妳的心，妳不是像乞丐一樣，可憐兮兮地去找妳兒子女兒討關心。

本生一番話罵得凱莉一愣一愣的，哇一聲哭出來，她聽到自己就像個乞丐，再次陷於更深的自憐。

本生：妳如果把這些美好的東西傳播出去，宇宙會得到訊息，愛會迴向，妳就會產生自癒能力，說不定就不用開刀了。

凱莉還在抽泣，聽到「愛會迴向」，漸漸停住。

凱莉：老師，是不是我帶更多的人來動力會，然後讓更多人得到幸福，這樣愛就會迴向？

本生微笑，沒有回答，逕自彈起鋼琴。[XIII]

✝

XIII　本生老師對凱莉說話從不客氣，每一句話都直指要害，像個嚴師，恰恰符合凱莉的需要，讓她有被關注的感受。他自憐自艾，不管大小問題都繞回前夫兒子身上，怪他們怪得理直氣壯。你忍不住要對她生氣，又為她感到悲哀，但她像極了我們身邊的許多女人，她們的不快樂，答案永遠和男性有關。

24・夜／莊園本生畫室／本生、蓮心

蓮心欣賞畫室裡瀨野吉平的抽象畫作，一幅接一幅，有大有小，有的懸掛，有的堆放，一旁桌上還有粗細不同的麻繩，和用繩子編起來的畫筆。

本生假裝在翻畫冊，不時抬眼觀察著蓮心的表情和舉動。

蓮心：老師，這些……都是你畫的？

本生：當然。

蓮心：你什麼時候會畫畫？

本生：我也不知道，很自然就會了，心情不好，我就會到這裡畫畫。

蓮心：老師你怎麼可能心情不好？我還以為老師已經天下無敵了。

本生：妳把我說得像什麼武林高手，我是個普通人，我很普通。

蓮心：老師才不普通，可以看得見希格瑪檔案的人怎麼會普通呢？

本生：大概就這一點不普通吧。

本生把蓮心拉到旁邊的位置，讓她斜躺在沙發上，擺弄了一下她的身形，特別把她綁著馬尾的頭髮放下來，撥開瀏海，讓胎記露出來。蓮心想反抗。

本生：不要動！（又把她頭髮整理了一下）我要畫妳，給我妳最美的部分。

蓮心看著本生一臉認真，不像在開玩笑，也不敢動。

本生把她的上衣領口拉開，有些凌亂感。

本生到畫架前專注地畫了起來，很快打好一個素描底。

蓮心依然不敢動。

本生專注地畫著蓮心，一筆一筆勾勒，但眉頭卻愈加深鎖。

蓮心轉頭看著本生，把衣服都脫下，露出完整的背。本生畫了一下，又擲筆。

本生：唉……

蓮心聽見嘆息聲，忍不住問本生。

蓮心：老師，我是不是不好畫？

本生：不是。

蓮心：可是你一直嘆氣，我……

本生：（喝令）妳不要動！

本生深吸一口氣，想把筆拿起來，又很苦惱地把畫筆丟下。

蓮心不解地看著本生，本生避開蓮心視線，別過頭去。

本生：對不起，蓮心，妳起來吧，我不應該……妳以後不要再來會裡了。

本生說完往自己房間走，蓮心驚訝地睜大眼睛，穿上衣服後趕緊追了過去。▶

EPISODE

第 6 集

1 · 夜／莊園本生畫室／本生、蓮心

蓮心穿過廊道，跟著本生走進臥室。

蓮心：（慌張）老師，我是不是做錯什麼
　　　　事情？

本生：妳沒有，我只是從妳的眼神中看見
　　　　恐懼，讓我想起小時候，會一連
　　　　好幾天都待在家裡，很餓、很害
　　　　怕……我們都是一樣的人，我們都
　　　　是那種跌落黑暗之中就會消失的
　　　　人，覺得自己根本不值得活在這個
　　　　世界上，覺得自己……對不起，蓮
　　　　心，我不說了，妳走吧！

蓮心忍不住走近本生。

蓮心：老師……老師，我們可以作伴！這
　　　　樣你就永遠不會孤單了。

本生：不是，妳不知道，黑暗對我有多大
　　　　的吸引力，但是我有我的使命，再
　　　　這樣下去……蓮心，我不能妨礙妳
　　　　追求幸福的動力，但是妳在這裡，
　　　　會讓我分心，我沒有辦法好好面對
　　　　大家……妳還是走吧。

蓮心：我不要，我不要回家，家裡根本就
　　　　沒有半個人，動力會就是我的家，
　　　　老師你就是我的家。

蓮心快哭出來，她不知道自己為什麼突然變
成一個麻煩，但又隱隱感覺到好像有另外一
種感情，滿出她的心口。

本生：今天先這樣吧。

蓮心主動吻了本生，本生還是回應她了。

蓮心：我不想離開老師，我想一輩子待在
　　　　老師身邊。

本生：好，我也不想讓妳走。

他們在長沙發上倒下，本生激烈地吻蓮心，吻她的眼睛，吻她的胎記。蓮心被本生一把抱起放到床上，本生更用力地親吻她的脖子，拉下她的上衣。蓮心露出穿著像學生內衣棉質的胸罩，本生伸手到她背後解開扣子，兩人做愛。

蔡師兄正巧經過連通畫室和臥室的長廊，聽見兩人纏綿的聲音。

本生正趴在蓮心身上衝刺，蓮心沒有反抗，兩人都沒意識到外面有人。

蓮心的表情交纏著痛苦與喜悅，她緊緊摟住本生的脖子。

蔡師兄趕緊默默退下，輕輕關上門。^I

2・日／會館門口／慕淇、凱莉、妝髮師

課程剛結束，凱莉領著慕淇一行人，走到前台。

凱莉： 那麼照慣例，先把前台收一下，我們去吃中餐。真心師姐，麻煩妳把那個傳單放到袋子裡，我們中午吃完飯去發。

大家開始整理前台，凱莉上前關心慕淇。

凱莉： 慕淇，還好嗎？

慕淇： 很好啊，今天的頌缽讓我很放鬆，我還想帶更多的朋友來。

凱莉： 你能夠帶朋友來，那太好了。

慕淇： 她們很需要啊，妳看她們馬上入會了。^{II}

凱莉： 她們很優秀，很棒。

妝髮師和妹仔向凱莉打招呼。

眾人在門口的本生人形立牌前敬禮，恭敬地比出「祝你幸福」的手勢。^{III}

✝

I 這幾年，PUA（Pick-up Artist）這個詞突然流行起來，好像每個人都或多或少和這種專業的心理宰制沾上點邊。我們有沒有用情緒操控過別人呢？我們在建立關係時，用過一手鞭子一手糖果的方法嗎？扮黑臉／白臉的策略，教養過孩子的都懂。所以，蓮心這是被PUA了嗎？

II 我是個臉皮很薄的人，年輕時又稱「不好意思小姐」。長大才慢慢發現，根源是社交恐懼，參加同學會往往不知該如何是好，更別提打電話給陌生人，能拖就拖。但若有需要，社交禮貌、應酬模式還是開得動。這樣的我，找得到會員嗎？

III 本生老師的人形立牌，是雙手敞開、面帶笑容，像要擁你入懷的姿勢。把人塑造成神，需要很多儀式，讓大家感受到老師無處不在，是陽光、空氣和水，是不可輕易觸及、更不可輕易褻瀆的存在，因為如此，「力量」才顯得不可思議。

3 · 日／莊園書房／本生、蔡師兄

蔡師兄正在等本生，看著畫架上的畫，總覺得有些像蓮心。

本生進書房，神色泰然自若。

本生：有儒。

蔡師兄：老師，（把一疊資料交給他）這個月的報表，我已經整理好了。

本生：那幾筆業務費都進來了嗎？

蔡師兄：都在裡面。老師，有一件事情，我想先跟您商量。會館那裡，我想先退掉。

本生：為什麼？

蔡師兄：狗仔應該是盯上我們了，再加上直播的事情，我擔心他們會對動力會深入調查。

本生：（略嚴厲地看著蔡師兄）我們是正當的身心靈工作室，有什麼好深入調查？幸福慈光動力會又沒有斂財騙色，我才不怕他們查。

蔡師兄：不是怕，我的意思是樹大招風，他們如果動作太大的話，會影響大家的修行，再來就是像陳董這一類的投資人，都希望可以再低調。

本生：（突然暴怒）說來說去，還不是你讓費慕淇上什麼直播，從現在開始，不准他再跟媒體有任何接觸！撤回莊園，讓他們離市區愈遠愈好，這些人不是中媒體的毒就是中網路的毒，把會館那裡退掉吧。

蔡師兄：立刻處理。 [IV]

4 · 日／動力會會館／慕淇、本生、書晴、會員五名

本生帶領著幾個會員正在打包，現場有些凌亂，高梯靠牆，角落整齊落著水果紙箱。

慕淇和書晴進來，看到這情景很驚訝，本生老師像是等他們等很久的樣子。

書晴：老師，會館要搬家嗎？

本生：（語氣略慍）不然呢？

書晴：為什麼突然要搬家？

本生：（冷淡）問你們啊！動力會的兄弟姐妹不習慣被狗仔盯著。

慕淇：（小心）是因為我們直播的事情嗎？

本生沒理睬他們，繼續檢查收拾的東西。

書晴偷瞄慕淇，看他被老師的冷漠嚇到發白，她白了他一眼。

✝

IV　本生與蔡師兄的關係很有趣，蔡師兄似乎是和本生最親近的人，本生對蔡師兄也有相當程度的信任，否則不會把錢的事交給他。即便如此，他會不會有伴君如伴虎的感覺，還是他已經習慣老師的喜怒無常了？

書晴：老師！我有一個辦法，我們可以不用離開會館，也不會再被打擾。

本生：就算妳把會館買下來，我們也沒有辦法繼續再待在這裡。

書晴：老師你聽我說，我要請你上直播……

本生：好，大家停一下，休息一下，喝個水。（暴怒）不累啊？聽不懂啊？

會員們本來還在進行手上的動作，本生突然暴怒後，才陸續離開。

書晴：老師，這次直播點閱率很高，我還因為這樣子得到一筆獎金，我剛剛把它通通都捐到會裡了，你可以問蔡師兄。如果老師願意上直播節目，讓外面有機會深入了解動力會，說不定對我們招募學員……

本生：原來妳願意為幸福貢獻的代價，是用妳多出來的那筆獎金？

書晴不敢再往下說，本生步步進逼。

本生：妳真正多餘的，是妳衣櫃鞋櫃裡的那些包、那些奢侈品。妳來上過課了，妳應該比外面的人更了解我們。什麼點閱率，那些是我們追求的嗎？我們的課程是藝術品，不是隨隨便便電視購物裡就買得到的東西。

書晴語塞，不安地看著本生。本生轉向慕淇，冷漠地拿出嚴厲態度。

本生：你呢？要你放下明星光環，要你做回自己，有這麼難嗎？上節目，公開動力會的理想，你誰？你以為就像你拿張稿子就上去演戲嗎？

慕淇：老師，我沒有在演戲，我在上面講的都是真心誠意的。

本生：對，你這就像才健身沒幾天，你就畫了六塊腹肌，到處去跟人家講說，我在健身喔！我好棒！我人生好充實！大家一起來健身，是嗎？你就是放不下費慕淇的身分？學點皮毛就想代言，你跟那些 YouTuber 有什麼兩樣？

書晴：老師，是我，是我拖著慕淇上節目，都是我的錯，你不要怪他。

本生：（斜睨）他是他，妳是妳，他有他的限制，妳有妳的。輕率地面對社會大眾，這是多危險的事，妳以為像妳以前拿錢寫的那些業配報導嗎？皮笑肉不笑，講一講人家就買單了？

書晴回望慕淇一眼，慕淇很惶恐，連連搖頭。

書晴：老師，你怎麼知道我有寫業配？

本生：我還知道妳有陣子是航運集團第二代的小三，我還知道妳每兩個星期就要去心理諮商妳的購物癖，我還知道妳現在一身這麼空虛的原因，就是因為妳拿掉的那三個小孩，還要我繼續說下去嗎？

書晴：你……你怎麼會知道？^V

本生：這句話在幸福動力會是一句廢話，知道又怎麼樣？重點是妳要不要改變？如果妳不要，你何苦花一小時兩千請人聽妳說夢話？找我去上直播，愛心、大拇指都是為了滿足你們的虛榮心。你們自己好好想想，不要再騙我什麼去宣傳動力會的理念。

慕淇：（慌亂）老師，我知道錯了，可不可以原諒我？

兩人被逼問到說不出話來，雙雙跪下。

書晴：老師！我相信你，你真的什麼都知道。我知道我買的名牌包、慕淇的偶像名氣都很虛榮，都很空虛，我都知道。但我就是……我就是沒有辦法。

本生面無表情地看著他們。

本生：真正的重生是戰勝自己的欲望，不是用戰利品犒賞自己，你們根本還沒準備好。算了，不要說我殘忍，你們還是走好了。

慕淇：（大驚）老師，我準備好了，我真的準備好了，我以後不會再去那些譁眾取寵的節目上面講任何動力會的事情，我準備好了。

本生：你們在講起點閱率、當電影明星、挑凱莉包、開超跑……你們講得頭頭是道，你們怎麼會不了解自己呢？

書晴：我會離開幫傳媒，我可以轉成寫專欄就好，我願意過不一樣的生活，老師，求求你要幫我。

書晴啜泣著跪下來，慕淇也跟著跪。

本生：要戰勝自己的心，你們最好參加極限課程。我先告訴你，課程很昂貴，很嚴酷，表現如何，要看你們自己。

慕淇：我會參加，我一定會參加極限課程，我要知道我可以，我可以改變什麼，我要突破。

書晴：（仰望本生）老師，我們要去哪裡參加報名？

本生俯視他們，露出欣慰的微笑，伸出手把他們扶起來，幫他們抹去眼淚。

5・日／趙家／嘉美、譚母

六十歲的嘉美媽媽（譚母）還是化著妝，穿高跟鞋，看起來亮麗有神。她在酒店做副理工作，讓她看起來比實際年紀年輕。嘉美拿出一罐沙士，杯子底有點鹽巴。兩人完全用台語交談。^{VI}

V　本生老師怎麼會知道這麼多事？難道他真的有神奇的眼睛？「你怎麼會知道！」我也收過不少這樣的答案，我沒有天眼，只是仔細觀察、用心感受，這是我的日常。

譚母：你還記得我喝沙士要加鹽？

嘉美：怎麼會不記得，退火啊！不知道妳怎麼有那麼多火要退？

譚母：（一面倒）長大了，問妳一句頂兩三句。這樣比較好喝啦！

嘉美：我知道。

譚母：小孩呢？

嘉美：老大去補習，老二學校要練球。

譚母：踢球？要不要花錢？

嘉美：要啊，買球鞋，買襪子，買衣……去比賽，買東買西，都是錢。

譚母：都要錢就不要去。

嘉美：怎麼可能？

譚母：你那個老公也是可惜，當初結婚的時候說會給妳幸福，個性跟妳一樣活潑。誰知道那場車禍，早知道車禍就不要氣切。

嘉美看著母親，欲言又止。

嘉美：媽，他晚上還有去送外賣啦……

譚母：（從包包拿出信封）這裡五萬，拿去貼補用。

沒想到母親打斷她，知道她要借錢。

嘉美：這次投資三個月的利息有百分之十，我馬上可以還你。

譚母：妳別跟我說那些五四三。

嘉美：這幾年維成運勢比較不好，我也看開了。改運途不如自己拚前途。我不指望他了，我靠我自己就好。

譚母起身。

譚母：我要去上班了，我年紀也不小了，在酒店上班還能做幾年？妳自己要努力一點，堅強一點，知道嗎？

嘉美抓著那信封，勉強擠出笑容。

嘉美：好，謝謝媽。我再帶小朋友去看妳。

6·日／書晴家外連電梯／書晴

書晴手上大包小包地拿著名牌紙袋，拖著行李箱。

書晴：我一個 LV Dauphine，我買的時候就超過十萬了。

書晴走進電梯，深吸一口氣。

VI 嘉美來自一個單親家庭，父母很早就離婚，她跟著媽媽，從小就懂事、體貼、乖巧，二十幾歲開始跑韓國進流行服飾，到市場擺攤，賺那些家庭主婦的錢。她是在市場認識送貨的維成，兩人開始要好起來。

書晴：好，整數六十，加上一雙 Jimmy Choo Lola 37 號……我只穿過一次……沒有，我沒有要辭職，我休個長假而已……好，我下午拿過去給你。先這樣，bye。

書晴掛掉電話，等電梯。[VII]

7・日／莊園餐廳／嘉美、志工、蔡師兄

嘉美填好極限課程的報名表單，拿著一疊五萬的鈔票，怯生生地交給志工。

嘉美：師姐，不好意思，請問一下，我現在只有五萬，那剩下的可以分期付款嗎？

志工：（帶著笑）不行喔！

嘉美：我真的很想報這個極限課程，可是現在只能籌到這樣，可以通融一下嗎？

志工：（帶著笑）真的不行喔！不好意思。

嘉美：可是我覺得這次沒有參加到真的會很可惜，這邊可不可以……

蔡師兄進來，看到嘉美，對她微笑。

嘉美害羞地低下頭，髮絲垂下，她很緊張地趕緊撥好。蔡師兄對著她笑。

蔡師兄：來報名？坐下來，坐。

嘉美：來報極限課程……

蔡師兄：怎麼了？

嘉美：師兄，我現在只有五萬……剩下的可以分期付款嗎？

蔡師兄：（問旁邊的研習師）我們現在莊園裡的清潔人力打掃是不是不夠？

研習師：是。

蔡師兄：那這樣吧，剩下的五萬塊我先幫妳繳。

嘉美驚訝地抬頭，喜出望外的神情讓她整個人亮起來。

嘉美：蔡師兄，可是我短期沒有辦法還你。

蔡師兄：不用還我，莊園這邊需要人家打掃，那我們就用妳的時薪來扣，用工作來抵扣。

嘉美：這樣好嗎？

蔡師兄：我會額外再補貼一些車馬費給妳，畢竟這邊不是市區，那妳來回會比較辛苦一點，這邊有房間，如果妳真的累了，可以住下來。我忘了，妳有小孩要照顧，這個妳自己安排吧，好不好？

嘉美：怎麼這麼好！

✝

VII　一個精明勤快的記者，怎麼會假戲真做，就什麼都信了呢？我相信書晴想改變她的生活有一段時間了，只是沒有機會。訊息量太大、物質過剩的生活過起來很累，沒有目標的積累，就會有走不動的一天。

嘉美拚命行禮道謝，蔡師兄反而靦腆起來，忍不住臉紅。

嘉美：謝謝蔡師兄……那什麼時候開始呢？

蔡師兄：我們隨時可以開始。 VIII

8‧日／樹林／本生、蔡師兄、嘉美、蓮心、書晴、小璇、其他學員、慕淇

樹林裡，散落著學員十多名，每人挨著一棵樹，正在打坐。

一眼望去，他們和樹林的景致看起來和諧而美好。

本生走過去，一個一個用掌心輕輕按著他們的頭頂，他們眼睛上都矇了一塊白布。

本生的輕聲細語聽起來有 ASMR 的效果，像有人輕柔地按摩他們的神經，一陣一陣傳到腦部。

本生：我們大家一起，想像我們坐在河邊，聽見水流過的聲音，腳泡在水裡好清涼，好舒服。雲朵、森林、樹木、風正在跟你說話，你聽見了嗎？你的身體慢慢變得柔軟，像小時候你畫過的白雲，非常舒服。

本生：把你的心輕輕放下來，把你的腹部、丹田、大腿、小腿、腳掌、腳趾放在地上，不會有人來傷害它，你隨時可以把它抱起來，現在先放著。

十多個學員躺在草地上，呈現大字。陽光從樹林間隙灑下，他們面朝上，眼睛蒙著白布。

本生：有沒有聞到草的香味？有沒有感覺到光灑在臉上，被照得好溫暖，好舒服。現在，想像一個畫面，你的身體整個被光照亮了，你現在躺在地球的洪荒，萬物的開始，雪一片一片地落下來，你感覺到冰冰涼涼的，很舒服。你躺在海底，你看見生命的開始，你是一隻變形蟲，悠悠游在海裡，游啊游……

9‧日／極限地下通道／蔡師兄、慕淇、小璇、蓮心、嘉美、書晴

蔡師兄牽著慕淇，赤腳從樓梯一步一步走下去，直到最後一階，面前是一條發出微光的通道。

＊書晴蒙著白布，無助地摸索。蔡師兄把她的身體面向前。

✝

VIII 蔡師兄對嘉美好，一開始沒有帶什麼意圖，他只是在她身上看見自己的妻子，在他常年在東南亞作生意那些年，應該也有類似的寂寞吧！

蔡師兄：沒事了。你還有一格。

＊慕淇的耳機裡傳來本生的聲音。

本生 VO：你現在有三分鐘的時間，往前
　　　　走，想辦法，前面有出口。超過
　　　　時間，你的課程就失敗了。不管
　　　　碰到什麼，都要往前走。記住，
　　　　你只有三分鐘。

＊節拍器般的聲音響起，噠噠噠噠不停。蓮
心才往前一步，就踩進一片細沙裡。

本生 VO：深呼吸，不要被自己的想像嚇壞
　　　　了，習慣黑暗，妳會喜歡上黑暗。

＊慕淇沿著牆，突然感到一陣驚恐，想去扯
自己矇著眼睛的布。

慕淇：等一下，我剛剛腳上有東西。

本生 VO：布拿下來還是黑的，因為你不相
　　　　信前面有光。

＊嘉美踩進去一堆石頭，艱難地走了幾步，
發出驚嚇聲。微光中，傳來一個細微的聲
音，她的前方有一隻綠蜥蜴，正探頭探腦發
出聲音。[IX]

＊慕淇腳邊的蛇，他差一點就踩到牠。

本生 VO：不管多可怕的東西，踏過去就對
　　　　了，你在等什麼？你在等什麼？
　　　　不管發生什麼事，你都是一個人
　　　　面對。

＊蓮心摸索著，又一腳踩進像果凍的膠狀物
裡，她驚叫。

本生 VO：看得見的東西不見得就是真。

＊慕淇在一堆球裡滑倒，跌落在地，火警的
警報器瞬間響起。

慕淇：我不敢動了，我好累。

本生 VO：你好害怕，好可憐，你繼續尖叫
　　　　也不會有人來救你。

＊書晴踩在麵包蟲上，一面啜泣，一面驚
叫，她不敢往前了。

本生 VO：不要管，繼續往前走就對了。[X]

10．日／莊園／小璇、蔡師兄

黃昏，小璇扯下布走回莊園，嘴上還罵著。

蔡師兄：（關切）怎麼了？沒事吧？

小璇：我覺得我好像沒辦法撐過這關。

IX　你看過導演拍戲時，因為太害怕而一隻手擋著局部的螢幕嗎？這場戲非常費工，美術花許多時間陳設出
　　一個特殊的空間，稱為「極限通道」，事實上，那就是個大到把你全身都放進去的恐怖箱。

X　演員在這場真的嚇哭、嘔吐，幾乎崩潰，因為用上活生生的麵包蟲。事前他們都知道，只是「知道」和
　　走過去有天大的不同。

蔡師兄：妳是要退出課程嗎？

小璇：可是這樣會很糟糕嗎？這樣本生老
師會不會很失望？這樣還可以上課
嗎？

蔡師兄：（溫和）你可以自己做決定。就
像剛剛妳想要退出課程是一樣的
意思。

小璇：師兄，我可以再試試看嗎？我不想
讓本生老師失望。[XI]

11·日／極限地下通道／蔡師兄、慕淇、
小璇、蓮心、嘉美、書晴

本生 VO：爬過去，往前爬。

＊一條繽紛的蛇爬過，地上滿是麵包蟲。書
晴接近潰堤邊緣，停在原地。

書晴：我踩到什麼？

本生 VO：老師只能給妳信心，給妳愛，沒
有辦法替妳走妳該走的路。

嘉美：老師，我可以不要上了嗎？

本生 VO：妳要一直待在這裡嗎？妳回不了
頭，鼓起勇氣往前走，現在誰都
幫不了妳，只有妳能幫妳自己。

＊慕淇站了起來，想要再往前走，但沒多久
就碰到天花板垂掛下來的死老鼠，他鼓起勇
氣往前跑。

本生 VO：很好，你很棒，很勇敢，老師在
出口等你。

12·日／極限地下通道出口／慕淇

地下通道的出口長滿青苔，在石縫中被掩飾
得很好。

慕淇跌跌撞撞從通道爬出來，他的臉很髒，
雙手都有刮傷，他繼續摸索著，但不知道方
向。

本生 VO：你很好，對，現在把布拿下來。

慕淇把眼睛上的布條拆下來，刺眼的光線，
他一下子不能適應，他從耳機裡聽見本生的
聲音。

本生 VO：告訴我，看見光的感覺，是不是
很好？

13·夜／莊園地板教室／本生、蔡師兄、
嘉美、蓮心、書晴、小璇、其他學員

研習生們倆倆對坐，看起來都梳洗過，有的
人眉角貼著 OK 繃，有的人手上或腳上綁著
紗布。

本生穿梭在他們之間。

本生：什麼最可怕，想像出來的東西最
可怕。

XI　上一次讓人失望是什麼時候？我們為什麼這麼害怕讓在乎的人失望？

本生：我很高興沒有任何人離開這個課程，這不是你在電視上看到的那種生存遊戲，那種節目為了什麼？為了跑完、為了拿獎金、為了收視率、為了娛樂。但我們不是，我們是為了活下去，讓自己身心靈都提升地活下去。好好地活著，活得更像個人。

本生走到正低頭啜泣的小璇面前。

本生：各位，讓我們給她愛吧！給她幸福吧！

所有人整齊劃一的動作，齊聲喊著：「愛是原動力，愛是吸引力，愛是我和你。」震天價響，連慕淇都很熟練，書晴也非常投入。

本生：妳感受到了嗎？這麼多力量？

小璇：（抽泣）謝謝……我……我覺得……很棒！

教室的前方布置了三座大蠟燭。

本生：現在，我要你們開始禪坐，閉上眼睛，這裡有三座蠟燭，第一座燒完才能點第二座，全部燒完你們才能回去睡覺。請你們專心，感受身體要告訴你們什麼？ XII

14·夜／莊園地板教室／蔡師兄、嘉美、蓮心、書晴、小璇、其他學員

深夜，第一座蠟燭快燒完，所有人都面朝前打坐。

黑狗偶爾吠幾聲，更顯莊園的安靜。

有人身體規律地前後搖擺，有人雙手流暢靈動地結手印，像與眼前不知道是什麼的打手語，也有人入定一般。慕淇緊閉雙目，他的腳又酸又麻，偶爾微微調整姿勢，他想撐下去。

突然非常響脆的聲音傳來，慕淇嚇了一跳，原來有人打起瞌睡，蔡師兄手執長鞭，往地板狠狠一刷，讓打瞌睡的人完全驚醒，鞭子雖然沒有打在人身上，但那聲音聽起來非常淒厲，有幾個人跟著醒過來，慕淇更閉緊眼睛，不想被影響。

突然全黑，第一座蠟燭終於燒完了，可以聽見窸窸窣窣、大家換腿和挪動身體的聲音。隨著蔡師兄的打火機聲，大家又立刻回到打坐姿勢。

第二座蠟燭開始。

✝

XII　有一陣子我常在練習隨時可以打坐的方法，意思是快速進入專注放空的狀態。三分鐘或十分鐘都好，站坐躺臥都可以，當然搭配著想像（比如潛水）更好，讓自己進入被完全置換的物理情境。太忙的時候，只能這樣休息。

15‧夜／莊園畫室／本生

畫架前，本生正專注地畫一幅壓克力水彩，但在畫架角落，也貼著幾張他從畫冊剪下來的當代畫家的小圖，像是拿來「參考」。

外面時不時傳來鞭子的聲音和人的驚呼聲。

16‧日／趙家／維成、三個小孩

嘉美的兩個孩子並排躺在床上，時而咳嗽，頭上都貼著退熱貼，一旁有個空的紙盒。維成手忙腳亂地照顧，床的另外一頭，最大的孩子正在熟睡。

維成一直傳訊息給嘉美，不讀不回。他不時摸摸兩個孩子的手腳，確定他們發熱的狀況，退熱貼已經過時效，慢慢剝落。

維成離開房間，再回來時拿著兩個裝著保冷劑的小塑膠袋，替換上退熱貼。

他推推最大的孩子，孩子在朦朧中被叫醒。維成指著手機螢幕上的通訊錄，小本子上寫著：「打給阿嬤，找媽媽。」

最大的孩子撥號，很久才有人應。

孩子：阿嬤，我要找媽媽，她有沒有在妳家？（維成指指弟妹）弟弟妹妹發燒了，爸爸要我打給妳……喔！好！（掛下電話對維成）阿嬤說沒有。

孩子一臉睏意，倒下去繼續睡。維成神情變得嚴肅，不放棄地繼續傳訊息，他的不安全感嚴重爆發。

維成簡訊：「妳不在媽媽家，妳到哪裡去了？為什麼要騙我？妳要把我們丟下來嗎？」[XIII]

17‧日／莊園地板教室／本生、蔡師兄、慕淇、書晴、蓮心、小璇、其他學員

本生注視著所有人，沉默中，有人熬不住，舉手了。

小璇：老師，我想分享。（本生點點頭）就是，其實我很慶幸自己有鼓起勇氣參加這個極限課程。我不知道大家有沒有這種感覺，就是在點第二個蠟燭的時候，覺得全身很躁動，很不安，想要全場亂跑，想要大叫，我覺得我自己都快瘋了，對不對？然後我又想起來我在打坐的時候，我身邊的環境告訴我的話，告訴我的身體，告訴它「妳放鬆，妳要放鬆」，所以我就告訴自己，「對，我要放鬆，我要放鬆」，然後漸漸的，我的心就安靜下來了。我不知道怎麼說這種感覺，就是真的很爽，真的很爽，然後就再也不想睡覺了，對不對？所以我真的很開心我可以過來，真的，謝謝老師。

✝

XIII 個人的修行與家庭勢必會產生衝突。不管是原生家庭或自己組建的家，因為你只有一個人。而解決矛盾或調和的過程，有時就是修行的一部分。

眾人開始鼓掌，本生拉起小璇一起激動地原地跳躍。

本生：那就跳起來啊！

18·日／莊園廣場／本生、蔡師兄、慕淇、書晴、蓮心、小璇、嘉美、其它學員

蔡師兄發給每個人一個塑膠袋。

本生：各位，今天早上我們要來做一個非常特別的體驗。慕淇，來。

慕淇上前，本生和慕淇示範給其他學員看，本生把塑膠袋套在自己頭上。

本生：我要你們兩個一組，把塑膠袋套在自己頭上，互相幫對方打結，握住對方的雙手，看誰先鬆手，把自己的塑膠袋扯下來。

大家神色凝重地看著本生示範，他神色自若地大力呼吸著，慕淇想要替本生扯下塑膠袋，卻被本生搶先一步抓住手腕制止。

本生：要試探自己的可能性。到前面來圍成一圈，準備好就開始。

這是個危險的遊戲，現場熱烈起來。有人漲得面紅耳赤，大多數人都是一下子就開始扯自己的塑膠袋。

慕淇扯下塑膠袋後用力地喘氣，窒息的感覺很可怕，他還在剛剛接近死亡的驚恐中。

本生：好，回到座位上。沒辦法呼吸很難受吧？現在，我要你們再做一次，試著去感受那個不能呼吸的瞬間，你的腦子在想什麼？你感覺到什麼？

所有的研習生又領了一個塑膠袋，這次他們對窒息有心理準備了，忍耐的時間又長了一些。過程中，本生朝慕淇這裡走過來，他握著慕淇的手，用眼神鼓勵他，直到他受不了。

書晴像在挑戰什麼，不服輸地嘗試到最極限。

小璇：頭有點暈。

本生：小璇，你怎麼了？

小璇：我頭有點暈。

本生：妳剛剛在想什麼？

小璇：我好害怕，老師，我很害怕，（開始恐慌起來）我不知道，我覺得我好像快要死掉了。老師，我是不是快死了，老師我是不是快死了？

本生：師兄，你帶她去外面休息。

蔡師兄：來，我們到教室休息，沒事，來，師兄扶著妳。

本生環視所有人，其他研習生沒有提出意見。

本生：還有其他人不舒服的嗎？這就是你們的極限？最多就這樣？你們大概都以為，你們自己到了死亡的邊界。（冷笑）你們未免也對自己太客氣了，人沒有那麼容易死，不然地球就不會有七十億的人口。死亡到底是什麼？你們真的認真想過嗎？來，講到死亡，你們想到什麼？

本生坐下，其他研習生也跟著坐下，模樣看起來都有些憔悴虛弱，但還是用探照燈般的視線跟著本生的一舉一動。

學員：遺產。

書晴：失去。

蓮心：臭，很臭。

學員：生病，心肌梗塞。

學員：紙錢。

學員：老人。

慕淇：終點。

書晴：槍決。

研習生們紛紛丟出各種聯想到的。

本生：看看你們，你們怎麼都沒有人想到一些天堂啊、光啊、轉世這種正面一點的東西。想想看一個嬰兒誕生，你們會想到的是什麼？紅蛋、可愛的小衣服、捲頭髮……會有人想到那些黑麻麻的東西嗎？不會。當然，你們剛剛說的那些，也有可能會發生，但是，一個生命的誕生，不就是死亡的倒數計時嗎？

你們不覺得死亡跟做 spa 很像，同樣都是一張床，你躺好，放鬆，可能還會聞到花香味，各位，這就是我看見的死亡。是一種解脫的過程，一種移民的概念，在我們希格瑪教裡，死亡就是脫去一身舊衣服，讓你回歸到大自然，讓你被水沖走，讓你化成泥土滋養生命，讓你這件舊衣服燃燒完，讓風吹走。你這一生的辛苦、傷心、勞累、責任、壓力、恐懼都可以放下來，「搬」到另外一個地方去。

慕淇：老師，那個地方都是一樣的嗎？

本生：每個人要去的地方，希格瑪檔案都已經寫好了。

書晴：老師，那我們還會記得這一輩子的家人和朋友嗎？

本生：會，而且你會發現，他有可能是妳的朋友，可能是妳的母親，可能會跟妳有某種關係。

慕淇：那些地方在哪裡？

本生：你的心在哪裡，那些過去相遇的人就會在哪裡。檔案會記起來，你們每一個人的來處跟去處，但不是開過檔案你就會知道全部，那未免也太無聊了。我們就是來體驗的，就是來好好體會做人的滋味。

蓮心：（沒頭沒腦冒出一句）好！

大家對她稚氣的回應都忍不住笑出來。

本生：有一天離開的時候，就朝著光明去，死亡是一艘太空船，它會帶我們到意想不到的地方，不用恐懼、焦慮，不用逃避，好好地死去也是活著的任務。好不好？（大聲一點）好不好？

眾人：好！ XIV

19．夜／溪谷旁／本生、蔡師兄、慕淇、書晴、蓮心、小璇、嘉美、其他學員

山路上，本生帶著他們，個個臉色灰白，有的人舉步維艱。

本生：人家搞飢餓三十，你連飢餓二十都熬不過。

小璇：我好餓。

本生：妳身上的脂肪比妳的自憐多很多，眼睛只望著終點，腳下路怎麼走？等著摔倒嗎？

蔡師兄：先踩穩，再下第二步。

書晴：（對慕淇）我們已經超過二十個小時沒吃東西，沒什麼感覺，好像身體變輕了，好舒服。你呢？

慕淇：（眼中異常的興奮）我沒事啊，我感覺很好，好像快飛起來，我這輩子從來沒有這麼輕鬆過。

眾人爬過溪谷，逆流而上。

本生：來，加油，手腳並用。

他們被帶到溪谷瀑布最上方的峭壁旁，下面有一潭深綠色的水，看不見底。

本生站在最高處，對眾人。

書晴：老師，你該不會是要叫我們從這裡跳下去吧？

本生：各位，這是我們最後的考驗，看看各位這幾天究竟累積了多少勇氣，那顆跟自己挑戰的心啊（用力敲自己的左心口），到底是真的假的。你們不是在向我證明，你們是在跟天地、宇宙展現，跟希格瑪承認，你們不一樣了。享受這個過程，每一次，我都感覺到自己又活過了一次。

突然，本生張開雙臂，衝他們一笑，跳了下去。眾人驚呼，往下探看。本生已經浮上水面，對他們揮揮手。

他們排著隊，輪流從岩石上跳下深潭，有猶豫的，也有捏著鼻子的，還有模仿奧運選手的。嘉美雙腳發軟，蓮心輕而易舉，書晴盯著下面，看好位置縱身一躍，姿態優美。

更多人和慕淇一樣，在岩石上猶豫不決。但他們還是心一橫，往下跳。

✝ ─────────────

XIV 這場戲，我稱之為練習與死亡擦肩而過。本生對於死亡的看法，其實是我在清邁旅行的某天下午所想通的事。年輕時，死亡感覺遙不可及，到了中年，終點線愈來愈清晰，能夠面對「生命終極的追求是什麼」這類問題，就知道如何清爽地活下去。

原本就懂高的慕淇是最後一個，蔡師兄在旁邊也不催促他。慕淇看看下面，本生和其他學員都在對他揮手。慕淇猶豫著，很想嘗試，卻沒有勇氣。

慕淇：你也跳過嗎？

蔡師兄：我跳過！所以我現在在這裡陪你。

終於鼓起勇氣，慕淇一躍而下，一片喝采。

經歷過剛剛的驚險，現在釋放了，本生帶頭打水仗，他們在溪谷中戲水，像一群小孩子，幾個人手牽起來圍圈圈，一起下沉憋氣，受不了再一起浮上來。

慕淇：（對本生）老師！謝謝你。

本生：不用謝我，謝謝你自己。

慕淇：你太偉大了，我愛你。

本生完全沒有扭捏，他把慕淇往水裡一拉，兩個人都在水底下，本生很快地吻了慕淇。兩個人馬上浮出水面。[XV]

本生：（朝著天空大叫）我愛你們！我愛你們每一個人！[XVI]

20 · 夜／莊園地板教室／本生、蔡師兄、所有學員

莊園的地板教室已經被布置過，四周布滿蠟燭。鼓聲起。

他們圍坐成圈，蔡師兄端著黑絨盒子，上面是一條條串著兩顆不同顏色的啟靈石皮繩圈，極限課程的研習生輪流上前，讓本生為他們戴上。

本生老師用自己的刀割破手指頭，將血液滴進碗裡。

眾人像獵豹或獅子，一一爬上前，本生老師用割破的手指沾著碗裡的血液，劃過學員們的喉間。一個一個替他們戴上第二顆啟靈石。

本生：你們經歷了嚴苛的極限課程，這是幸福慈光動力會的高階課程，通過這個課程，各位就可以成為研習師了，未來要努力協助會務推廣，努力讓更多人得到幸福。現在，跟著我念誓詞。[XVII]

✝

XV 誰最期待這個水下之吻呢？

XVI 為了這場戲，我們讓演員先練習跳水，也準備好替身，到了拍攝那天，現場有安全防護員，有專業防滑的鞋子，有救護車待命，所有能想到的都準備好了。但當演員站在高處、工作人員在溪谷中的大石上各自準備時，我依然繃緊神經，稍稍用力就要斷了一般。拍戲沒有那麼偉大，不可以生命、友誼作為代價，是我的信念之一。

XVII 這場戲很不好拍，現場人很多，空間不大，地板上裡點滿白蠟燭，又悶又熱。但在非洲鼓的鼓聲裡，入教儀式開始了。本生老師念誓詞時，我差點也跟著吶喊「我願意」。

眾人一張張像被開光過的菩薩臉，莊嚴慈悲，仰望著站在其中的本生老師。

本生：你願意把「讓所有人都得到幸福的最高境界」，當作此生努力的目標嗎？

眾人：我願意。

本生：你願意成為希格瑪教的守護使者，不惜一切代價也把它發揚光大嗎？

眾人：我願意。

本生：你願意盡可能把自己時間貢獻給幸福慈光動力會嗎？

眾人：我願意。

本生：你願意追隨本生老師的指導，不斷開悟，不斷提高生命的層次嗎？

眾人：我願意。

本生：你願意與希格瑪教風雨同行，生死相隨，並把它當作世界上最珍貴的寶藏，並且謹守關於它的祕密嗎？

眾人：我願意。

本生：來！我們吟唱，歌頌自己的重生。

慕淇起了音，他們用鼻腔共鳴發出「嗯」的聲音，隨著呼吸，其他人也一批批跟上合音。書晴非常投入，沐浴在神聖的氣氛中，她感覺自己是老師的複製品，呼吸、發出聲音，都要和老師同步。[XVIII]

21．日／熱音社練團室／蓮心、紀美、明曜、紀新、國維、健健美

明曜把《我願意》的歌詞印給大家。

紀新：這什麼？

明曜：歌詞！

國維：（講出歌詞）我願意交換你的希望？

紀新：哇靠，這你寫的？

明曜：不是，蓮心寫的。我昨天晚上還有把你寫的曲順過，完美！

紀美：大家，飲料來了！

蓮心和紀美走進社團教室，一大袋珍奶和雞排放在桌上。

健健美：辛苦了，兩位。

國維：不要這樣摔雞排好不好？

紀美：累死了！

✝

XVIII 劇名《我願意》公開後，許多人反射地認為這應該是講愛情或婚姻的劇集。仔細想想，我們一生中做出的承諾，做不到的居多。但彼時說出這些話，多半是真心誠意，相信自己做得到，願意全力以赴。光是這一點就滿動人的，是吧？

紀新：（對紀美）我寫歌、作曲很累你知不知道？

蓮心：沒關係啦！

紀新：蓮心，妳最近變好多，人設改了還是怎樣啦？談戀愛喔？

蓮心笑而不答，和紀美走到角落吃雞排喝珍奶，說悄悄話。

紀美：你真的放棄詹明曜了嗎？

蓮心：我現在比較喜歡成熟一點的男生，不然妳看，像妳哥他們……

紀美：屁孩，那妳男朋友大妳很多嗎？

蓮心：（用手比了個二十）紀美，我從來沒想過我的初戀可以這麼完美。

紀美：（陶醉）真好。

蓮心：果然加入動力會就會找到幸福。

明曜跟大家收錢，大家乖乖交錢，他拿過來交給蓮心。

明曜：錢給妳，謝謝。

紀新：（湊上來）欸，李蓮心，妳和弦到底練好了沒？我跟妳說，如果妳再不練我就要另外找人了。還有，妳歌詞其實寫得不錯，如果再搭配我的曲，簡直完美。（對國維和健美）你們兩個！來！

音箱傳來吉他開場的序曲，是明曜開始彈奏《我願意》的前奏。

大家趕緊就定位，跟上前奏的節拍，慢慢的，開始出現完整的伴奏型態。

蓮心真的熟練過電吉他，彈得很順。

紀美高興地和她互看，偷比個讚。國維和健美睜大眼睛，點點頭。

前奏結束，紀新抓起麥克風，以狂放高亢的嗓音，演唱起《我願意》。

第一次熱音社全員到齊，順利合奏，尤其蓮心，從頭到尾都沒有出錯，大家破天荒把《我願意》完整唱完。

一唱完，所有人都開心地尖叫起來。^{XIX}

✝

XIX 音樂指導的珊妮寫這首歌前，我們只見過一次面，用文字簡單溝通這首歌所要詮釋的內容，然後就得到渾然天成的一曲。熱音社的演員從開拍前就去練團室練習，拍攝時有模有樣，大家玩得很開心，可惜畢竟不是專業團，為了完整詮釋歌曲，最終並沒有用上現場收音的「演員版」。

EPISODE

第 7 集

1・夜／莊園書房／本生

夜幕低垂，莊園四周的山區靜謐祥和，只有蟋蟀和貓頭鷹的鳴叫聲。

書櫃被推開，本生從旁邊一扇通往地下室的門走上來，他關上門，拉起書櫃。他把音響打開，歌劇《杜蘭朵》的詠嘆調《公主徹夜未眠》，男高音的歌聲。[I]

本生跟著哼，跟著激昂，一面把書上架。書櫃做得很密實，不細看不會知道其中有蹊蹺。暗櫃是個寬矮的深形凹槽，本生把地上一個個手提水果紙箱放進去整齊排列，還調整了位置，好讓上面的字對齊。

男高音愈飆愈高，他低聲跟著哼。[II]

2・日／會館門外／又雲、管理員

又雲在會館大門外向內探看，裡面一片漆黑，隱約看到疊高的廢棄傢俱。

她在屋子外遊走，觀察著四周狀況，大樓管理員走向她。

管理員： 小姐，請問有什麼事嗎？如果妳要報名的話，他們早就搬走了，這裡不能報名了。

又雲： 搬到哪裡你知道嗎？

管理員： 不知道。

又雲： 那他們都在這裡做什麼？

✝

I　這齣戲，除了珊妮製作的配樂外，我也用了幾首常聽見的古典音樂，和戲本身產生掌聲或噓聲的對話關係。

II　本生一個人的時候都在做什麼，連我都不太了解。他的書很多，也不是放著裝飾，他喜歡音樂、畫畫、跳舞，偌大的莊園只有他，似乎也不孤單。

管理員：就學瑜伽啊，畫畫啊，樂器啊。妳看，都搬空了。

管理員：妳不會是記者吧？

又雲搖搖頭，看著搬空的會館，一片空曠。

3・夜／檢察官辦公室／又雲、安怡

電腦螢幕，搜尋頁面正打上「本生老師」四個字。

又雲喝著咖啡，瞇著眼，尋找和本生有關的資料。

搜尋結果出來，頁面顯示「本生老師，王漢平」、「畢業於師大美術系、巴黎美術學院」，一看就是令人起疑的資料。

安怡敲敲門，拎著一碗食物進來。

安怡：詹檢，還沒吃吧？組裡剛剛叫外賣，幫妳多叫了一份。

又雲：（盯著螢幕）你看，不管是我們內部的資料，還是網路上，「本生老師」的資料只有這些。

安怡：這花錢銷一銷就辦得到了，只是要花不少錢，很多人都這麼做。

又雲：（皺眉）這不是花多少錢的問題，是他為什麼要這麼做？還是有別人幫他處理？[III]

又雲看著頁面，疑惑，突然站了起來。

安怡：（嚇到）詹檢怎麼了？

又雲：吃飯。

4・日／電梯／慕淇、蔡師兄

電梯裡，慕淇還在整理妝容，撥著頭髮。他全身隨性自然的打扮，看得出來是「刻意不經意」的造型，蔡師兄還在交代。

蔡師兄：等一下我們要去見的那個國會議員比較年輕，他今年才剛選上，在國外學完公關遊說之後，回來馬上就投入選舉了。他們家可是政治世家，像他這種有背景、家世好、有賣相的，就他在他爸的選區裡面第一高票當選。

慕淇：師兄，那我賣相好嗎？

蔡師兄：你靠的是才華，不能只是賣相，一定沒問題。

眼神交會，慕淇在電梯的鏡子裡讀到蔡師兄的誠懇。

5・日／雜景／慕淇、蔡師兄

慕淇在某飯店包廂門前，深吸一口氣。蔡師兄拍拍他的肩膀，推開門。

III　我曾經想過，有沒有一種方法可以抹去自己的數位足跡？聽說是有的，但我不知道怎麼做。這會不會斷裂某些記憶或與人的關係？而數位讓我們處處留痕，人要怎麼重新開始呢？

蔡師兄：別怕，師兄在。

慕淇和蔡師兄搭著透明電梯往上。慕淇和蔡師兄搭著透明電梯往下。兩人都面對電梯的透明玻璃。慕淇俊帥的臉看起來有點憂傷。蔡師兄在他耳邊說。

蔡師兄：慕淇，你擁有很多人所沒有的，加油。

慕淇神色自若地推開某豪華會議室大門，看得出來他有自信多了。

慕淇穿著正式的西裝，蔡師兄拍了拍慕淇的肩，兩人走進電梯。

6・日／招待所／慕淇、蔡師兄、陳董、投資人 Amy、投資人張總、投資人李總監、投資人 Steven

一張大圓桌，主持會議的是陳董，慕淇、張總（已退休的電視台董事長）、Steven（富二代）坐在一側。除了慕淇，他們和陳董都是舊識。另一側是蔡師兄、Amy（天使投資人）、李總監（新創產業負責人）。

陳董：慕淇這個片子，Steven 跟我都投了，之前蔡師兄和慕淇也應該分別跟各位說明過這個案子的狀況，我自己個人是很看好，海外發行我也問過，大家看起來都覺得這個片子很樂觀，尤其是慕淇會主演，所以絕對有商業賣點。

慕淇：我是不是太單純了一點？我也覺得我自己會拍得很好。

Steven：你有信心最重要了，把片子拍好我們才有錢賺，對不對？內容的部分我們都不干涉，但是投資比例的部分我們還需要再喬一下。

張總：我想大家時間都不多，那這也不是多少錢的事情，我們就趕快談一談。不好意思，等一下還有行程。

陳董：張總不是才剛結婚，怎麼還那麼忙？

Steven：他都已經結第二次婚了，他很有經驗。

張總：你還不趕快追進度，不怕你爸念你？正業不做，整天東搞西搞。

Steven：我投電影這件事情，我爸他不知道，ok（手指比了一個噓的手勢）？

張總：Amy 啊！

Amy：是，張總。

張總：你們這個 AC 基金主要都投資哪些項目？

Amy：跟張總報告一下，AC 主要投的是創意，創意是現在最有價值的資產，就跟礦一樣，挖到一個金礦，以後就源源不絕了。我們很早就評估過費先生了，演員自製的案子很少不成功的，是不是，李總監？

李總監：我們要謝謝 Amy 姐帶我們來淘金。

Amy：是謝謝張總。

張總：這不是淘金，這叫買礦，我剛創業的時候就買了好幾個。

Amy：（驚訝）是真的礦產？

陳董：當然是真的，妳不知道嗎？真金白銀那種，金周刊專訪有寫過，妳沒看過嗎？

張總：（得意）投資這種東西，眼光要準，動作要快，最重要的是什麼？要有膽子！（微笑）我今天來到這邊，主要就是想要跟慕淇「報告」，看完你的案子之後，我決定加碼百分之五十。

慕淇：謝謝張總。

Steven 興奮地跳了起來，蹦蹦跳跳到慕淇身邊 high five。

張總：我太太特別跟我說，只要有費慕淇就是好案子，她是你的大粉絲。

慕淇：幫我跟夫人說聲謝謝。

張總：改天來我們家吃飯。

慕淇：（開心）好。

李總監：張總不愧是我們地下文化部長，像我們做技術的，什麼也不懂，張總可要手下留情。

陳董：拜託，留一點給我們，好不好。文化部長在這裡，我們趕快敬部長。

張總：不要說什麼部長，只是為文化盡一分力，大家都是部長對不對？

整個募資會議看起來很順利，蔡師兄默默觀察這一切，陳董笑得非常開心。他與李總監對上眼，李總監對他露出意味深長的微笑。[IV]

7・日／慕淇豪宅客廳／慕淇、蔡師兄

蔡師兄在酒櫃前欣賞慕淇的收藏，研究著酒瓶包裝。[V]

蔡師兄：連這個得獎的威士忌你都有，你不喝酒擺在這變裝飾品，可惜了，我都感受到它在哭。

慕淇：師兄，想喝的話自己倒。

蔡師兄：那我不客氣了。

✝

IV 　這場在西華飯店包廂裡的戲，動員了幾位我一直很喜歡的專業演員和好朋友。看似有意無意的談話，讓人聯想起真實的資本世界。我想起過去歌仔戲野台前面會貼滿紅包，或者直播裡的打賞。當然，投資拍電影，目的是要回本，最好還能賺錢。電影究竟是作品、商品，還是一門好生意？

V 　蔡師兄嗜酒，這應該是他展現出來的弱點。他幫本生辦事多年，很得信任，但這份信任有沒有盲點呢？記得拍這場時，滿櫃子都是葛瑪蘭得獎威士忌，大家都看得很饞，不過演員上戲時當然不能喝真酒，表演時喝的酒類大都是假的。

慕淇：別客氣。

蔡師兄：那我解救它囉！

慕淇：喜歡的話，你可以帶回去。

蔡師兄幫自己倒了一杯，品酒。

蔡師兄：（非常享受地吞下）這連呼出來的氣都是香的，好喝！正事還是要辦。

蔡師兄拿出幾份文件推到慕淇面前，文件都是英文，慕淇試圖閱讀，但看得吃力。

蔡師兄：來，這個，雖然這是開戶的制式文件，但我還是希望你可以認真地看一下，只差你簽名。

慕淇：這些師兄你都看過了？

蔡師兄：當然看過了，不然怎麼敢拿給你簽⋯⋯

慕淇：我可以給我的律師看一下嗎？

蔡師兄：可以！但還有一樣東西，也要先讓你看一下，來。

蔡師兄打開平板，秀出網路銀行的帳戶介面，標示餘額有美金五十萬。

蔡師兄：這個，五十萬美金在這。

慕淇：這誰的帳戶？

蔡師兄：你的啊！

慕淇：我又還沒開戶。

蔡師兄：所以你簽完名之後，就可以匯款了。

慕淇：而且是開曼群島的帳戶？

蔡師兄：我跟你說，這些投資人希望能夠低調，他們大部分在海外都有帳戶，要不然就是海外公司。你可以拿給你的律師，你們討論一下，他應該對於節稅這個東西很了解的。

慕淇：沒關係，我可以簽。

慕淇在幾份文件上都簽了名。

蔡師兄：不是，真的，先跟你的律師討論一下，有什麼問題，我們可以再來談。不急。

慕淇：沒關係，師兄你都說看過了，本來還以為直播的事情會影響到募資，但現在看起來還好。那天老師還生氣，我真的不知道該怎麼辦。

蔡師兄：直播的反應是好的。

慕淇：真的？

蔡師兄：它讓我們碰觸到很多我們原本碰觸不到的族群，他們現在都在問說去哪上課？怎麼入會？老師他是討厭俗氣的事，直播這種東西大部分都很粗糙，只要我們做得有效果，老師是不會反對的。

慕淇：所以老師是同意了？

蔡師兄點頭，喝了一口酒，表情若有所思。

蔡師兄：對了對了，老師要給你的禮物。

蔡師兄拿出一個五十乘六十公分大小、精美的白色紙盒。

慕淇：這什麼？

蔡師兄：你知不知道外面有多少人出高價排隊想要它？但老師優先給你。

慕淇：這麼說，我應該去找老師，好好謝謝他。

蔡師兄：會館退了，還好我們還有希格瑪莊園。

慕淇：莊園是老師的？

蔡師兄：（搖搖頭）會館跟莊園都是老師跟朋友借的，老師名下沒有任何財產，動力會也一直都沒有一個固定的地方讓大家可以安心的修行，如果哪天莊園突然要賣了，我們又要搬。

慕淇：簽好了，師兄你看一下。

蔡師兄：好，沒問題。來，這個我也收好。

蔡師兄把酒喝完，準備要走。

慕淇送走蔡師兄，好奇地看著那個上面有著燙金「祝你幸福」四字的白色紙盒。

8．夜／慕淇豪宅客廳／慕淇

慕淇在磅礴的管弦樂伴奏中，從白色紙盒裡拿出一幅黑框畫，是本生親手繪製的靈畫，寫意的水墨上灑了一些金箔。[VI]

慕淇把櫃子上的獎盃都收了起來，擺上白色蓮花，也把大沙發移開，拿著靈畫到大牆前。大牆上終年掛著一幅超大尺寸的慕淇獨照，他趕忙把自己的照片撤下來，留下一個顏色略淡的框牆面。他小心翼翼地換上靈畫，點上線香。又退後兩步欣賞牆上的畫作，盤腿合十，看著看著，彷彿感受到老師的力量，熱淚盈眶。靈畫面積不到獨照的三分之一，但巨大的存在感，讓放到一旁地上的豔色的獨照顯得一文不值。

9．夜／莊園本生房間／本生、蓮心

光線迷離。

本生為蓮心仔細地擦上指甲油，欣賞她的手。[VII]

蓮心站在長鏡子前，只穿著本生的浴衣。本生站到她身後，把她的領口往下拉，上身赤裸，他在她耳邊私語。重疊的影像正好避過關鍵部位。

✝ ──────────

VI　本生的確獨厚慕淇，他揮灑的靈畫有那麼多人排隊，為什麼就先送慕淇？我記得，美術拿出那幅靈畫給我確認時，我也很想帶回家。

VII　在做新的劇本大綱時，編劇助理打趣地對我說：「擦指甲油已經成為你的記號了。」我自己不擦指甲油，長年都是光光禿禿的手，寫劇本前要把指甲剪乾淨，才有辦法開始。

本生：妳好美！

本生欣賞著鏡中的蓮心，蓮心自信微笑地看著鏡中的自己，直到本生撥開她的頭髮，露出胎記，她突然扭捏起來。

蓮心：我想把這個去除掉，我覺得好醜。

本生：除掉這個還是妳嗎？（親吻她的胎記）這是妳，（親吻她手腕上的傷口）這也是妳，這些都是妳。

本生一把抱起蓮心，親吻她的頸子，把她抱上床。他們在床上緩緩躺下，本生溫柔地撫摸蓮心的臉龐，親吻著，反身自己半坐半躺地靠著床頭。

本生：上來，感受我。

蓮心溫馴聽話，拉開她的浴衣繫帶，坐上本身的胯部，眼睛閉上，微微皺眉，像是痛苦又愉悅的表情。全然地放鬆，迎接本生進入。

做愛中，本生將衣帶抽起，環繞在蓮心頸項上，在即將高潮時勒緊衣帶。

蓮心睜大著眼，彷彿是興奮或不明就裡，漲紅著臉喘氣。就在兩人同時高潮的瞬間，本生把衣帶鬆開，兩人用力喘息，癱躺回床上，蓮心一臉滿足。

床頭的香氛蠟燭燒盡，小小火苗燃著，熄滅。

10．日／莊園／慕淇、蔡師兄

莊園一角，慕淇看起來很興奮，興致勃勃，追上蔡師兄。

慕淇：師兄，有件事情想找你商量一下。

蔡師兄：說吧，慕淇，你有什麼困難的話，師兄可以跟你一起解決。

慕淇：我想請你去幫我問一下希格瑪莊園的主人，如果莊園加上地一起買的話，大概要多少錢？

蔡師兄：是誰要買？

慕淇：我！你還記得長月葬禮那天的那艘船，那是我的，我想把船賣掉，看看能不能付希格瑪莊園的頭期款。

蔡師兄：你說的是真的嗎？要不要再考慮一下，畢竟不是一筆小數目，而且之後你還要拍電影，要花很多錢──

慕淇：（搶話）我已經決定了，我才想請師兄幫忙，看看能不能找到船的買家。

蔡師兄：（略頓，笑）那我們先去跟老師報告，他一定會很開心的。

慕淇：師兄！我想給老師個驚喜。明天我會把船籍的文件給你，再麻煩你幫我找買家。

蔡師兄：好。

慕淇：成為希格瑪的一分子，能夠犧牲奉獻一點，真棒！

慕淇帶著輕快的腳步離開，蔡師兄跟上。

蔡師兄：謝謝你，慕淇，你實在太發心了！老師一定很開心。

11・日／又雲辦公室／安怡、又雲

又雲倒在沙發上休息，安怡一靠近，又雲就立刻驚醒。

又雲：進來是不用敲門的嗎？

安怡：我剛剛有敲，妳沒有聽到。青草紅茶，三分糖微冰。

一杯飲料放到她桌上。

又雲：你還記得喔？[VIII]

安怡：我當然記得，妳還沒變詹檢以前，我跟妳打賭輸了十杯，我怎麼會忘記，小隊長。我剛剛把手機解鎖報告寄給妳了，妳看一下。

又雲接過來就喝，猛吸一口，拿出手機檢查，面露疑惑。

又雲：（看螢幕上資料）雲端資料也刪除了？是在墜樓之後？

安怡：有人在她死後登入她手機雲端資料，把裡面的資料都刪了。

又雲：那她的電腦呢？

安怡：她只有一台筆電，是費慕淇的公司所有，都是用來處理公務，資料都查過了，沒什麼可用的。唯一可以用的線索，就是電信公司的通話資料。三島長月墜樓之前，的確跟陳祥和通過一次電話。詹檢，這個自殺案已經簽結，還要查嗎？

又雲：陳祥和的失蹤案還沒結束啊！

12・日／出租小套房／又雲、Tina

又雲按套房門口的電鈴，沒有人應門，她又耐心地敲了幾下，內層的木門霍地打開。

Tina：找誰？

又雲：妳好，我是檢察官詹又雲，是有關陳祥和的事情。妳是 Tina 吧？

Tina：（冷漠）我是 Tina，但我跟他已經沒關係了，不要找我。

又雲：我知道你們已經離婚了，但還是有金錢上的往來。

Tina：他有給我贍養費很合理，怎麼了嗎？妳說妳是誰？

又雲：（遞出證件）我是檢察官詹又雲。陳祥和他失蹤了，妳知道嗎？

VIII 又雲和安怡是有背景故事的。當年，又雲還是警察局小隊長時，安怡是菜鳥，他喜歡這個小隊長，儘管她滿凶，做起事來沒日沒夜，但他就是喜歡姐姐一樣的女人。

Tina：他搞什麼鬼，我不知道。他之前還跟我說把錢拿去放款可以賺利息，我還特地回娘家借了一大筆錢，一開始是有拿到利息，但是後來就沒有。

又雲：那這段時間他有沒有跟妳聯絡？電話、簡訊、電子郵件？

Tina：我傳訊息給他，他都不回，他又幹嘛了？

又雲：（刻意加重語氣）有很重要的事情，需要他到案說明。這是我的名片，如果他跟妳聯絡的話，麻煩妳通知我，很重要。

Tina：你不用找了啦，他又不是第一次搞失蹤，現在人不知道去哪裡逍遙，反正該出現的時候他就會出現。對不起，我很忙。

內側木門蹦一聲又關上。

13・日／慕淇豪宅／書晴、慕淇

書晴在慕淇的豪宅中，她正在老師的靈畫前打坐。

慕淇的手機不斷傳出各種聲響，他一邊刷，一邊檢視著。

慕淇：怎麼辦？

書晴：什麼怎麼辦？

慕淇：粉絲掉了兩三千。

書晴：還好吧，你不是有幾千萬？

慕淇：（雙眼緊盯手機）不是啊！之前長月只要掉超過一千，她就會找公關公司來檢討開會，看看原因是什麼。可能是我太久沒發新動態，大家都在問我電影拍不拍，什麼時候再開演唱會？真糟糕，我也不知道怎麼辦？

書晴：（冷笑）我還以為你是個全新的人，原來就是瘦了幾公斤。以前的費慕淇開演唱會唱唱跳跳，目的是什麼？撈錢吧！讓粉絲沒頭沒腦的愛上去，你自己也很享受，不是嗎？

慕淇：（微怒）我在乎愛我的歌迷有錯是不是？莫名其妙。

書晴：如果這就是你所謂的愛，我也無話可說。沒想到你還沒有醒，老師講的話你到底有沒有聽進去？[IX]

慕淇：我不懂這有什麼衝突？不都是愛嗎？

✝

IX　書晴本來為了追獨家新聞入會，最後變成最虔信的教徒。不知道是在哪被按了開關，就變成完全不一樣的人了，像極了愛情。

書晴：好，那你就繼續當你的大明星費慕淇，繼續讓那些腦殘粉瘋狂地迷戀你，然後又回去動力會求老師原諒。你知道我們記者群都叫你什麼嗎？「假面淇！」拜託，社群平台的數字能當真嗎？

慕淇沉默，書晴意識到自己話說重了，不知如何應答。空靈的器樂還在響，但愛瞬間被抽乾。

書晴：慕淇對不起，我剛剛不應該講那些話的。對不起，（流暢自然）我不應該干涉你的自我成長。對不起，這是你靈修的道路，我沒有權利那樣說你，極限課程之後，我覺得我已經正式踏上了靈修的道路，我要謝謝你，因為如果不是你，我也不會獲得重生。

慕淇：我沒怪你，妳說得沒錯，我是需要人家提醒。我覺得我如果要唱，應該就要唱那種充滿幸福能量的歌。

書晴：你真的很聰明，難怪老師這麼喜歡你。

慕淇：有嗎？

書晴：看不出來嗎？我有個想法可以幫助推展動力會，但是我需要你的幫忙。

慕淇：妳又有想法？

書晴：走吧！

14・日／莊園餐廳／書晴、慕淇、凱莉

在莊園餐廳，工作人員正在把餐廳一角架設成一個拍攝空間。

慕淇拿著一張稿子，有人為他打光、補妝，如同他平常那樣，但他消瘦許多，還有黑眼圈。

導播：來，三，二，一。

慕淇：（微笑）嗨，大家好，我是費慕淇，好久不見，尤其是我的粉絲「淇司」們。今天開直播想要跟大家分享一些事情，是我最近的生活心得，我手上有一個叫「幸福就是原動力」的課程，這個課程的名稱叫「慕淇的幸福講堂」，對，跟我是有關係的，那我們這個講堂……

凱莉：我們卡一下，卡一下。

工作人員看著不知道何時冒出來的凱莉，連書晴都瞪著她。

書晴：師姐，怎麼了嗎？

凱莉：那個慕淇，本生老師不是這樣的，你現在是代表本生老師，所以你可能不能再用演藝圈的那個態度去介紹這個六階課程。

慕淇：（不覺得被冒犯）那師姐，妳覺得我應該用什麼樣的方式呢？

凱莉：你可能必須再平穩一點，因為這個六階課程是嚴肅的，你現在是一個全新的人。

書晴：師姐，我們沒有什麼時間……

凱莉：你現在不要刻意去跟你的粉絲打招呼。

慕淇：好。

凱莉：平平穩穩的，把這六階課程介紹出去。

慕淇：那我就少一點笑容，少一點贅詞。

凱莉：你要不要試試看？

慕淇：好。

凱莉：（拿出自己打好印出的稿）你用這新的講稿，來，這新的講稿，你看一下。更沉穩地把它說好，把它說好。

書晴：好，我們再來一個。準備，三，二，一。

重新開始錄，慕淇像在電視購物上賣鑽石一樣，推崇本生老師。

慕淇：（錄影中）現代人壓力這麼大，生活過得非常的急促，你們幸福嗎？你們有多久沒有感受到幸福了呢？每天工作、戀愛、照顧小孩，都把我們身上的精力消耗光了。沒關係，這個課程就是要教你們如何把身心靈的能量轉換成現實當中可以運用的力量。當你的心靈受到啟發之後，慢慢修練，就可以獲得成功的結果，獲得成就。我們都會做好事、捐款、做慈善、說好話，但是這些就會讓你真正得到幸福嗎？錯了，因為你沒有真正的愛自己，善待自己……ˣ

凱莉非常滿意，猛點頭，書晴無奈。

15．日／籃球場／凱莉、紀新、紀美

紀新正在籃球場上與人鬥牛，突然聽見一個熟悉的聲音。

凱莉：沒關係！加油，紀新！

凱莉站在球場邊替紀新加油，紀美站在旁邊一臉無可奈何。

紀新分神，被人蓋了一記火鍋。

✝ ─────────────────

X 拍這場戲時，大片玻璃讓光照進來，慕淇準備要開線上課程了，因為是他，這門生意穩賺不賠。其實張黎明也好，費慕淇也可以，他逐漸找到成就感，不再是過去那個必須假笑到累的藝人。如果有一個能這麼「做自己」的地方，誰不想去呢？可惜這世界並不全以真實構成，它半真半假，時真時假，你一點辦法都沒有。

凱莉：守好，紀新！有！有！有！紀新加
油，給你一個大愛心，大愛心！[XI]

紀新和隊友在傳球，隊友忍不住問他。

隊友：那誰啊？

紀新：你白痴啊，打球！

隊友：你還自備啦啦隊？

紀新：那我媽啦！二運了，重洗！

隊友：幹嘛？大媽殺手？

隊友一臉不可思議，球傳到紀新手上，他一
跳投，球進了。

凱莉在旁邊驚叫，用力拍手。

紀新用力翻了白眼。

16·日／日式鬆餅屋／凱莉、紀新、紀美、工讀生

兄妹倆窩在卡座上，凱莉去洗手間，紀新扯
掉紀美帶著的耳機。

紀新：幹，為什麼要帶她來？

紀美：不是，她一早就沒看到你，我就講
了。

紀新：她是拿火鉗燙妳，還是拿刀捅妳？

紀美：她就一直問一直問。你很奇怪。

紀新：幹嘛跟她講？真的很丟臉。

凱莉一屁股坐下。

凱莉：什麼一直問一直問？（看兩人臉色）
誰？

紀美：紀新。

凱莉：我就想說我要多參與你們一些課外
的活動，你看你們小時候有在踢足
球，週六踢完足球我們就一起吃。

紀新：已經是國小的事了，我現在是高中。

凱莉：我知道，那時候我跟紀遠鐘還沒離
婚，我記得。好了，有沒有幫我點
那個焦糖海鹽……

紀美：點了。

凱莉：我同事推薦我一定要點，好好吃。
就教你們英文的徐老師，欸，他跟
我說你這學期差點不及格，學期成
績，你會不會太誇張？

紀新：哪有妳誇張？打球還帶媽媽，我今
天一直被人家笑，丟臉死了。

✝

XI　凱莉其實很想融入孩子的生活，但她總不得其門而入，在孩子小時候，她應該很受孩子喜歡。但漸漸
的，孩子不是孩子，也不屬於誰，他們就是他們自己，凱莉就此不斷在愛裡受挫。開拍沒多久就拍到
這場戲，劇組還在磨合中。河邊風很大，凱莉翻飛的絲巾，迎來的是紀新嫌惡的目光。

有一瞬間，凱莉受傷了，但她裝沒事，一點也不會被擊倒。

凱莉： 帶媽媽怎麼會丟臉？英文不及格才丟臉好嗎！

紀美： 我沒有喔，我平均都有八十。

紀新： 作弊。

紀美： 你才作弊。

凱莉： 好了，其實沒有那麼難，好嗎？你看，你寒假一個月你一天背十個單字，你一個月就三百個單字，你再拿一個小時背數學公式，一個小時背化學公式，這樣一天只要三個小時讀書就好了，你其他時間看你是要學武術或其他的才藝。 XII

紀新： 要背妳自己背。

凱莉： 要幹嘛？

紀新： 我要去爸那邊，明天就回來。

紀新起身，工讀生正好送鬆餅來，疊上奶油的鬆餅整個塌下來。

工讀生： 先生不好意思，有沒有怎樣？我再幫你們換份新的好不好？

凱莉： 紀新！

紀新頭也不回地走了，凱莉的嘴一癟，又氣又傷心，快哭出來。

17・日／莊園地板教室／本生老師、蔡師兄、慕淇、書晴、研習師群、凱莉

前方設置了一個畫架，第一張大字卡上寫著：慕淇的幸福講堂。

下面坐著三十多個學員。

本生： 各位，我們研習師慕淇的線上課程開始預售了，我真的沒想到會銷售那麼快。慕淇，你也沒想過反應會這麼好吧！來跟大家分享一下。

慕淇： （起立分享）我真的沒有想到限額九十九名一預售就馬上賣完，還被要求追加名額，沒有想過我也可以當講師。我很感謝動力會，雖然這樣講不太好，但要不是長月離開我，我可能也不會認識老師，不會認識大家，不會認識這麼好的課程，我很感謝大家，謝謝大家。

凱莉： 各位夥伴，我們給慕淇一點鼓勵好不好？

慕淇謙虛地坐下來，眾人掌聲響起，喊起了「愛是原動力，愛是吸引力、愛是我和你」的口號。

書晴上前，很誇張地拿下第一張大字卡，露出一個數字：九十九。

✝

XII 這種媽媽幫你製作的讀書計畫，感覺很熟悉。學校的學習在父母口中往往很輕鬆，「你就……就會……」爸媽啊，你們在外面不也面對著十分耕耘卻可能一無所獲的世界嗎？容易嗎？

書晴：各位，雖然我們線上課程已經賣完了，可是本生老師慈悲，加開了九十九個名額，只給我們自己的學員。不管是你自己，還是是你的家人朋友，只要經你的推薦之下，就可以來搶這最後九十九個名額，那當然，學員有學員的福利，只要是經學員推薦過來的，學費一律八折。

男研習師：那我們自己也可以報名參加嗎？

書晴：（看看本生）當然可以。

男研習師露出喜悅的神色，慕淇對他合十感謝，男研習師不好意思地笑了。

凱莉鼓勵大家，看看本生。

本生：來，那現在我們來為這個課程祈福，帶給人最不可思議的啟發。

18．夜／莊園書房／本生、蔡師兄

本生：費慕淇真是張好牌，還好我們把握住機會，沒讓他溜走。

蔡師兄：可能他那個時候抵抗力比較差。

本生：你是說加入幸福慈光動力會像得傳染病？

蔡師兄：（急忙解釋）老師，我不是那個意思——

本生：你說得很好啊，誰飛黃騰達的時候會想要得到這種心靈依靠？好的時候不是想花錢，就是想賺更多錢。一旦日子過得不順遂，什麼佛啊，神啊，上帝啊，什麼都好。誰對他好，誰就能主宰他。

蔡師兄：那些不懂拍電影的，都願意拿錢出來投資他，做簡報的時候根本沒人在聽，都只想說可不可以拍照、我想要簽名打卡。

本生：（笑）他是我們幸福慈光動力會的招牌，要小心用，先幫他把資金募到，他電影拍得好，我們招募就會更順利。錢都不一定買得到名氣，可是名氣這東西就像空白支票，簽上誰的名字誰就能拿到錢，喝茶。

19．日／家門口 - 圍籬外／嘉美

嘉美準備要去動力會，出家門經過都更圍籬，上面有張拆遷公告，她停下來看了一下，神色漠然地離開。XIII

✝

XIII　趙家的拍攝地點，是一片已經準備都更、非常破舊的公寓。第一次去勘景，屋裡還有大量傢俱雜物，翻到一疊存摺，一群人看著數字嘖嘖稱奇；牆上的孩子塗鴉、舊照片和不知蓋多久的破棉被，感覺像是一家人逃難了，很多來不及帶走的東西。接連幾間都是這樣的景況，美術組正在傷腦筋，我發現同一層的公寓，還有一家人住……

20・日／莊園地板教室／嘉美、蔡師兄

嘉美和蓮心正在擦拭著地板，蓮心離開去倒水，蔡師兄很自然地進來幫忙擦起了地板。

嘉美：師兄師兄，我來就好。

蔡師兄：擦地板也是一種靜心的方式，反覆做同一件事情就有空間可以跟自己說說話。

兩人擦好地，走到戶外，一面清潔抹布，晾曬。蔡師兄忍不住問嘉美。

蔡師兄：妳剛剛在想什麼？

嘉美：嗯……家裡的事。

蔡師兄：如果不方便說也沒有關係，我只是看妳剛剛好像很擔心。

嘉美：有那麼明顯？其實也沒什麼，就是我每個月都要去替我老公做一件事，很煩。

蔡師兄：（驚訝）啊？

嘉美：（發現他誤會）你不要想錯，不是那個啦。是他前幾年撞到人，對方重傷，和解了，可是我每個月都要去家屬那裡送和解金。

蔡師兄：對方應該沒給妳什麼好臉色看對不對？

嘉美：我老公就逃避啊，車禍以後他沒辦法講話，對方講什麼，他也不能應，他也不愛去，我就要替他去。（嘆氣）我媽說，夫妻就是這樣，叫我認命。

蔡師兄：你還要照顧三個小孩，真的很不容易，辛苦了。

嘉美：我家那裡還要都更，最近一直在趕人，我們又找不到地方搬，這些事都常常讓我睡不好，一下就醒，很神經質。不過我媽說我從小就這樣，很容易受驚嚇。

很少人能讓嘉美吐苦水，蔡師兄很有耐性地傾聽著。

蔡師兄：妳在這裡，大家都可以盡情做自己，妳可以暫時放下外面的頭銜，妳不用再去當誰的太太或是誰的媽媽。妳就是妳，妳就是譚嘉美。

嘉美：（燦笑）可以偷懶一下！

蔡師兄：這不是偷懶，我們的本性就是要我們做自己，我們人的本性就是要追求幸福，追求快樂。老師說我們就是因為不肯面對自己的本性，只在乎別人是怎麼看待我們的，所以才不快樂。

嘉美：你都聽得懂老師在說什麼，我沒辦法，沒有慧根吧！老師講的，我有時候都聽不懂什麼意思。

蔡師兄：妳可以儘管問我，沒有關係，我會盡可能的把我知道的都解釋給妳聽。

嘉美流露出感激與崇拜，非常誠懇，但她一對上蔡師兄的眼神就想趕快轉開，蔡師兄一貫的神色自若。

嘉美：我是來到這裡才真正知道什麼叫幸福的感覺。 XIV

嘉美真誠的模樣，讓蔡師兄幾乎要認為這一切的幸福都是他帶來的。

21・日／莊園本生房間／慕淇、書晴、本生

慕淇輕敲書房門，裡面沒有人回應，他走進去，本生和書晴兩人在做雙人瑜伽。

發現慕淇進來，本生停了下來。

慕淇：打擾了？

書晴：沒事，我們在幫你規劃你的線上課程內容，那剛剛是課程的一部分，你之後照走就好。

慕淇：聽起來很有趣。

本生躺在沙發上，顯出疲態。

慕淇：老師，我有事情找你。

本生和書晴對望了一下，像是交換默契。

本生：慕淇，今天有點累了，明天再說。

慕淇：好！沒問題！

慕淇像是沒有要離開的意思，就站在一旁。

書晴納悶地看著慕淇，等待著。

書晴：你要待在這裡嗎？

慕淇：你不是說這個內容跟我有關嗎？我想說我可以提供一點自己的想法。

書晴：你在這裡會影響我們。

慕淇看著本生，以為本生會替自己說話。本生就讓狀況僵持著，隔一會兒，他溫柔地對慕淇說。

本生：慕淇，你先離開，讓我們把剩下的內容討論完。

慕淇心裡很不舒服，嫉妒像火一樣燃起，但他不能堅持，沒有人能違背本生的意思。

慕淇：好！你們忙。祝你幸福。

書晴看著慕淇離開，本生對上書晴無奈的表情。

本生：（對書晴低語）他好像有點生氣。

慕淇在外面只聽見兩人練習瑜伽的嬉笑傳來。 XV

✝

XIV　嘉美是認真的，很多人一輩子都說不出這句話。

XV　爭寵、嫉妒、刁難、自憐，種種情緒在類似這樣的組織裡都有，不是你進入一個道場、加入一個教派、請神祇為你辦事，就天下太平了，真正的磨難才剛開始。

22・日／慕淇豪宅／慕淇

慕淇很久沒回自己家，整個空間像蒙上一層霧，夕陽西下，他拿起塵封已久的吉他，隨手即興彈了一曲。

慕淇隨便哼了一段，拿出紙筆來寫，一面彈一面寫曲子。

23・夜／車內（趙家外面巷口）／蔡師兄、嘉美

蔡師兄在巷口緩緩停下，他看看嘉美已經睡著的臉龐，輕輕拍拍她。

蔡師兄：嘉美！到家了，嘉美。

嘉美：（驚醒）到了？好快。

蔡師兄：原來妳說妳沒睡飽，是真的沒睡飽。

嘉美：我剛剛真的睡著了。

蔡師兄：妳睡很熟。

嘉美：那謝謝你送我回來。

蔡師兄：不會。

嘉美：我先走了！謝謝師兄，bye-bye。

蔡師兄：對了，嘉美，差點忘了。

嘉美：怎麼了嗎？

蔡師兄：（掏出信封）來，這個妳先拿著，妳就說是會裡預先發的薪水。

嘉美：這太多了。

蔡師兄：這當然不是薪水，我知道妳把錢都拿去上課，妳把這個拿著，對家裡比較好交代。

嘉美：（尷尬收下）謝謝師兄，那我就把它當薪水。謝謝你，我先走了，bye-bye（準備要下車）。

嘉美下車，蔡師兄沒有離開，他看著嘉美在車大燈中走回家。

嘉美見蔡師兄沒離開，忍不住回過頭，對他揮揮手。

24・夜／ATM落地窗內／維成

街頭少數還亮著燈的落地窗，維成在提款機前領錢，嗶一聲，金融卡退出。

維成看著交易明細單，「餘額不足」，皺眉。

25・夜／戶外停車場／蔡師兄

蔡師兄在車內，不知道是跟誰聯絡，一直看不見對方，手機反光映在他臉上。

手機螢幕一：通話中的螢幕

蔡師兄：你們找的那個Amy，真的對AC基金很了解，唬得他們一愣一愣的。

手機螢幕二：螢幕上出現小丑笑臉

蔡師兄：投資比例確認之後，再來就是等資金到位了。費慕淇配合得很好，他真的以為電影要開拍了。

手機螢幕三：出現紅眼匿名者的鬼面具

蔡師兄：看來他們說的都是真的，暗網就像個許願池一樣。

手機螢幕四：快速顯示已登出訊息

蔡師兄的笑還在臉上，對方突如其來登出的反應與人情互動大相逕庭，有些錯愕。

掛上電話後，蔡師兄舒了一口氣，閉上眼睛，感到滿足。

26．夜／趙家／維成、嘉美、三個小孩

桌上有豐富的菜色，還有維成的啤酒，小孩的果汁，讓小孩眼神一亮。維成安頓他們坐下來，開始吃飯，維成一一發紅包，小孩都乖乖說吉祥話。 XVI

嘉美：（端湯出來）很豐盛吧，快吃！我明天開始要去莊園做課程志工。

維成：（手語）不是要帶小孩一起出去玩？

嘉美：你帶他們去玩就好了，不然就等我回來。

維成：（手語）要去多久？

嘉美：這次閉關要十天，我十天以後就回來。你就當放我一個假？

維成：（生氣，急急地用手比）妳沒陪媽媽去醫院，妳放屁！

嘉美：（用更大的反應來掩飾自己心虛）我跟你說，你會讓我去嗎？能不能講點道理？我生來就是要當你老婆，要養孩子，還要打掃賺錢嗎？我也有我自己的靈魂要修練啊！我就不能暫時做一下我自己嗎？

維成：（氣憤地拿出紙條）邪教！

嘉美：也比困在地獄好，反正我要去，你說什麼都沒用。（招呼小孩）吃飯！（對維成）我煮老半天，你們是吃不吃？

維成拗不過嘉美，拿起筷子吃了起來，兩人賭氣不說話，很安靜，只有他們吃飯的聲音。 ∑

✝

XVI　這場本來是年夜飯的戲，因為拍攝期程，把「年夜飯感」拿掉了。一個家裡的年夜飯，大概是一個家庭期待的時刻，嘉美在這個時候提出要去上課，整個假期都不在家，維成會有多大的反應？連邪教都說出口，可見他的反感遠超過他能表達的，加上之前發現帳戶裡的錢不見了，種種跡象都讓他不得不懷疑妻子究竟去做了什麼？

EPISODE
第 **8** 集

1 · 日／莊園草地上／蓮心、嘉美

嘉美正在曬一件又一件研習生和研習師的制服，曬衣桿上掛著一排一排手染布。

蓮心笑盈盈地站在她後方，心情很好地出聲嚇了嘉美。

嘉美： 妳要嚇死我？

蓮心： 妳在想什麼，這麼認真？

嘉美： （解釋）哪有？

蓮心： 妳剛剛曬那衣服那麼大力，跟它有仇？

嘉美： 不抖一抖不會平整。妳爸媽呢？

蓮心： 我已經三個月沒有看到我爸媽了。嘉美姐，妳可不可以教我曬衣服？這樣我就可以幫妳的忙了。

嘉美： 妳沒有曬過衣服？

蓮心： 我的衣服都送洗，拿回來之後就平平的。

嘉美： 那還是我來就好。

蓮心像在玩新玩具，看著嘉美示範把衣服上的皺摺一一抖平。

沒有專注太久，蓮心眼角餘光瞄到吊衣桿上曬乾的本生的制服，她把臉埋進衣服裡，深吸一口氣，一臉幸福。

嘉美： 不要玩！妳在幹嘛，不要亂玩，衣服還我，那是老師的衣服，不要給我弄髒。

蓮心連衣架一起拿下來，動作俐落地閃過嘉美，半捧半抱著本生的制服，猶如懷中的是本生，踩踏輕盈的步伐轉圈圈，假裝在跟衣服跳舞。嘉美輕嘆口氣。

嘉美： 蓮心，妳跟小孩子一樣，妳現在幾歲？

蓮心： 剛滿十七。

嘉美：趕快還我，妳等一下弄髒，我還要再洗一次。[I]

2·日／蓮心家／李父、李母

蓮心的父母才進門就大呼小叫，要蓮心出來幫忙拿東西。發現完全沒有反應，李母推開她的房間，一陣臭味傳出來。

蓮心的床一如往常地凌亂，拖鞋扔在地上，幾個大小不一喝過的手搖杯還在書桌上，像是有段時間沒有回來。

李母循著臭味，掀開蓋在寵物籠子上的黑布，迷你兔看起來很僵硬，一動也不動，飼料盤空空的。李母試著輕輕推籠子，兔子完全沒動。

李母：（慘叫）啊！牠死掉了！

李父：蓮心？李蓮心？

3·日／檢察官辦公室／安怡、又雲

安怡進入檢察官辦公室，又雲正抽著菸。

安怡：（叫又雲）詹檢，妳要不要看一下。

又雲看見安怡神色嚴肅地把一份文件放在又雲桌上，第一頁是報案表格。又雲看到最明顯的訊息，「李蓮心，致群中學二年級」。

她一面讀報案筆錄，覺得這對父母對女兒的陌生和不在乎令她嘆為觀止。

安怡 OS：這是妳兒子學校的同學吧？

安怡 OS：她平常都幾點回家？

李父 OS：不知道，大概就放學時間。

安怡 OS：她有比較要好的同學嗎？

李父 OS：她朋友很少……她很獨立啊……自己一個人沒問題……不確定……高一，不，是高二……我不知道，我有留錢給她啊……我們又不在，她幹嘛離家出走？

又雲輕嘆一口氣。[II]

安怡：詹檢，我們今天是不是又不能回家了？

又雲抬頭看他，假笑。

又雲：叫 pizza。

I　拍蓮心抓著老師的衣服、在莊園廣場跳舞這段，現場布置很多竹竿，上面掛手染布，風一吹會飛起來，鼓鼓的。陽光下，藍白相間的布飄起來，如果時間永遠停在這裡就好了。

II　十七歲的孩子，夠大了，放他一個人在家不犯法，但孤單和年齡從來不相干。我們不是吃著、活著就夠了。

4・日／檢察官辦公室／又雲、明曜

又雲和明曜兩人吃著便當，便當下鋪著兩張A4紙。

又雲： 李蓮心失蹤了，你知道嗎？

明曜不以為意。

明曜： 失蹤？怎麼可能？

又雲： 怎麼不可能？她爸媽都報警了。你真的以為我今天請你來是吃飯？我是請你來協助調查的。

明曜： 她沒有來考期末考，但我以為是她不想來學校。

又雲開始吃起便當，她想到什麼似的，目光從便當轉向正去倒水的明曜。

又雲： 她有沒有跟你提過她想離家出走？

明曜： 沒有，我最後一次看到她的時候是在我們最後一次團練，再來就放假了。

又雲對明曜的應對方式讚賞地點頭，相當滿意明曜的作法。

又雲： 我去過她家了，她的兔子死了，看起來是餓死的。

明曜： （臉色大變）不可能吧！她最愛那隻兔子，怎麼可能讓牠餓死？

又雲： 我問過他們家的管理員，他說最後一次看到李蓮心是放假後的三天……吃飯，等他們來再說好了。

明曜： 他們是誰？

又雲沒理他，繼續吃。

又雲： 吃飯。

明曜勉強地笑笑，開始用餐，他低垂的目光中彌漫著散不去的憂慮。

5・日／檢察官辦公室／又雲、明曜、紀新、紀美、國維、健健美

又雲找來熱音社成員進行一對一偵訊，偵訊過程交叉對剪。

國維： 我猜李蓮心該不會被那幾個女生給殺了吧。

健健美： 他們從高一就一天到晚霸凌李蓮心，而且愈來愈過分。

又雲： 學校知道她被霸凌嗎？

紀新： 知道又能怎樣？他們也都不處理，而且李蓮心自己也那樣。

又雲： 哪樣？

紀新： 就她被欺負都不講，任她們這樣那樣的。抖M。

又雲： 抖M？

國維： 她爸媽根本不管她，幾個月才回來一次，留張提款卡給她隨便刷。

紀美： 她很難交朋友，我記得高一有一陣子她買了一堆費慕淇的周邊商品送同學，他那時候很紅……後來Seventeen就出來了，人家都不要。

又雲：韓團？

紀美：妳很厲害，妳怎麼知道？我跟我媽說，她還以為是便利商店。蓮心跟我說過，她好像有一個交往對象，年紀大她滿多的。

又雲：（警覺）她有說男朋友是誰嗎？

明曜：跟我沒有關係，我不知道她最近交男朋友。她最近真的變得滿不一樣的。

又雲：哪裡不一樣？

國維：她叫我黃國維，對！傻爆眼，她從來沒叫過我名字，她叫我小夫叫了一年多。

紀新：（對國維）欸，小夫！

又雲：她有自我傷害過嗎？

明曜：我看過她手上這邊有自殘的傷口。

紀美：我打了好幾通電話給她，都轉到語音信箱。她會不會真的想不開，跑到沒有人的地方自殺？

健健美：她其實人很好，我上次錢包掉了，她借我錢，還跟我說不用還了。

紀美：我應該是唯一一個會跟她聊天的。阿姨，她會不會這樣死掉？

又雲：如果她離家出走的話，你覺得她會去哪？

紀新：我會轉學，如果我是她的話。不轉學，我應該會去殺人。

健健美：我也會。

又雲：沒有找過學校的輔導老師嗎？

紀新：是我媽去找她，但是我不知道效果是怎麼樣，反正我媽就是那幾套，跟他們動力會都講一樣的。

又雲：幸福慈光動力會？

紀美：我媽還帶她去過。

又雲：好，我再去找秦老師問問。

紀新：那天她和弦練好，我們才第一次完整唱完《我願意》。

紀美：對啊！她說她談戀愛，我其實滿高興的，終於有人可以好好對她。

明曜：她可能是躲起來。

紀美：連練團都不來了嗎？

又雲不斷記錄，她在筆記本上用力地寫了五個字，「幸福動力會」。

6・日／蓮心家／安怡、蓮心父母

安怡：詹檢想看一下你女兒房間。

安怡向蓮心父母打過招呼後，開始在蓮心家客廳四處查看。

傢俱都很新，廚房也很乾淨，像樣品屋。

7‧日／蓮心房間／又雲

又雲在蓮心的房間東翻翻西找找，看見蓮心因為憤怒而在筆記本留下來的文字，充滿怨恨，最後在她書桌前坐下來，她發現一個透明盒子裡，裝了整盒美工刀。木質的桌面上，有美工刀刻字，一開始不明顯，她把桌上的東西都移開。桌面都是蓮心憤怒孤單時留下的字，「幹」、「去死」、「死」，還刻了一支小雨傘，傘下寫了她的名字和「詹明曜」，詹明曜的部分又被劃掉。[III]

8‧日／莊園本生書房／本生、慕淇、書晴

書晴的電腦上插著USB，本生戴著耳機，閉眼專注地聆聽歌曲。慕淇站在一旁，期待又緊張地看著本生。

好一會兒，本生面帶笑意看著慕淇。

本生： 很好聽啊！這才是你真實的樣貌，這些歌很適合作為重新出發的起點，我認為應該盡快錄製發行，讓粉絲，那些起司們認識真正的你。

慕淇： 老師，你是真的喜歡，還是為了要鼓勵我？

本生： 你相不相信你自己？你相不相信你寫的歌真的會有人喜歡？[IV]

慕淇沒把握，他閉上眼，捫心自問。

本生： 你的心愈堅定，你寫的音樂才會更強大。選擇你來傳遞希格瑪的美好，也會給你與生俱來的天分。這是你的使命，不要忘記。

慕淇： 是，老師。

本生： 書晴，幫慕淇籌劃演唱會！需要有更多的人聽見全新的費慕淇，他的歌不再只是音樂了，是種體悟，是他發自靈魂深處的呼喊，這個腐爛的世界很需要他的聲音。

書晴： 老師，慕淇的歌雖然清新，但是歌詞太文青，沒有什麼記憶點，很難吸引大眾目光，我認為沒有那麼適合辦演唱會。

本生： 那要怎麼散播出去呢？大眾喜歡重口味，對他們好的，不見得會接受這麼快。

✝ ────────────────────────────────

III　美術陳設好蓮心房間，確認時我指示：「東西拿掉三分之一。」美術立刻明白這「三分之一」的意思。不是特定的哪些，就是「三分之一」。十五分鐘後，我進去看，的確剩下「三分之二」。真想跟美術擊掌，但我是個剛拍沒多久、個性害羞的導演。

IV　「以信眾現有的素材去改變」，你是歌手，那你好好寫歌，寫清新脫俗的生命之歌。人被改變的心靈，有沒有辦法反映在創作裡面？沒有高下之別，但照映出什麼了？

書晴：慕淇比較適合跟聽眾面對面，去唱現場，雖然人少少的，只要能啟發一、兩個，也算是傳福音了。

慕淇：你是說像「海邊的柏拉圖」這樣的地方嗎？

書晴：對啊！那就是文青的集結地，去那裡唱，還可以順便賣 CD。

慕淇：我不是很喜歡那樣的地方，那邊又吵又亂，根本沒有幾個人認真聽音樂。

書晴：我看你是沒有去過吧？也對，大明星去那裡太拋頭露面了。

慕淇：我沒有那個意思。

書晴：你要認清自己的定位啊！你現在不是在唱邪惡的 R&B，搞清楚自己的受眾比較重要。

兩人爭論起來，本生都沒有插話，他拿起桌上放著的一段繩子，隨手綁起了繩結。

慕淇：妳要知道，要像是演唱會那種成千上萬的觀眾，才能夠傳達我們想要傳達的那種東西。

書晴：光靠你彈彈吉他，場面撐不起來？

慕淇：我又還沒編曲，妳懂什麼？

本生：書晴，妳去聯絡一下妳剛剛講的那些地方，把 CD 壓好給慕淇帶過去，順便安排一下行程，我有話跟慕淇說。

書晴：祝你幸福。

書晴離開，慕淇垮著一張臉。本生當然察覺到他的情緒，但他不馬上開口，讓沉默尷尬地漫開，直到有人打破。

慕淇：老師！

本生：你在吃醋？

慕淇：我……沒有。

本生：不然你怎麼了？還是變笨了？

慕淇：音樂的東西本來就不是書晴的專業，她都不懂。

本生：對，就你最懂。你到底什麼時候才能放下你的偶像光環？動力會不是你的舞台，這裡沒有你要的聚光燈跟鎂光燈，在這裡，你只是眾多學員的其中一個。ᵛ

慕淇低頭不語，因為爭執時過度用力呼吸，有點喘。

V　慕淇究竟有沒有死戴著偶像光環不放呢？其實沒有，他放不下的是自尊心，是對愛的恐懼。「到了另外一個場子上，他們還會愛我嗎？」他依然想被愛，又，誰不是呢？

本生：對，你的歌偏小眾，那又怎麼樣？不代表這不是好音樂。你以為我要你開那種萬人環繞的演唱會嗎？那是過去的費慕淇，現在你要為希格瑪服務，不是你那些起司們。

慕淇：我知道了，我知道了。老師，我太過依賴以往我熟悉的經驗，我太不勇敢了，我讓我的脆弱限制了我的想像。我知道，我懂了。

本生：對嘛！這才是使者的功課，只要有啟發，哪怕只有一、兩個，對他們參與課程，找回迷失的本我，都有幫助。我知道書晴很執著，很頑固，她認定是怎樣就是怎樣，死腦筋。但這是她的功課，不是你的。

慕淇深深嘆口氣，為自己的愚昧感到羞愧。本生突然靠他非常近，臉幾乎要貼上他，口氣變得溫柔。

本生：你對老師的愛，老師都了解，老師愛你，也愛這裡的每一個人。你要的愛太狹隘，太沒有創造力了。

本生走開，慕淇面有愧色，點點頭。

本生：這是你的問題，愛不是自助餐，不是讓你挑你自己喜歡的菜色吃，你自己找個地方安靜想想，祝你幸福。[VI]

慕淇：祝你幸福。

慕淇頹喪地走出房間。

9．日／錄音室／慕淇、凱哥、小沈

音樂製作人凱哥帶著專業的耳機，正在聆聽慕淇的 demo。一旁有個工作人員正在檢查歌詞。

慕淇有點焦慮，像在等待開獎。

凱哥：小沈，你去幫我弄杯咖啡來。

小沈：好！

慕淇：我也要一杯。

凱哥：那用兩杯。

凱哥終於拿下耳機，兩手抹一抹臉，不知道從何說起。

凱哥：不 OK。

慕淇：哪裡不 OK？

凱哥：太虛了，就是⋯⋯我不知道怎麼形容。

慕淇原本一臉期待的神情頓時一垮，拉了一張椅子坐到凱哥旁邊。

慕淇：凱哥你直說，沒關係。

✝

VI 　愛不是自助餐，不是讓你挑喜歡的菜色吃。本生（其實好像是我）的意思是，不要對愛的型態挑三揀四，愛的樣貌方式，不是只有你可憐的小腦袋想的那樣。他說的話，都只有一個目的，就是讓你從痛苦離開。

凱哥：歌詞很虛，音樂 OK，很好，聽起來好像還滿好聽，可是這種什麼什麼空靈風、民謠風，它現在不是主流市場，它不流行。最重要的，這不是費慕淇會唱的歌。

慕淇：這確實不是以前的費慕淇會唱的歌，但是這是現在的我，現在的我想唱這首歌，因為我覺得這首歌它可以，它可以傳達很多的愛，很多的幸福感給大家。

凱哥：你不是福音歌手，你幹嘛這樣糟蹋你自己。你要不要找個人幫忙？我可以找到人幫忙。

慕淇：凱哥，我從長月離開之後，我花了很大的一段時間重新找到一個我喜歡的自己，我有自信的自己，然後我才在這個生命當中感覺好像突破什麼，好像在創造一些很美好的事情，所以我才會寫了這首歌，因為我心裡充滿了很多的開心跟快樂。你應該可以感覺得到吧？這首歌它是有這個感覺的，是充滿幸福感的，我想要透過這首歌傳達給很多人，這是我在課程裡面學到了很多如何愛自己，如何愛身邊的人。可以，可以感覺得到吧？

凱哥：這……別人在傳這個事情，我還不相信。我現在非常清楚，我看到了，就是那個什麼什麼幸福動力會，對不對？今天說穿了，那就是一個用心靈雞湯包裝的，對不起，我必須這樣講，詐騙集團。你振作一點好不好？你不要這樣子，想想長月，你這樣辜負她了。

慕淇：跟幸福動力會一點關係都沒有，跟長月也沒有關係。這是我，這是新的我，我只希望你用你的，你用你真誠的感覺，用你的靈性去感受這首歌，就這麼簡單而已。

凱哥：什麼東西？我的靈性？我的靈性在哪裡？我沒有靈性？對，我今天沒有靈性，其實我也沒有才華，我他媽根本看不懂，可是至少我不會斂財。

慕淇：斂財？

凱哥：斂財。

慕淇：從進來到現在，是我給你錢吧？我有收你半毛錢嗎？我們大家都那麼熟了，你不需要把話講得這麼難聽。

慕淇盛怒離去，小沈端咖啡進來，正好撞到，潑了一身。慕淇怒氣當頭。

小沈衣服被潑髒了，忿忿地離開。 VII

VII　請鄧安寧導演來演凱哥，絕對是英明的決定。錄音室內動線不多，但鄧導不被絆著，他的表演核心：凱哥是關心、愛慕淇的，不是在說風涼話。這也是一般人對於家人朋友進入非一般宗教時的態度：為他好、想拉他出來，卻往往適得其反。怎麼辦？不要否定，試著理解他的情感需求，找回曾經的親密連結，不要讓他完全與外界隔絕，就有挽回的時候。

10・日／檢察官辦公室／又雲

又雲坐在電腦前檢視好幾段路口監視錄影器的影片，眼睛都發痠了也沒看到什麼特殊的地方。又雲納悶。安怡打電話進來，又雲順手開了手機擴音。

又雲：我收到檔案了，為什麼都沒有李蓮心？

安怡：（電話）除了他家玄關的監視錄影器那段，其他都沒有看到她。

又雲：現在到處都有監視器，一段都沒有？這也太奇怪了吧。

安怡：（電話）詹檢，我也覺得很怪，她家那裡的社區管委會說他們的監控主機那幾天正好送修，會不會太巧了？

又雲：（酸）當然巧，每次到了緊要關頭，監視器就是會壞掉，很有趣。

安怡：（電話）對啊！你也發現了。

又雲：（一口氣轟炸）你是不是要趕快去查為什麼監視器會壞掉，有什麼疑點，有沒有鄰居看到她，不是在電話裡跟我耍嘴皮子。

安怡：（電話）好，我知道了，你不要生氣，要吃飯，bye。

又雲掛掉電話，剛想再重新播放影片，桌上的手機便響了。她拿起手機，螢幕顯示的是個沒見過的號碼。

又雲一邊講電話，一邊順手翻桌上陳祥和的資料。

又雲：詹又雲。

Tina：（電話）喂，我是 Tina，陳祥和那個前妻。我不知道這個算不算是一個線索，但是我今天收到一個什麼幸福協會的傳單。

又雲：幸福慈光動力會？

Tina：（電話）對，陳祥和有加入那個什麼會，還常找我去，他還跟我說有一個叫蔡師兄的人，好像還滿崇拜那個人的。

又雲：那——

電話被 Tina 掛斷，手機傳來收到訊息的聲響，又雲點開訊息，看見幸福慈光動力會宣傳單。她瞇著眼，像蓄勢待發的獵豹般緊盯著螢幕裡的照片。

11・昏／偵訊室／又雲、蔡師兄

又雲與蔡師兄隔桌對坐。

又雲：陳祥和在失蹤之前，一直都跟你有聯繫，你有沒有可能知道他現在人在哪？

蔡師兄：我們是因為修行才有了接觸，我們並沒有太多的私交，很抱歉。他會在哪裡，我不是很清楚。

又雲：聽說動力會的成員關係都很緊密，有沒有可能是哪幾位成員跟他比較親近的？我們可以去問問他們。

蔡師兄：幸福慈光動力會鼓勵學員有靈魂間的交流，但並不代表就有世俗上面所謂的「交集」，其實學員之間，他們關係好或是不好都無所謂。因為入了會一切皆有因緣。

又雲：我做了一點功課，本生老師藉由解讀希格瑪檔案，知道一個人這一生的功過榮辱，那可不可以麻煩本生老師解讀一下陳祥和的希格瑪檔案，我們就可以找到他了。 VII

蔡師兄：解讀希格瑪檔案是一件很神聖的事情，麻煩請詹檢不要隨便開玩笑。而且本生老師現在正在閉關，不方便跟您見面。

又雲：抱歉，不好意思。他什麼時候出關？

蔡師兄：一切皆有因緣，我想沒有人可以知道他確切出關的時間，連本生老師可能都不知道。

又雲無奈又氣憤地瞪著蔡師兄，完全拿他沒轍。蔡師兄帶著一貫的雲淡風輕，淺笑以對。

蔡師兄：倒是詹檢，我們非常歡迎您可以來參加我們的體驗課程。您一定可以對幸福慈光動力會有更深入的了解。 IX

又雲：有機會，有機會，謝謝你。

12 · 日／莊園餐廳／蔡師兄、嘉美、研習師生們

嘉美正在協助蔡師兄貼名條，她看起來專注而認真。

室內播放著手碟音樂，桌上有數疊宣傳單和信封。宣傳單為三折頁式的設計，中間為幸福慈光動力會的會名與 logo，左右兩面折頁有數張動力會成員的合照，以及動力會的標語。合照裡，研習師和學員們洋溢著陽光自信的笑容。

陽光照進來，嘉美哼著輕盈的旋律，臉上的表情與宣傳單上的人們宛如鏡映。

蔡師兄不時偷睨嘉美，看見嘉美臉上的笑意，也受到感染般，嘴角不禁上揚。

嘉美感受到蔡師兄的視線，兩人四目相望，蔡師兄彷彿有話要說。

研習生離開。

✝

VIII 解讀希格瑪檔案，在故事裡只有本生做過，也只有他會，這是件神聖的事，連提都不能隨便提。而 Σ 這個符號是什麼意思，其實去查查就知道了，完全是符合教義的核心而生。

IX 蔡師兄不忘隨時傳教，這才像大弟子。

蔡師兄：你今天心情特別好，有什麼好事，
　　　　要不要分享一下？

嘉美：能來這裡就是好事，每次我到莊園
　　　來，心情就很好，這裡真是修行的
　　　好地方。

蔡師兄：老師常說，接近大自然，跟大自
　　　　然合為一體，就會生出力量。

嘉美：蔡師兄，你覺得我這樣算不算逃避
　　　現實？我把家人放著，自己跑來這
　　　裡享受。像這次，我老公還跟我生
　　　氣，唉，也是會有罪惡感。

蔡師兄：妳覺得來這邊對妳不好嗎？

嘉美：很好啊，很多事情都看得比較清
　　　楚，也不會像以前一直鑽牛角尖。
　　　尤其是上了極限課程，雖然很可
　　　怕，可是我現在對未來很有信心，
　　　心裡也輕鬆多了。

蔡師兄：那就對了，如果你老公知道妳來
　　　　這邊修行上課對妳是很有幫助
　　　　的，那我相信他會慢慢了解的，
　　　　因為最重要的是妳自己的感受。

嘉美靦腆地笑了笑。

嘉美：我很喜歡本生老師和這裡的人，大
　　　家都好有愛。師兄，你跟老師很久
　　　了嗎？

蔡師兄：妳在這邊待愈久，妳就愈離不開
　　　　本生老師和這邊的師兄姐弟們。
　　　　老師說，愛是吸引力，應該就是
　　　　這個意思吧！我帶妳去看一樣好
　　　　東西，走。

13・日／希格瑪莊園書房／蔡師兄、嘉美

蔡師兄帶嘉美走進本生的書房。

嘉美：這是老師的書房？

蔡師兄：是，妳可以隨意看。

嘉美：可以參觀？

蔡師兄：但是不要碰。

嘉美四處摸摸看看，很多書，她連書名都看
不懂；那些字畫、古玩，她更是沒見過，她
油然而生的崇拜一點都不少。

蔡師兄露出神祕的笑，走到整面牆的書櫃
前，從底下的櫃子中熟練地拿出其中一個黑
絨布襯底的格層，上面放著五堆紅、藍、綠、
黃、透明五種不同顏色的石頭與水晶。他走
到嘉美面前，秀給她看。

蔡師兄：妳已經有兩顆了，很美吧。

嘉美：（驚嘆）我可以拿一下嗎？

蔡師兄：當然可以。

嘉美小心翼翼地拿起項鍊，就著窗外灑入的
光線打量，像小時候玩彈珠。

蔡師兄：這些都是天然的結晶，老師有交
　　　　代過偶爾要讓它們出來呼吸一下。

嘉美：它們會呼吸？

蔡師兄：大自然創造出來的萬物都有生命
　　　　的，你不知道這些啟靈石它能夠
　　　　帶來的磁場是多不可思議。而且
　　　　這些是老師託人辛辛苦苦從高原
　　　　裡面帶回來，然後打磨成現在這
　　　　個樣子的。ˣ

嘉美：我也好想要有五顆啟靈石。

蔡師兄：妳的悟性高，又有上進心，妳來
　　　　動力會拓展妳的靈性。一定可以
　　　　得到幸福的。

嘉美彷彿從閃著彩光的水晶裡看見自己益發
光明的未來，嘴角的笑意漸漸地漾開至整張
臉。蔡師兄深情凝望著嘉美，想像著在嘉美
摹畫的美好未來裡，也有他的一席之地。ˣˡ

14・日／莊園後山樹林／蔡師兄、嘉美

蔡師兄與嘉美走在林間，枝葉將陽光篩成一
道道光柱，錯落在兩人身旁，看起來散發出
一股神聖的氛圍。

蔡師兄：來！抱著它。

嘉美：抱這顆樹？

蔡師兄要嘉美抱著一棵樹。嘉美有點遲疑，
但還是照做。動作有些生疏，不敢太靠近。

蔡師兄：妳要信任它，（輕推嘉美的背）
　　　　抱著它，讓它成為妳的依靠。

嘉美緩緩深呼吸，更貼近樹幹，像是依偎在
什麼人懷裡。

蔡師兄：然後閉上眼睛，聽聽四周的聲音。

嘉美閉上眼睛，神情祥和。慢慢的，嘉美處
於既放鬆又專注的狀態，她的嘴角浮現一抹
似有若無的微笑。

蔡師兄：然後繼續感受，把它當成是妳的
　　　　爸爸。

嘉美一陣鼻酸，的確是很久沒有了，她緩緩
流下眼淚。

蔡師兄：這是你渴望很久的擁抱，對不對？

蔡師兄像是早預期到的，非常善意溫暖地輕
拍嘉美幾下，安慰她。

又抱了一陣，嘉美睜開眼睛，放開，擦拭眼
淚。

嘉美：對不起。

✝

X　風火水土木都是來自大自然的物質，希格瑪教沒有偶像，只有人與大自然。

XI　聖物象徵階級、修行程度，當然，也象徵財力。這樣的聖物，從日本御守或求媽祖保佑的紅繩黃牌子
　　就開始了，不是嗎？

蔡師兄：還好嗎？

嘉美：我覺得好幸福，沒有想到抱一顆樹
　　　比抱一個人還要幸福。

蔡師兄抱著嘉美，輕拍她的背安慰她。

瞅著嘉美，蔡師兄不禁湊向前吻了她。嘉美
雖覺唐突，但不覺受到冒犯。她未推拒，亦
未主動回吻，她忽想起維成，匆匆直起身，
勉強裝出笑容，當作什麼事都沒有發生過。
她帶著歉意說。

嘉美：我想到教室還沒有整理，我先回去
　　　了。

嘉美往莊園的方向走，快步。

蔡師兄：嘉美！嘉美！ XII

15・日／莊園走道／本生、蔡師兄、嘉美

本生見到嘉美從走道的另一端快步走來，神
情有些異狀。

嘉美見到本生，心虛地移開視線。

嘉美：老師。

嘉美加快腳步，兩人才剛錯身而過，本生出
聲叫住她。

本生：嘉美，明天幫我整理一下畫室，好
　　　嗎？

嘉美：是，老師。

本生：嘉美，祝你幸福。

嘉美：祝你幸福。

嘉美快步離去。她才剛拐過走道轉角，蔡師
兄便從她剛才來的方向現身。蔡師兄見到本
生，腳步有些遲疑。本生打量蔡師兄的神
情，覺得有些不對勁。

蔡師兄：老師，有看到嘉美嗎？

本生別有深意地看著蔡師兄。

本生：她剛走過去，你們沒事吧？

蔡師兄：沒事，我們剛剛在樹林裡散步，聊
　　　　到了家庭，她情緒比較激動一點。

本生：你要幫她之前，先幫幫你自己吧？

蔡師兄：我怎麼了嗎？

本生：你把啟靈石拿出來，忘了鎖回去，
　　　我想你應該是被什麼重要的事分心
　　　了，才犯這種低級的錯誤。

蔡師兄：對不起，老師，我下次不會再犯
　　　　了。

本生：（半開玩笑）祝你幸福。

蔡師兄：祝你幸福。

本生悠悠踱步離去，蔡師兄怔怔看著本生漸
行漸遠的背影。

✝

XII　森林裡情不自禁的吻，像露珠一樣潔淨，特別在嘉美感受到樹的力量、極為脆弱的時刻。

16 · 日／莊園本生房間／本生、蓮心

蓮心只穿內褲和細肩帶上衣，趴在本生腿上，她身上有好幾處刺青，工作燈架在她身側，本生手握著用繩子綁成的畫筆，在蓮心的裸背畫上一幅流著血的裸女圖。

本生：累嗎？我們可以休息一下。

蓮心：沒關係，不累。我覺得很幸福。

17 · 日／莊園本生房間／本生、蓮心、嘉美

床上的性愛正進行著，本生架著攝影機拍下來。

蓮心：老師。

本生：妳好美。

本生已經把繩子套在蓮心的脖子上，一拉緊，蓮心的手用力揮，本生扯緊，勒住蓮心的脖頸，他即將迎來高潮，手勁不自禁加大。

蓮心已瀕臨暈厥邊緣，本生還沒放手，下身停不下來，一陣滿足的顫抖後，才鬆開蓮心脖子上的繩子。蓮心沒有反應，本生慌張地搖動蓮心。 XIII

本生：蓮心！

本生伸手探查蓮心的鼻息，沒有呼吸。一聲大叫傳來。

本生全身赤裸，蓮心赤裸的身體攤在床上。本生又繼續輕拍她的臉，試著叫醒她。

本生回頭，嘉美正拿著清掃用具，站在窗邊，嘉美轉頭逃跑，卻在經過窗邊時被本生勒住脖子攔住，本生拿著沾過氯仿溶劑的毛巾，摀住她的口鼻，嘉美剎時昏了過去。

18 · 夜／莊園本生房間／本生、嘉美

嘉美醒來，還有些昏沉，她發現自己被穿上高中生的制服，手上還握著皮鞭，嚇得不知所措，把皮鞭扔開。她頭一轉，與蓮心屍體的眼睛對望，她大驚，拚命想爬開，發現自己已經被繩縛，動彈不得。

本生和嘉美之間有些距離，本生低頭看著手上的拍立得，冷冷地俯視她。不遠處架著一台攝影機。

嘉美：老師，蓮心死了嗎？你對我做了什麼？蓮心死了嗎？你為什麼要殺蓮心？你為什麼要強暴她？還殺死她？為什麼！你為什麼要殺了她？為什麼？

本生：不要再說了！這是她希格瑪檔案裡面有個劫數，我在幫她化解。這是希格瑪檔案注定好的！

✝

XIII 事情是從這裡開始壞掉的嗎？蓮心前一刻不是還在被愛與性的歡愉中？她知道自己是被愛的。然後，沒有了。

嘉美：你騙人！你為什麼？我們那麼相信你？你為什麼要強暴她？老師你在做什麼？我們這麼相信你！你騙子！

本生把一張張拍立得丟到嘉美面前。

嘉美拾起拍立得，檢視照片內容，愈看愈心驚。

嘉美在所有照片裡皆全裸，有的照片與蓮心交疊成不堪的性愛姿勢，有的則是她的獨照，以繩縛技巧被綑綁，凸顯性徵。照片裡，她的眼睛被戴上皮罩，看不出她呈昏迷狀態，讓人以為她是清醒時參與 BDSM 的拍攝。

本生：對，希望今天是妳的安全期。我有錄影，想看嗎？

嘉美嗚咽，脆弱地恐懼嚎叫，她不願再聽到本生說的任何一個字。本生靠近她，她就更退縮。

嘉美：你把我放開，我要回去。

嘉美不停發抖，除了冷，她不願再多感覺什麼。

本生：來，幫我個忙，妳不是要幫我整理畫室嗎？

19．日／莊園地板教室旁陽台／本生、慕淇、嘉美、凱莉、蔡師兄、學員十多人

學員們聽著本生的指令，擺動著肢體。

本生：想像自己是一團火，燒起來。

他們盡情地打開身體揮舞四肢，持續著。

本生：炙熱不安地燒，你的流動，你的速度，不要踩那麼用力，你在踩蟑螂啊？

嘉美盡量保持正常，但眼神空洞，引起蔡師兄注意。

本生：輕重快慢，我要大家同樣的速度，有快有慢。Grounding，感受這塊土地，現在你是落葉，你是大樹，四肢都在地上感受重力。好，我們休息五分鐘。

有學員輕笑。

本生：專注，專注。

他們小心避開其他人，不會有肢體接觸或碰撞。

女學員：有人看到蓮心嗎？她昨天沒有回來，今天早上也沒看到她。

嘉美聽見蓮心的名字，害怕地倒吸一口氣，發現本生遠遠也在注意她。

凱莉：蓮心？不要擔心，她還是小孩子，應該跑出去玩了。

女學員：好。

蔡師兄：嘉美，妳在想事情？

蔡師兄往嘉美的方向走來，發現她手上有瘀青，驚訝。

嘉美：（心虛）沒有，想剛剛的課程。

蔡師兄：手受傷了？

嘉美：沒有，洗澡不小心撞到，沒事。

嘉美不敢直視身旁的本生，蔡師兄察覺嘉美的態度有異。

蔡師兄：那我先帶妳去擦藥？

嘉美：不用，沒事。

蔡師兄：真的沒事？

嘉美：對，謝謝。

蔡師兄還想問，嘉美起身往外走，偷睨一眼本生，他泰然自若地與眾學員交談，當作沒聽見有關蓮心的對話。

20・日／莊園大門口／又雲、凱莉

又雲的車跟隨在凱莉車後，車開到莊園門口時，凱莉正在門口。

她看著莊園大門，神祕的深宅大院，高聳的圍牆，所有可朝內窺視的縫隙都防護得滴水不漏。

凱莉：明曜媽媽？不是，檢察官，妳跟蹤我？

又雲：我沒有跟蹤妳，我是來問一下李蓮心的事情。

凱莉：蓮心她課程上到一半就回去了，她現在不在這裡。

又雲：她失蹤了，妳知道嗎？

凱莉：我有聽說，不過學校也管不到她校外的生活，而且我家裡很多事情，我現在也很忙，我沒有辦法像檢察官一樣到處跑。

又雲抬頭張望四周，故作輕鬆，拿出手機查看，完全沒有訊號。

又雲：為什麼找到這麼荒涼的地方？連手機訊號都收不到。

凱莉：這不是荒涼，這是幽靜。因為我們的課程一般都是冥想、打坐、聽演講，還有一些瑜伽課。所以選在這樣比較幽靜的地方，學員比較不會被打擾。

又雲：所以你們煮飯、燒開水都不用瓦斯，是用愛？

凱莉：檢察官看起來不苟言笑，沒有想到妳這麼幽默。

又雲：妳不進去嗎？

凱莉：我喜歡親自送客。

又雲：我？

凱莉：這是我們的禮貌。

又雲：謝謝。

凱莉：妳小心開車。

又雲：bye-bye。

又雲向凱莉笑笑，不再堅持，轉身開車離開。

凱莉看著又雲的車子駛離消失，眼神中的警戒及敵意才稍減，謹慎開門進入。

21‧日／西門町刺青店／明曜、紀新、紀美、國維、健健美、刺青師

開著多家刺青店的街上，明曜和紀新正在詢問一個店家，拿手機裡照片給店家看。紀美、國維和健健美則從另一邊趕來，紀美向明曜搖搖頭。

明曜看向其中一家刺青店，走進去。大家跟著明曜推門進來。

明曜：不好意思，我想問一下，你看過這個女生嗎？

店內牆上掛滿了各式各樣的圖騰和照片，充滿哥德風格。

一行人看著陌生的環境，之前幫蓮心刺青的師傅正在幫一個客人刺背上的龍飛鳳舞。

明曜給刺青師看手機裡的蓮心照片，刺青師瞄了一眼。

刺青師：你要幹嘛？

明曜：我們是她的同學，她已經很久沒有來學校了，我們在找她。想要問一下，她最近有來這裡嗎？

刺青師停頓了一下，才開口。

刺青師：她，我記得，她臉上的胎記很好認，她很久沒來了。

明曜覺得失望，但紀新指著牆上圖片。

紀新：這也太帥了吧！不好意思，刺一個那個要多久？

紀美美：哥！

明曜：紀新！

刺青師：那個很快，四十分鐘就好。

紀新：才四十分鐘，四十而已，很快。

刺青師要紀新坐在另一張躺椅上，替他準備。

紀美：你真的不怕被媽罵？

紀新：反正我做什麼她都會罵。這個而已，沒有很誇張。 XIV

紀美：這就很誇張了。不想管你了。

國維和健健美在紀新身邊起鬨，紀美生氣，不想再理會他們。

明曜若有所思，拿著手機傳簡訊：「蓮心，跟我聯絡，我很擔心妳。」

紀美：（煩躁）蓮心到底跑到哪裡去了？

明曜皺著眉，沉默不語。

✝ ——————————————————————

XIV 刺青文化對當代年輕人來說，似乎不再是那麼「一生一世」的事了，它更像是他們對生命和年歲的記號，更重要的，那是他們身體自主權的領地。別無他法，我們開始學著尊重，好嗎？

22・日／西門町／明曜、紀新、發傳單的人

明曜在西門町人群裡，似乎看見蓮心的影子。他追上去，影子穿過人群，左閃右躲。

明曜站在街頭，環視，有人遞給他一張傳福音的傳單。

發傳單的人： 先生，我們禮拜日有個布道會，歡迎來交朋友。我們有吃有喝，又可以聽福音，很有意義。很多人來聽福音之後，他們的生活都改善了。我們會請很有名的牧師來講道，拜託一定要來參加。

明曜： 好，謝謝。

發傳單的人： 那我們週末見，bye-bye。

明曜才回頭過來，蓮心的影子不見了。

23・夜／紀新房間／凱莉、紀新、紀美

凱莉進紀新房間要整理他的衣服，卻在外套口袋發現一個打火機。

她忍不住拉開抽屜裡翻找，有些紙張小物被翻得捲起來、掉出來。

凱莉表情憤怒，就是要找出什麼似的。

紀美走進房間發現，一臉納悶。

紀美： 媽，妳在幹嘛？媽？妳在幹嘛？

凱莉在床底下翻到一個鐵盒，裡面有一包菸草。

凱莉： 妳哥呢？

紀美： 他跟詹明曜在便利商店喝東西……妳翻他東西幹嘛？！

凱莉： 妳哥抽菸，妳知道嗎？

紀美看著床上的鐵盒，傻眼，凱莉見她沒回答。

凱莉： 還是妳也抽？

紀美： 我沒有。我沒看過他抽菸啊，妳在哪裡找到的？

凱莉： 我拿乾淨的衣服去擺衣櫥，然後我在床下找到的。

紀美： 這兩個是分開的，根本就是故意翻他東西的。

紀美轉頭看，桌面也被翻得亂七八糟，正要幫忙整理。

凱莉： 妳不要幫他收，放好。放回去。

紀新： 妳們在幹嘛？我房間遭小偷？

紀新站在房門口，一臉訝異，不明就裡地環視房間。

紀美不想再多管閒事，氣呼呼地轉身離開房間。

紀美： 我明天還要考試，小聲點。

凱莉拿著一包菸草，按捺著脾氣，只是嚴厲問話。

凱莉： 抽多久了？

紀新：（看凱莉手上拿著菸草，要搶）還來啦！

凱莉：回答。

紀新：我沒有抽。妳拿這些幹嘛？

凱莉：開始學抽菸了，不要命了，你爸知道嗎？

紀新：（突然意會到）妳翻我房間？不是，妳為什麼要翻我房間？這全都妳搞的嗎？

凱莉：你還沒有回答我，你抽多久了？那是第幾包？

紀新：你這樣很過分，我沒有抽菸好嗎？我沒有抽菸。

凱莉發現紀新手臂上包著保鮮膜。

凱莉：等一下，你手又怎麼了？又抽菸又打架，對不對？

紀新：我沒有打架。

凱莉：沒有打架會包成那樣？給我看，過來。

紀新：好，這只是刺青而已。我去刺青了，好嗎？

凱莉定睛看保鮮膜下的刺青紋身圖案，面容大驚，整個人抓狂，快要瘋掉。

凱莉：你抽菸，你還跑去刺青，紀新你怎麼了？你怎麼變成這樣子？

紀新：我怎樣了？這只是一個刺青而已。

凱莉：你跟我講，你是不是有吸毒？你是不是跟人家學吸毒？

紀新：我沒有吸毒。

凱莉：那你怎麼會又抽菸又刺青？你跟人家學壞了對不對？誰帶你去吸毒的，誰帶你？

紀新：媽！妳可以先出去嗎？

紀新用力把凱莉推出去，凱莉抵擋不了一個高中男生的力氣，被關在門外，哭了出來。

紀新忿恨地看了凱莉一眼，用力把門關上。

凱莉：紀新！你開門！你為什麼要做這種事情糟蹋你自己？媽媽生你有多辛苦，你這樣傷害自己，媽媽很難過，你知道嗎？

紀新閉上眼，深呼吸，拿枕頭摀住耳朵，躺在床上蜷縮著身體。

凱莉還像個冤魂般，敲門敲個不停。[XV]

✝

XV　母子踩過一條線後，幾乎沒有回頭路。信任與安全感在翻找私人物品時，就受到挑戰了，甚至多會發展成戰火。

24・日／莊園畫室／本生、嘉美

床上，嘉美衣衫不整，本生起身，用毛巾擦汗，圍住下半身。

本生把一盒面紙丟在她身邊，嘉美像隻恐懼的小動物，一受驚嚇反應就很大。

本生：妳真不像生了三個小孩，感覺還是跟少女一樣。

嘉美不敢回頭看本生，既害怕又羞愧，驚恐地睜大眼睛。

本生：找個時間，把小朋友帶來！

嘉美：不行！

母親護子的本能瞬間讓嘉美斷然拒絕，但想到照片，語氣隨即軟弱下來。

嘉美：他們要上課，我老公不會答應。

本生：這裡有吃有玩，他一定會答應，說來上生態課，我可以帶他們去樹林裡面抓甲蟲。

嘉美：（大叫）不可以！

本生：妳現在是殺人共犯，擔心他？我看他比較擔心妳吧！

嘉美：求你不要跟他講。

本生：我沒打算跟他講，我跟他講我愛什麼時候睡你老婆就睡你老婆，妳當我白痴嗎？

嘉美：小孩真的不能來。

本生：（堅持）把小孩帶來，這樣可以讓妳更專心的奉獻，心無旁騖……我們現在是命運共同體，如果我出事了，妳也跑不了，小朋友可以沒有媽媽嗎？不可以。

嘉美愈想愈害怕，壓抑著哭出來，本生強吻起嘉美，她不敢反抗。

25・夜／莊園地板教室／本生、凱莉

凱莉哭泣著，哭得非常傷心。

一抹輕蔑從本生臉上飄過，他輕輕嘆氣，起身從櫃子裡拿出兩個紅酒杯，倒了些紅酒。

本生：喝個酒，放鬆一下。

凱莉：我現在沒有心情喝。

凱莉順從地接下杯子，一開始小小口，突然咕嘟咕嘟，竟仰頭把整杯酒喝光。

本生：電腦斷層結果怎麼樣？

凱莉點點頭，擤鼻涕。

凱莉：我沒有去醫院看。我兒子昨天那樣對我，我現在全身又被癌細胞吞噬，我還能怎樣？

本生：人在生病發燒的時候，不能做太重要的決定，不能想嚴重的問題。來，放一首我喜歡的歌，陪我跳舞。

凱莉：我不想聽音樂。

本生按捺著性子，吸了一口氣。

本生：去挑一張我喜歡的唱片，去放一首
我喜歡的歌，陪我跳舞。

凱莉：喔，好，好……

凱莉趕緊開啟藍牙音響，選了首探戈播放。

音樂流瀉出來，凱莉緊張地用手撥順頭髮，
拉直衣服，整理儀容。

順著節拍，本生拉過凱莉的手，空間不大，
但還能跳出樣子。

凱莉的姿態端正優美，一開始跳舞她就像換
了一個人。他們一面跳一面說。

本生：聽蔡師兄說，妳這個月又招募到六
個新學員。

凱莉：嗯，我們學校來了一批新老師。

本生：你真棒，我一定要幫你，要讓妳不
受癌細胞侵襲，要先治癒妳兒子。

凱莉：老師你願意跟我兒子談一談？

本生：只要是妳的親人，就是我的親人。

凱莉停下舞步，喜出望外。

本生：心情好一點沒？妳看，妳像個小女
孩一樣，哭得鼻子都紅了。 XVI

兩人的距離非常接近，凱莉心跳快得讓她有
點無法呼吸。

本生靠向凱莉，讓凱莉不由得臉紅心跳。

本生：我說過，妳老公不懂得珍惜妳，他
是個沒有福氣的人。我們一起對抗
病魔，妳值得一個更好的男人。

本生拉起凱莉的手，就位。

本生：我們一起打敗病魔，妳值得一個更
好的未來。

探戈音樂華麗冷冽，像著火的冰，他們流暢
地跳著。 XVII

26·夜／ Live House 小酒館／慕淇、客人 們、工作人員們

一個十來桌的小爵士酒館，沒有坐滿，客人
多半是大學生模樣。

吧台裡站著酷酷的老闆，他一面收拾吧台，
一面注意舞台上的動靜，吧台上一疊十幾張
的 CD 專輯，《跟著光》。

✝

XVI 當有人稱你小女孩時，心裡是不是微甜？本生很早就看出凱莉需要的是一個父親般的人物，給她安全
感、永遠存在、永遠用對待小女孩的方法對她，即便她做錯。寫到凱莉罵小孩、訴說委屈、擔憂生病
等等時候，我都忍不住溼了眼眶，心疼她，她不知道她想要的只有自己能給。

XVII 演員們本來去學了探戈，拍攝初期女演員的腳受傷，沒法跳，休養了一陣子才拍完這場。探戈是兩個
影子的纏綿，本生總能找到和每個人耳鬢廝磨的方法。

慕淇穿著樸素，除了啟靈石，沒有其他飾品。深呼吸，看得出來他有些緊張，但他還是鼓起勇氣開始對台下說話，微笑。

慕淇抱著吉他正在自彈自唱一首歌的末段，曲畢，台下掌聲稀稀落落。

店長倒了一杯威士忌，上前遞給慕淇。

店長：威士忌，可以嗎？

慕淇：謝謝！

慕淇感激地喝了一口。

慕淇：大家好。我很久沒有在人這麼少的地方唱歌，老實說我還滿緊張的。不知道大家喜歡聽什麼樣的歌？

台下的觀眾聊天喝酒，認真聽慕淇唱歌和講話的不多。

慕淇：（真誠）最近其實我發生了很多的事情，也有很多的感覺，該……該怎麼說，好像以前覺得很重要的事情，現在都不重要了，但是我現在很知道我每天醒來是為了什麼活著。

有幾個觀眾開始被他吸引，但其他客人還是繼續喝酒聊天，他們沒有高聲喧嘩，只是聊天喝酒，卻像是完全無視慕淇的存在。

慕淇：接下來，我要唱的歌叫《你就是遠方》。

台下沒什麼回應，慕淇彈吉他，聲音清亮。

慕淇：（唱）瀟瀟颯颯，哼哼哈哈，喧嘩出盛放的花……

店長打開其中一張 CD，開始閱讀內容。

唱完，慕淇滿足地看著台下觀眾，微笑著期待回應。

慕淇：我還有準備下一首歌，也是最近自己寫的，希望大家喜歡。

慕淇略顯尷尬，台下隱約有噓聲和起鬨聲，他拿起酒杯一口喝光，鼓起勇氣擠出笑容。

慕淇：我再唱一首好了。

吧台倒掛的的酒杯映照出慕淇沮喪的臉，他走向吧台，酷酷的店長再給他倒了一杯威士忌。

店長：招待！

慕淇：謝謝！那個……

店長：你賣了一張。（把三百元給慕淇）來，錢在這。

慕淇：就一張？（好奇）誰買的？

店長：我！其他的這些，你帶回去吧。

慕淇：不是說好在這邊寄賣幾天看看嗎？

店長：我們這裡歡迎各種音樂創作，但是你也看到今天大家的反應。

慕淇：我相信我真誠的分享，我的改變一定會有人懂的。

店長：真誠這件事情是很複雜的。（安慰）每個音樂都有適合的地方，抱歉，你的歌不適合這裡。

慕淇無奈點頭，受挫地抱著一落 CD 離開，留下那杯沒動過的威士忌，杯中手鑿的冰塊反射出他離去的身影。

27・夜／莊園大門口外／慕淇、本生、黑衣人們

慕淇在莊園外下計程車，看著懷裡那一疊 CD。

慕淇往莊園門口走，大門突然被打開，幾個黑衣人架著本生拖出門外，本生的頭上蓋著黑布袋，不斷掙扎。一輛黑色休旅車駛近大門，本生被狠狠丟進車中。

慕淇跑上前，大聲嚇阻。

慕淇：你們幹嘛！你們是誰？放手！

慕淇拉扯著黑衣人，兩名黑衣人擋著慕淇，坐在車前乘客座的另一名年長黑衣人做了個手勢，兩名黑衣人隨即也把慕淇抓上車。

慕淇：放開我！放開我……

慕淇嘴裡被塞了毛巾，並套上黑布袋，無法再出聲，視線也變得一片黑暗。

車子駛離，吉他掉在原地，CD 散了一地。

EPISODE
第 9 集

1 · 夜（回憶）／臥室／小本生（10歲）、本生

短髮，帶著帽子，二十來歲的本生坐在床沿，看著十歲的本生在牆上塗鴉，牆上畫裡的一個希格瑪符號特別搶眼。

2 · 日／木雕工廠旁的空地／眼鏡仔、兄弟四人、慕淇、本生

超大型狗籠，裡面瑟縮著兩個人，幾乎全裸，是本生和慕淇。他們不太適應外面的光線，瞇著眼，擋光。全身衣物都被扒光，雙手被綑綁在身後，頭髮散亂，口裡塞著布，狼狽到只剩下一條內褲。

慕淇醒來非常慌亂，連忙叫本生，聲音不清楚。[I]

鐵門拉開。眼鏡大仔自從去做了近視手術之後，眼鏡仔就不戴眼鏡了，但大家還是這樣叫他，頂多是加一個「大仔」。

眼鏡仔牽著一條德國軍犬從木雕工廠大門進來，狼犬態度凶狠，和他冷肅的風格相當搭配，不時吠兩聲，露出尖牙紅舌。他們圍著一個黑布蓋著的長方體，幾個人研究什麼似的，瞪著，等候指令。

空地上堆放著還沒有處理過的原木，大型機台，還有殘餘的木料。

他們把布完全掀開。

眼鏡仔：（刻意）祝你幸福！但是我現在很不幸福。

---

†

I　關狗籠也不是什麼新鮮節目，有趣的是扒光兩個人一起關進去。慕淇醒來，老師已經不像老師了。

本生一眼就認出來是誰，眼鏡仔示意兄弟把本生口中的布拿下來，慕淇看見周圍的人，非常驚慌，緊挨著本生。本生往日的優雅完全不見了，不只陪笑，口氣也滑頭起來。

本生：眼鏡仔叔！

眼鏡仔：我都沒戴眼鏡了，你也知道我是你叔叔。

本生：叔叔，別這樣，你是我爸的弟弟，我怎麼會不認得？

眼鏡仔：原來我是你叔叔，不是盼仔（冤大頭）！

本生：叔叔，這樣難看啦！有事我們好好講。

眼鏡仔：臭小子，你好的不學，都學壞的，跟你爸一樣，騙吃拐幹。不不不，你比你爸更厲害，他只是去賭場詐賭，你找了一堆人組了一個什麼會……你現在事情嚴重了。

慕淇打量這群人，他們好似與本生很熟，本生的說話方式也開始流露江湖氣，是他沒見過的那一面。

本生：沒有，叔叔，我是真的在修行，我遇到一個師父，是他教我的，我是真的在帶他們修行。

眼鏡仔：修你阿公，（想了一下）幹！你阿公不就是我爸爸，（問旁邊的人）對不對？你以為小時候睡覺夢到明牌，長大就可以當神仙了嗎？要做神仙還不簡單？我給你砰砰兩槍就能當神仙了。

本生：沒有，叔叔，不要這樣！叔叔你先放開我們。讓我們穿好衣服，天氣這麼冷，會感冒。他是斯文人，你這樣會嚇到他。

眼鏡仔：這是誰，綁他來做什麼。

兄弟A：來，幹你娘我叫你來，費慕淇，唱歌的。

眼鏡仔：（趨前問）你很紅喔？

慕淇用力搖頭。

兄弟A：還沒有？演唱會門票不是秒殺嗎？

眼鏡仔冷不防就對兄弟A的腳旁邊開了一槍，兄弟A整個人嚇到摔倒。慕淇和本生也嚇到了，慕淇聞到子彈的煙硝味，槍聲還在空間迴盪著。

眼鏡仔示意把塞在慕淇口中的布拉出來，慕淇一陣噁心。

眼鏡仔：我不知道這個唬爛嘴是帶你們修行什麼碗糕，但是他小時候真的會報明牌。（對本生）你的爸爸很不良，一天到晚要你睡覺，如果不睡就打到你睡。

本生臉色略略變了，慕淇看著本生，一臉費解。

本生：你不要聽我叔叔亂講。

眼鏡仔：我跟他爸爸，也就是我哥哥說。他那是昏死過去，不是真的睡著，怎麼會作夢？

本生：（想制止）叔叔，那都是小時候的事了，不要說了。

眼鏡仔：你也會不好意思？你現在是不是很氣你爸爸？他以前揍你都沒在客氣的。[II]

本生：叔叔，說這些沒意思，那是以前的事情了，對不對？你先放我們出去，穿好衣服，現在天氣這麼冷，會感冒。

眼鏡仔：會感冒？

慕淇：你們到底要幹嘛？

眼鏡仔拿槍指著慕淇，沉默一陣，慕淇從沒有感受到這麼大的生命威脅，他覺得自己的腎上腺素像海浪從腳底湧上來。

眼鏡仔：把他拖出來。

兄弟們打開籠子，七手八腳地把本生吊上一旁的鐵勾。

本生：叔叔不要，叔叔！

眼鏡仔：會痛吧？現在當神仙比較忙，我就直接問你。（怒）你上次跟我說什麼？說賣三合一[III]比較好賺，那錢呢？還是你整個都自己喝了？你知道那批貨值多少錢嗎？兩億！

慕淇：什麼兩億三合一？

本生：（急急喝止）沒你的事。

慕淇被嚇到，本生的臉色嚴肅起來。

本生：那批貨被偷走了。

眼鏡仔：在哪裡被偷走的？

本生：我放在隨意倉（小型倉庫）就被人拿走了，我真的不知道。

眼鏡仔：你真的不知道？（問別人）他不知道，他說不知道。你不知道我也不知道，我也不知道！它跑去哪我也不知道！我幹你娘！

✝

II　從眼鏡叔叔口中獲知，本生是被嚴重家暴長大的，來自什麼樣的家庭約莫琢磨得出來。洪都拉斯在這裡做了一般黑道不常見的詮釋，話多、真的凶狠、神經質、沒按常理出牌。開機前他找我討論，我們很快就溝通完畢。他懂，也做得出來，太美好了。

III　三合一咖啡包是近年來流行的毒品，看到幾起年輕女孩在轟趴中暴斃的新聞，多半是過去喝一包能high起來。後來原料成本漲價，毒商稀釋裡面的毒品成分，男孩女孩們不知道，覺得一包不夠力，就再來一包，再來一包……直到釀成悲劇。

眼鏡仔接著甩一大耳光到本生臉上，本生的嘴角馬上流血了。

本生：我真的不知道，我沒騙你。

本生的話還沒落，眼鏡仔又甩一耳光。

眼鏡仔：幹你娘！臭小子，你說的話沒有一句是真的，連你叔叔也敢騙，我是可憐你，才把那批貨給你。看在你爸爸，也就是我大哥的份上，好好照顧你。你以為我那批貨沒人要嗎？

本生痛得說不出話來，嘴角另一邊又流血了。慕淇急得不知如何是好。

慕淇：不要打了！暴力不能解決問題，要多少錢跟我說。

眼鏡仔：暴力不能解決問題，我可以解決你啦！我幹！

眼鏡仔朝地上開了一槍。

眼鏡仔：幹你阿公，他這叫黑吃黑，你不知道嗎？我現在打他，你會捨不得嗎？

慕淇：欠多少錢？我可以想辦法。

眼鏡仔對慕淇燦笑。

眼鏡仔：多少錢？我慢慢算給你聽，你死定了。

慕淇：放我們出去！你們不可這樣！放我們出去！

3・日／木雕工廠旁的空地／慕淇、本生

本生被高高吊起，身體完全拉直，看起來很疼痛。慕淇被關在鐵籠內，抱腿屈坐。本生安靜。

慕淇：老師，你還好嗎？他們到底想幹嘛？

本生嘴角的血還在沁，一臉可憐相。慕淇有點冷淡，有些動搖，他眼前到底是什麼樣的人？

慕淇：老師，你還好嗎？

本生：我還好，我只是很捨不得你。我連累了你，我真的很抱歉。

慕淇：他們到底為什麼下這麼重的手，三合一咖啡到底是怎麼回事？

本生：那不是單純的三合一，有加東西。

慕淇：加毒品嗎？裡面是不是有毒品？

本生點點頭，沒有說話。慕淇停頓一陣後，終於問了。

慕淇：老師，你有吸毒嗎？

本生：我沒有，我怎麼可能？

慕淇：那他們為什麼對你這麼凶？下手這麼狠？還要你交出貨。

本生：我跟他們說我有通路銷貨，他們才把三合一給我……慕淇，不管你信不信，我把那批三合一送到警察局了。

慕淇：（恍然大悟）那就好，你跟他們說貨在警察局。

本生：我偷偷放在值班台就走了，讓他知道拿去警察局比我吞掉還嚴重，他可能會殺了我們。

慕淇：那既然知道他們會殺了你，為什麼還要這麼做？

本生：那個咖啡包流出去會害死多少人？毀掉多少家庭？喝那個都是那些年輕的小朋友。我只有一個人，我沒關係，我只是……我只是很捨不得你，連累你，我真的很抱歉。

慕淇絕望地埋首本生胸前，本生安慰他。

本生：我去跟他們說，這件事情跟你沒關係，讓他們放你先走。

慕淇：你沒有看到他們有槍嗎？他們有槍！別傻了好不好！

本生：我不管！我就是捨不得你！

慕淇：不要傻了。

慕淇終於歇斯底里、崩潰，恐懼讓他胡思亂想。本生無奈。

本生：慕淇！慕淇！你不要怕！我會想辦法。

4・日／木雕工廠旁的空地／眼鏡仔、慕淇、本生、兄弟

兄弟們把黑布掀開，慕淇睡著了，兩人都被聲響弄醒。

一夥人把他們從鐵籠裡放出來，兩人穿上衣服。

眼鏡仔：你應該是有話要跟我說。

本生：叔叔，我有話要跟你說。

眼鏡仔：我就知道，但是我希望你說的話是我愛聽的，不然我這個人……

一旁的木板切割機被打開，齒輪刀子快速旋轉，發出刺耳的噪音。

本生：叔叔，這件事情跟他沒關係，你讓他先走。叔叔，我拜託你不要這樣。

眼鏡仔：什麼？你說什麼？大聲一點！

本生：叔叔，我拜託你。這件事情跟他沒關係，你讓他先走。你對我怎樣都沒關係，你讓他先走。

慕淇：（見狀，大吼）你現在要多少，我去想辦法！

一旁的小弟踢了慕淇一腳，慕淇痛苦地捂住肚子。

小弟：幹你娘，恬恬啦！

本生：算我拜託你，不要這樣好不好？

眼鏡仔：（用力在胸前拍手，還裝可愛）好感動喔！我最喜歡這樣子的「歐巴」了。

本生：叔叔，你先讓他走。

眼鏡仔一下子把本生的手掌放在快速旋轉的刀子旁。

慕淇：（驚叫）我去拿錢，我有錢，我可以想辦法。

眼鏡仔：（怒對慕淇），你不是他飼的？
你們兩個在演哪一齣？你們如果
再哭爸哭母，我連你一起揍。

慕淇：我去拿錢，我可以去拿錢！

本生的手指被緩緩地推近刀片，本生驚叫，
慕淇幾近崩潰。[IV]

5．夜／小房間／慕淇、本生

慕淇被關在小房間裡，聽到外面傳來本生被
拳打腳踢而哀嚎的聲音。突然，本生被扔進
來，幾乎坐不直，看起來非常虛弱。慕淇看
見本生臉上又多了幾道傷，才靠過去，本生
立刻露出被弄痛的樣子。

慕淇：老師！

本生：慕淇！

慕淇：還好嗎？

本生：我的手……

慕淇：很痛嗎？他們到底是要多少？

本生：（虛弱）六百萬。（頹喪）我剛剛
一直打電話給蔡師兄，找不到他。

慕淇：我們到底該怎麼辦？

本生：慕淇，我怕他們接下來會開始傷害
你，我對不起你，是我拖累你，我
真的很抱歉。我剛剛有求他們，希
望他們不要傷害你，可是我真的不
知道……慕淇，我們想想別的辦法
好不好。

慕淇：我是沒關係，但我怕他們說話不算
話，拿了錢不放人。

本生：沒有沒有，不會，他們就是要錢而
已，他們拿錢就放人了……慕淇，
我們離開這裡，我找到蔡師兄，馬
上把錢還給你，好不好？

6．夜／木雕店內間／眼鏡仔、本生、慕淇

眼鏡仔打開點心盒，第一層是草莓慕斯杯子
蛋糕[V]，第二層都是千元鈔，他稍微清點一
下，剛好六百萬。

眼鏡仔：真漂亮，算算看多少錢。

本生和慕淇在一旁瞪著那盒錢，看起來很
狼狽。

眼鏡仔拿了支扁梳，遞給慕淇，狀似體貼
地恐嚇。

✝

IV 這場戲發生了小意外，一位飾演黑道幫手的臨演，因為想幫忙，結果手受傷了，後來叫了救護車送
醫，導致那晚後來的拍攝都令人心神不寧。後來傷好了，手指活動還是需要復健。片場是個危險的地
方，我們能想到的安全措施還是要加油。

V 為什麼要放杯子蛋糕？有什麼用意嗎？沒有，眼鏡叔喜歡吃。

眼鏡仔：來，很簡單，靠近一點。幫他把頭髮梳一梳，出去才不會不好看。這蛋糕真香。

慕淇遲疑，眼鏡仔瞪他。他只好幫本生把前額頭髮梳下來蓋著瘀青，本生溫馴地沒有反應。

眼鏡仔：這六百萬是利息，你弄丟的那些貨，你不趕快給我找回來，我會常常帶你回來玩。

眼鏡仔把自己的墨鏡從口袋拿出來，遞給本生，本生自然要戴上去。

眼鏡仔：No no，給那個歌星。

慕淇厭惡地戴上墨鏡。

眼鏡仔：帥，真帥，美食配美男。

慕淇：大哥，我們可以走了嗎？

眼鏡仔：頭髮梳好就可以回去了。梳好看一點，慢慢梳。

7・夜／平交道／本生、慕淇

一輛休旅車快速駛來，在平交道停下，門打開，本生和慕淇兩人被推出來，差點就滾落車道上，休旅車開走。

遠遠望去，兩人狼狽地被扔在路邊，找不到路離開。

8・昏／趙家／嘉美、維成、三個小孩

老大和老二拿著塑膠羽球拍決鬥、相互打鬧，老大占上風，老二頻挨打。老二激動地想反擊，仍不敵老大。

嘉美沒有任何反應，兀自出神發呆，老么拽了拽嘉美，沒有反應，她又用力拉嘉美。

老么：媽！媽！哥哥他們在打架。

嘉美驀地回神，起身，一把奪過塑膠羽球拍。

嘉美：（大聲）繼續打，最好打死算了，你們不能安靜一點嗎？安靜一點會死嗎？

三個小孩愣住，嘉美更大聲，起身走到老大身旁，拉他們跪成一排。

嘉美：給我來罰跪，跪好！我叫你們起來才可以起來。

嘉美很少發脾氣，三個小孩都不敢亂動。嘉美就坐在一旁，瞪著他們。

嘉美：（近乎自言自語）我實在搞不懂你到底在幹嘛，你到底在做什麼？到底為什麼會變這樣？我不懂！到底為什麼？

大門打開，維成進來。

維成：（手語）為什麼，跪？

嘉美：他們不聽話，吵架。

嘉美回房間,維成去拉小孩起來,帶著小孩出門吃飯。嘉美的脾氣暴躁不是一天兩天,他多望了望她,什麼也說不出來。

9．日／慕淇豪宅／本生、慕淇、蔡師兄

一陣電鈴疾響打斷,慕淇去開門,蔡師兄一臉歉意進來。沙發上,本生正拿著冰敷袋冰敷瘀青,蔡師兄見到本生的傷,大驚。

慕淇: 蔡師兄,請。

蔡師兄: 慕淇,你沒事吧?

慕淇: 我還好。

蔡師兄: 老師呢?

慕淇: 那邊。

蔡師兄: (著急)老師!你還好嗎?怎麼會這樣子?到底發生什麼事?

慕淇: 就電話裡跟你講的那樣,他現在不肯報警,又不去醫院。

本生: 我睡一覺就好了。(對蔡師兄)你跟他說,這能去報警嗎?

蔡師兄: 慕淇,如果報警的話整件事情會更難解釋,你想想那種人,如果你報警把他們逼急了,你到時候……

慕淇: 難道就這樣就算了嗎?錢都被他們拿走了。

本生走到靈畫前,欣賞慕淇的布置,低頭看見櫃子上擺著慕淇的 CD。

本生: 有儒,慕淇墊的那六百萬,我們要還他,會裡還有錢吧?

蔡師兄: (面有難色)對不起,老師,我漏算了一筆土地增值稅,會所裡可能沒有到那麼多的現金。慕淇,你現在很急著用錢嗎?不然這樣,我先回去然後把它清算一下,看你需要多少。

慕淇: 沒錢沒關係,我真的不急,你先帶老師回去休息吧。

蔡師兄: 不好意思。

本生起身,蔡師兄正要去攙扶,本生推開他,反而過去緊緊擁抱慕淇。

本生: (耳語)謝謝你,你救了我。

慕淇有些激動,他受到莫大鼓舞,之前的委屈都不算數了。本生緊緊擁著他,最後才依依不捨地把他放開,順手拿起櫃子上的 CD。

本生: 這送我,好嗎?

10．日／本生畫室外／蔡師兄、本生

蔡師兄見本生的傷勢,有些擔心。

蔡師兄: 老師,要不要先送你去醫院看一下?

本生: 不用,這瘀血不知道什麼時候消。

蔡師兄: 你叔叔下手也太重了吧。

本生：他這算客氣了，他們兩兄弟都一樣，我爸打我才狠，簡直是往死裡打，好幾次我都裝死他才停手。不過奇怪，我叔叔怎麼找到我們莊園的？

蔡師兄：我也很納悶，我之前在莊園外的時候，看到有人探頭探腦，會不會是想要打聽消息呢？

本生：不然就是有人通風報信。

蔡師兄：（轉移話題）辦長月那個案子的檢察官，她又把我找去了。

本生：都結案了，找你幹嘛？

蔡師兄：她從陳祥和前妻那裡知道我們有往來。

本生：陳祥和嘴他媽的夠硬，再這樣下去不處理不行。

蔡師兄：（略驚）老師打算怎麼處理陳祥和呢？他很有可能真的不知道那批咖啡包在哪裡。

本生：你那麼緊張幹嘛？你怕我弄死他？

蔡師兄：當然不是，我是想說老師你的目的是錢，那人我們就算了，因為畢竟人如果死了，錢我們就拿不到了。

本生：就算你用費慕淇拍電影弄了一大筆，那批咖啡包市場價值兩億，不然我叔叔也不會追上門來。

蔡師兄：那慕淇的六百萬？

本生：之前不是拿六百萬給他周轉，我都還沒算利息，他不會計較這一筆，等投資他的錢到位再說，我先睡一下。

本生躺上床，閉眼。蔡師兄退出去。

11・夜／飯店酒吧／慕淇、蔡師兄、環境人物

慕淇與蔡師兄坐在酒吧一角，蔡師兄將 iPad 遞到慕淇面前，螢幕秀出全英文網銀帳戶介面，帳戶有多筆匯入的金額。

蔡師兄：來，你看一下這幾筆。

慕淇：（看上面匯入金額和總數）也太快了吧。

蔡師兄：其實今天找你出來，除了要告訴你我們募資籌得非常順利之外，還有一個好消息要告訴你。

慕淇：什麼好消息？

蔡師兄從公事包中拿出一份資料夾，遞給慕淇。慕淇打開資料夾，是希格瑪莊園的（假）權狀，登記的名字就是幸福慈光動力會，他露出欣喜之色。

慕淇：已經過戶了？

蔡師兄：多虧你賣船的那筆錢，整件事情才可以這麼順利，剩下那些錢，我們再跟銀行貸款。慕淇，真的很謝謝你。

兩人碰杯。

蔡師兄：祝你幸福。

慕淇：祝你幸福。能幫上忙真是太棒了。

蔡師兄：但接下來的招募不能放鬆，每個月都有固定的款項要付。

慕淇：當然。（突然想起）要是長月還在就好了，以前我的理財投資都是她幫我的。現在我自己管，錢花到哪裡都不知道。

蔡師兄：老師要找機會好好謝謝你，你真的是希格瑪使者，你一出現，動力會就有了，（語重心長）這種緣分很深。

慕淇：那未來的貸款——

蔡師兄：老師就知道你會擔心，他說他會去募款，不排除自己開課程。來，不擔心了，再喝一杯。

兩人碰杯。

慕淇：敬希格瑪。

蔡師兄：敬希格瑪。

12・日／莊園門外連道路／維成、蔡師兄

大門上監視攝影機的鏡頭轉動，面向探頭探腦的維成。

維成把手機架在機車前面，依著地圖，到希格瑪莊園大門外。

他把機車架好，走到大門旁，沒有電鈴，他試圖從門縫偷窺莊園內部，什麼都沒看到。

他起身推了推門，門紋風不動，他試圖爬上大門。

蔡師兄騎著電動重機從後方駛來。

蔡師兄：（口氣嚴厲）請問有什麼事嗎？

維成嚇一跳，從門上掉下來，看見蔡師兄氣勢洶洶地朝他走來。

蔡師兄打量維成。

蔡師兄：你不是我們的學員，請問你是哪位？

維成支支吾吾地比著不成套的手語，試圖表達自己沒有惡意，最後指著自己外送的保溫袋。

維成匆忙上車離去，蔡師兄懷疑地看著他離去後，才騎進莊園。

13・日／熱音社練團室／紀新、健健美、凱莉

凱莉直接走進熱音社要找紀新。

喊了幾聲都沒有回應，於是凱莉走到裡面，最後在樓梯下發現躲著的紀新和健健美，兩人正在抽電子菸。

凱莉不發一語，轉身離開，看得出來傷心透頂。

14 · 夜／紀新家／紀美、凱莉

整晚，凱莉一下幫自己泡了花草茶，做呼吸練習，又點了薰香，表面上看起來很平靜，其實處於備戰狀態，坐在桌旁假裝鎮定，時不時深呼吸，就是在等紀新回來。

凱莉：紀美！妹妹？

紀美：幹嘛！

凱莉：妳哥有沒有說要去哪裡啊？

紀美：沒有，我問他，他都已讀不回。

凱莉：那妳有問那個什麼詹明曜嗎？

紀美：有啊，他也不知道。

凱莉：他也不知道？

紀美：媽，我覺得妳對哥的事太緊張了，他只是叛逆期！

凱莉：他偷抽電子菸被我抓到。

紀美：妳叫他不要抽菸，他就只好抽電子菸啊！而且本來我們這個年紀對什麼事情都會很容易好奇，我也會。

凱莉：妳也會好奇抽電子菸？

紀美：沒有啦！

凱莉：（緊張）還是還有什麼事情，妳哥還有什麼事我不知道？我要在這邊等妳哥回來，我要好好跟他溝通一下。

紀美：妳還不睡？

凱莉：我要等妳哥回來。我傳訊息給他，他都沒有讀，他有回你嗎？

紀美：沒有，我剛剛就已經說沒有了。妳不睡，我要去睡了。

凱莉：他真的都沒有回妳嗎？

紀美：沒有（強調）。

夜更深，凱莉面對一堆花材，失神。不知道在想什麼，她把花朵一個個從頭剪斷。

15 · 日／車內／紀新、紀父

早晨，捷運站外，上班上學人潮。紀遠鐘的車在捷運站外停下來，他嘆了口氣。

紀父：到了。你這樣突然跑來，我很難跟你媽交代。

紀新沉默，還沒有打算下車，執拗的樣子。

紀新：那我去跟她說。

紀父：住一個晚上可以，但如果你要搬過來住，你媽一定會大暴走。

紀新：真的不行嗎？你不是還有一個小房間嗎？其實我住那個小房間真的沒關係。

紀父：不是空間的問題。

紀新：那是什麼問題？

紀父：你阿姨她懷孕了，那間要當嬰兒房。VI

紀新：（愣）喔！我知道了，祝你們幸福。

紀新下車前，又回頭。

紀遠鐘將車開走，紀新在原地看著父親的車離開，好像在這一瞬間，他明白了很多事，是他從沒有體驗過的。

16・日／紀新家／紀美、凱莉

凱莉趴在沙發上睡著，醒來，天亮了，她滿屋子找紀新，狂敲紀美房門，紀美睡眼惺忪地開門。

紀美：媽，幹嘛？

凱莉：妳哥呢？

紀美：哥怎麼會在我房間？他自己不是有房間嗎？

凱莉：他沒回來。

紀美：（躺回去）他高中生，偶爾沒有回來過夜很正常吧，應該只是在爸那。

凱莉在室內走來走去，拚命打電話。

凱莉：（沒好氣）紀新在你那嗎？……為什麼？他為什麼搬去跟你住？……怎麼又不方便？

凱莉聽到紀遠鐘說自己的女朋友懷孕，起了微妙的反應。

凱莉：人呢？好，我接他，那個，恭喜你，祝你幸福。

紀美：（換好制服）怎麼了，哥在哪？

凱莉：在妳爸那。

紀美：就跟妳說吧！還這麼緊張。

凱莉：妳哥應該坐捷運要回來了，他應該直接去學校。對了，你爸又要做爸爸了。VII

紀美：（不在乎）很好啊！當爸這麼好玩。

紀美一面走回自己房間，凱莉驚訝地看著紀美無所謂的態度。

17・日／散景／紀新

紀新沿著河堤慢慢走。

紀新從捷運站出來，人潮洶湧，他不知該往哪裡去。

✝ ────────────────────────

VI　我告訴演員，你要在這句話後瞬間成長，儘管不願意接收，但你終究是明白了，也回不去了。

VII　雖然已經離婚，那個敏感的小神經又被挑動了一下，過去還有孩子勾連兩人的關係，現在前夫要有自己的孩子了。這樣的表演很細膩，演員讀得太懂，就會顯得刻意。我選擇不說，果然演員自己就有了，不輕不重剛剛好。

紀新漫無目的走在西門町街邊，彷彿走過蓮心途經的路。

走在河堤上，來到和明曜一起看過的巨大噴漆耶穌像前，紀新看了一下，屈身在一旁的長椅上睡著。 VIII

18・夜／輔導教室／凱莉、紀美

放學，校園天色漸暗，紀美在母親的辦公室等。

凱莉：怎麼都沒有回訊息，打手機打家裡都沒接，我又沒有要罵你，我只是想好好跟你溝通，你是怎樣。

紀美：（紀美跑到凱莉身邊）媽，幹嘛？

凱莉：妳哥，都沒消沒息，會不會出事情了？我們要不要報警？

紀美：不用吧！他自己想一想就會回來了。

凱莉：不是，他手機都關機，他是不是真的出什麼事情？現在外面那種變態殺人狂很多，萬一他真的出什麼事情怎麼辦？

紀美：不然妳報警，妳不要再胡思亂想了，妳不是還要去動力會嗎？妳先過去，說不定結束之後他就回來了。一有消息我馬上通知妳，好嗎？

一聽到動力會，凱莉似乎才安定些。她想到可以找本生談談，這時候只能找他了。凱莉忍不住摟了摟女兒，女兒像是她的依靠。

凱莉：好，我先去。（靠在紀美肩膀）還好妳還在，還好。

19・夜／廢棄地下蓄水池／紀新

紀新沿著步道入口走了一小段，又沿著木階梯往上。他看見了兩個蓄水池的紅色大門，沒想太多就走進去。經過一段細長的通道，來到柱狀的地下宮殿。兩旁的燈影讓他仿如置身在古建築中。

紀新躲在角落，正想拿出菸來抽，聽到有人的腳步聲，他不敢有動靜。聲音遠去，他縮進柱子旁的縫隙裡，明曜突然來電，他也沒辦法接。

確定都沒有人，紀新播回電，想想又掛掉。

明曜訊息：「你在哪裡？你媽一直打給我。你快回去吧，明天學校見！」

20・夜／莊園書房／本生、凱莉

凱莉已經傾訴到一個段落，進入啜泣、不知如何是好的脆弱狀態。 IX

---

† ─────────────────────────────

VIII　紀新從一個天真的高中生，到走上流浪的路，開始明白人世間也有任性解決不來的事。

IX　　對於凱莉，本生其實翻來覆去就是那些話，只是她始終沒聽懂，非要拿自己去撞。但在這一集，本生表示願意見兒子，她當然覺得一切都得救了，欣喜之情，非信徒不能了解。

凱莉：老師，你真的要幫我！你知道嗎？當年，我才剛生下紀新紀美的時候，我老公就在外面搞女人，我一次一次原諒他，結果換來的是什麼……

本生：他已經不是妳老公了。

凱莉：也是！結果現在換我兒子，學會說謊了，一次一次的騙我。

本生：妳把他帶來吧！我來跟他說。

凱莉：你真的願意跟他說一說嗎？

本生：我一直都很樂意，只是緣分還沒到，我想現在應該是時候了。

凱莉：老師，你可以幫他讀他的希格瑪檔案嗎？

本生：妳把他帶來，我有辦法讓他明白妳的苦心。妳是這麼好的一個母親，他怎麼可以不知道自己有多幸運。

凱莉：好，我死拖活拖都會把他帶過來，老師你一定要救他，你要幫忙他。

本生：來，把眼淚擦一擦。先回去吧，搞不好他已經回家了。

凱莉：好，我先回家。

21・夜／警察局外／凱莉、紀美、紀新

凱莉：長官，我這寫好放這邊，謝謝。

午夜，凱莉從警察局出來，看著紀新，不了解以前很乖的兒子為什麼變成這樣。

紀新板著臉，他第一次意識到自己還沒辦法獨立於這個世界上，他還有半隻腳跨在那個叫「家」的地方。

對峙了不多久，凱莉冷冷地開口。

凱莉：肚子餓不餓？走，去吃點東西。 ˣ

紀美：好啊！我快餓死了。

紀新：你們自己去，我要睡覺。

凱莉：你晃了兩天，什麼東西都沒吃吧？

紀美：哥，我們先去吃再回家吧！

22・夜／永和豆漿／凱莉、紀美、紀新

紀美和凱莉吃著小籠包，紀新面前那盤卻動都沒有動，紀新盡可能壓著脾氣，等她們吃完。

紀美：哥，你不餓嗎？

紀新：關你屁事，趕快吃妳的。

凱莉：你怎麼這樣跟妹妹講話？

紀新不辯解，不回應，好像什麼都沒聽見。

✝

X　媽媽的兩招：怕你餓，怕你冷。這是我代換了自己的心情，寫下保釋兒子後，媽媽的第一句話。不是罵人，不是冷酷，不是巴頭，一定是要說：「肚子餓不餓？」

凱莉：你自己不想吃沒有關係，你可以稍微體諒一下我們的心情嗎？我們很累也很著急，我一天都吃不下東西。我就是怕你會出事情。

紀新：我能出什麼事？到底是會出什麼事？只不過是躲在外面被警衛抓到，會怎樣嗎？

凱莉：所以你寧可隨便住在外面，也不回家？

紀新欲言又止，旁邊食客側目，讓凱莉更不自在。紀新吼起來。

紀新：跟妳講也沒用，妳會懂嗎？就像妳永遠不會懂為什麼爸寧可什麼都不要，也要跟妳離婚。

凱莉：（像被刀刺中）他到底跟你講什麼？

紀新：他沒說什麼。

凱莉：（揚聲）他有跟你說過他跟小三開房間被我抓到嗎？

紀新：妳不要自己在那邊胡扯。

凱莉：我親眼看到的。

紀新：妳看到什麼？

凱莉：他有跟你講過他會跟一個小我十歲的女人在一起？

紀新：可是爸跟我說他很幸福。

凱莉：幸福個頭，你們都沒有爸爸了。

紀新：我很幸福！沒有爸爸又怎麼樣？

凱莉：你傻。

紀新：就是因為妳這樣，所以我才會不幸福。

凱莉：我怎樣？

紀新：妳不看看妳現在怎麼樣，為什麼爸要跟妳離婚？

凱莉：我現在，我現在怎樣？

紀美：你們可以不要吵了嗎？這裡人很多，你們為什麼都不能好好說話？我要走了，你們要不要走？

凱莉離開，紀新還坐著，情緒很激動，一股鬱悶，無解，不知如何是好。

23・日／紀新房間／凱莉、紀美、紀新

紀新睡得很沉，凱莉在他床邊坐下，叫他起床上學，他對母親的叫喚很厭煩。

凱莉：紀新！起床。

紀新：讓我再睡一下。

凱莉：起床了，上課會遲到。

紀新：（蒙頭）拜託，我已經好幾天沒有睡。

凱莉：你已經好幾天沒去學校，起床。

紀新：（依然蒙頭）妳幫我請一下假。

凱莉：你又沒有怎麼樣，請什麼假？

紀新停了一下，發現媽媽三天都沒幫他請假，掀開被子。

紀新：妳是故意的對不對？妳為什麼沒有幫我請假。

凱莉：現在是我的問題嗎？誰不回家都不說一聲的。

紀新拿被子蒙頭繼續睡。

凱莉：誰去住在外面的？是我的問題嗎？你起來，我有話要問你，起來！（拿出打火機）改良式打火機，這真的是你的嗎？[XI]

紀新：（搶）妳為什麼要拿我的？

凱莉：我去講習的時候，有學過這種打火機是給吸安非他命的人用的，你吸安嗎？

紀新：（冷漠）妳根本有病吧，這東西是人家給我的，我抽菸有火就好，管他火的大小。到底跟安非他命有什麼關係？

紀新吸毒等於是凱莉的世界末日，她必須問出究竟。

凱莉：你是不是交到壞朋友，學校的人給你的嗎？你知道吸安非他命會尿失禁。

紀新：我真的沒辦法跟妳講話，一直在自問自答。

凱莉：（試圖溫和）誰給你的？

紀新：不要再問了。

凱莉：是詹明曜嗎？他是單親小孩，我知道他很辛苦。我也知道一些國外樂團他們都有吸迷幻藥，你們樂團沾染這種壞習慣了嗎？是不是？

紀新：關他什麼事，到底關詹明曜什麼事？

凱莉：不然是學校的人給你們的嗎？

紀新：我沒吸，他也沒吸。

凱莉：我知道我跟你們爸爸離婚讓你們很難過，我也不想，我都原諒他了，是他硬要離的，你現在這個行徑讓我很難過，你知道嗎？

紀新：妳難過？那妳知道妳那個行徑讓我有多難過嗎？

凱莉：我什麼行為？

紀美正在吃早餐，看著他們正在大吵，懶懶地勸著。

紀美：拜託一下好不好，你們兩個不要一大早就吵。

凱莉：妳知道妳哥他吸毒嗎？妳看，改良式打火機，這吸安非他命用的。

紀美：媽，那只是打火機而已。

紀新：對，它只是打火機，她看到噴頭被調大就說我吸毒。

✝ ─────────────────────────────────

XI　為了讓這打火機可以真的像被改良過，火焰很大，現場工作人員差點燒掉眉毛。

凱莉：你沒有吸毒嗎？你看你的黑眼圈，然後臉頰凹陷、面無血色，吸毒的人就是這種徵兆。

紀美：媽，他已經流浪兩、三天了，他變這樣也是剛好而已。

紀新：沒關係，妳不用跟她講什麼，妳講再多她也聽不進去，她只聽他們本生老師的。對，你們本生老師不是很厲害嗎？妳怎麼不去問問他我到底有沒有吸毒，他不是什麼都知道嗎？他不是很屌嗎？

凱莉：你不可以用這麼輕蔑的態度去說本生老師，他真的很關心你，他一直想找你去聊一聊。你有什麼話不想跟媽媽說，你可以去找本生老師說，他很有智慧，可以幫你解決你的煩惱。

紀新：所以繳不起會費也可以去？還是你們那個會費是全家吃到飽？我跟妳講，我們現在之所以會變成這樣，就是因為妳他媽去那個什麼幸福動力會！

凱莉：你又講髒話，你！

紀新：如果妳這麼喜歡他們的話，妳乾脆搬去跟他們住，我真的沒有意見，還是妳乾脆出家？去修行一下？ XII

紀美挺身護住凱莉，用力推開紀新，她知道動力會對凱莉的重要性。

紀美：這樣真的太過分了，媽去動力會總比她在家裡哭好吧？

紀新：妳現在是怎樣？妳也被洗腦了是不是？還是妳也帶她入會？

紀美：那你真的知道動力會到底在幹嘛嗎？什麼都不知道就亂說。

凱莉：你就應該到動力會看一下，什麼都不知道，你這樣批評我是不接受的。

紀新：誰啊？連我都要招募？妳們兩個真是夠了。

凱莉：你敢不敢跟我去見本生老師？

紀新：去就去啊！為什麼不敢？妳每次把那邊說得那麼好，我就想看看你們那個老師，到底是有多厲害？

凱莉：現在真的只有本生老師可以救你了，你就跟我去希格瑪莊園看一下，你就看看你媽媽有沒有被騙，看看你媽媽到底在做什麼，有那麼難嗎？

紀美：好，媽不要理他，我們去吃早餐。

✝ ─────────────────────────────

XII 高慧君演出的母親的確神經質、敏感、易怒、脆弱，但她不是大吼小叫那款，即便孩子說出「妳去出家」這種話。一個資深的演員要帶領兩個經驗值近乎零的演員，這是安排角色時，我的計算之一。會帶戲的演員有多重要？演員懂得把握機會有多重要？

24・日／莊園地板教室／本生、凱莉、紀新、蔡師兄、嘉美、書晴、師兄姐、慕淇、小璇

凱莉帶著紀新進入莊園，紀新一路上不停打量四周，這像是理想電影中的畫面，很不真實。

進到地板教室後，紀新以一臉倔強的樣子就位，其他的師兄姐都坐在紀新旁邊，凱莉和蔡師兄坐在最前方。

凱莉在前面帶動做「愛是原動力，愛是吸引力」反覆數次，紀新看他們這麼賣力認真，自己的媽媽表情變得活躍，他頓時感到有些惶恐，不知道自己到什麼地方了。

蔡師兄：讓我們歡迎本生老師！

本生輕快地跑進教室，對所有人比了「祝你幸福」的手勢，眾人鼓掌。[XIII]

本生：今天我們有新朋友？你是？

紀新：我是紀新，我跟我媽來的。

本生：你終於來了，我等你好久了。

紀新：你為什麼會知道我會來？

本生：各位，他問我為什麼知道他會來？

眾人哄堂大笑，紀新覺得毛毛的，這笑聲很詭異，一波一波襲來。

紀新：你說！你為什麼會知道我會來？

本生：你有點急噢，年輕人，在這裡，每個人都會問本生老師問題，但是沒有人會問本生老師為什麼知道，（堅定）我就是知道。

紀新一下不知如何回應，沒有回答。

本生：各位，今天是個很特別的日子，凱莉師姐的公子紀新加入我們，我知道今天是共修日，一般的學員不能參加。但是我知道紀新有這個需要。（正色）紀新，你知道媽媽生病了嗎？

紀新：什麼？

本生：你知道媽媽得乳癌了嗎？

紀新：（反應不過來）什麼東西啊？

本生：你不知道，我們都知道，為什麼？你媽媽不希望你擔心，自己默默承受著，是我們大家一起把她的痛苦接起來。你每天跟她生活在一起，你有發現她有任何的不一樣嗎？你很有可能失去一個好媽媽，但是你都不知道。

紀新：沒有人跟我說，我怎麼會知道？很嚴重嗎？

✝ ────────────

XIII 這場非常關鍵，除了劇情上有所進展，也展現集體性的力量，姑且稱之為氣勢吧！他們沒有對紀新施展暴力，或斥責、教訓他，光是「媽媽對不起」震天價響的威力，足以讓現場的人聽了都起雞皮疙瘩，有工作人員默默流淚了，包括我。是嚇到？還是感動？拍攝時的這一幕，會留在每個人心裡。

本生：嚴不嚴重不是重點，重點是你的心去哪裡了？她是你的媽媽、你的家人，可是你卻忽略她了，你知不知道，很有可能是你忽略她，她才得到乳癌的嗎？

本生：各位，冷漠是一把小刀，一刀一刀好像傷口很小，但也會殺死人。沒有愛，我們憑什麼活下去？對於我們身邊的人、生養我們的人、任何跟你有血緣關係的人都不能冷漠啊，各位！你們還記得自己小時候是怎麼樣握住媽媽的手，怕迷路，怕被搞丟，怕媽媽忘記你了，但是有一天，你被其他事分心了，你一鬆手，就把媽媽丟在人生的道路上，你們還要美其名叫成長，這樣可以嗎？現在我要你們閉眼低頭，替紀新懺悔。

眾人轉身，全體面向紀新，他被包夾住。

眾人的呼聲震天，整齊一致，簡直像咒語般駭人。

本生：跟著我念。「媽媽，對不起」。

眾人：媽媽，對不起。

本生：我不是一生下來就能走能跑。

眾人：我不是一生下來就能走能跑。

本生：我也不是一生下來就是現在這個樣子。

眾人：我也不是一生下來就是現在這個樣子。

本生：沒有妳拉著我的手，我不會走到現在。

眾人：沒有妳拉著我的手，我不會走到現在。

本生：媽媽，對不起。

眾人：媽媽，對不起。

本生：媽媽！

眾人：媽媽！

本生：對不起！

眾人：對不起！

本生：媽媽！

眾人：媽媽！

本生：對不起！

眾人：對不起！

紀新終於受不了，他起身。

本生：好了，睜開眼睛。

紀新：你們到底在幹什麼？我們要回去了。

本生：等一下，我話還沒說完。

紀新：媽！回去了！

本生示意，幾個人上前，兩人制伏紀新，把他的雙手往後綁，四人把他抬起來。

紀新：你們根本就……（看見凱莉）有病吧！

本生：你可以這樣辱罵我們，但是你不可以汙辱你的母親。對於這種不知感恩的人，我們不會原諒。

紀新：（大叫）你們在幹什麼東西？你們幹什麼？放開我！媽！媽！放開我！你們幹什麼！放開我！媽救命！

凱莉噙著眼淚往後退，看著師兄姐們把紀新抬起來離開。紀新瞪著凱莉，本生立刻到凱莉身邊。

本生：我剛剛想要讀他的希格瑪檔案，他居然鎖起來，我什麼都看不到。

凱莉：那，那會怎麼樣？

本生：他一定是被邪靈附身了，我們要做淨化儀式才可以。

本生使了眼色，讓他們把紀新帶到地下室的教室。∑

EPISODE
第 **10** 集

1・日（回憶）／路邊／小本生（10 歲）、男人（本生父）

瘦弱的小本生躲在路邊的車子之間，一個男人站在他旁邊，只看得見他粗壯的身形，看不見他的上半身。

男人：等一下車子來，你就衝出去，好像被他撞倒一樣，然後我就會出來。

小本生：（小聲反抗）我不要！

男人：什麼不要，叫你去就去，囉唆什麼。

小本生：我會被車撞到，我不敢！

男人：等一下回去看我怎麼修理你，車子來了。

男人用力一推，把小本生推出去。

一陣急剎車聲音。

男人立刻迎上駕駛。

男人：你撞到我兒子了，不要走。

駕駛：我又沒有跑，不是下車了。

男人：你開車都沒看路。

駕駛：你不用這樣動手動腳的，這是馬路上，又是轉彎處。

男人：怎麼開車的？我兒子撞成這樣，開車不看路，沒長眼睛嗎？看你要賠多少？

小本生跌到，臉還貼著地板，他聽著父親理論的聲音，知道沒有許可不能起身，但柏油路很燙，他得忍耐著。

2・日（回憶）／家／小本生（10 歲）、男人（本生父）

本生的父親追逐他，持著衣架像魔王般抽打他，一下又一下，他四處躲，愈躲父親愈用力，父親帶著醉意，夾雜更多髒話。

本生父：你要去哪裡？故意讓我找不到對不對？

小本生：沒有！

本生父：今天打死你！[^I]

3 · 日／地下淨化室／本生、紀新、動力會成員

紀新被綁著，固定在椅子上，本生在他周圍走來走去。

本生：一開始，你媽媽告訴我，我還不相信，現在看到你我就一清二楚，你吸毒，對不對？

紀新：我沒有！我沒有！

紀新咬著布，仍然奮力地回覆本生，無奈手被布條塞得緊緊的，只能發出咿咿啊啊的聲音。

本生抓起紀新的臉，用力端詳。他不斷前後晃動，地板嘎吱作響。

本生：真的沒有吸毒？

紀新：（搖頭用含混不清的聲音說）真的沒有。

本生：你騙我！

紀新搖頭，眼神裡有憤恨，有恐懼。

本生：你還不說實話，真的沒有？我都看得出來。

紀新一直搖頭，本生的手抓得更用力了，繼續研究他，突然放開。

本生：真的沒有，那就太好了，我們可以好好聊聊。

本生把塞在紀新嘴上的布條鬆開，紀新掙扎叫罵。

紀新：幹他媽的邪教！你們全都被他騙了。媽，妳也被騙了，妳跟我回家，我要帶我媽回家，放開我！媽跟我回家。

紀新不斷掙扎，本生聽他一直罵髒話，鬼吼鬼叫，又把他的布條用力塞回去。

本生：紀新，你真的很可愛，你冷靜，我要思考一下怎麼幫你。

整群師兄姐像在幻影中，以慢速一個一個出現，漸漸把紀新圍起來，手牽著手輕聲唱著唱起《祝你幸福》，但他們只是不斷中重複一句：「送你一份愛的禮物，我祝你幸福。」這首溫暖的歌，現在聽起來詭異得像安魂曲。

非洲鼓響，不斷加快的速度像疾雨落在這群人身上，他們被鼓動起來，更加相信自己正在對抗惡魔。

本生：紀新滿口髒話，他中毒了！

紀新：我沒有！

✝ ──────────────────────────

[^I]: 關於本生的過去，他自己敘說了一些，從其他人口中得到一些，最清晰的線索，在他自己的腦海裡。本生究竟從哪裡來，依然沒有真相。

本生：他不是身體上吸毒，而是精神上中毒，他的意識被「不好的東西」占據了。所以我們要透過清淨儀式幫他淨化，把那些不好的東西趕出去，如果再這樣下去，紀新這個純真的孩子會不見。我們要團結起來，我們要幫助凱莉師姐，還給她一個純真的孩子。

本生拿出一根硬紙軸捲成的棒子。上面有綺麗的紋飾，有希格瑪教義中的風火水土木圖騰。

本生開始打紀新，每揍他一下，就想起自己的小時候，父親如何對待他。

4・夜（回憶）／臥室／小本生（10歲）、本生母、男人

十歲的小本生正在牆上塗鴉，被媽媽的手拎起來，推進櫃子裡。

本生母：進去，你進去。

小本生：我不要，妳幹什麼？我不要，我不要！

本生母：不要發出聲音。

小本生：媽，我不要裡面黑黑的。

本生母：我要賺錢啊！你要不要吃飯？要不要上學？

十歲的小本生屈著身子被塞進櫃子，母親從外面上鎖，但木門有一條細縫。

從櫃裡看出去，一個男人進來就抱著母親，又摟又親，他們很快倒在床上。本生從那條縫裡面看見男人白白的屁股，不斷向前頂著，母親發出呻吟聲。

5・夜／地下淨化室／本生、凱莉、紀新、蔡師兄、嘉美、書晴、慕淇、小璇、其他師兄姐

紀新的布條已經被取下，不斷發出呻吟，他被打到倒在地上。嘉美不住地後退，凱莉更是躲在角落哭泣。

本生把他扶起來，用力甩一個耳光，紀新的椅子往後倒。

本生：你還不認錯？你一點羞恥心都沒有嗎？讓你媽媽這麼難過，你還不認錯？

紀新：我認個屁啊，我什麼都沒做，到底為什麼要認錯？

本生：你還不認錯？你根本不是紀新，你是其他東西。

紀新：我沒有變成什麼⋯⋯我就是我！

本生反手又一個耳光。

本生：你們還看著幹嘛？小璇，妳發什麼呆？動手！凱莉師姐平常對妳那麼好，動手。書晴，這也是學習的一部分，妳願不願意為團裡付出？

書晴：我願意。

本生：慕淇，你做過淨化儀式，你知道這有多重要，你還不動手？

在本生的命令下，書晴拿起用報紙捲成的結實棍子，紀新的腳被狠揍了幾下。其他人也紛紛用腳踹他。紀新想護著自己也沒辦法，其他師兄姐手上的紙棍都朝他身上打，他倒在地板上，蜷縮成一團。

書晴：你這不孝子，有你這樣對媽媽的嗎？凱莉師姐對你那麼好！

本生看到所有人都動手了，才露出滿意的神情。

本生：他不是紀新！他是邪靈！

紀新：我沒吸！我真的沒吸！

本生：大力一點！你媽媽都說了，你還不承認，她都告訴我們了。

本生用力踹他身體，紀新痛到叫出聲來。每個人開始加上咒罵，繼續踢他，拿棍子打他，每個人看起來都面目猙獰。紀新反抗掙扎，一面罵髒話。

本生：你不認錯，你把你媽當成什麼？你的工具人嗎？

書晴：還對你媽大吼小叫，你還是人嗎？

慕淇：那是你媽，不是你仇人。

小璇：臭小子！

研習師：不孝子！

蔡師兄：你認不認錯？你認不認錯？到底有沒有吸毒？

紀新挨不起疼痛了，他用力點頭。

紀新：好了，（哀嚎著）我吸毒！對不起！不要再打了！

本生：聽到沒？聽到沒？說實話了。凱莉你上啊！你不是要救你兒子嗎？惡靈在他身上愈久，就愈難脫離。動手，他說了他吸毒。

凱莉衝上前，用力踹紀新，一腳接著一腳。

嘉美躲到角落，他不敢動手，也不敢救他。

凱莉：你給我吸毒，你給我吸毒，你給我吸毒，你吸毒，你吸毒。

本生：你們其他人在幹嘛？上啊！你們不加油，要怎麼幫凱莉師姐？

凱莉：（又踢又打）你把兒子還給我，你是誰？把我兒子還給我！

其他人都被凱莉的瘋狂鼓動起來。

大家圍著紀新動手，紀新倒在地上，奄奄一息。

凱莉：惡靈退散！惡靈退散！離開我兒子，你離開我兒子！

6・日／熱音社練團室／明曜、紀美、健健美、國維

健健美百無聊賴地玩滑板，幾個人各自整理樂器，一點元氣都沒有。

健健美：紀美，妳哥呢？

紀美：在家啊！

健健美：上次抽菸被妳媽抓到，沒怎樣吧？

紀美：沒怎樣。

健健美：可是妳媽感覺很生氣。

紀美：誰叫你們要抽菸？

國維：而且他很多天沒來，也沒跟我們講。主唱不來，我們是要怎麼練？

紀美：（心虛）他就，流感，在家休息。

明曜：紀美，可是我傳訊息給他，他都沒有回。

紀美：我怎麼知道？

明曜：沒有回訊息很奇怪。

紀美：你們不練我就要走了。

紀美背起包包就往外走。

明曜：等我一下，我跟妳去妳家。

紀美：不要。他現在是傳染力最強的時候，你們來的話一定會中。

明曜：我戴口罩。

紀美：你們來的話我媽會生氣，我哥現在就在家休息，你們不要來。

國維：明曜，還是我們去你家打 Switch？

明曜：紀美，那我陪妳走回去。

紀美面無表情，快步要離開。明曜從後方趕上，與她並肩而行。

紀美停下腳步，愕然地瞪著明曜。

明曜：妳老實說，妳哥根本沒有得流感對不對？妳哥根本就不在家。

紀美：你⋯⋯你怎麼知道？

明曜：妳媽也不在家，妳哥到底在哪裡？

紀美：不管他們在哪裡，都不會有事。

7．日／檢察官辦公室／明曜、權志

明曜推門進檢察官辦公室，意外發現權志在母親辦公室裡。明曜領著一份熱食，神色匆忙，兩人都沒預料到會遇到彼此。

權志：明曜？

明曜：（驚訝）我媽呢？

權志：他去開庭，我也在等她。你帶了什麼？

明曜：紅豆花生湯！

明曜坐在一旁沉默著，難得眉頭深鎖。權志察覺到了。

權志：明曜，你還好嗎？你媽不知道多久會回來，有事可以告訴我，我也許可以幫忙。

明曜：你在調查局工作多久？

權志：五年了，怎麼了？

明曜：我的一個好朋友紀新，他已經快一禮拜都沒有來學校。

權志：聽起來是有點奇怪。

明曜：更奇怪的是，我傳訊息給他，他都沒有讀，他是一個不會讓手機離開他視線的人。然後他媽媽說他得流感，可是我問他妹妹，他是跟凱莉老師一起去動力會。

權志：動力會？你是指之前新聞上有提到的那個幸福慈光動力會嗎？

明曜：你可以幫我這個忙嗎？

權志：好。我聯絡一下，你等我一下。

權志開始用電話聯繫局裡，低聲交代同事。

明曜焦急擔心。

8・夜／地下淨化室／紀新、凱莉

紀新在地板上，一息尚存。

紀新手腳都被綁住，凱莉端了一些有機流質食物。

凱莉：紀新，來，起來。喝一點活力湯，老師說要排毒就要喝，會讓你體力恢復得很快。

凱莉把吸管對上紀新的嘴，讓他吸食，一開始吸不太到。凱莉解開他嘴上的布條。好不容易灌進去，紀新狠狠一口，把濃稠的青汁吐在凱莉臉上。凱莉驚惶。

紀新：操你媽的本生，幹，操你媽的秦凱莉，你們都是邪教，你們這群惡魔全都去死，操你媽的。

凱莉：你在說什麼？

紀新：去死啦！

凱莉：紀新！

紀新：操你媽的！操你媽的！

凱莉：你是誰？你從我兒子身體裡面出來！你給我出來，你到底是誰！你給我出來，把我兒子還給我。

紀新瘋狂嘶吼，滿口髒話，凱莉像是不願意再多聽到一句。急急把他嘴上的布條纏回去，纏得更緊。

9・夜／莊園地板教室露台／凱莉、本生

月明星稀，蟲叫聲也掩蓋不住凱莉的哭泣聲。

本生：現在妳相信了吧？

凱莉：（難過）嗯，是邪靈，老師你知道嗎？我餵他吃飯的時候，他不僅不吃，他還用很髒的話罵我。

本生：還要一段時間，妳要忍一忍，要有信心，我們一定能對付它。

凱莉：它真的是邪靈，我兒子很乖的，他才不會吸毒。老師，我看紀新那個樣子，我捨不得，我真的捨不得。

本生：可是沒有其他辦法了，妳要忍。

凱莉：希望那個邪靈趕快走開，不要再纏著我兒子了。

本生：妳要撐住，妳一定要挺住，大家都在幫妳，妳要撐住，不然一番苦心就白費了。邪靈最擅於偽裝，千萬不能心軟。

凱莉感覺堅定了許多，本生這番話讓她更有信心。

10・日／趙家客廳／維成

家裡一片寂靜。維成四處查看，表情和舉止漸漸激動緊張，不知何時，連孩子都不在了。牆上月曆，用紅筆畫著幾個共修日。

11・日／圍籬前／維成

維成戴著安全帽出門，經過圍籬，看見那張已經被雨淋溼過的拆遷公告，突然把它撕了下來，摺起來放在口袋。

12・日／余家／維成、余母

維成站在高梯上，梯子旁邊一個工具箱，正在換頭頂上花朵型吊燈的燈泡。余母在下面指指點點，不管有沒有人聽，自顧自地講著。

余母：這什麼省電燈泡，一點都不省，哪裡省了？還不是都要換。

維成遞給余母一個壞掉的燈泡，接過一個新的裝上去。

余母：現在外面壞人很多，我都不敢隨便請水電工人來，我家就我跟那個半死不活的，你要轉緊一點，轉緊一點才不會掉下來。

維成點點頭，又遞下一顆。

余母：你要注意一點，叫你老婆也要小心一點。上次她來我家，叫我跟她去上那個什麼幸福課程。那個我知道，還不就是拉下線！我看多了……

維成有些警覺，低頭看余母，神情詫異。

余母：你不知道？你不知道你老婆叫我去上課？還是你們想用學費來抵賠償金？這不行喔！

維成臉色一沉，再看余母一眼，壓著氣繼續換。

余母：不是詐騙就是邪教，新聞報導很多，什麼要共修要捐錢的！那都是假的，騙人的，裡面有很多窮人，跟你一樣翻不了身的，都想換個方式，以為改改運就好了。告訴你，做人還是腳踏實地一點好。

13・日／地下淨化室／蔡師兄、凱莉、紀新

蔡師兄趁沒有人在，偷偷跑到紀新身旁，替他打針。

紀新臉色慘白，看起來完全沒有力氣。

凱莉下去正好遇到蔡師兄。

凱莉：蔡師兄！

蔡師兄：我剛剛幫他打過消炎針了，他一直叫「媽媽」、「媽媽」，叫了好幾次。妳叫叫他。

凱莉：我來吧。紀新，我們吃一點東西好
　　　不好？老師說要喝這個活力湯才會
　　　有體力，才能對抗邪魔，好嗎？
　　　來，喝一口，媽媽餵你。紀新你至
　　　少要吃一點東西，好嗎？

凱莉試著先用吸管吸一點，再放到紀新嘴
裡，試了幾次還是吐。

蔡師兄也開始覺得事情不對勁。

14・夜／莊園地板教室／慕淇、長月

經過毒打紀新的事，慕淇心很不安定，他在
教室中央，逕自開始靜坐。

慕淇閉上眼睛，面容漸漸安定下來。

長月：慕淇對不起，我沒有好好地跟你道
　　　別。我一直以來對你有一種特別的
　　　感情，但是這種感覺並不是想占有
　　　你，就是有一種說不上來的感覺，
　　　所以我不希望因為過去的事情你責
　　　怪自己，我現在很好，希望你也好
　　　好地愛自己，祝你幸福。

長月穿著一襲白洋裝，臉上帶著甜美笑容，
看起來很放鬆，不再是那張焦慮的臉。

長月：要幸福喔！

慕淇點點頭，睜開眼，不知天何時暗下來
了，教室裡只有他一個人。

15・日／莊園門口／慕淇

慕淇從大門出來，他壓低棒球帽的帽簷，像
不想被認出來似的。

16・日／地下淨化室／凱莉、紀新、本生、
　　嘉美、書晴、蔡師兄、其他師兄姐

紀新在地上一息尚存，他四周布滿了鮮花、
乾燥花、蠟燭，圍成了一個圈。

眾人圍住紀新，凱莉有些擔心。她靠近他，
叫他兩聲。紀新無法回應，只有微弱的呼
吸。

本生摸摸紀新，還有脈搏，並不擔心。嘉美
站在圍觀的外層。

凱莉：老師，現在紀新的狀況，算是正常
　　　嗎？

本生：我在幫他做「大無淨」淨化儀式。

凱莉：可是他好像都沒什麼反應。

書晴：你要相信老師，剛剛看他的手有動
　　　一下。

蔡師兄：（問凱莉）他這兩天有吃飯嗎？

凱莉：有，我有餵他，可是他都吐出來了。

本生：你們吵死了。所有人閉上眼睛開始
　　　祈求，惡靈退散，還我紀新。

眾人：惡靈退散，還我紀新。惡靈退散，
　　　還我紀新。

所有人機械性地跟著本生吟哦。蔡師兄覺得情況不對，他停止跟唱，蹲下來開始檢查狀況，發現紀新沒有反應。

蔡師兄：老師，紀新好像撐不住了，他好像沒有呼吸了。

本生：他體質太弱了，送醫院吧！對了，把他抬上車，讓凱莉自己去。

凱莉：紀新，你不要怕，媽媽帶你去醫院，媽媽帶你去醫院，沒事的。

17・日／車內／凱莉、紀新

凱莉瘋狂開車趕路，紀新在車後座，除了眼皮動一下，完全沒有反應。

凱莉像是跳針般，每隔幾秒就喊一聲。

凱莉：紀新，你醒醒！沒事的，沒事的！紀新你醒醒！

18・夜／美生醫院急診處外／凱莉、紀新、急救人員

凱莉的車在急診室外急剎，凱莉跑下車，對急診室內大吼。

凱莉：有人嗎？醫生麻煩救一下我兒子，他在車上。

凱莉打開車門，紀新整個人攤在後座上。

凱莉被推床過來的急救人員推開。

急救人員：讓一讓，我們來處理。

19・夜／醫院急診處／凱莉

凱莉在急診手術室前，不時探看不鏽鋼門後的急救狀況，臉上爬滿淚水，嘴裡不斷喃喃有詞。

她在門前跪下，做出手勢。

凱莉：愛是原動力，愛是吸引力……愛是生命力，愛是原動力。天啊！天啊！愛是原動力，愛是吸引力……愛是生命力，愛是原動力。

20・夜／莊園角落／嘉美、三個小孩、蔡師兄

紀新去急診後，嘉美躲在桌子底下，抱著三個小孩，一直發抖哭泣。

三子：媽媽，為什麼我們要躲在這邊？

嘉美：我們在捉迷藏，躲好，別講話。[II]

蔡師兄推門進來，發現他們在桌子下面，急著追問。

✝

II　這場戲本來找不到合適的空間，後來發現大桌子下面是個好地方。雖然鏡位受到限制，但點上蠟燭，也符合小孩的趣味。

蔡師兄：嘉美，你們躲在桌子底下幹嘛？

嘉美：（顫抖著）老師……

蔡師兄：紀新已經送醫院了，沒事了。

嘉美：不是紀新，是老師和蓮心……

嘉美顫抖地說出當晚的過程。

21・夜（回憶）／莊園後山樹林／本生、嘉美

蓮心事發當晚，嘉美和本生一起抬著蓮心，經過屋後那片樹林。

本生拿了 LED 燈照明，兩人都手持鐵鍬，賣力掘土。

兩人將鐵鍬拋至坑外，從約略等腰深的土坑中爬出。

兩人合力把一個裹起來的大地毯扔進坑裡。

兩人拿起鏟子覆土。

22・夜／莊園角落／嘉美、三個小孩、蔡師兄

嘉美的敘述間，穿插紀新正在急救、凱莉念念有詞的畫面。

蔡師兄不敢相信嘉美說的，他真希望這只是惡夢。

蔡師兄：妳知不知道妳自己在說什麼？妳在作夢對吧？

嘉美：我是說真的，本生真的殺了蓮心，他還要我幫他埋屍，我是說真的。

蔡師兄：（有些激動猛搖頭）我不相信老師會做出這種事。

嘉美：我是說真的，你為什麼不相信我？

蔡師兄：（大聲）我不相信老師會做出這種事！

嘉美：（絕望）他真的殺了蓮心，他是殺人犯，我是共犯，怎麼辦？我是共犯。他真的殺了蓮心，你要相信我，我說的是真的。

蔡師兄：妳先冷靜一下，我會去找本生老師問清楚。

嘉美：你還要問他？他是殺人犯。他是殺人犯！你要問他什麼？他不是你想的那樣，他真的殺了人，你要相信我，師兄你要相信我，真的。我們離開這裡，帶我們離開這裡，你一定要相信我，我們現在要怎麼辦？

蔡師兄：妳不要吵，我沒有不相信妳！（語氣突然放軟）對不起，妳先不要跟別人講，我會把事情查清楚，妳先把小孩帶回家，我把事情查清楚我再來找妳，我先把事情查清楚……

嘉美絕望地看著他走出去，她緊摟三個小孩，希望這場惡夢趕快過去。▣

23・日／手搖飲料店／維成、店員、環境人物

店員把明細貼在塑膠袋外，袋內是做好的手搖飲料。

櫃檯上的平板螢幕正在播放新聞，電視裡傳來主播報新聞的聲音。維成的注意力完全被吸引過去。

主播 OS： 又有疑似家暴案件發生，一名紀姓高中生渾身是傷被送到醫院，目前仍在急救當中，情況並不樂觀，根據紀姓高中生母親的說法，疑似是在家中幫這名高中生戒毒。紀姓高中生的母親前一陣子也在新聞中出現過，她是幸福慈光動力會的執行長，同時也是某中學的資深輔導主任，她在學校的風評很好，不少同學都認為她是一位熱心助人的老師……

畫面顯示凱莉和慕淇在街上發宣傳單被側錄下來的影像。

維成看見了幸福慈光動力會的標誌，他匆匆掉頭，回到機車上，發動機車，用力催油門騎走。

店員：喂，你餐點沒拿！

24・日／莊園大門外／維成、書晴

維成以最快的速度趕到莊園，一路上他油門催到底，飆車而至。

一到莊園門口，維成大力拍門，試圖要爬上去。

門內傳來書晴的聲音。

書晴： 說幾次了，我們不接受採訪……

門猛然打開，書晴惡狠狠瞪向門外。

書晴： 我們不接受採訪……（愣，打量維成）我們也沒有叫外送。

維成猛搖頭，用手比了自己，用手語比了他要找人。

書晴： 我看不懂，什麼意思？

維成咿咿啊啊，努力想發出聲音：「嘉美。」他又拿出隨身筆記本，在上面寫字。

維成： （寫）嘉美，丈夫。

書晴： （打量）你是嘉美的老公？

維成用力點頭，一直著急地指向裡面。

---

† 　III　嘉美曾經對蔡師兄寄予希望，從一開始修習幸福之道，到他的知心坦率，甚至到他都看見本生的「罪行」，嘉美還是相信蔡師兄可以拯救她。但蔡師兄沒有，他軟弱到不敢去質疑本生。這讓嘉美的希望破滅，不知道該怎麼帶孩子離開。

25・日／希格瑪莊園前廳／維成、本生、書晴、嘉美、三個小孩

書晴把維成帶進去，本生正在說故事給三個小孩聽，他似乎早就知道維成會來，一副在等他的樣子。小孩坐在本生膝上，他一臉慈愛。

書晴：老師，這是嘉美的老公。

三子：爸爸。

本生：書晴，妳去叫嘉美。你來接嘉美跟小朋友？

維成點點頭，心想本生看起來也不像個壞人。

本生：嘉美的課程快告一個段落了，你稍等一下。（溫柔）我聽嘉美說，你在開校車，還在兼職做外送？養這麼多小朋友，真的好辛苦。

維成不知如何反應，書晴帶著嘉美從建築物中走出來。

嘉美看見維成又驚又喜，但不敢表露出來，目光警戒著，怕這是本生的詭計。

孩子們看見嘉美和維成，開心地奔了過去，圍在他身邊，維成蹲下來抱著小孩。

本生：嘉美，老公來接你了。

本生和書晴在一旁，像是欣賞畫作一樣微笑讚嘆。

本生：（對書晴）真的好幸福，你看這一家人。

維成向本生點頭示意，牽起老二、老么往門口走，嘉美牽著老大尾隨其後。

本生：嘉美——

嘉美渾身一僵，轉頭回望本生，眼神裡帶著恐懼。

本生：祝你幸福。

嘉美快速回禮。

三子：祝你幸福！

孩子都跟著回禮，模樣可愛。維成眉頭緊皺，拉著他們加快腳步離去。

26・日／偵訊室／又雲、凱莉、安怡

凱莉低著頭，神情哀悽，臉上有未乾的淚痕，桌上有幾團拭過淚的面紙。

又雲：秦老師，雖然紀新還在搶救，但我們必須盡快查清楚紀新到底發生了什麼事情。妳是怎麼發現紀新吸毒的？

安怡在旁邊打電腦記錄，又雲的面前另擺一台筆記型電腦。

凱莉：我找到一個改造的打火機，就是吸毒用的那種打火機。紀新以前很乖的，他不會吸毒，可是……

又雲抽張面紙遞給凱莉擦眼淚。她等凱莉的情緒稍微平復後才又開口。

又雲：妳說妳在家裡幫他獨自戒毒，為什麼不送醫院？妳是輔導老師，妳應該很清楚發現學生吸毒時的處理程序。

凱莉：我自己可以幫助他，我可以，他是我的孩子。

安怡：（刻意酸）用愛能戒毒嗎？

又雲瞪安怡一眼，安怡一臉不平。

又雲：（讀安怡螢幕上）妳剛剛說，自從四天前你發現紀新吸毒，妳都沒有尋求外力的協助，在家幫他戒毒。

凱莉遲疑，點頭。

又雲：不好意思，麻煩妳回答我的問題，我們有錄音。

凱莉：我不希望紀新有案底，所以我自己在家裡幫他戒毒，我可以的，我真的可以。

又雲：紀新現在有幾公斤？

凱莉：（被問倒）六……六十吧……

又雲：妳一個人把他抱上車的？

凱莉低頭不做回應。

安怡把筆電轉至凱莉面前，上面顯示著電子地圖，當中有條藍色標示，是凱莉家到合盛醫院的路線。

又雲：距離妳家最近的醫院是合盛。妳卻把他送到美生醫院急救，這不合常理。

又雲按了一下 enter 鍵，地圖上多了條綠色路線，明顯比藍色路徑要遠。

又雲：美生醫院距離你家有四十二分鐘的車程，妳為什麼捨近求遠？妳說妳在家裡幫紀新戒毒，那為什麼紀美找不到你們？紀美告訴明曜她找不到妳，也找不到她哥哥，她說妳帶她哥哥去幸福慈光動力會，麻煩妳說明一下。

凱莉：（頓）我沒有帶紀新去動力會。那是我共修的地方，我沒有必要帶他去！不要聽紀美在那邊胡說八道。

又雲：我知道你是幸福慈光動力會的執行長，奇怪的是，我用希格瑪莊園的位置定位……

凱莉避開又雲的視線。又雲再按了一次 enter 鍵，筆電螢幕秀出一條從希格瑪莊園到美生醫院的紅色路徑。

又雲：希格瑪莊園距離美生醫院不到二十分鐘，這部分你要不要說明一下？

凱莉猛喝一口眼前的水，凱莉還穿著研習師的制服，披頭散髮的，整個人看起來像戰火中的倖存者。

又雲：秦老師！

凱莉：（莫名跳回前面的問題，滿腹委屈）對，我是一個輔導老師，但是我也是一個人。

27・夜／檢察官辦公室／又雲、明曜

又雲剛進辦公室，就看見明曜神情憤懣。

又雲：詹明曜，你怎麼會來？

明曜：媽，妳聽我說，紀新他絕對沒有吸毒。

又雲：我正在辦案。

明曜：不用辦，媽妳聽我講，妳聽我講就好，我每天跟他待在一起，（又急又怒）對，他有抽菸，有時我也會陪他一起抽菸，但吸毒他絕對沒有。（瞪著又雲）

又雲：好了，你在幹嘛啦？這是辦公室。

明曜：凱莉老師是不是說她在家裡幫紀新戒毒？

又雲：（驚訝）你怎麼知道？

明曜：幸福慈光動力會你們去查了嗎？

又雲：詹明曜你可不可以冷靜一點？

明曜：我拜託你們趕快去查好不好？趕快去查，不要讓他們陷害紀新，紀新真的沒有吸毒，凱莉老師她說謊。

又雲：（激動）詹明曜！

明曜：如果我早一點告訴妳，也許我就可以救他。

又雲：你到底怎麼回事，你是怎麼回事？你在幹什麼？他還在急救。

明曜：紀新快要死了，紀新是我最好的朋友。我們都還沒有去比賽，怎麼辦？

又雲一面拍著明曜，安慰他。

又雲：你乖，你看媽媽。

明曜：我們還約好要一起在橋下烤肉。

又雲：你看媽媽，詹明曜，你看我。你放心，我會查清楚，好不好？我不會只聽秦老師就斷言紀新他在吸毒好不好？我已經在查了，你乖。 ⁱⱽ

明曜放開母親，非常堅定，他的眼睛哭到紅腫。又雲一面幫他擦眼淚，自己也忍不住落淚。

明曜：一定是幸福慈光動力會，一定是那邊有問題，我知道，我很清楚。

明曜直盯著又雲，斬釘截鐵。

明曜：妳不要再懷疑我了好不好？我拜託妳好不好？相信我。

✝

IV　明曜在母親的眼中看見真相。這是他的能力特殊？還是他直覺敏銳？也許都有。日常生活裡，總是有那種鐵口直斷的人。

28 · 日/莊園外/又雲、安怡、警員四名

又雲帶著四個制服警員到希格瑪莊園外，門禁森嚴，她發現上面有一個監視器鏡頭。

又雲推門進入。

29 · 日/莊園前廳/又雲、安怡、本生、警員四名

本生坐在莊園的前廳，看到大隊人馬進來，卻一點都不吃驚的樣子。黑狗在一旁，樣態和主人一樣悠閒，沒有覺得被打擾。

又雲： 本生老師嗎？你好，我是檢察官詹又雲。

本生： （看她身後的人）檢察官這麼大動作，是發生什麼大事了？

又雲： 這是搜索令，請你配合。

本生： 需要我帶路嗎？

又雲手一揮，安怡帶著員警們立刻往莊園各個方向散去，有的進入室內，有的在室外草地樹林。本生還是一副好整以暇的樣子 ᵛ，但又雲比他更自在。

本生： 我這裡地方大，搜起來要一段時間。要不要進去參觀，喝杯茶？

又雲： 好啊！

30 · 日/莊園前廳/又雲、本生

又雲跟著本生在莊園裡走著。

本生： 這裡是我們平常上課的地方。

又雲： 平常都這麼安靜？

本生： 修行的地方當然安靜。這裡是我們餐廳，種一些我們平常吃的有機養生蔬菜。

又雲： 你都一個人嗎？

本生： 平常就只有我一個人，上課的時候學員會來這裡共修，除此之外沒有別人。檢察官如果破案沒有靈感，妳也可以一起來靈修。

又雲： 你認識秦凱莉吧？

本生： 當然認識！她是我們這裡的執行長。

31 · 日/莊園地板教室/又雲、本生、書晴、蔡師兄、小璇、其他師兄姐

又雲跟著本生老師走進地板教室，她見慣各種場面，還是被眼前這幕嚇到了。

十來個人各自盤腿朝向不同方向，閉著眼睛打坐，一動不動，像被施了魔法。

本生故弄玄虛地回頭交代又雲。

✝ ─────────────────────────────

ᵛ　本生的泰然自若，來自於他對自己的信心已到了自戀的地步。他相信自己說的謊不會被拆穿，他相信背後有股力量在支持他，因為信徒都說了：「我願意。」

本生：他們已經靜坐冥想好幾個小時，我們要輕手輕腳，不要嚇到他們。

又雲：（輕聲）那麻煩你把他們都叫醒好嗎？我要帶你們回去。

本生：（不確定）你說什麼？

又雲：（刻意大聲）我說把他們全部叫醒，我要帶他們回去偵訊。

32·日／偵訊室／凱莉、又雲

凱莉獨自待在偵訊室，神情哀悽。又雲走進偵訊室。

又雲：秦老師，紀新走了。

又雲握住凱莉的手，試圖給她安慰。

凱莉崩潰，像是孩子一樣哭了起來。[VI]

33·日／偵訊室／又雲、安怡、本生

本生：這裡有水嗎？

又雲比了本生眼前的紙杯。

本生：我喝陰陽水，就是溫水，一半一半，幫我裝在保溫瓶裡，謝謝。

安怡一臉不可思議，還是出去拿水。

又雲：你是怎麼判斷紀新吸毒？

本生：他自己承認的。

又雲：你曾經幫人戒過毒？

本生：我自己戒過，對，我也吸過毒，所以我看那小朋友的眼神我就知道，他被毒品控制了。

又雲：那為什麼要限制他的行動呢？

本生：檢察官，戒毒耶！妳知道的，不綁著可以嗎？

又雲：他之前去過動力會嗎？

本生：沒有，第一次。凱莉是我們的執行長，她的困難就是我們的困難。愛的實踐，這是我們會裡的精神。

又雲：第一次去就幫他戒毒，這個忙幫得很大。

本生：檢察官有需要我們幫忙的地方嗎？

安怡拿水進來，本生禮貌地接過，道謝。

又雲：你知道他用什麼樣的毒品嗎？

本生：小朋友嘛，安非他命、拉K，不然就是四號仔（海洛因）。

又雲：他承認他吸毒？

✝ ────────────────

VI 要怎麼告訴一個母親她的孩子死了，且還與她有關？又雲是一個母親，她完全知道那痛的程度，於是我們選擇最輕的方式。又雲走進去，凱莉已經累到趴著，又雲輕聲說，同時伸手去握住凱莉的手。沒有呼天搶地，沒有歇斯底里，我們在監看螢幕後，所有人屏氣凝神。

本生：對啊，在場很多人，你可以問他們，大家都聽見了。

又雲：你們在哪裡幫他戒毒？

本生：地下室，我們輪流幫他送飯。他不吃，又吐又拉，沒有人抱怨，還幫他收拾，然後趁我們休息的時候要自殺，我們真的很難過，他竟然這樣回應我們的愛。

又雲：你們用什麼清潔？

本生：（不確定什麼問題）妳是說地板嗎？水！有時候加一點漂白水。檢察官，這跟案情有關嗎？

又雲：（直視本生）我們找到了一些漂白水的空桶，一般使用量沒這麼大，除非是有目的性清潔。

本生臉色一沉，戲劇化地用力拍桌子，順勢起身，桌上的水都打翻了。

本生：這就是我們納稅養的檢察官嗎？問案不好好問，討論擦地板，太荒唐，太不可思議了。[VII]

又雲起身，絲毫沒有被影響，安撫他。

又雲：老師別生氣，看你的陰陽水都倒了。別生氣，交流一下，坐，喝口水。（本生緩緩坐下）

本生：抱歉，我失態了。

又雲看著本生，這個一身乾淨素白、溫文有禮的人，非常適合去當演員。

又雲：沒有，請坐。那我們就再聊聊整個戒毒的過程。

本生：紀新第一次來，他神情看起來就怪怪的，我說不上來是為什麼，可是我當下的第一個直覺就是，（瞪大眼睛，誇張）他嗑很多。

34·日／偵訊室／凱莉、紀美、安怡

安怡把門打開，紀美走進偵訊室。

凱莉呆坐著，看到紀美像是看到浮木，但紀美冷漠地逕自坐下，讓凱莉很失落。

安怡把一張紙和筆推到凱莉面前，紀美面色冰冷，完全不看母親。

紀美：他們給我這張，要家屬同意解剖，妳簽名。

凱莉像是乾燥的枯枝，已經哭光所有水分。

凱莉：（看完整張）不要簽！（把紙推開）

紀美：他們要調查哥的死因，必須要解剖，妳趕快簽，爸已經在等我了。

凱莉這才看到紀美背了一個大背包，像要去露營。

✝

VII　這個部分主要想示範：喬張做致、惺惺作態、裝聾作啞這類成語怎麼用戲來呈現（笑）。

凱莉：妳要去哪？

紀美：爸要我馬上去他家，他不放心我一個人待在家裡。

凱莉：家裡還有我啊，媽媽很快就可以回去了。

紀美：他們說妳會被收押。

凱莉：紀美，媽媽只剩妳一個人了，妳不要離開媽媽好不好？

紀美：那妳為什麼要害死哥？他是妳的小孩，我也是妳的小孩，妳為什麼要這樣？

凱莉：我沒有弄死哥哥，我怎麼可能？我怎麼可能弄死他？你們長大以後我有打過你們嗎？有嗎？（慌亂）好，我簽，我簽，妳不要走，妹妹，妳不要丟我一個人在這裡好嗎？我簽，我簽好了。

紀美哭了，有些心軟。凱莉簽名，把紙還給她。

凱莉：簽好了，妳不要走。

紀美背起包包，要走出偵訊室，凱莉緊抓著她的背包。

紀美：爸已經在等我了。

凱莉：又是妳爸！又是妳爸！他是個壞爸爸妳知道嗎？我辛辛苦苦為這個家付出一切，為什麼妳跟妳哥的心總是向著那個人，他拋棄你們，你們都被他騙了。

紀美：（大吼）被騙的不是我們，是妳。

凱莉僵住，她從沒見過紀美如此憤怒。

紀美：拜託妳清醒一點好不好？哥說得沒有錯，從小到大妳就是要我們照妳的安排，不做的話就是不聽妳的，就是袒護爸。現在呢？哥已經死了，是不是也要我死了，妳才願意放手？

凱莉：紀美，妳怎麼可以這樣講話？

紀美憤怒的氣勢讓凱莉畏縮地鬆手後退。

凱莉雙唇動著，想辯駁卻又不知該說什麼。

紀美快步走出偵訊室，門砰一聲關上，像是啟動了凱莉心中的某個開關，她頹然坐倒在地，放聲大哭。

凱莉：妹妹妳回來，妳不要走。 VIII

✝

VIII 這場戲很困難，尤其是沒有經驗的演員遇上非常有經驗的演員，表現多層次又巨大的情緒。這場拍攝前，我拉了演女兒的演員去散步，聊聊她對表演的想法、對未來的想法，表達我真誠的關心。這和戲相關嗎？有的，愈難的戲，像下過雨的河流，不能僵在岸邊，演員必須打開、放鬆、信任對手、信任自己，才敢一躍而下。

35・日／偵訊室／又雲、安怡、書晴

單面玻璃另一邊，書晴單獨坐在明亮的偵訊室裡，一臉堅毅磊落的神情，拍打著桌子，一下一下，堅定但懷著怒意。

另一邊，又雲一邊觀察著書晴，一邊聽安怡說話。

又雲： 太乾淨了。大門口也有監視器，有影像資料嗎？

安怡： 有，檔案數量很多——

又雲： 叫他們一個一個慢慢查。他們平常的活動都在做什麼？查過血跡反應？

安怡： 查過，完全沒有，但有幾個漂白水的空桶，在資源回收箱。

又雲： 難怪那麼乾淨。

安怡： 地板有一些凹痕，看起來像是被刮過。

安怡拿起檔案，走進單面玻璃另一側的偵訊室。

安怡： 許小姐，想起來了嗎？

書晴： 我剛剛說了，我不認識什麼姓紀的小鬼！你喜歡聽我像唱片跳針一樣反覆講嗎？

安怡： 是因為妳沒有把我的問題聽進去，我說，秦凱莉已經承認帶紀新到妳那裡去戒毒，現在紀新死了，我問妳在希格瑪莊園發生了什麼事？

書晴嚴肅地回覆安怡，然後瞪著單面玻璃，像在對又雲說話。

書晴： 我根本不知道你在說什麼！在那裡發生的都是好事，都是出於愛。幸福慈光動力會是個講求身心靈成長的團體，大家因緣際會聚在一起，就像兄弟姐妹一樣互相幫助，分享喜怒哀樂！本生老師的信念，就是愛，對自己、對別人的愛。你別忘了，我可是記者，要是有暴力事件我早就曝光了，還輪得到你們來查？！

安怡： 所以妳在寫業配文，還是報導？

書晴： 像你這樣的沒有自覺的工作狂，就該來上課，讓本生老師好好啟發。

安怡： （笑）我要是有時間，真的想好好去上本生老師的課，可惜外面壞人太多了。

又雲隔著玻璃看著安怡，忍不住笑了。

36・日／偵訊室／又雲、安怡、小璇

小璇已經變成忠實的希格瑪教徒，她神色泰然自若。

小璇： 詹檢察官，紀新的這件事情完全都是意外，凱莉師姐她用心良苦，她做這些事情都是為紀新好，她是想要用愛幫助他，真的！

又雲： 妳認識我？妳跟紀新很熟嗎？

小璇：紀新和明曜我都認識，他們高一的時候上過我的地理課。妳看我是老師，我怎麼會說謊呢？[IX]

又雲有點驚訝。

37・日／趙家／又雲、安怡、嘉美、三個小孩

嘉美整個放空，像個失去信仰的空殼，眼神空洞無助。

又雲：譚小姐……妳有聽到我說的話嗎？

嘉美突然驚惶地看著又雲。

嘉美：那個孩子死了嗎？

安怡：對，搶救無效。

又雲：紀新在地下室戒毒的時候，妳在嗎？

嘉美看著又雲，嘴唇囁嚅著，彷彿想說什麼，卻欲言又止。

嘉美：（恍惚）戒毒？

又雲：秦凱莉帶她兒子到動力會尋求幫助，本生老師帶著你們幫他戒毒對吧？

嘉美顯露驚恐神色，又隨即改口。

嘉美：對，他們在戒毒。

又雲：我希望妳能夠坦承，傷害致死是重罪，七年起跳，甚至無期徒刑。妳要把妳所看到的、所聽到的告訴我們，我們才有辦法幫妳。

嘉美：有，我知道的都會跟妳講。

又雲：我可以看看妳家嗎？

嘉美：當然，當然。不好意思，我家小，有點亂。檢察官，我其實都不清楚，我去希格瑪莊園只是去打掃而已，有時候他們也讓我上課，那其他，我不知道他們在做什麼，而且我還有三個小孩，我要做其他的工作賺錢。

又雲：根據我們掌握的資料顯示，妳上過動力會的極限課程，以位階來說，妳應該就是研習師，妳不可能什麼事情都不知道。

嘉美：沒有，我只是清潔工，我只是去那邊打掃去還學費，學費還完就……我就跟他們沒關係了。

安怡：誰雇用妳到莊園打掃？

嘉美：蔡師兄！

✝

IX　幾乎所有信徒都袒護本生，或者說，相信紀新身上有邪靈，又吸毒。他們不能承認，也不願意承認，因為他們是共犯，因為入了教，誓言裡說了：「謹守關於它的祕密。」

又雲：就是蔡有儒告訴我們妳是研習師，而且當天妳也在場。

嘉美：沒有，蔡師兄記錯了。檢察官要不要再喝個水？

又雲想要離開時，又回過頭。

又雲：對了，妳看到紀新在戒毒的過程，妳有什麼感覺？

嘉美悲傷地看著又雲，隨即像是想起什麼般地驚醒。

嘉美：我不知道妳說什麼戒毒，我知道他有來。我們都對他很好，還輪流送飯給他吃，誰都沒想到他會用那樣激烈的方式……

又雲：來回應你們對他的愛？

嘉美：對。（背書）沒想到他會用那麼激烈的方式來回應我們對他的愛。

維成突然帶著孩子回來，沉重的對話突然被孩子的紛擾打斷。

三子：媽媽，我們回來了。

嘉美：回來了？來，進去，東西放好，洗手。我先生。

又雲：你好，我是檢察官詹又雲。我來問譚小姐有關希格瑪莊園的事情。

維成像被電擊，卻擠出笑容，用力點頭，盡可能表現正常。

38·日／維成家外巷弄走道／安怡、又雲

又雲走在前面，安怡快步趕上。

安怡：檢座，我們不把譚嘉美帶回去偵訊嗎？

又雲：在她的孩子面前把她帶走，不太好。

安怡：可是你知道她在避重就輕，她應該知道更多。

又雲：就是因為知道她知道更多，所以先放著，現在問不出來的。

安怡：放著不怕她跑掉？

又雲：（停下腳步，看看四周）她有三個小孩，她先生是瘖啞人士，她住在這種地方，你覺得他們能逃到哪裡去？（嘆氣）什麼叫作窮，就是窮到連跑路都難。

安怡：檢座，你很多天沒回去了吧？你要不要回去休息一下？

39·日／解剖室／又雲、法醫、助理、紀新

紀新的屍身躺在解剖台上，身上有多處瘀傷，四肢腫脹。法醫正在檢視屍體外部，助理拍照記錄。又雲站在法醫身旁觀看，他們都穿著隔離衣，戴著口罩、防護帽。法醫翻看著紀新的手腕，腕部有明顯綑綁造成的擦傷及瘀傷。助理快速拍下傷痕。

法醫：雙手手腕擦挫傷。死者生前可能遭到綑綁，掙扎時留下這個很深的傷痕，應該是被長時間綑綁造成的。

法醫瞇著眼,發現腕上有碎屑。他拿了支鑷子,夾起碎屑,放進夾鍊袋。

又雲:這是什麼?

法醫:某種植物纖維,大概是綑綁死者的繩索殘留下來的。

法醫繼續拿起量尺,丈量紀新大腿外側的瘀傷。

法醫:右大腿外側有鈍器擊打造成的挫傷。八公分。

法醫持續檢視、丈量屍身上的傷口。

又雲皺眉,看著遺體上一道道的傷痕,感到心痛。

法醫完成屍體外部檢視,放下量尺,拿起工具盤上的解剖刀。

法醫看了又雲一眼,又雲點點頭,法醫從屍身右鎖骨往胸口斜劃下第一刀。

40 · 日/解剖室/又雲、凱莉、安怡、法醫

解剖台上蓋了塊白布,白布下有具人形的物體。從天花板投落的白燈,將不鏽鋼壁板、解剖台、冷藏櫃……等滿室的鋼製器具抹上一層霜白,使室內更添幾分陰冷氛圍。

門打開,安怡帶著凱莉,凱莉一臉戒心地站在門口。

又雲:進來吧!我知道現在讓妳看紀新很殘忍,但是妳要看清楚妳隱瞞的真相造成什麼樣的後果。

凱莉害怕地望向又雲身後那座蓋著白布的解剖台。

凱莉面無表情走到解剖台邊。又雲揪著白布一角,果決地扯下白布。紀新蒼白腫脹的屍身上,有個大大的Y字型切口,從兩側肩膀劃至恥骨。切口雖已縫合,但滿布縫線的切痕反而更加恐怖,彷彿三隻交會的蜈蚣。

凱莉雙手捂住嘴,強忍住哭泣,她低下頭,在紀新耳邊說話。

凱莉:紀新,媽媽來了。你是不是很冷?冷不冷?媽媽陪你,媽媽來了,好不好?媽媽在這裡,你不要怕,媽媽對不起你,對不起,媽媽帶你回家。

安怡和又雲扶住崩潰的凱莉離開解剖室。

凱莉:我想要帶他回家,我想要帶他回家。

又雲:現在還不行。

41 · 日/解剖室外長廊/又雲、凱莉、安怡、紀父

紀遠鐘來看紀新,他一看到凱莉,氣憤地衝上前想打她。

紀父:秦凱莉,都是妳,都是妳去信那什麼邪教,才會害死紀新,都是妳。

凱莉:什麼都是我?如果你沒有搞小三、沒有搞外遇、沒有離婚,兒子還在,家還在。

紀父：我們的事跟紀新的死有什麼關係，紀新也是妳的孩子。

凱莉：你都已經拋棄我們了，你有什麼資格說我？

紀父：為什麼死的不是妳？為什麼不是妳？妳自己去死一死就好了。

他們互相指責，像找到凶手一樣互相傷害，安怡幾乎攔不住紀遠鐘。

安怡：要不要看兒子？

紀父：為什麼要害死我兒子？

又雲擋著凱莉的同時，冷靜地與安怡交換了一個眼神。

安怡帶著紀遠鐘進入解剖室，又雲攙扶著凱莉回偵訊室。ˣ

42·夜／偵訊室／又雲、凱莉、安怡

凱莉鬢髮紊亂，眼神空洞，眼淚已經哭乾，駝著背靠向椅背。又雲將一份資料遞到凱莉面前。

又雲：妳多少還是要吃一點吧？

凱莉：我想回家。我想帶紀新回家。

安怡進來，將紀新的檢驗報告遞給又雲。

安怡：詹檢，報告。

又雲：這是法醫的檢驗報告，紀新的死因是橫紋肌溶解併發急性腎衰竭。妳知道有哪些原因會造成橫紋肌溶解嗎？

又雲盯著凱莉，見凱莉沒有回話的打算，才繼續接著說。

又雲：過度運動、病毒感染、基因異常遺傳，這都不是他的致命原因。他是因為全身上下多處鈍力傷所導致的。報告上面寫，死者生前曾遭多種鈍器虐打。法醫不是寫毆打，不是擊打，而是「虐打」這種字眼，你們發生了多大的爭吵嗎？

凱莉：沒有，我沒有打他，也沒有殺他。

又雲：不是妳還有誰？妳把他關了這麼多天，不是妳還有誰？

凱莉腦中不斷閃過紀新在解剖台上的樣子。

凱莉：真的不是我，我把他帶到希格瑪莊園。

又雲：妳為什麼要把他帶去那？

凱莉：我自己幫不了他，我請師兄姐幫忙。

又雲：幫什麼忙？

✝

X　這場戲用意在讓所有人看見，即便發生這樣的事，對他們而言，錯都在別人身上。他們必須要給自己一個交代，又面對不了錯誤。

凱莉急忙搖頭。

凱莉：我們真的沒有打他，因為他受不了戒斷症狀，然後他一直企圖自殺，所以身上的那些傷都是他毒癮發作的時候……

又雲：毒癮發作？毒癮發作──

又雲拿起法醫鑑定報告，翻到毒物檢驗那一頁，目光銳利地逼視凱莉。

又雲：這是毒物檢驗報告，陰性。他根本沒吸毒。

凱莉不可置信地查看鑑定報告，腦中閃過很多人圍著紀新打的畫面。

凱莉：紀新……紀新…… **Σ**

EPISODE

第 11 集

1 · 日／偵訊室／又雲、凱莉、安怡

偵訊室，凱莉顯然已在崩潰邊緣，她語無倫次，來回走。

凱莉： 都是魔鬼……纏住我的寶貝……一定是地下室的陰氣太重了……我的紀新以前不會這樣，不會吸毒。

凱莉開始大聲唱歌，是會歌，《祝你幸福》。

凱莉： （唱）送你一份愛的禮物，我祝你幸福，不論你在何時，或是在何處，莫忘了我的祝福。人生的旅途有甘有苦，要有堅強意志，發揮你的智慧，留下你的汗珠，創造你的幸福。送你一份愛的禮物，我祝你幸福，不論你在何時……

玻璃另外一側，又雲看著這一幕，開始不忍心。

凱莉繼續自顧自地對空氣喃喃自語。

凱莉： 是邪靈，邪靈纏住紀新，都是邪靈纏著紀新，纏住我的寶貝。都是惡靈，都是惡靈害的，是地下室陰氣太重，它們才帶走紀新，才帶走。（拍打玻璃）我跟你們說，是邪靈帶走我的孩子，它們！是邪靈纏住我的紀新，它們才帶走他的。紀新很乖的，紀新他不會抽菸……（對空中怒斥）我跟你們說，你們這些邪靈，你們要就帶走我，你們有種就來找我，我是紀新的媽媽，我為他我什麼都敢做，我不怕你們。你們……我求求你們，你們把他還給我，不要纏著他，不要纏，我求你，求求你放開我兒子，不要纏著他，不要纏著他，求求你，求求你把他還給我。

凱莉激動地哭喊著，開始用頭撞牆。[I]

又雲：請醫護支援。

安怡：在路上了。

2・夜／檢察官辦公室／安怡、又雲

又雲反覆看著監視器的帶子。

又雲：你確定是費慕淇？

安怡：我們檢查過監視錄影器，秦凱莉帶紀新進入希格瑪莊園，一直到送醫之前，只有一個人離開，就是費慕淇。

螢幕上的男人戴著棒球帽，壓得低低的，還戴著口罩。

又雲不斷把畫面放大再放大，定在那個人的臉和胸口，眼睛都快貼到螢幕上，突然大叫，安怡也被嚇了一跳。

又雲：有了！你看，他也戴著三顆啟靈石項鍊。

又雲打開另外一個視窗，播放網路上幸福慈光動力會的招生影像檔。慕淇胸口戴著一樣的項鍊。

又雲：李蓮心最後出現的地方，也是動力會。

3・日／阜東藝廊外／慕淇

慕淇到藝廊外探探頭，畫廊門口只有一張大大的紅紙寫著「租」，他的手機鈴聲不斷響起。「陳董來電」、「林律師」，他不敢接，開始不確定這是怎麼回事。

他只好打電話給蔡師兄，但對方也是轉語音信箱。[II]

慕淇 OS：蔡師兄，張總一直打電話給我，我去畫廊找陳董，連畫廊都收起來了，現在到底怎麼回事？你趕快打電話給我。

4・夜／偵訊室／本生、又雲

又雲看著本生，本生平靜的閉上雙眼。

又雲：再跟你請教一個人，李蓮心。她是你的學員對吧？

✝

I　這是一場不能重來的戲，演員的情緒很大，能量很高，像在駕馭一條龍。大致動線講完，非必要，不能再來一次。這場戲裡，演員演出的是狂亂，我們看見的是絕望。這就是最完美的表演。

II　這段拍攝時間比較早，還沒有經過風風雨雨。對演員來說，跳拍是個挑戰，要如何自己去揣摩情緒，就是演員的本事了。除非導演有特殊要求，大多數的戲，都是跳拍。

本生：這個孩子我有印象，她臉上有塊胎記，很難忘記……她來參加課程之後，就開始有笑容了。我原本以為這樣的靈性療癒可以用在紀新身上，但沒想到每個人的資質不同……

又雲：回答我的問題就好。她失蹤了，這件事情你應該也聽過吧，你最後一次見到她是什麼時候？

本生：他們都來來去去的。應該是極限課程結束之後，她跟大家一起在莊園做勞動服務。她隨時可以離開，我也不確定她什麼時候走的。

又雲：她的朋友說她最近在談戀愛，這件事情你應該知道吧？

本生困惑地搖搖頭。

本生：我記得她過我提過，她有個戀愛對象比她大很多，好像還在念研究所吧？她很痛苦，因為對方還有一個女朋友。（唉）現在的小朋友，除非他們帶戀愛對象一起上課，不然我也沒有辦法。李蓮心年紀很小，其實我很怕她想不開……

又雲：你是在暗示說她有輕生的可能？

本生：她跟我提過，說她家裡沒有人，如果哪天發現她自殺，也不會有人發現。我知道這想法聽起來很灰暗，但妳知道，這不是一時半刻就可以調整過來的認知。

又雲：她有跟你說她想自殺？

本生：我只能說，如果現在發現她自殺，我也不會太意外。

原本站在本生背後，安怡感覺手機震動了一下，他查看手機簡訊，看向又雲。

安怡：詹檢，我們休息一下吧？

又雲：現在？

安怡無奈地點點頭。

又雲：不好意思，我先去忙。

本生：沒關係，妳忙。

本生不經意露出一抹笑意。

5 · 日／檢察官辦公室／又雲、安怡

又雲走來走去，一面講電話，看得出來她有些焦慮，一面應付著電話那一頭。

掛上電話，她忍不住抱怨。[III]

III 　就算是檢察官，也有來自上面的壓力，超過羈押時間，上面就可以要你放人。上面還有上面，上面的上面是誰？

又雲：上面竟然說證據不足要馬上放人。我們現在有什麼？

安怡：那……我們現在有他們的自白口供、相關人的證詞、醫檢報告、屍檢報告……

又雲：夠了，過失傷害致死，我馬上寫起訴書，把他們移送。

6‧日／地檢署門口／紀美、凱莉、蔡師兄、本生、書晴、小璇、戒護人員、記者群

地方法院的車停在地檢署門口，他們排成直隊要上車，一個一個都上了手銬。

記者在一旁等拍照，好不容易他們出來了，記者不斷丟問題，希望引起他們注意。蔡師兄鐵著臉。小璇很惶恐，一直擋鏡頭。書晴則是理直氣壯，一點都不在乎。凱莉眼神空茫，看起來和死了差不多。

記者：你們是用什麼方法戒毒？為什麼那個學生會死？

他們步伐很慢，用外套遮頭，每一個旁邊都有人員戒護。

記者：致群中學裡面還有其他成員嗎？

記者：幸福動力會是戒斷中心嗎？請問你們有醫護背景嗎？

記者：你們是邪教嗎？

本生上車前，還轉身對眾人比了一個「祝你幸福」的手勢。

記者：可以說明一下嗎？你現在是在施法嗎？

書晴上車前停下腳步，轉身面對記者群，她不害怕鏡頭和記者提問，大聲地對記者說。

書晴：（怒斥記者群）我們不是宗教，我們不是邪教，我們是身心靈成長團體，你們下標不要亂寫，我們可以告你。我也是記者，我很清楚你們的把戲。

她說完繼續往前走，記者更想採訪她，一湧而上，場面更加混亂。

紀美突然推開人群衝上前，差點把記者撞倒。她擠到凱莉身邊，凱莉嚇一跳。

紀美：媽！媽！

凱莉：紀美！（紀美試圖靠近）

紀美：（對戒護人員）等一下，你讓我跟她講一句話。

戒護凱莉的人員只好停下來。

紀美：媽，我會在家等妳。妳不要怕，我會在家等妳回來。你不要怕。

凱莉：好，妳最乖。

凱莉感動地想擁抱她，但戴著手銬，變得很困難。

戒護人員繼續往前走，紀美只能看著不斷回頭的媽媽，淚流滿面。記者們仍像禿鷹般團團圍住她。

記者：妳知道妳媽做了什麼嗎？妳有什麼話想要對妳媽說嗎？

記者：妳對這個團體有什麼了解嗎？妳能夠原諒妳媽這樣的行為嗎？

記者：妳有沒有什麼想跟大家說的？

記者：妳有參加嗎？妳哥哥也加入這個邪教，才被害死嗎？

記者：妳媽害死妳哥，妳有什麼看法？

記者：她害死了妳哥，妳可以接受嗎？[IV]

7・夜／慕淇豪宅／慕淇

慕淇瞪著手機上的新聞，記者報導的聲音聽起來格外尖刺。他像是想到什麼，拚命要輸入上次蔡師兄給他看的帳戶網頁，但始終輸不進去，不是帳號錯，就是密碼錯。他愈急愈錯，試過幾次，帳戶被鎖住。

新聞 VO：紀姓高中生戒毒不成反而送命一案，查出來是在希格瑪莊園，由幸福慈光動力會成員以暴力手段戒毒，而在檢調偵辦下，發現紀姓高中生體內並沒有任何的毒品反應，而是因為不當管教才引發悲劇。

幸福慈光動力會的負責人王漢平和成員七人以妨礙自由、傷害致死起訴，並且聲押禁見，但在看所守待不到二十四小時，地方法院就裁定負責人王漢平等人並沒有湮滅、偽造、變造證據或串供的疑慮，所以沒有羈押的必要。而該會負責人，也就是人稱本生老師的王漢平是以兩百萬元交保候傳，但是紀姓高中生的母親，也就是秦姓教師，由於還是有串供的疑慮，所以被繼續羈押。

慕淇的手機接到 Steven 的電話。

Steven：慕淇，搞什麼？那個高中生戒毒到底怎麼會弄死人？對電影到底會不會有影響？

慕淇：我們執行長的那個兒子體質不好……

Steven：蔡師兄沒事吧？我找陳董也找不到，不知道你們在搞什麼？對電影開拍沒有影響吧？

慕淇：沒有影響，都在籌備了。

✝

IV　這場戲場面浩大，借了地方法院門口，借了押送犯人的巴士，加上十多位臨演才完成。記者們的問題，就是最常見到新聞報導中用來下標的內容。

Steven：那就好，我爸拚命跟我講這件事，我都不敢跟他說我認識你們。你們別給我漏氣。

慕淇：好好好，你放心，開鏡那天一定會邀請你。

慕淇在網路銀行輸入帳號密碼，卻都顯示帳號已鎖，又試了幾次，他扔下平板，手機突然響，不知名來電。

蔡師兄：是我，蔡有儒。

慕淇：蔡師兄，那個……那個孩子真的死了嗎？

蔡師兄：對，我們都沒有想到，他會用這麼激烈的方式來回應我們對他的愛。你放心，誰都沒有提到你的名字。老師需要你拿兩百五十萬來幫我們辦保釋。

慕淇：現在嗎？

蔡師兄：難道你希望老師在這邊過夜嗎？你需要多久時間？

慕淇：我，我不知道。

蔡師兄：慕淇，這是你報答老師的時候了，老師現在非常需要你。

慕淇：好。我等一下就馬上請人把錢帶過去，那個剛剛 Steven 打給我，問我資金的事情，可是帳號鎖起來……

電話突然掛掉。[V]

8・日／河邊草地／明曜、紀美、健健美、國維

如同那天，他們四個人躺在草地，仰望天空。

國維：（用力大吼）太扯了，竟然所有鳥事都跟那個幸福什麼會的有關。

健健美：（怒）幸福個屁，那明明就是邪教。秦老師真的很誇張耶，自己走火入魔就算了，還拖紀新下水，不只是她，連小璇老師都進去了。如果蓮心不見跟他們有關，那肯定跟秦老師脫不了關係。

明曜聽不下去，用手肘推了推健健美，示意他說話注意點。

明曜：不要再說了好不好？

健健美：我說的是事實，我哪有說錯？

國維：就叫你不要再說了。

✝ ——————————————————————————

V　如果你是慕淇，到此你還相信他們嗎？拍電影集資用他的名字，吃飯喝酒他也在場，他更像是共犯。他如果心裡的警鈴沒有響起，再多證據都叫不醒他。這種詐騙手段說來不難，難在世上只有一個完全信任本生的費慕淇。

健健美：我又沒有說錯。

國維：你還講，講什麼！

健健美：什麼東西！

國維：就叫你不要講了！

健健美：紀新都被害死了，紀新死了！

國維：死了你不會安靜一點？

國維和健健美倒在草地上，兩人扭打成一團。

健健美：你都不會生氣嗎？

國維：我很氣，可是那又怎麼樣？

健健美：蓮心不見，紀新被害死，你們一點反應都沒有嗎？

明曜衝上前去阻止兩人，歇斯底里。

國維和健健美立刻分開。

明曜：到底鬧夠了沒？

紀美擦擦眼淚，不發一語離開。

9 · 日／地方法院走廊／本生、員警

地方法院員警將本生的手銬解開，本生和善地向員警道謝。

新聞VO：根據了解，本名王漢平的本生老師，他創立的幸福慈光動力會，以開發自我為目的，教導學員要進行心靈鍛鍊，並透過各階的課程來打開學員的生命原動力。沒想到這一次，為了要幫主要成員，也就是某高中的輔導老師她的兒子戒毒，導致了受害人傷重不治，而詳細事證目前仍在偵辦當中。

在播報聲中，本生走過地方法院的廊道，從背影看來，他的步履輕快，踏著舞步下樓梯，穿過安檢門。

走到門口後，本生轉身，朝法院內做出飛吻告別的動作，轉身上計程車。VI

10 · 日／慕淇豪宅／慕淇、律師

律師操作著桌上的筆電，慕淇焦急地在一旁。

慕淇：怎麼樣，可以嗎？

律師：還是登不進去。

慕淇：怎麼會？你再多試幾次。

慕淇的手機傳來訊息，蔡師兄傳了一組新密碼給他，他才面露喜色。

✝ ─────────────────────────────

VI　本來沒有下樓梯的部分，到現場發現有樓梯，覺得向電影《小丑》（Joker）致敬也不錯，角色都有反社會人格，於是有了這場舞出地檢署。

慕淇：律師，你試這一組。

律師：可以了，（仔細一看）七千萬？美金？有沒有搞錯？[VII]

慕淇：（得意）很多人想要投我這部電影，這些都是他們匯進來的資金。

律師：難怪幫傳媒的張總一直打電話來，問股權分配的合約什麼時候要出。他們也真信任你，先入帳再簽約。

慕淇：都是蔡師兄幫的忙，不然怎麼可能這麼短時間內集這麼多資金？還有……本生老師希望我們電影趕快開拍，後面還有很多動力會的事情要做。

律師看他自信滿滿，也不好多說什麼。

律師：可是這些投資人，他們為什麼要你去海外開戶？

慕淇：這我知道，他們有很多海外資金要消化，而且避稅也方便。

律師：這點我知道，可是慕淇，我還是要提醒你，過去就曾經發生過投資人利用投拍電影來洗錢的案例，這個你還是要小心一點。

慕淇：（自信）家人不會騙我的，林律師，有機會的話，我介紹本生老師給你，你一定很有收穫。

慕淇開心地到靈畫前點起線香。

11・日／熱音社練團室／紀美、明曜

明曜一個人在熱音社，他試著彈貝斯，唱一小段《我願意》。

前面的直立麥克風前沒有人，明曜緩緩走到麥克風前，最後卻唱不下去了。

有人進來，是紀美，她一句話都沒說，站到keyboard前，打開，彈了一小段就開始亂彈，她只是想弄出點聲音。練團室沒人練團，太安靜了，就會呈現一種巨大的虛空。直到她終於停下來，明曜上前關心。

明曜：紀美……

紀美：憑什麼他們都可以交保，就我媽不行？

明曜：至少你媽媽在裡面是安全的，那群人還不知道會做出什麼事情。

紀美這才懂明曜的意思。

明曜：我也很想妳哥。

VII　儘管都是數字，錢都是這樣洗乾淨的，手法雖然初階，但有用。

12・日／檢察官辦公室／又雲、安怡

又雲和安怡在網路上看見交保的新聞標題，面色凝重。

又雲頹然坐回她的辦公椅，像快速洩氣的氣球。

安怡： 就算李蓮心的案子還不明朗，紀新案的犯嫌自白口供和其他人證都很具體，為什麼？

又雲： 我們太匆忙了，證據力還不足，我會送只是想多拖一點時間。

安怡： 王漢平真的很厲害，只要有人接近幸福慈光動力會，不是消失就是死亡，那裡是有什麼黑洞嗎？

又雲： 三島長月的案子也是這樣，好不容易有點頭緒了，就被逼著結案。我懷疑他到底打哪來的？他後面有什麼靠山？

又雲疲憊地倒在辦公椅上，喃喃自語。

又雲：「用這麼激烈的方式來回應我們對他的愛」這是什麼鬼台詞……我明天要去地院問清楚，我要提抗告。

安怡： 詹檢，妳已經好多天沒有回家了，今天早點回家休息吧！

又雲聞聞自己的衣服，自己都受不了自己。

又雲： 我好臭，我要回家，我要回家。

又雲的手機響，她看來電者，揮手要安怡出去。她接起電話。

權志OS： 詹又雲，妳還好嗎？

又雲： 很好啊，好到質疑人生。

權志OS： 再來怎麼辦？

又雲： 我會提抗告。

權志OS： 果然，跟我猜得一模一樣。

又雲： 你是打來證明你猜對了？

權志OS： 我是來安慰你的，慰安夫伺候。

又雲： 我考慮一下。

13・夜／後山樹林裡／本生

夜梟低鳴，暗月靜謐，只有本生小聲到幾乎聽不見的禱詞隱約傳來，不知道在跟她說什麼。在蓮心沉睡的林間，本生低下身體，把耳朵靠在土壤上，彷彿在聽蓮心的回應。

本生低頭，把吻獻給土地後離開。 VIII

VIII 本生沒有意圖要殺蓮心，事實上，在所有的信徒中，可能他最愛的就是蓮心。本生把這個高中女孩拐進他的世界，讓蓮心也覺得自己愛上本生。如果在這世上都感覺不到愛，那他們只好相濡以沫。

14 · 夜／莊園本生畫室／本生、蔡師兄

本生進畫室時被蔡師兄叫住，他有點驚訝。

蔡師兄： 老師，除了凱莉師姐，其他人都
　　　　已經交保。

本生： 還好費慕淇不在莊園，不然媒體一
　　　　高調，我們就沒那麼容易出來了。

蔡師兄： 他大概怕媒體多，怕碰到記者，
　　　　所以派律師送錢過來。

本生： 他大概一輩子沒進過法院吧？他的
　　　　電影集資的狀況怎麼樣？

蔡師兄： 差不多到位了。我再查一下，總
　　　　數應該有七千萬美金。

本生：（興奮）有人加碼了？那我們就不
　　　　客氣了，哈，拍電影，他們真的以
　　　　為拍電影那麼簡單？你再去把靈畫
　　　　清一清，看看還能收多少。來不及
　　　　跟費慕淇道謝，有點遺憾啊！

蔡師兄： 開曼的資金都已經走小路進去了。

蔡師兄拿下眼鏡，好一陣子才開口，本生還
在把玩手上的繩子。

蔡師兄： 老師知道李蓮心在哪裡嗎？

本生： 我怎麼會知道？她愛來就來，愛走
　　　　就走，誰管得到她？你不也一樣。

蔡師兄： 如果你殺了她就不一樣。

本生： 譚嘉美告訴你的？（極度厭煩）談
　　　　戀愛的人就是這麼煩，講什麼都相
　　　　信。那是她妄想出來的。

蔡師兄： 譚嘉美她沒有任何問題，她沒有
　　　　精神上的問題。

本生： 一個女人嫁給一個啞巴，要工作養
　　　　三個孩子、扛一個家，她會正常到
　　　　哪裡去？你跟了我這麼久，你是信
　　　　我還是信她？

蔡師兄： 我們不是說好了，不再弄出人命
　　　　了嗎？

本生：（怒）我不是故意的，那是意外，
　　　　我是失手。誰叫那個譚嘉美，她看
　　　　見就哇哇叫。她剛好進來，我也沒
　　　　辦法。

蔡師兄： 李蓮心才幾歲？你怎麼會下得了
　　　　手？

本生： 紀新呢？紀新幾歲，你們不是也動
　　　　手了嗎？我告訴你，至少蓮心到死
　　　　之前，她都還覺得自己是被愛的。
　　　　我們呢？我們到臨死之前，我們知
　　　　道被愛的感覺是什麼嗎？問題是，
　　　　你在跟我算這個帳幹什麼？

蔡師兄： 老師，你可以把照片跟影片還給
　　　　嘉美嗎？她很膽小，她不會說出
　　　　去的。

本生：（故作驚嘆）你對譚嘉美動真心了，
　　　　我想不到你老婆死了你還會愛上別
　　　　人？譚嘉美有什麼好？你不要因為
　　　　可憐她就愛她，這樣不好。

蔡師兄：我拜託你，老師，譚嘉美她很可
　　　　憐，老師拜託你……你把東西還
　　　　給她好不好？她不會對你造成任
　　　　何威脅，拜託你把東西還給她好
　　　　不好？

本　生：你又來了！我告訴你，你不要一直
　　　　活在你老婆的罪惡感裡面，我告訴
　　　　你，就算那時候及時趕到，你也
　　　　救不了她。我跟你說，女人是一陣
　　　　子的，老師可是會跟你一輩子的，
　　　　你自己好好考慮！

蔡師兄：那地下室？

本　生：我們希格瑪教裡說的，火是個好
　　　　東西，凡你不喜歡的，都交給它。
　　　　你準備好你自己就好，其他會有
　　　　人處理。

蔡師兄沒再多說，心裡暗忖，離開的時候差
不多了。[IX]

15・夜／路上／蔡師兄

蔡師兄騎車在路上，心裡像是在盤算著什
麼。

他騎到山頭，大喊一聲。

16・日／莊園大門口／明曜

明曜到希格瑪莊園大門口，門半開著，他推
門進入。

17・日／莊園前廳／明曜、本生

明曜走進去，本生正巧走出來，明曜到他
面前。

明　曜：你就是本生吧！我叫詹明曜，我是
　　　　紀新的好朋友。我就直接問了，紀
　　　　新根本就沒有吸毒，你為什麼要誣
　　　　賴他？

本　生：好直接，我喜歡。先進來坐吧！

明曜沒有太多遲疑，跟著進去。

18・日／莊園地板教室／明曜、本生

明曜跟著本生進入光潔的地板教室，本生給
他奉上一杯茶。

本　生：先喝茶。

明　曜：（拿起杯子喝了一口，看著本生）
　　　　你一定很好奇吧，好奇我到底是
　　　　誰，為什麼敢一個人來這裡找你。

本　生：（笑）你很敏感。

---

†

IX　蔡師兄的確愛上嘉美了，他沒說出來的是，嘉美讓他想起他死去的妻子，她需要被保護。現場拍攝
　　時，演員非常投入，情感飽足，像在為自己求情。蔡師兄也累了，他想離開，但有可能嗎？

明曜：走了吧，我們直接去地下室，我想看一下你們到底是怎麼弄死紀新的。

本生臉色一變，明曜像個棋手，猜得出他的下一步。但他還是盡可能保持微笑，不想在明曜面前示弱。

本生：剛幫你開門，打斷了我的功課，我做完就帶你下去。

本生在明曜面前開始打坐，閉上雙眼。

明曜的臉色漸漸變了，他發現自己聽不到本生的聲音。一陣頭暈襲來，他快要無法維持平衡。突然間，他視線模糊但出現好多個本生，高高低低。

明曜眼前一黑，隨即失去意識。

19・日／地下 B 號房／明曜、本生

明曜睜開眼睛，環顧四周，發現自己的四肢和身體像市場魚攤上魚被吊起，雙手反綁在後面，他想掙脫也沒法動，頭腦還有些昏沉。

本生手輕輕推他，明曜的身體就緩緩繞圈。明曜有些驚懼，但他盡量不顯露出來。

明曜：你到底要做什麼？放開我。

本生：每個人第一個反應就是要被鬆開，你不覺得雙腳不用踏在地上，很輕鬆嗎？

明曜：人有腳就是為了站在地上，這個叫腳踏實地，你是不會懂的。

本生：你怕死嗎？

明曜：怕，當然怕。但我現在還不想死。

本生：人會不會死，由不得自己決定。就像你出生在什麼樣的家庭，也由不得你選擇。

明曜：但人可以選擇要怎麼樣活下去，要用什麼方法活在這個世界上。

本生：不是每個人都有那麼多選擇的機會，就像紀新，如果他早點選擇承認他吸毒，就不會有後來的事了。

明曜：就因為他不承認，所以你們就打死他是嗎？他根本就沒有吸毒，為什麼要承認？你只會找藉口來合理化你的行為。

本生坐在地上抬頭看著明曜，明曜又像吊燈般，輕輕地晃動，但聽本生說的話，使他愈來愈激憤。

本生：我們是在幫他戒毒，淨化他，讓他心裡的惡靈可以離開他。他撐不過去，是他自己意志不夠堅定。

明曜：你才是真正的惡靈吧，操控整個動力會的人是你。什麼身心靈成長課程，他們每個人都是被你那套給騙了。

本生：他們只要自己看看自己身上的啟靈石，他們就會發現疑點，愈來愈多懷疑應該可以讓他們看清楚，可是他們沒有，因為他們根本不想知道。也是啦！人如果不相信點什麼，要怎麼活下去？什麼都要靠自己真的太辛苦了，有人幫你作主不是很好？

明曜：你真的以為你自己是神？我看你是沒辦法面對自己，不然你根本就不用戴著什麼本生老師的面具。他們每個人都是被你那一套給騙去的，不要再裝了，好不好？

本生：是他們放棄思考，不想分辨，不是我的錯。但是你跟其他人不一樣，我可以感覺到我們是同一類的，我們比那些庸庸碌碌的人更能看清楚這個世界的本質，人類就是一團混亂、貪婪、自我毀滅。我就是光，我讓那些絕望的人在黑暗中看見希望。我有什麼錯？

明曜：紀新跟蓮心可沒有看到你所說的希望。你才不是什麼光，你就是個黑洞，你只會慢慢吞噬身邊所有靠近你的人。你現在心裡一定很慌，對吧？所以你才需要這麼多人的關心，這麼多人的讚美，你需要這麼多人相信你。什麼愛是原動力，你心裡根本就沒有愛，你要愛誰？你要誰愛你？

本生笑了，走近明曜，像愛撫愛人似地撫摸明曜的臉。明曜厭惡地撇過頭。

本生繞著他，時而走進光圈，時而走進黑暗。

本生：你為了好朋友獨自闖入莊園找我，這是多麼高貴的友誼。紀新能有你這樣的好朋友，真的很幸福。你看，幸福的降臨總是讓人措手不及。

明曜：紀新可不是來這裡要什麼幸福的，他只是擔心他媽媽會受傷，所以才來這裡，這種親情你是不是不懂？你從來都沒有過，對吧？你打死他是因為你嫉妒他，因為他媽媽替他擔心、替他哭泣，而這些母愛你從小到大你都沒有得到過，你才弄死他，我都知道。

本生：死亡只是肉身的盡頭，拋開肉身，他就可以回歸大自然，回到大地母親的懷抱，變成土壤的養分，變成自由自在的風，他現在一定很快樂，他到自己的天堂了。

明曜：放屁。

本生一把抓起明曜的頭髮，逼明曜正視自己。

本生：你聽過希格瑪檔案嗎？檔案會告訴你的前世、這輩子的使命，和你存在的意義，我可以幫你開啟，你不想知道嗎？

明曜：就算真的有什麼前世還是什麼使命意義好了，從你的嘴巴裡說出來都是謊言。這樣你了解了嗎？那不過就是你斂財的工具罷了，別想用你那套騙信徒的來洗腦我。

本生：（嘶吼）你才十七歲，你懂有人生下來就要被當狗一樣對待嗎？你懂什麼是活著？

明曜：（急促）我活著就是為了尋找自己的價值，而不是尋找什麼救世主。我聽得到你現在心裡很慌，因為我說的都是對的，對吧？你現在心裡面一定在想，這小鬼是從哪來的？為什麼你在想什麼我都知道？我告訴你，你心裡面想的每一個字，每一個渺小的聲音我都聽得一清二楚，你就是會怕。

像被說中一般，本生詞窮。

本生：那你就聽聽看黑暗會告訴你什麼！

明曜：貪婪、偽裝、虛偽！你要去哪裡？放我下來！

本生把門打開走出去，門關上，室內頓時陷入無邊的黑暗裡。^X

20・夜／長廊／本生

本生手上拿著一束花，他走進地下室的長廊，第一、第二、第三道門。

他輕柔地開鎖，推門進去。

21・夜／地下C號房／本生

微弱的燈光下，本生坐在床邊。

本生：爸，我們家從來沒有放過花，這叫永生花，時間再久都不會凋謝，你應該覺得很划算吧？

維生機器仍在運作，發出逼逼逼聲響。

本生：我幫你放個音樂。

本生開啟黑膠唱機，把唱針放在唯一的一張黑膠唱片《祝你幸福》上，他用手拍拍棉被。

本生毫無留戀地離開，身後又回到一片漆黑。^{XI}

✝

X 這是一場有大量對白的戲，兩個演員沒有忘詞或落詞，一氣呵成。這樣的對白近似莎士比亞劇場的獨白，同時要有來回的對話感。有人說，這麼長，怎麼演啊？好長好長好長……我從不看輕演員的能力和企圖心，更何況這是全劇重要的核心。

XI 本生到父親床前告別，看起來這是他唯一關心的。父親的房間是他精心布置的，牆上的繪圖，也是他親筆畫的。父親是本生的一個領結，太緊且拆不下來。

22・日／蔡師兄車內（河濱停車場）／蔡師兄

河濱公園停車場一旁的牆上，不知是誰貼著一張紙，寫著「是誰控制了這個世界」。[XII]

蔡師兄在車上，正在通話。車後座一個行李袋，像要出遠門。

他拿出平板看，露出放心的表情。

平板螢幕上跑出一個全英文的帳戶明細頁面，又跳出一個笑臉和一行字：Cayman. The money has arrived.

蔡師兄：（耳機）我看到了，這扣除佣金了？

螢幕上打出一行字：Thank you. Welcome to use our service next time.

蔡師兄想要再多問什麼都來不及，螢幕瞬間全黑。

河面很安靜，颱風來之前的雲彩格外美豔動人。

23・日／趙家主臥室／嘉美、維成

嘉美坐在床沿，臉色蒼白，聲音顫抖，眼淚不停地流。

嘉美：凱莉師姐的兒子不是自殺的，是被大家打死的！

維成錯愕，一時之間沒聽懂嘉美在說什麼。

嘉美：本生老師要我們跟警察講一樣的話，大家一起承擔。我真的只有打他一下……我沒……我沒有……

維成難以置信，上前擁抱嘉美，給她安慰。

維成發出一連串喉音，像在質問事情怎麼會發生。

嘉美：李蓮心她也死了！是本生老師殺她的……

維成驚恐地看著嘉美，用手語打了「學生」。

嘉美：就是你們學校的李蓮心。我打掃的時候親眼看到，他要侵犯蓮心，用繩子勒死她！然後他威脅我……威脅我不可以告訴別人……他……他把我迷昏，強暴我很多次，他還把我和蓮心的屍體放在一起，拍了很可怕的照片和影片放在他的電腦裡……

維成捂著嘴，難以置信，脹紅著臉，整張臉都扭曲了。

XII 「是誰控制了這個世界」原是塊木牌，是到即將都更的那排破公寓堪景時，在樓梯轉角發現的。它不需翻找，正正對著我們，等很久了似的。

嘉美：維成，要怎麼辦？維成我們要怎麼辦？維成……我們要怎麼辦？

維成放開嘉美的手，大步離開，嘉美崩潰，癱倒在地，她的世界再無存在的可能了。[XIII]

24・日／路上／維成

維成獨自騎著車，崩潰地無聲哭喊，一路往莊園路上飛馳。

25・日／莊園門外／維成

維成衝到莊園門口停下來，他拿出一條舊毯子，蓋住大門上面的尖銳物，爬進去。

26・日／趙家／嘉美、三個小孩

嘉美正在煮一鍋玉米湯，老大跑進來跟她說肚子餓，其他兩個也喧鬧起來。

嘉美：再等媽媽一下，馬上就可以吃了。

老大：玉米濃湯！我們有玉米濃湯可以喝了！

藍綠色的瓦斯爐火焰不斷閃爍著，玉米醬倒進鍋內滾燙著。

27・日／莊園本生書房／本生、維成

維成在莊園摸索了一下，沒看到人。

維成闖進書房，看見桌上有台平板電腦和一個大行李袋，他試圖開機，被密碼鎖住了。

維成開始翻找包包，裡面有三本一樣的護照、一疊美金。他狐疑地翻閱那些護照，發現每一本照片都是本生，但名字都不同。

本生講電話的聲音傳來，他一陣慌亂，把護照夾進上衣口袋。

本生OS：對，開曼，我要最快的航班……沒有，我要最快的。對，頭等艙，兩個位子……

本生走進書房，敏感地察覺不對勁，他馬上掛下電話，他的目光所及，發現平板電腦雖然被套子蓋著，卻透著光，表示剛剛有人碰過。

他警覺地環視房內。

維成躲在書房外陽台，不敢發出聲音，微微喘息著。

本生：出來！出來！

維成緊張地走出來，憤怒地看著本生，憤怒地咿咿啊啊，比手畫腳，要本生把照片還來。

✝

XIII 這的確是高情緒高能量的一場戲，演員像準備拳擊賽總冠軍般，雖然都是溫柔的演員，但可以感覺到，他們準備好了。

本生刻意模仿維成手舞足蹈的樣子，不屑地走回書房。

本生：譚嘉美要你來的？怪來怪去，還不是怪你自己，把人撞癱了，還要你那老婆去當清潔工，幫你收爛攤子⋯⋯

本生隨手從包包拿出一疊美金塞到維成手上，維成不明所以。

本生：這些應該有台幣五十萬，拿去，去銀行換，不要一次換，分批換，多跑幾家。（看維成費解的神色）連這個都要我教，只要你們閉嘴，有任何消息走露，我一定會讓網路上的人對你老婆的照片打手槍⋯⋯

維成暴怒，大吼一聲，把美金從本生手上拍掉，趁機要拿平板。本生反擊維成。維成出手要回擊，卻被本生打倒，整個人被打在地上。

本生：你自己都顧不好，你還敢來跟我要東西。

維成隨手抓了自己的安全帽要攻擊本生，卻不敵本生，被再次打倒在地上。

本生隨手拿起桌上的拆信刀，用圓鈍的刀尖用力刺向維成的手掌，維成哀號。

本生：要不是你沒用，你老婆才不會來這邊追求幸福，你以為我想上她嗎？三個小孩的媽了。都說那是意外，我有什麼辦法？這是我跟蓮心的小遊戲，誰叫她一直哀哀叫！這是你們的因果，這是你們自己送上門來的⋯⋯

本生順手拿起一旁的刀，狠狠朝已經被壓制的維成掌心用力一刺，刀尖不夠利，刺不穿皮肉，但深入肌理，血不斷沁出，維成痛苦呼號。

本生：你到底懂不懂，你拿平板有什麼用？我還有雲端，雲端儲存，我隨時都可以把你老婆照片拿出來回味，還有影片，我會放到網路上讓所有人觀賞，我一定會 tag 你，你絕對不會錯過⋯⋯

維成不想再聽下去，從書櫃上順手拿起一個石鎮，用力往本生頭上砸去。砰一聲，本生整個人往後倒，維成來回用力地砸。

維成喘著氣，驚魂未定地看著地上失去意識的本生，兩秒後，血從本生頭部緩緩流出來，愈來愈多。房間很凌亂，他退後兩步，怕血沾到自己，乾脆把桌上一掃而空。

維成捂著滴著血的手，狼狽逃走。 XIV

---

†

XIV　拍這場時，動作很多，相當於一場武打戲，還請動作指導設計一連串的動作，讓演員在現場演練。對演員來說，這場戲很單純，情感目標很清楚，難的是搭上動作。於是，希望重來的是動作指導，他不滿意便不給過。術業有專攻，真好。

28・夜／趙家主臥室／嘉美、三個小孩

水槽裡，幾個孩子吃過的塑膠碗和湯匙。

嘉美在房間哄他們三個睡，自己也躺下。

嘉美：從前從前，有三隻小豬，就是你們
　　　這三隻。

孩子笑了，嘉美摟著他們。

嘉美：三隻小豬都有自己的家，他們還會
　　　到彼此的家裡拜訪……

29・日／地下 B 號房／明曜

明曜在幾乎全黑中，仍在晃。他的雙眼閉
著，不知道是死是活。

30・日／趙家／維成、嘉美、三個小孩

維成一進門，就聞到濃臭的瓦斯味道，凌亂
的桌上還有吃了一半的玉米湯，他瞥見嘉美
和孩子並排躺在床上，驚慌地尋找瓦斯漏氣
的地方。他往後走，廚房傳來非常微弱的嘶
嘶聲，他關上瓦斯。

房間裡，嘉美和三個小孩都已直挺挺地並排
躺著，維成趕緊試探他們的鼻息，發出慘
叫，猛力搖晃嘉美及小孩，都沒有反應。他
慌亂哭喊著，床頭旁有個絨毛玩具，壓著他
常用的寫字小本，上面只寫著三個字：「對
不起！」

維成癱坐在床邊，嚎啕大哭，開始頭暈，他
不支地躺在孩子身邊。

不知過了多久，維成被嘉美招呼聲驚醒，還
有孩子的兒語。

老大：爸爸，起來吃飯了。

光照了進來，維成不知自己睡了多久，起
身，看了手錶，走到客廳，發現餐桌上有桌
豐盛的菜餚，湯還冒著熱氣，不再是過去因
陋就簡的塑膠免洗餐碗，取而代之的是瓷
盤、湯碗、筷子等日常的餐具。

客廳像是收拾過，比過往整齊。他溫柔地凝
視家人。

維成：我好久沒有睡這麼飽。

嘉美：辛苦了。

老二：我有兩個。

老大：你給媽媽一個。

嘉美：好，謝謝。來，你看，很多菜吧。

維成：我剛剛做了一個夢。

嘉美：什麼夢？

維成笑笑點頭，開始為孩子布菜，一家人談
笑著。

窗外的光斜射進來，愈來愈亮，直到一家人
隱沒在過曝的光裡。

遠處響起消防車的鳴笛聲。xv

✝

XV　關於這家人的結局，有多種選擇，嘉美是個沒什麼主見的女人，對她來說，人生至此，崩碎到無法還
　　原了，選了最痛的一種。這座人性祭壇上，必須有犧牲品。

31・日／蔡師兄車內（趙家外）／蔡師兄、鄰居、救護人員、權志

蔡師兄車才開進趙家的巷口，附近有看熱鬧的鄰居，他戴上帽子，湊上前向屋內探了探。

蔡師兄：不好意思，發生什麼事？

一具具屍體被救護員抬出來，臉上掛著呼吸器，但看起來都沒有任何反應了。

警察：樓上還有一大兩小，先通知服務中心，加派車輛支援。這兩個比較緊急，我們先送。

蔡師兄看見被醫護人員抱出來的小孩，驚恐地睜大雙眼。

蔡師兄聽見這些閒言碎語，摀住口。趕緊回車上。

蔡師兄一下子六神無主，不知道如何發動車子，突然有人用力敲車窗。

權志：蔡有儒，我是市調處金融犯罪小組羅權志，需要你跟我們回去一趟，協助調查一椿國際洗錢案。

32・日／莊園／慕淇、本生

慕淇前前後後找不到人，來到本生的書房，站在門口就看見一地的凌亂，本生倒在地上，他大吃一驚，正要往前查看，突然有人從身後用布蒙上他的鼻子，他眼前一黑，立刻昏厥。 Σ

EPISODE
第 12 集

1 · 日／地下室 B 號房／明曜

明曜被綁著，開始覺得頭暈、呼吸漸漸喘起來。

一片死寂中，只有明曜粗喘的呼吸聲。他試著放慢深呼吸，一次又一次。他開始緩慢地背著質數。[1]

明曜：2……3……5……7……

每背一個質數，明曜的呼吸就愈來愈平穩。

原本闃暗的四壁，像憑空浮現四片投影幕，畫面就在螢幕上閃現。

Insert：本生帶著眾人冥想

Insert：本生帶著眾人毆打慕淇，不斷響起皮鞭抽打在地板的聲音

明曜：11……13……17……

Insert：本生幫蓮心刺青，蓮心回頭一笑

明曜：19……23……29……31……37……41……

Insert：本生與蓮心進行窒息式性愛，他的雙手拉緊衣帶

Insert：本生率眾對紀新打罵，眾人的神態愈漸痴狂，紀新似已陷入昏迷

紀新闔眼的剎那，畫面像變成透明。明曜看見穿過一面牆裡，一個瑟縮在牆角的人，他消瘦，雙手抱膝微微顫抖。

畫面全黑。

✝

I　演員被繩縛高高吊起，沒有怨言。一旁的人再心疼，也只能做好安全措施，讓他忍忍。林暉閔是個好演員、有力量的演員，衷心祝福他。

明曜 OS：43……67……71……79……83……
89……97……[II]

2・日／調查局偵訊室／蔡師兄、權志、探員

偵訊時，蔡師兄略顯不安，用眼神探詢著。

權志好整以暇，像在等待什麼，一旁探員記
錄著。

權志：蔡有儒先生，我們正在調查一宗跨
國藝術品洗錢案，麻煩你協助調
查，據實以告。

蔡師兄：我想先知道譚嘉美還有她小孩的
狀況，他們現在怎麼樣？

權志：都在急救當中，高壓氧治療，一有
最新的狀況會馬上通知你。蔡有
儒，你車後面的行李袋裡面還有護
照，你是打算出國嗎？

蔡師兄搖搖頭。

權志：還有瀨野吉平的畫，都是你經手的
對吧，很會操作，賺不少嘛？那些
開曼的帳戶是怎麼回事？

蔡師兄發現權志連開曼帳戶都知道，猶豫要
不要吐露實情。但他還是否認了。

蔡師兄：我不清楚什麼開曼帳戶的事，如
果你是要問瀨野吉平的畫，就是
本生老師的作品。你想要知道，
你應該問他。[III]

權志闔上電腦，起身，像是得到了答案。

3・日／急診處病房／又雲

又雲坐在等候區，她拿出從維成身上搜出的
證物，是三本護照。

維成清醒過來，戴著呼吸器。

又雲和安怡一進病房，維成就忙著對他們比
手畫腳，試著想問太太和小孩的狀況。

安怡：他們還在急救。

維成不相信，急著要下床，他不顧身上還打
掛著點滴，要去看妻小。

又雲：他們現在在高壓氧治療中，你也
不能進去，你先躺著休息，你躺
著休息。

醫護連忙進來，幫維成加了鎮靜藥劑，他才
漸漸平緩。

安怡拿出一個塑膠袋裡，亮給維成看。

✝
II　我喜歡質數，像喜歡一些特別的人。他們多半孤獨，卻在你的生命中占有絕對的必要性。明曜能看見
　　什麼？或這一切都是他的幻覺？沒有人知道他那雙清朗的眼睛能看穿多少邪惡。

III　這就是所謂的「擠牙膏偵訊法」吧！互相探測知道多少，一點一點給。洗錢尤其是跨國聯合辦案，資
　　料訊息不完備，不會動手。比較感傷的是，「畫」本身具有魅力，但在利慾薰心的遊戲裡，它只是個
　　「代幣」。

安怡：趙維成，你身上這三本王漢平的護照從哪裡來的？

又雲打開手機相簿，裡面是本生的照片，給維成看。

又雲：這個人你見過嗎？

又雲又找出蓮心的照片給維成看。

又雲：看這裡！她叫李蓮心，你見過她嗎？

維成艱難地用紙筆寫下幾個字，「希格瑪，本生殺蓮心，我殺本生」。

維成：（指照片，艱難地比手語）我殺了他。

安怡：你殺了本生？你怎麼可能殺了本生？

又雲：蓮心被本生殺了？

4・日／莊園／權志、又雲、調查局幹員數名、員警數名

警車和調查局的車前後在莊園外停下來，權志剛關上車門，正好看見又雲從另外一輛車下來。他們行進間快速交換情報。[IV]

權志：這麼巧！妳也要抓本生？

又雲：（略開玩笑口氣）趙維成跟我說他殺了本生，我是來救他的。

權志：我查到動力會的大帳房蔡有儒，我跟他跟好久，他本來要開陳祥和的車跑走，還好我先逮到他。

又雲：我偵訊過他，他口風很緊，但是我覺得李蓮心還有陳祥和失蹤，一定跟這個動力會有關係。

權志：這個蔡有儒用瀨野吉平的畫幫本生炒作，非法洗錢，放高利貸，就是白手套。

一群人進到本生畫室，門口的樹上吊著黑色的東西。

權志和又雲走上前，看見黑狗YUKI被吊死在樹上。

十幾個人進入莊園開始搜索。

5・日／莊園本生畫室連房間／權志、又雲、調查局幹員

權志對著本生的畫室正在跳腳，裡面的畫有的被刀割破，有的被灑漆，這裡顯得格外凌亂。又雲一進來，看著驚嘆。

又雲：這些都是你的證物？

權志：本來是我的物證，現在都不是了。（指揮現場幹員）現場可疑的東西還是帶走。

IV　檢察官和調查局專案小組聯合辦案是很常見的事，有時還會因為爭功諉過而起爭執，但這一次兄弟上山得合作才行，畢竟他們面對的可能不只是本生或蔡師兄，背後看不見的手蠢蠢欲動了。

幹員們開始翻找畫室的抽屜、櫃子、雜物，有人在角落的地板下，找到一疊拍立得照片，拿給又雲，權志也湊過來。

照片裡是故意被擺出 69 體位，嘉美被皮繩綑綁成 SM 的樣子，手上還握著一條皮鞭，蓮心的浴衣開敞，露出刺青。兩個人都閉著眼，從拍照的角度望過去，似乎很陶醉的樣子。

他們兩人對望一眼，似乎覺得哪裡不對勁。

床背後的玻璃，以紅漆大大地畫了希格瑪的符號。

6．日／莊園本生書房／又雲、員警兩名

又雲在書房檢視，凌亂的現場像有人恢復原狀，地板上沒有屍體，也沒有血跡，乾乾淨淨。

又雲在角落撿到兩顆啟靈石。

一無所獲，沒有屍體，沒有血泊，書房很整齊，也沒有電腦。

本來書房還是一片狼藉，現在一切都回到正常的模樣。

員警拿著一盒水果紙箱送上來，又雲打開，水果箱裡面都是錢。上面還放著一張白紙，寫著「不管誰發現，祝你幸福」。

權志：連幽默都這麼值錢，不愧是本生老師。老李！這證物，清點一下。

又雲在發現水果紙箱的櫃子附近搜查，除了搜查到的那箱外，其他蓮霧香蕉的水果紙箱都是空著的。

權志：還祝你幸福？祝你幸福，這個一併帶走。

又雲在本生書櫃一格一格地找，書櫃上有一本紀伯倫的《先知》[V]，又雲依稀記得明曜在家裡讀給她聽。她把書抽下來，開始輕敲書櫃背板，空心的，果然發現一道可推開的暗門。

又雲拉開，一道蜿蜒的階梯往下，一片漆黑。

權志：請求支援，快。

7．日／地下淨化室／又雲、權志、調查幹員

在探員的指引下，權志一往下走，就聞到刺鼻的柴油味。

又雲下到最後一階，淨化室有三、四個大油桶，中間有一根長蠟燭插在燭台上，燒到一半。

他們還來不及反應，又雲把隨身抽菸的打火機塞到權志手上。

✝

V　刻意不選用同一本《先知》，但又雲記得這是明曜很喜歡的書。這是誰留給又雲的線索？如果她不在乎明曜的日常，這本書可能就被略過了。

又雲：都不要動！

蠟燭的燭油將滿未滿，快滴下來了。

權志：（叫）又雲！

又雲隨即以很輕的腳步，盡量不要引發一點點空氣的擾動。

又雲深深地呼吸，讓自己的腳步平穩，慢慢靠近。

沒有如大家以為的吹熄燭火，又雲伸手，徒手把燭心捏熄。[VI]

所有人才鬆一口氣。

調查幹員拿著長電筒在前面開路，他們往下走。走進長廊，完全沒有燈。

幹員們不斷摸索著往前，長長的走道，左右兩側都有門。他們摸著找到第一間，上面是一個大寫的 A 木牌。

幹員們想推開，但門鎖住了。

8 · 日／地下 A 號房／陳祥和、又雲、權志、調查局幹員

破壞鎖頭後，調查幹員推開門，一陣惡臭撲鼻而來，手電筒四處照，終於照到一個消瘦的身影窩在牆角。

又雲認得尋人照片，是失蹤已久的陳祥和。

又雲：陳祥和？你是陳祥和？

陳祥和消瘦到不成人形，輕輕點頭。但問他問題，他回答不上來。

權志指揮幹員們叫救護支援。

一群人又四處掃，整個房間都是空的。

9 · 日／地下 B 號房／明曜、權志、又雲、兩名幹員

一群人沿著地下室走廊，看到第二扇門。

權志：破門！

門一推開，他們感覺到有東西在空中晃動。

用手電筒一照，有人叫了又雲。

明曜：媽！

又雲完全沒意料到會在那裡找到被綁起來的明曜，她控制不住地奔過去抱住明曜。

又雲：明曜？你怎麼會在這裡？

又雲用權志遞來的小刀，趕緊把明曜放下來，權志幫又雲拆繩結，看見明曜身上的勒痕也忍不住鼻酸，又雲一面抹眼淚，一邊緊抱住明曜。

權志：（對幹員）你去幫我找一瓶水。

又雲：詹明曜你他媽的在這邊幹什麼？你為什麼會在這裡？

VI　誰會做出這樣的動作，而且就在這麼危急的時候？又雲是槍戰裡來去的警隊出身，思考方式也與常人不同。最重要的，她冷靜，且對自己有信心。

又雲激動地吼叫，明曜也沒力氣閃躲，被又雲抱在懷中。

10・日／地下C號房／本生父、權志

權志推開第三間的門，聽見維生儀器的聲音，這個房間沒鎖，按開關，溫柔的黃光灑滿房間，簡單的維生儀器，病床上蓋著被子，躺著一個人。

一架黑膠唱機，不停播《祝你幸福》，女聲洋溢在整個空間，權志趨前想看看床上的病人，用力拉開被子。赫然發現被子下面是一具不知道死亡多久的乾屍，全身被真空包裝，像一塊人形肉乾。旁邊還被放著一束永生花。 VII

11・日／急診處病房／維成、譚母、安怡、護士

維成再次開眼睛，一張臉在他面前。

譚母面目猙獰地瞪著他。

譚母：我的寶貝女兒，你為什麼會害死她，你到底對她怎麼了？為什麼會害死她？你害死我的女兒，害死我的孫子，你把我女兒還給我。

維成驚惶失措，連忙坐起來。

譚母：我的寶貝女兒，我的三個孫子。（漸漸失控）你害死，害死我的女兒。（開始捶打維成）你怎麼會讓她去自殺，連三個孩子都一起死死去了。你到底在做什麼？

維成聽見「死去了」，腦袋轟一聲炸開，周圍聲音突然退得好遠，只有譚母哀嚎的聲音忽大忽小。所有的聲音突然又回來，還帶著一個高頻刺耳的長音，像刺穿他的腦。他跳下床，想去見他們。

譚母：你害死，你害死我的女兒，你是凶手！你害死的！你害死的！你害死我女兒，你是凶手！你把女兒還給我！

護士和安怡進來，制住譚母，把她帶離。

維成開始哀鳴哭泣，像老狗般哀嚎，不停用頭撞著身後的牆面。 VIII

12・日／醫院病房／又雲、明曜

明曜已經清醒過來，只是身體虛弱，正在注射點滴。又雲看看著他手上被繩子綑綁的痕跡，十分不捨。

✝

VII 我可以說，這是本生為自己打造的家，牆上的畫、始終播放的黑膠音樂，還有不死不枯的花，都是他要的永遠。

VIII 只是寫出這行，就足以令我哭溼鍵盤。維成活下來了，但家也沒了，他還能找到什麼方法讓自己活下去呢？從頭到尾，他做錯了什麼？

這時又雲不是一個檢察官，而是個普通的媽媽，她的眼睛又紅又腫，看起來是因為擔心而哭過了。

明曜：媽，對不起……

又雲：有沒有哪裡不舒服？我去找醫生過來。

明曜：我只是沒吃飯，沒什麼力氣而已。我現在好很多了。

又雲：你都脫水了，你差點跟紀新一樣。

明曜：我們不一樣，我還活著。

又雲：你跑去那邊做什麼？你去那邊做什麼？

明曜：我只是想要去看清楚他到底是怎麼樣的人。

又雲：你見到本生了？

明曜：還講了很多話，我不知道怎麼形容，但是他真的做了很多很不好的事情。你們抓到他了嗎？

又雲：他有提李蓮心嗎？

明曜：沒有提到。媽，我覺得，蓮心已經不在這裡了。

明曜不知道又雲需要他做什麼，他想到蓮心和紀新，像是感受到什麼巨大的悲傷，眼淚一排排湧上來。

又雲緊緊抱住明曜。

13．日／偵訊室／凱莉、又雲

隔離偵訊，凱莉看著平板上從莊園進入開始，平板裡是搜索莊園的紀錄影像，地下室的煤油、死去的黑狗、地下的長廊和三個房間，當她看到明曜被五花大綁，吃驚得說不出話來。

又雲：譚嘉美一家人瓦斯中毒，她跟三個孩子都死了，只有她先生活下來。

凱莉：（大驚）自殺？

又雲：應該是，我們還在釐清案情，但是據她先生的說法，這跟動力會有很大的關係。

凱莉：這跟動力會有什麼關係？妳這樣的說法我不接受，而且本生老師怎麼會不是本生老師？你們不可以這樣汙衊他，他從來沒有對我做出什麼不禮貌的事，我的乳癌腫瘤變小這是真的吧？這不能作假吧？[IX]

又雲：妳的病情好轉，有很多種理由。但是這些人被殺害、被性侵、被囚禁、被欺騙，卻只有一個原因。妳到現在還真的以為本生在幫紀新做淨化儀式嗎？

凱莉看著又雲，起身走出偵訊室，又和明曜一起進來，他手腕的傷口都還包紮著。

凱莉：明曜？

✝

IX　直到現在，凱莉還在袒護本生，可見痴迷的程度。

明曜：秦老師！

明曜坐下，拆開繃帶和掀起上衣，露出一條條被綁過的血痕，凱莉看呆了。

凱莉：明曜你怎麼了？

又雲：我差一點失去我兒子。

明曜：秦老師，本生他告訴我，是因為你們不願意去多想，只要你們再多想一點，就會看到到處都是破綻，妳不能因為不敢承認自己受騙，就選擇不看、不思考、不去判斷。妳真的覺得本生老師有可能比妳還要了解紀新嗎？老師，妳真的覺得紀新吸毒，需要戒毒嗎？

又雲：那天晚上到底發生了什麼事？

凱莉看著又雲，但眼神空茫。

14・日／偵訊室／蔡師兄、權志、又雲

權志看著蔡師兄，面色嚴肅，一言不發。

又雲：譚嘉美跟三個小孩搶救無效，都死了。

蔡師兄像被重擊，一下子不知道自己聽見的是什麼，錯愕。

又雲：你沒聽錯，譚嘉美帶著孩子自殺了，只有她先生活下來。她是動力會的研習師吧？

蔡師兄腦海中閃過往日和嘉美在一起的種種回憶。

又雲：她的自殺跟你們有關嗎？

蔡師兄：（難過得說不出話）我不知道……我不確定……應該有吧！本生……本生老師呢？

又雲：他目前下落不明，我們已經發出全面境管，他逃不掉的。

權志搬了椅子坐到蔡師兄旁邊。

權志：動力會現在不只洗錢案，還涉及多起命案，你如果願意轉做汙點證人，把知道的一切都說出來，檢察官很有可能讓你從輕量刑。你年紀也不小了吧，光陰有限，能少一年是一年，對吧？拿證詞換時間，沒有比這更划算了。（逼問）幫費慕淇的電影集資是個幌子吧？也是你操盤的？那錢呢？

權志把平板推到蔡師兄面前。

權志：費慕淇的帳戶是假的吧？打開你自己的帳戶。

蔡師兄見他們掌握許多資料，輸入帳戶密碼，裡面已經歸零。

蔡師兄：（大驚，又重複試了幾次）怎麼回事？怎麼會這樣？

權志：（早已知道）你很驚訝嗎？

蔡師兄：我在開曼開了兩個帳號，一個就是本生老師的，我讓所有投資者的錢都匯到那邊去了。

權志：然後你再到暗網，把錢轉到你自己的帳戶。

蔡師兄：（急）我親自確認過了，錢有進去。但我不知道為什麼現在錢完全不見了。你們要相信我，我說的是真的，我沒有騙你們。

權志：（笑）我們相信你，我們也查過了，錢在轉進來的同一天就又轉出去了。

蔡師兄：怎麼可能！怎麼可能？

這樣的結果，蔡師兄不驚訝。它還是發生了，他永遠逃不過本生。

權志：蔡有儒，這是你最後的機會了，你要知道本生那個人很狡猾，對吧？如果今天換做是他在這裡，他早就把你們通通出賣了。X

又雲：三島長月死的時候你在現場嗎？陳祥和為什麼被囚禁在地下室？李蓮心現在人又在哪？交代清楚。

又雲的聲音從遠處傳來，蔡師兄神情空茫，掉入自己的回憶。

Insert：蔡師兄與嘉美的初次見面

Insert：蔡師兄和嘉美一起的那片樹林

又雲：本生應該知道你想離開他，離開幸福慈光動力會。你的行李裡面有護照，還有機票，你打算帶著這一大筆錢走嗎？

蔡師兄：還有嘉美。

Insert：嘉美被醫護人員推出家門時的側臉

15・日／莊園後樹林／ 又雲、安怡、警方十多人

安怡在現場監督，又雲剛到，巡視了解情況。

樹林已經被挖出數個洞，有人挖到一塊類似破碎的地毯，他們開始拚命往下挖。

沒多久，泥土裡浮出一塊開始腐爛的人體皮膚，上面有個太陽符號的刺青。

16・日／檢察官辦公室／又雲

又雲正在檢視牆上的資料，陷入沉思。XI

17・日／雙體帆船的船艙 XII ／慕淇、本生

慕淇迷濛間醒來，他昏昏沉沉地從船艙裡的房間走出來，有些狼狽，他的雙手被銬著手銬。

✝ ───────────────

X　蔡師兄原來想弄走本生的錢，遠走高飛，永遠離開，但他沒想到這個意圖早就被本生發現，幕後的力量更是一清二楚。和惡魔的黑暗比起來，蔡師兄還太淺。

XI　案子沒有了結，本生和慕淇都失蹤了，又雲尤其擔憂慕淇的安全。

XII　這艘帆船，在長月的海葬上使用過，純白的帆被風吹得鼓鼓的。帆船沒有賣，希格瑪莊園也不知是誰的。慕淇以為的奉獻，最後成全了自己的犧牲。

眼前一個短髮的男人背影，頭上還貼著白色紗布，慕淇意識到自己在船上，神色驚惶。

沒有長髮，背影看起來就像個普通的精壯男子。慕淇還沒靠近，男人一轉頭，慕淇很驚訝他竟然是本生。

慕淇：老師？

慕淇還暈著，挨著椅子坐下。

本生倒了一杯紅紅的蔬果汁，在慕淇面前喝起來。

本生：這剛打好，很健康。

慕淇很渴，身體發疼，看著本生喝起果汁，他忍不住說。

慕淇：可以給我一杯水嗎？我很渴。

本生拿來一瓶水，慕淇想接過去，但手被銬著，本生沒有幫他解開，示意他張嘴。本生把水倒進慕淇口中，但沒有停手的意思，直到慕淇被水嗆了，他才收手。

慕淇察覺到有異狀，想弄清楚狀況，打量周圍，發現置身在一望無際的海中央，大驚失色。不解地問本生，本生態度冷漠。

慕淇：老師，你不是受傷嗎？為什麼我們不在莊園，在船上？

本生：沒有希格瑪莊園了，都燒光了。

慕淇：燒光了？我們不是花了很多錢才把希格瑪莊園買下來？不對，蔡師兄不是把船賣了，拿去付頭期款嗎？到底怎麼回事？我頭好痛⋯⋯

本生：裡面有不好的東西，燒光了比較乾淨。

慕淇：紀新的惡靈嗎？對吧，是紀新的惡靈，我才會變成這個樣子，對吧？

慕淇渴望答案的眼神，讓本生感到無比滿足，他不屑地冷笑。

本生：你真的是⋯⋯很可愛，我來跟你說一個故事好了。

本生走近慕淇，不懷好意。

本生：故事的一開始是，我去參加了叛徒三島長月的告別式——（停頓）你一定知道長月的毒蟲老爸把她們家給毀了，心裡傷痕累累的長月在幸福慈光動力會才找到愛。

18・夜（回憶）／辦公大樓頂樓／三島長月、陳祥和、蔡師兄、本生

長月邊講電話，沿著曲折的安全梯走上辦公室頂樓，風迎面撲來。她四下張望，找陳祥和，不見人影。

長月：陳祥和！

長月走出來，看見陳祥和站在屋頂的邊緣，看起來搖搖欲墜，長月大驚，叫他。

長月：你在幹嘛？你要做什麼？

陳祥和：對不起，真的很對不起。

長月：（氣）我找你幾天，你都不接電話不回訊息，你不知道我在等錢開拍嗎？

陳祥和：對不起！真的對不起。

長月：那五千萬在哪裡？（看他愁苦的表情，又制止他）你不要想不開，你先下來，我們好好談。

長月慢慢靠近，一面勸說。陳祥和往樓下探看，略感暈眩。

長月：陳祥和，你先下來，五千萬的事情我們可以好好說。我們到辦公室聊一聊好嗎？

長月不知何時已經走到陳祥和身旁，抓著他，怕他掉下去。陳祥和一臉歉意。

長月：有事情我們可以好好說的，你不要想不開。

陳祥和：我也是不得已，妳不要怪我。

本生：不怪你要怪誰？難道要怪長月嗎？

本生的聲音傳來，長月看見本生和蔡師兄出現在她面前，面露驚恐。

長月：老師！蔡師兄！（對陳祥和）是你帶他們來的？

本生：（笑）長月，妳有一段時間都沒來共修，大家都很想念妳。

長月：電影要開拍了，最近忙到沒時間。再看看吧⋯⋯

本生：要拍電影好偉大。（態度陡變）妳就用「再看看」唬弄我們啊！

長月：老師，我真的很忙，費先生那邊的事情真的很多。

本生：妳一直說要招募他，但是妳從來沒有帶他來過，還是妳一直在騙我？背叛希格瑪的叛徒我不喜歡。陳製作說妳知道那批咖啡包現在在哪裡。

長月和陳祥和被困在狹窄的平台上，進退無路，蔡師兄拿出一把槍對著他們。

本生：（嚴肅）那批咖啡包在哪裡？

長月：老師，那批咖啡包流出去會害死很多人，我不會告訴你。

本生：你現在是要用五千萬跟我換兩億的咖啡包嗎？

長月再看看陳祥和，立刻明白怎麼一回事。

長月：陳祥和，原來你把五千萬交給老師。

陳祥和：那是老師的週轉金，妳只要把那咖啡包的下落告訴他們，老師就會把五千萬還給妳了。

蔡師兄：長月，妳就聽老師的。跟我們講咖啡包的下落，就沒妳的事了。

陳祥和：老師會原諒妳，他不會跟妳計較。

本生：對。

陳祥和：妳趕快把咖啡包交出來。

長月：（見狀，突然對陳祥和）咖啡包的事情不是你告訴我的嗎？你也知道咖啡包在哪裡。

陳祥和：（大驚）我怎麼知道咖啡包在哪裡？

蔡師兄：陳祥和，你現在在玩什麼遊戲？是在唬弄我們是不是？

長月：你還找我一起離開動力會。

陳祥和：妳怎麼可以亂講？

長月：你明明知道！

本生：吵死了，你們兩個！我記得你們的極限課程都還沒上完，對不對？（本生拿了一條繩子繞住他們）繫在腰上會玩吧？你們誰贏我就相信誰。

蔡師兄拿槍指著他們。

蔡師兄：綁啊。

本生：這麼簡單的事，搞得這麼複雜。快點！用力！用力！誰會贏！用力！誰會贏！

本生在一旁跳起了祈雨的舞蹈，腳步凌亂，還大聲重複著「用力！誰會贏！」，用聲音動作威嚇兩人。

長月和陳祥和不得已拿起繩子，兩人開始互相施力，繩子在鬆緊之間，兩人都小心緊繃著控制力道，突然本生叫了陳祥和一下。陳祥和嚇到手一鬆，長月往旁邊一倒，整個人從平台上摔出去，傳來一聲墜地聲響。

陳祥和、蔡師兄嚇到了，陳祥和往下探看，長月已摔到一樓，動也不動。

陳祥和：長月，長月，怎麼會這樣？

本生：（對陳祥和）你殺了她？

陳祥和：我沒有殺人，是她不小心掉下去的。長月！

本生：你殺了她，不是你會是誰？難道是我嗎？

高樓風呼呼吹，蔡師兄驚惶，白著臉，不知道該怎麼辦，這個結果超過他預期。本生探頭往下看，回身對陳祥和說。

本生：現在只有你知道咖啡包在哪裡了。

本生微笑。

19・日（回憶）／地下室 A 號房／本生、陳祥和

本生用鞭子在地上唰唰唰地打出嚇人的聲音。

陳祥和縮在角落，四周散落著尿布。

本生：你殺了長月。

陳祥和：沒有，我沒有。

本生：你不鬆手，她怎麼會掉下去？

陳祥和：是老師一聲令下，她就飛下去了。

本生：陳祥和，咖啡包到底在哪裡？

陳祥和：我不知道，是她亂講的。

本生：你很快就會想起來了。

本生這一鞭就不客氣地刷在陳祥和的腿上了。

本生：（笑）現在想起來了嗎？

陳祥和：沒有，我怎麼會知道。

本生又是一鞭，嚇到陳祥和逐步往後退，躲到牆角。

本生：（笑）你需要一個人靜一靜。

陳祥和：不要走！老師，這裡好可怕，這裡怪怪的，帶我出去好不好？老師！老師不是講，愛是原動力，愛是吸引力嗎？對不對？帶我出去好不好？

本生沒有理會，他重重關上門，陳祥和就此被囚禁在地下。

20．日／雙體帆船的船艙／慕淇、本生

本生：你嚇到了啊？覺得長月很可憐？你不要一臉無辜，你在利用長月的時候，你從來沒有客氣過的。你看看你，沒有長月，你變成什麼樣子？

慕淇：老師，可以先把我鬆開嗎？我好痛。

本生：鬆開？鬆開你要去哪裡？這裡茫茫大海，衛星導航壞了，連我都不知道我們在哪裡。你想要跑到哪裡去？

慕淇身體的疼痛愈來愈明顯，意識愈來愈清晰。他的懷疑愈來愈多。

慕淇整個人呆了，腦中閃過一幕一幕在動力會發生的事。

本生沒理他，逕自走到船尾，慕淇也跟了出來。

慕淇：所以幸福慈光動力會是假的？

本生：愛是原動力，愛是吸引力，愛是我和你，哪一句話是錯的？哪一句話是假的？

慕淇：那些課程都是騙人的。

本生：問問你自己，參加課程之後，你改變了不是嗎？你看你到現在都沒被嚇壞，就是那時候訓練出來的勇氣。

慕淇：淨化儀式呢？紀新根本沒有吸毒，根本沒有惡靈，是你，是你活活把他弄死的。

本生：對，他死了。難道你沒有動手嗎？蔡有儒他本來不應該背叛我，但他喜歡上嘉美之後，他腦袋就壞了，他竟然想要偷我在開曼帳戶裡的錢。

慕淇：那是要用來拍電影的資金。我們不是跟投資者說好了嗎？那是用來預備要拍片的資金，那是要拍電影的。是你們用我的名義集資，是你需要這筆錢？

本生：對，你終於發現了。你們那些會員隨喜、上課的學費、蔡師兄洗錢賣靈畫，都比不上「費慕淇要拍電影」來得好用。你真的以為你要當導演？要拍片？大明星。

慕淇：那就把錢拿走就好，你綁我幹嘛？

本生：綁架你是不小心的，他們帶走我，就順便連你一起。

慕淇：我求求你，你放了我，錢全拿去。

本生：慕淇，錢不是我要的。我是替爸爸辦事，事情沒辦好就會被處罰，就像現在這樣，我們被拋棄了……

慕淇看著面前的本生，完全不是原來那個老師，本生的胡言亂語，他搞不懂是真是假，覺得自己像在一個噩夢理。

本生沒理他，船發出聲音，本生開始在船的四處找油桶，慕淇趁機躲到船艙另一側。

慕淇趁本生沒注意，往甲板上移動，但他不知道可以逃到哪裡，他往距離本生最遠的方向走。他一轉頭，本生就在他後面。

本生：你不是很乖？

慕淇：（掙扎起身，往甲板上去）放開我！放手！

本生把慕淇拖到欄杆旁的位置，拆下他一側的手銬，銬在欄杆上。

慕淇得到一隻手的自由，他想攻擊本生，根本打不到，他拚命掙扎，沒有用，又氣又難過又害怕，開始亂吼亂罵。

慕淇：放手！

本生：（欣賞慕淇絕望的神情，覺得有趣）你知道騙人最有趣的時候是什麼時候嗎？是看他被騙上當的樣子，另外一個就是看著他知道真相，知道自己被騙……那種表情……慕淇，你應該看看你現在的樣子。（誇張）這種為生命掙扎的勇氣，太感人了。

慕淇：（開始崩潰）為什麼要騙我們？你為什麼要騙我們？我們這麼相信你……

本生：你們，你們，你們，煩死了，是你們不想面對問題，找我要答案，我給了啊，不是嗎？然後呢？我講的每一句話都是真相，你們有任何一個人在意嗎？沒有！你們要我做神的事，我就只好當神。

慕淇：是你洗腦我們，是你控制我們，是你創造那什麼希格瑪教義，從頭到尾就是你設的局。

本生：是你們不想面對自己，你們想要有一個人幫你們作主，就像現在這樣，所有的問題都是別人的問題，你們自己呢？自己從來都不用負責，怎麼樣，怪我了？

慕淇：（無法接受）為什麼要告訴我這些？為什麼要告訴我真相？為什麼要跟我說真相？為什麼要殺死紀新？為什麼為什麼！你為什麼不乾脆殺了我算了？

本生快速地在慕淇腰間插進一刀。慕淇意識到痛，血從腰間沁出來，他用另外一隻手捂著傷口的位置，絕望地看著本生，這時他才開始感覺到痛。

《聖母頌》的音樂響起。

本生：（陡然變臉）我要殺你的時候就會殺你，不用你下命令。

本生：（笑）你看，我是不是有求必應？

慕淇：（絕望）老師，你不是很愛我們嗎？

本生：你不覺得很平靜嗎？我把帆升起來了，又沒什麼風，船根本動不了。（突然激動）他們連油的備料都沒有留給我們。

慕淇：（絕望）你不是說你很愛我們？

本生：你們自己以為充滿靈性，口口聲聲說愛，我告訴你，這一刀就是愛，愛是用來詛咒自己的髒話。你們敢講，我都不敢聽。

本生往甲板上走去，面朝大海，像是要平靜自己。他來回走，語氣時而悲傷，時而激憤，像在演說似的。

本生：動力會、希格瑪教，對你們來說，意義到底是什麼？只不過是讓你們躲起來的遮羞布。

本生：（突然溫柔，像在讀詩，對慕淇，臉靠得很近）慕淇，從你們把心交給別人作主的時候，什麼愛和幸福都只是用來滿足自己的謊話，騙自己活下去。（英武）但我跟你們不一樣，你們需要我，我什麼都不需要。

本生愈走愈靠船邊，慕淇像是察覺到什麼，但他沒法動作，他的傷口還在流血，全身無力，但此刻，本生是他活下去的唯一希望。

慕淇：老師你別走……老師，求你……你不要丟下我，老師，老師你救救我。

本生：（微笑）總有一天，你們會被拯救！

本生往甲板丟了一把鑰匙。

本生面向他，拋了一個飛吻，如向過去屈身謝幕，轉頭跳進海裡。本生落海，發出很大的聲響，隨即平靜了。慕淇掙扎著看向本生跳海的位置，海面上什麼都沒有，飄著一朵白玫瑰。本生緩緩往海面下沉。

慕淇好不容易勾著那把鑰匙，試著開啟，但發現那不是手銬的鑰匙，他拚命試，身上還滴著血，絕望地坐在甲板上。藍藍的海面圍繞著一艘白色的船，遠遠看去，像是什麼悠閒的人在度假。慕淇不知道船會漂浮到哪裡。船身漸漸在藍色的海洋上成為一個小白點，直到完全看不見。

◢ 全劇終 ◢

EPILOGUE
劇 本 後 記

沒有什麼好故事是一句話可以說完，從故事到劇本，之間大約隔著一座岡仁波齊山，你得轉上去，再轉下來，才會得到足以拍出好劇的文本。未必要寫到蠟炬成灰，但時間和距離，總是需要的。

多寫點字不必繳稅，真的用不著那麼精省。開始在電腦上寫《我願意》的故事大綱是2019年5月，出版前的最後審視是2022年7月，與首次播出同時。而歷經三年多，故事的核心、主要人物設定、情節走向，除了因預定演員辭世修改，幾乎沒有變過，甚至沒有妥協過。

沒有因為要討好誰或自我審查而大幅修改，現在看到的樣貌，完全符合寫這部戲的初衷。我要感謝自己：洛纓，你又做完一件事了。再來要做⋯⋯

2022.8.1

THE AMAZING
GRACE OF Σ

沉浸式劇本 ✝ 創作全紀實

吳洛纓、絡思本娛樂製作————著

自序

從開始到完成

吳洛纓

我常問自己，為何還在這裡？和悲喜為鄰，與文字為伍，始終反覆地碾壓日夜，終究到哪裡才能棲息？

想對世界說些什麼，都會有起心動念的那刻，一心要完成這齣戲，很難說不是從七歲開始讀報紙社會版的結果。每次都像是從零到一，進而求他人心裡的無限。真實人生的叩問魯直又血腥：人間何以不如意？人心如何不驚懼？純金才足以延展，這是意念的可貴，一如往常，必須日日夜夜與之相濡以沫，使其燃燒震顫，像在風中用力撐持一把大傘，在光影聲息裡前行，才能成就這場夢境。

終會令人歡愉或悲憫，或僅是對這世界翻了個白眼，在在無法算計。

餘生如何召喚《我願意》靈光花火的片刻？書這素樸的形式，是時間用來破解記憶的密碼，不求最特別，但願我記得。

渲染

當悲傷襲來、婚姻卡關、生活壓力愈來愈重，
總有一個人、一個地方能無條件接納你的所有苦難。
但當這心靈的庇護所日漸扭曲、變調……
你，能逃開嗎？

大明星費慕淇的經紀人三島長月無預警墜樓，即將開拍的電影製作人陳祥和也不見蹤影。在經紀人葬禮上，慕淇結識幸福慈光動力會的本生老師，慕淇在他最需要的時候接住他的心，使他對老師愈來愈相信。

高中輔導老師秦凱莉，是動力會的執行長。在她眼中，無論是感情事件或校園霸凌，都只有本生老師可以解決。她的同事小璇、學生李蓮心皆在她介紹下入會。蓮心還因此與本生發生性性關係，且在一次窒息式性愛中被本生失手勒死。家境窮困的信徒譚嘉美，正好撞見此事。為了不讓目擊者到處張揚，本生對她性侵錄影，威脅她協助

棄屍成為共犯，導致她完全崩潰。

本生的左右手蔡師兄心底偷偷關心著嘉美，平常則帶著慕淇以拍影為名集資。而追著慕淇跑的娛樂記者許書晴，為了點閱率也報名參加極限課程，成為最忠誠的信徒。

凱莉的兒子紀新正處在叛逆期，凱莉懷疑他有毒癮，帶他到動力會，希望老師開導他。紀新在淨化課程中被教眾痛打到奄奄一息，凱莉送他去急診已回天乏術。

慕淇和本生被黑道綁架追債，這使慕淇開始起疑，不知道這是不是老師和蔡師兄布下的局，要把他的現金榨乾。

嘉美的瘖啞丈夫趙維成獲知妻子的遭遇，到莊園找本生理論並取回影像，衝突中把本生砸至倒地，血流如注，返家卻發現絕望的嘉美帶著三個孩子自殺身亡。

凱莉的女兒紀美在羈押現場對媽媽喊話，希望媽媽別再被有愛走

遍天下的幻覺蒙蔽雙眼。

檢察官詹又雲一路追查這些失蹤、自殺、傷害致死，發現都指向幸福動力會和希格瑪莊園，率領刑警安怡進行偵訊和搜查，才發現自己的兒子詹明曜因為關心好朋友，獨自跑去找本生理論而被關在裡面。

金融小組的羅權志則深入調查集資洗錢案，一樁樁不法事件逐漸被揭開。然而人性的糾葛纏結，又該如何解開呢？

三島長月・慕淇的經紀人
（田中千繪飾）

許書晴・娛樂記者
（劉倩妏飾）

工作夥伴

工作對象

費慕淇・大明星歌手
（炎亞綸飾）

羅權志・調查局專員
（陳家逵飾）

工作夥伴／情人

小璇・地理老師
（王渝萱飾）

詹又雲・檢察官
（柯淑勤飾）

工作夥伴／仰慕

安怡・刑警
（謝章穎飾）

母子

李蓮心・高中生
（王渝屏飾）

同學／暗戀

詹明曜・高中生
（林暉閔飾）

我願意
THE AMAZING GRACE OF Σ

人物關係圖

事業合作

信仰關係

陳祥和·電影製作人
（林志儒飾）

蔡有儒·動力會蔡師兄
（鄒承恩飾）

本生·Anything
（姚淳耀飾）

暗戀

夫妻

趙維成·校車司機
（楊大正飾）

譚嘉美·清潔婦
（吳奕蓉飾）

同事

師生

母女

秦凱莉·輔導老師
（高慧君飾）

母子

父親／孩子

母親／孩子

趙家孩子

紀美·高中生
（宸頤飾）

兄妹／同學

同學

紀新·高中生
（劉晉瑋飾）

老師，你是真的喜歡，還是為了要鼓勵我？

——慕淇

人如果不相信點什麼，要怎麼活下去

把一些亂七八糟的東西都加在一起，

就沒事啦，是不是很奇妙？——

凱莉

我活著就是為了尋找自己的價值，

而不是尋找什麼救世

誰飛黃騰達的時候會想要得到這種心靈依靠？

一旦日子過得不順遂，

什麼佛啊，神啊，上帝啊，什麼都好。

誰對他好，誰就能主宰他。

——本生

我也有我自己的靈魂要修練啊！

我就不能暫時放一下我自己嗎？

——嘉美

被囚禁、被欺騙，卻只有一個原因。——又雲

妳在這邊待愈久，

妳就愈離不開本生老師和這邊的師兄姐弟們。

老師說，愛是吸引力，應該就是這個意思吧！

——蔡師兄

創作

故事怎麼開始的？
從編劇的初心，到集體的「我願意」，
他們如何發想、架構、編織、烘托，
打造似真似幻的戲劇世界？

「我願意」是找回心的主導權

編劇／導演——

吳洛纓

長期關注各式社會議題，更關照變動之下的幽微人心。在不得不前行的新世紀，我們打從心底渴求的到底是什麼？這次，吳洛纓以新興宗教題材為引，不僅刻寫人性，也叩問每個人終極的心靈歸依。

從個人崇拜到世代失聲

過去一直關注新興宗教與集體狂熱的議題，卻未曾想過將它書寫成劇。直到二〇一五年發生輔大性侵案，一群曾參與社會運動的理想之士如何抹滅事實、公審受害者，只為了鞏固權力核心。加上國內外幾場選舉公投的發燒現象，都令人

照變動之下的幽微人心。在不得不前行的新世紀，我們打從心底渴求的到底是什麼？這次，吳洛纓以新興宗教題材為引，不僅刻寫人性，也叩問每個人終極的心靈歸依。

怵目驚心。

盲目的個人崇拜讓人警醒，也驚覺如同政治人物的渲染操弄，在本質上與一些極端教派或非一般宗教極其相似——用具煽動性的口號，將信眾置於真假的虛幻中，鼓動非理性、追求去個別化、政治偶像崇拜。一夕間，追隨者好像有了生命的方向，展現出靈魂的快速轉變，重新燃起生命的熱情與希望。

踩進二十一世紀，我們看似擁有很多發聲管道，事實上卻在眾聲喧嘩中被淹沒，依附似是而非的價值。作為網路原生代的年輕人則懷片，乃至我的生命歷程和生活周遭

的語言，找到也無處交流，索性展現冷酷的樣貌。

於是，《我願意》這齣戲便以台灣從未嘗試過的新興宗教題材，來探究這種時代下人心的喧囂與孤絕，更希望跳脫常被新聞簡化的標籤，細梳虔信者與領袖的關係——布道者有何方能耐，讓人甘願追隨？信徒又如何在依附與被操弄下，陷入無可挽回的境地？

不相信點什麼，要怎麼活下去？

從X Japan主唱歷劫重生的自傳，到各國關於新興宗教的紀錄

形形色色的信徒面孔，他們的各方

《我願意》拍攝用劇本封面。

演員林暉閔（左二）與姚淳耀（右一）有精彩的對手戲。

面都在受苦，因而劇中說——「人如果都不相信點什麼，要怎麼活下去？」

當你說出「我願意」，源自信任和安全感，驅作出一個必須絕對履行的承諾，像極了婚姻。信徒與教主的關係甚或比一般人在婚姻中來得更加緊密，那是心的託付和赤裸的交流。教主口中的道理乍聽都美好如斯，問題在那都不是從信徒的生命經驗中提煉出的覺醒，去掉了個別歷史的差異，沒有脈絡，更似心靈雞湯式的金句餵養。信徒當成解藥，再難受也吞（物理上與精神上都是）不少為了追求解脫，終究釀成悲劇。

這些人性撕扯不是家常、不是調笑、不是哏，非常仰賴演員們以心相許。從學習導演迄今，演員在我心中一直像是珍奇異獸，他們理當得到特殊對待，不是寬綽的休息車，而是好角色、好對手。

《我願意》的導戲過程，面對生命歷練豐沛的資深演員，我只需要與他們確認對角色的理解、表演策略。面對年輕演員，必須引導他們了解劇本背後的動機與目標。

26

我的確「偏愛」演員，他們多半脆弱。如何讓他們在戲裡唱念做打，如同踩石頭過河，不得不搏且驚險刺激，比起對劇本文字，更希望他

拍攝時，無處不思索。

們體會到這些顫巍巍的步伐有音樂感，舉手投足都是舞蹈，是藝術創作。

誰是你的靈魂代言人？

人很奇妙，心會放懶，特別在人生低谷，放棄方向盤，讓別人來開自己的車，更因為遭遇打擊受挫，就認為自己根本不會開車。

我們時時揣著自己受苦的心，它滾動而燙手。當人害怕、又不想暴露脆弱，就希冀有一雙更強壯的手臂接過它，連自己一起，讓唯一且不容質疑的靈魂代言人為自己指引方向。

這不是個獵奇的儀式，沒有活人獻祭，沒有陰陽和合，那些二看便知的伎倆，只是滿足私欲。悲劇新聞在標題下被簡化情節，他們只是加害人與被害人，而我想把他們當作一個人來對待，在他們之中，感受他們的經歷，多少讓角色映射出的大眾了解，「有人真的願意聽聽發生什麼事了」。

希望《我願意》這齣戲能讓人停下來，重新思考我們曾相信的一切。這是檢視，不是革命。當我面

對困頓時，我會用手掌撫著心，告訴自己不要怕，你有對自我堅定的信念，你會好好照顧自己的心，不再恐懼。

在這個故事裡，我想說：「我願意」好好活下去。

與演員在場景一隅促膝長談。

我願意，無條件地不相信

導演── 姜瑞智

從高話題BL劇、奇幻偶像劇，再到破億黑道電影，姜瑞智以導演身分在外闖蕩後，又回到老師身邊共執導筒。他自比諸侯，從旁輔佐，當那最後一個無條件不相信的人。

從旁輔助的第二導演

拉掉合作關係，我是洛導劇本課的學生。她就像孔子，桃李滿天下，學生類型各有不同。我並非一直跟在老師身邊周遊列國的學生，而像是從她身上習得一技之長後，帶著所學去幫助他國的諸侯。再回到老師身邊，根據先前在外發展、工作累積的經驗，告訴她當今局

勢，也帶來我在外多年所碰觸到的資源。

因為《我願意》是洛導的劇本，合作上我偏向輔助角色。拍攝時以自身的導演經驗，幫助她實踐文字中所希望呈現的。如果發現哪匹馬好、哪把弓好、哪個盾好，便也將之引薦給老師。舉凡美術、燈光、選角、特效、動作、剪接指導等主創人員，皆是由我引薦而來。

透過《我願意》拉來不管是我自己欣賞或者合作過的好夥伴，背後的思考更是──我這個世代的創作者，說年輕，也不算年輕了，是時候去做到承先啟後與接軌，希望有能力的新人可以冒出

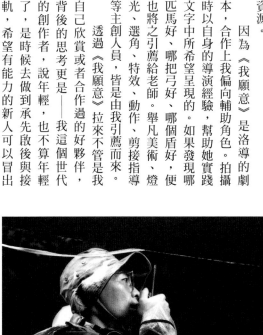

頭來，而非墨守成規，只相信自己願意相信的。

始終抱持懷疑的創作

電影《十二怒漢》（12 Angry Men）中提到：「當所有人都無條件贊成時，最後一個人要無條件反對。」一樣的，當所有人都相信的時候，做為最後一個人，我要無條件地不相信。面對《我願意》的題材，始終抱持懷疑的態度，是在田調時可以保持自我的一種方式，它讓我不會動搖。無論新興宗教或成長團體，自始至終，我沒有真的相信誰可以療癒誰。

然而，懷疑不是去推翻或否決，我只是想要提出我「感覺過不去」的問題，也想知道當我提出問題時，對方會怎麼回應自己。也因此，「我不相信」便成了我在拍片現場很直接、有時候又像開玩笑般的口頭禪。

當演員告訴我哪邊他感覺自己做不到，我回覆「我不相信」；工作人員對我說這個地方可能沒辦法拿到什麼道具，我也回「我不相信」。有時這樣很討人厭，但有時信。

營造一場大型演唱會

從表演到剪接，我很看重戲劇的節奏，那影響著作品如何帶觀眾進入這個故事。我要帶觀眾散步，就像欣賞侯孝賢的電影那樣緩慢而舒服？還是讓他搭乘雲霄飛車，如同看麥可・貝（Michael Bay）的片子，不斷被衝擊？又或者，我有更多新的可能？

「這會像一場大型演唱會。看到最後人去樓空，你隻身一人留在凌亂現場，回想著過去兩小時，歌手表演的十首歌。」我想我會這麼形容這齣戲希望做到、並且帶給觀眾的感受。你在看的當下激情而感動，那些內容觸動、進入了你的心，而最終散場，你是孤伶伶的一個人，反思著一切。

候，這句話也意外地開啟討論，帶來轉折。

《我願意》這個案子，就是一門邪教

徐志怡

打滾台灣電視戲劇圈多年，徐志怡決定走一回完全不一樣的路。他開立這個案子，「邪教」組織已成形，他吸引創作者，說服投資人，讓他們心甘情願地說出「我願意」。

決定不一樣，就不再為誰而改

《我願意》的開端是一次洛縷來探我班時聊到的，以新興宗教為題，它可以呈現社會各階級的縮影，於是，先有了議題，以及「想一起來做些什麼」的共識，便回去發展它的故事。

當洛縷首次寫出較為完整的故事大綱，我看完後靜默了一、戲劇上還沒有的嘗試。反而決定不做過的題材，它之所以特別、之所以好看，就在於我們真的做了過去定了這個觀點，既然要做台灣還沒做過的題材，它之所以特別、之所以好看，就在於我們真的做了過去戲劇上還沒有的嘗試。反而決定不

兩分鐘。我喜歡這個故事，但身為製作人，我的本能不禁會想得更清楚──要以不同觀點看待，發展新的籌資方式。

「這到底能不能播？」我想，它當然進不了中國市場，洛縷點點頭；我又說，它在台灣可能除了公視，其他商業電視台也難以進入。洛縷正視了這個問題，反問她應該怎麼改。我又思考了一分鐘，那個答案是「不要改」。

以從事影視行業多年的經驗，我知道它面對台灣商業性電視台會有其侷限，會受到規範，但既然決定了這個觀點，既然要做台灣還沒做過的題材，它之所以特別、之所以好看，就在於我們真的做了過去

當《我願意》成為一件金融商品

過去無論是包拍、委製或者電視台遞案，我很清楚作品會在哪個平台放、製作費是多少，但這一回完全不一樣了。我們首先申請到文化部補助，有了點底氣，緊接著嘗試金馬創投。經由面對大量不同廠商，更了解大家在意什麼，進而不斷修正提案時給出的資訊。

經過金馬創投磨練，膽子變大，我便開始嘗試做陌生拜訪。業內投資有其飽和度，面對新東西，

殺青時，全員一起比出劇中「祝你幸福」的手勢。

我將目標轉向業外人士，視《我願意》為金融性商品，而非影視商品兜售。愈接觸業外，愈會了解原來他們對影視產業如此陌生，但也正

因不熟悉，他們便會好奇、便有了想投的動機。而當我說服成功取得信任，他們也不會去干預以及修改我們的創作，剩下的，就是好好將成果端給這三天使投資人。

開拍前，就已成立了一門宗教

我認為創作本來就不是獨斷的，而是大家拿出各自專長，為共同做的案子加分。我們在投補助籌資階段就先談定了主創人員，還先成立了取名為「幸福動力會前會」的臉書社團，讓大家隨意丟出想法。相信寫劇本的過程中，洛縷是孤單的，但當她開門走出來，我們都在那陪伴著一起創作、一起往下走。

站在製作人的立場，更大的欣慰是這三主創在前期發展的一年半到兩年，大多都留了下來。出自於他們願意，憑藉著認同與喜歡被吸入，他們端出最好的一面，不去在意付出以及獲得的比例，這個案子本身就是個宗教！我更相信，這份大家一起努力的成果，台灣製作戲劇的能力，不會輸世界上任何一個國家。

《我願意》正式上映海報。

《我願意》前導海報。

《我願意》視覺概念海報。

在場景裡 向觀眾拋出問號

美術指導 鄭予舜

從角色家景呼應每個人的狀態，從各個場景推進觀者對故事的好奇與疑惑。美術設計如何帶觀眾走入他們打造的希格瑪教世界？鄭予舜認為，答案由你自己決定。

再建構出來的寫實

《我願意》講的是個無論在什麼時間點都可能遇到的狀態，因此在建立整個架構時，我便設想這是個可能存在很久的教派，某些時候會以不同面貌再出現。我們避開影射單一事件，參考諸多真實事件的元素放在場景中，但不是還原它。在此前提下，基本調性仍以寫實出發，但又有架空的成分，我會稱它是「再建構出來的寫實」。

如出現在劇中「希格瑪教」莊園地下室的大型壁畫，試圖呈現宗教背後龐大世界觀。設計出發點是以地獄圖的概念做出新的詮釋。壁畫上擷取了與劇中情節相關的物件，以及一些不同時期真實事件的元素，以較為隱晦的方式呈現。

美術的任務

導演最初給美術的任務是推進劇情，這代表我們要做的，並非那種不著痕跡的寫實，而是有選擇、有目的性。編導賦予故事發展清楚的原則與邏輯，在那些原則和邏輯下，我們有很大空間發揮，思考視覺可以如何進化。後來再看到演員狀態、造型設計，也有充裕的時間加入新的想法進行調整，讓設計是一體的。

好比說，在還沒進入「希格瑪莊園」前，總統套房是劇中教主本生剛出場時、形塑他狀態的重要場景。美術將此想像成他的個人皇宮，背景輸出大型羅馬壁畫，塑造本生像教宗般的感覺，但同時也讓

包含劇中情節和真實事件元素的壁畫設計圖。

地下室壁畫場景施工中。

這場戲在西華飯店拍攝，當然，總統套房已被美術大改造過了。

觀眾在戲劇前段看到這樣的視覺時開始產生疑惑──如果這個人真的正派，他住的地方會長這樣嗎？

以生活場景鋪陳角色狀態

我認為《我願意》中，美術的功能是在適當的時候，傳達給觀眾「當下做出某個決定的感覺是什麼」。角色在那些當下加入動力會，可能是看著自己的家髒亂擁擠，也可能是環境很富裕，人卻很孤單。

我們將每個角色的家景一一攤開，依據其社會地位與階級排列。從選定窗外景色，到內部裝潢設計，都是回應角色狀態，更立體地刻畫角色性格，做到讓觀眾感同身受的效果。

以劇中的費慕淇來說，這個角色是大明星，依據他的社會地位，其居所必須坐落在一個景致遼闊、不會被遮擋的高處。再以冰冷石材、人型雕像擺設塑造大而華麗、實際上卻沒溫度的孤獨感。

另一個角色秦凱莉，她給人一種「好像很有親和力，但又讓人感到害怕」的感覺，我們便延伸這種控制狂、強迫症人設，在她

嘉美和維成為生活所困，無暇打理自家，四處堆滿物品。

慕淇的豪宅，予人空蕩蕩又寂寥的感覺。

凱莉家中陳設充滿花草元素，鮮花、抱枕、掛畫，還有桌上的香草茶。

輔導室場景，凱莉辦公桌後方牆上的眼睛圖畫，預設是學生交上來的作業。

家放滿了花草圖案，帶出「太多了」的感受。工作場域（中學輔導室）則運用眼睛圖畫，讓凱莉與學生晤談時，隱約感覺背後有很多眼睛在看著。

還有一組是嘉美和維成一家，他們住在快要被都更的破敗房子裡。我們真的找到即將都更的空屋，保留住戶僅將東西草草帶走的殘存生活狀態，營造出「被拋棄」的感覺，呼應嘉美與維成的處境。

營造自然中的不自然

在《我願意》的故事中，沒有斷定教主是好是壞，加入心靈成長團體是對或錯，既然它的角度是中立的，我希望美術的狀態也是。當我將該建立的場景建立起來後，答案是好或壞，都是觀眾自己的想法，而不是我賦予的。

回到劇裡核心人物本生，他的房間落在森林的最深處。會看到一些大自然中的元素，但又有著一份嚴謹的不自然感。我想，就是藉這些場景，持續向觀眾丟出問號吧！

本生的臥房設置地毯、沙發，讓本生可在此或坐或躺，
但床後又有極其巨大的石頭，令人摸不著頭緒。

演員自在接納造型，是我最滿足的一刻

造型指導——王佳惠

曾獲金馬獎最佳造型設計，王佳惠為每個角色量身剪裁形塑，力求讓角色說服人心。用胚布能夠撐起整齣劇的視覺主調嗎？在這過程中，演員對造型的肯定，就是讓她感覺最幸福的事情。

打造靈魂角色

在參考各種類似題材的紀錄片中，真實事件提供了我非常好的取材養分，如何呈現那些事件中的元素，與戲劇做微妙連結，於我而言是重要的課題。

本生是這齣戲的靈魂，他必須迷人且有魅力，還要能讓人卸下心防。我們設定他的日常服裝剪裁寬鬆，但又不失氣質。在不同場合，還要以不同樣貌來說服人。如面對投資者，他得搖身一變，成為有品味的藝術家形象。

在很多紀錄片中，教主的共通點是他們對身體的自信與迷戀。對本生來說，布道大會就像表演，他格外注重自己的外表。我們參考了一部國外紀錄片主角，為本生裝上假睫毛，以細膩的小動作呈現角色的內心想法。

在做角色塑造時也不能忽略演員的天生條件，如飾演蔡師兄的鄒承恩本身非常帥氣挺拔，我們搭配眼鏡，讓他看起來更顯城府。秦凱莉身上就比較多夢幻馬卡龍色，營

本生的假睫毛，試妝幾次，實際效果不錯。

蔡師兄以眼鏡造型營造內斂神祕的形象。

本生的造型大都樸素，但仍能透過材質與搭配細節營造出藝術家的氣質。

蓮心的胎記相當明顯，在戲中，她老是用長髮遮住這個被人取笑的胎記。

每個角色都有代表的色彩氛圍，凱莉活在「愛最大」的幻覺中，最適合以夢幻的色調去呈現。

造出她在入教後的心境變化和生活假象。

劇中還有一個角色是高中生李蓮心，她的臉上要有胎記，原本設計的胎記效果非常好看，但導演希望讓蓮心看起來再更沒自信一點，因此也再做了修正和調整。

做造型設計最最開心的一刻

我喜歡與導演、演員三方討論，了解導演和演員對角色的期待，並結合自己的觀察，有時甚至會推翻討論很久的定案，不斷修正，只為了讓演員更貼合角色。

衣服與人的心理緊密相關，演員如果穿得自在，自然會產生特殊的化學反應。猶記得在定裝中場休息時，我看見飾演本生的姚淳耀直接穿著戲服爬到庭院的樹上，盪來盪去宛若野人。

「你很舒服嘛！」當時我朝著淳耀會心一笑，那是我最開心滿足的一刻。因為那意味著演員已經完全接納這身造型，融入到自己的角色中。

音樂能為戲劇加分，就是最好的事情

——陳珊妮

從事音樂工作至今，對陳珊妮來說，創作已經沒有所謂的「最過癮」。她在炎亞綸的推薦下加入團隊，消化劇本，思考如何讓每首歌都緊扣戲劇主題與角色，一回神，詞曲所囊括的深廣，早已遠超編導預期……

其實你不需要成為「Star」

這次製作的五首歌，有四首由吳庚霖（炎亞綸）飾演的費慕淇演唱。我和炎亞綸合作了他的上一張專輯，也成為好友。在寫歌時，我希望能符合兩個精神：一是炎亞綸在真實生活中會繼續發展的音樂，二是劇中需要的音樂，兩者兼備，需巧妙拿捏。

《你就是遠方》以平靜的木吉他彈唱，刻意排除偶像歌手的繁複編曲，也拉出費慕淇前後音樂風格的反差。此前與炎亞綸合作，觀察到他努力參與創作，希望摒棄過往一切，做出不同於以往的音樂。回想那樣的過程，於是創作出這首不尋常的歌。

由熱音社年輕人演唱的主題曲《Star》則以band sound錄製。有趣的是，練團作為一種群體行為，也回扣到宗教背後的團體潛意識運作。在現今流行樂中，對「夢想」大而空泛的描繪往往被視為可笑。我相信愈是書寫希望，並不會真的成就一首有希望的歌。

「Star」既指「明星」，也指「星星」。如果你生活的環境連太陽都沒有，怎麼可能想要照耀別人？因此我給予這首歌的希望是，你不需要勉強自己照耀別人，反而可以找到屬於自己的出口。

屬於每個角色的主題樂

洛導對音樂擁有極佳的鑑賞力，也讓我們在配樂溝通上極其通暢。我設定這齣劇的配樂風格是都會且多元的。支線交錯的劇本為配樂帶來一定難度，但早期與李國修老師合作過舞台劇，還是讓我積攢了一定經驗。

劇中由熱音社年輕人演唱的《Star》，歌詞寫道：「在陽光無法照亮的地方，You don't have to be a star.」

熱音社 band sound，拍攝時可是「來真的」！

每個角色都有屬於自己的主題樂。如片尾曲《Everything Is Wrong》對應費慕淇的內心遺憾，持續性的綿密電鋼琴則是凱莉讓人初感溫馨、漸覺壓力的心靈輔導。成功的配樂能在不破哏的前提下給予觀眾引導，創造文本之外的巧妙連結。

過去，台灣的配樂總倚賴熟練老手，這回找來新銳電子音樂家 Dizpariiy 參與製作，也是希望協助後輩累積實戰經驗。這不僅會改變下個世代的音樂圖景，也能在與編導的互動中實踐創作的雙向激盪。

以木吉他帶出劇中歌手費慕淇前後的轉變。

39

表演

是喜歡？討厭？還是沒感覺？
是揣摩？想像？還是同情理解？
在這場群像戲中，
演員如何將身體與心靈交給故事，
又如何走出這場長夢……

姚淳耀

—— 飾演 本生

劇中的本生，以「幸福慈光動力會」和「希格瑪教」為名，販賣成長課程與周邊商品。自詡傳道者，眾人稱他為「老師」。他看費慕淇像照鏡子，把秦凱莉馴服成模範信徒，蔡師兄是他的白手套，對嘉美偶爾發作同情心，蓮心則是他遊戲的對象。每個人對本生總是崇拜又信任，然而，演員姚淳耀是如何理解、定義本生的呢？

想像本生，難道他是冷血爬蟲類？

演出本生是個特別的經歷，他是這齣戲裡唯一沒說「我願意」的人。要說他沒有愛嗎？我覺得他只是不把希望寄託在他人身上，他只相信他自己。

究竟要怎麼去定義、理解本生？起初洛導推薦我看「反社會人格」的相關書，書中談到一種天生基因讓人的觀念中沒有同理與同情心，且後天教育也難以改變。

「本生兒時被虐待，導致他長大做惡事」一定是這樣的因果關係嗎？在思考這個問題時，我想過也許本生就像爬蟲類——當一隻鱷魚咬死了人，我們並不會怪罪鱷魚，而是覺得被咬的人倒楣。如果道德對本生來說不是絕對的，或我們不把他當個人看，是否他做的事也無好壞之分？導演其實保留了很大空間讓我自行想像，但演到最後，我始終不太確定如何定義本生。

捉摸姿態，尋找本生的樣子

比起對於「善良」的刻板印象，我反而覺得「邪惡」可以無限擴張想像，它讓本生不會只有單一面向。好比現代舞賦予了本生身體的重心，建立了這個角色的外在姿態；鼓的節奏則像身體放鬆的感覺；探戈一直往前動作，彷彿本生進攻他人的狀態；學習繩結綑綁與挑逗，是他看待性愛的態度。為戲上了各式各樣的才藝訓練，到實際拍攝，我才在過程中逐步累積、堆疊出本生的樣子。

剛開拍時，我曾想像他應該是莊嚴神聖的教主，但當我想要莊嚴神聖，身體就被這個想法鎖死。總

這對我來說是很大的挑戰。我希望在一鏡到底的戲讓大家看到「我就是本生」。為此，我必須非常熟練這些台詞，只要有空便不停反覆，嘴巴便自然吐出，身體能自然反應。而當我穿上本生的鞋子、假髮、假睫毛、寬鬆的衣服，一邊拍戲一邊不斷習慣它，有一天不需再穿時，好像便知道了怎麼進出本生。尤其，我經常用鞋子作為上下戲的界線，穿上後就有了本生走路的樣子，有了他的隨興與放蕩不羈。表演似乎就是這樣，演員被丟進一個被建構完整的世界，但那有個結界，讓我們能分得清界線。

過去總會在演出一個角色後留著他的什麼，但本生實在太特別，走出後還讓我有點恍惚。過去那三個月是怎麼一回事？要離開馬武督（劇中希格瑪莊園的拍攝地）時，曾想著這座莊園有多少角色來來去去，每個人的夢想、希望、依賴與愛都在此破滅，戲一拍完，它就突然不見了，像場很長的夢。而當我又退開一段時間，也才發現，那是一個好沉重的深淵。

統套房裡的一場戲，本生首次與慕淇對話，洛導告訴我，本生住在這個總統套房中，但他完全不屑，他要凌駕在這之上，可以跳上桌子、躺在地板、打破畫面在空間遊走上的權力做自己想做的。假如我裝成王的樣子，周遭的人會知道那是我裝出來的；當這個王像個弄臣或小丑席地而坐，把可怕的話講得稀鬆平常，那才令人不寒而慄。

當我打開了自己的身體，不受限於刻板印象、導演給的筆記、美術設計的場景、造型賦予的服裝，都讓我在表演上可以更放鬆地嘗試。本生面對蓮心曾出現真心，殺人後與慕淇對話會被詹檢審問時卻像調情……我希望讓他有點張狂且出其不意。在現場做出令人驚訝、驚豔的演出，在不同場景現不同面貌。

入戲到出戲，像一場長夢

本生向信徒們布道的戲有許多長串獨白，偏向舞台劇的表演方式。要如何講得讓觀眾不覺得無聊，又與角色貼近，具說服力與吸引力，又個好幾分沉重的深淵。

吳庚霖

（炎亞綸）———

飾演 **費慕淇**

劇中的費慕淇，是三十三歲的知名歌手，看似飛揚跋扈，其實都是偽裝。很想演出自己製作的電影，但在經紀人三島長月墜樓後，一切都不可能了。處在人生最低谷時，遇見本生老師和幸福慈光動力會。從深深依賴到沉痛覺醒，以本名接演的吳庚霖（炎亞綸），他將如何成為費慕淇？

不安的故事，不可愛的角色

第一次看完劇本，其實是「沒感覺」的。那個沒感覺是我不知道它是喜是悲？是正面還是負面？究竟是要帶給人希望或者不給人希望？有時會覺得它很殘忍，有時又覺得是不是不經歷這些殘忍，人就不會蛻變？

不過，我想信仰在某個階段就是這樣的狀態吧！我也相信導演試圖去理解一份信仰的過程是十分細膩的，就讓自己在那個不安當中把有在看這個劇本的疑惑點就都消失腻的，就讓自己在那個不安當中把

劇中的費慕淇，是三十三歲的知名歌手，看似飛揚跋扈，其實都是偽裝。很想演出自己製作的電影，但在經紀人三島長月墜樓後，一切都不可能了。處在人生最低谷時，遇見本生老師和幸福慈光動力會。從深深依賴到沉痛覺醒，以本名接演的吳庚霖（炎亞綸），他將如何成為費慕淇？

此外，我很少接到的角色是很討人厭的。當你在讀劇本時，多少可以感受到一個角色可愛或惹人憐的地方，但這次我總覺得找不到。

不過後來，我認為確實就是要讓費慕淇這角色在某種程度上很討人厭，被自己的信仰背叛後，所有的頓悟才有警示的效果。

因此，我選擇讓劇本裡面的費慕淇好好地發揮，不刻意加上什麼可憐他的角度。而當我這麼做時，所有在看這個劇本的疑惑點就都消失沒自信的時候？

它拍完。且我覺得「不安」確實是這個劇本最想要被感受到的，也是多數人們會去接受、尋找一個信仰很大的因子。

費慕淇就是因為自己的不安、不順利，出現一種極端的自卑與自信加在一起的狀態。這樣的人在各行各業其實都有，但在看重聲量的演藝圈，當感受到人氣退潮時，他的不安與無所適從，可能又更為明顯。

他為何執著於名聲？為何在意要表現得不只是偶像？我會相信這個角色的經歷帶給他思想上的轉變了。

提醒自己：我不是費慕淇

費慕淇作為偶像藝人，在粉絲面前應該是陽光正面、不會抽菸的形象，所以我就用抽菸這個行為去感受這個角色。我是不抽菸的人，但我試著把自己弄到很鬱卒的狀態，刻意關在一個房間，浸泡在悲劇的氛圍裡，用心去感受這個角色什麼時候會拿起一根菸，是焦躁的時候？或是無所適從、想隱藏自己沒自信的時候？

讓我淚流不止的開關

拍這部戲時，「長月」這兩個字對我來說就像是個開關，甚至下了戲，只要我聽到、看到、想到，心裡還會堆滿悲傷的情緒。拍戲過程裡，我隱約感覺到長月在這部戲中對我來說有非常重的重量，但直到在苗栗莊園拍營火的戲，幻覺中，長月出現在我身旁抱住我，才讓我知道她對我來說是多麼沉重。

之所以有一部這樣的戲存在，是真的想告訴大家，信仰是一種自由。本生的每一句話都有他可以相信的地方，只是他利用這層包裝，助長了邪惡。投射到現在社會的氛圍，每個人都可以擁有不同信仰，最重要的是尊重與包容別人的信仰。但同時也要知道，信仰的力量如此之大，水能載舟亦能覆舟，心中不能沒有自己的信念。

給我、關心我，像是讓長月這個角色進入到我的生活當中。而我們的互動就因為她的積極，迅速自然地熱絡起來。作為一個演員，能有這樣刻骨銘心的經歷，是很難得的。

費慕淇習慣以好的一面來面對大家，不希望自己軟弱的地方被知道，這個矛盾與壓力的釋放方式構成了他的基調。不過作為藝人又要演出藝人，大部分費慕淇所經歷的，我可能也經歷過，那確實會令自己錯亂。我甚至問過製作人和導演：「這很像我，是在寫我嗎？」我們甚至講過一樣的話，做過一樣的行為。但導演很明確地告訴我，這不是在寫我。

因為這個角色與我本人的距離很近，近到很容易就複製在自己身上，這也是我第一次會害怕一個角色。開拍前，我曾和製作人聊到自己的害怕，也與身邊的人約好，如果覺得我很糟糕的時候，要提醒我「費慕淇並不是我自己」。

她一抱我，我便淚流不止，情緒收不回來。可能因為溫度，或是她講話的方式，還有想到她為費慕淇做了這麼多。在戲中，長月是一開場就過世的經紀人角色，我因為這樣，戲裡戲外刻意地冷漠……沒想到這些會在那場擁抱戲的當下釋放它的威力——「天啊！我好心疼她，好對不起她。」

在戲裡，慕淇與經紀人很親近，有一定的革命情感，要如何在短時間內和沒合作過的演員培養這樣的情感？在還沒有見到飾演長月的田中千繪之前，我還有點擔心，但合作後我非常感動。田中千繪會在沒有被安排前製作業時來現場和我聊，也不斷像真的經紀人般傳訊息

高慧君

飾演 秦凱莉

劇中的秦凱莉，剛滿四十歲，長相端正，聲音甜美，眼神裡透露著單純。在群致中學擔任輔導主任，活在有愛走遍天下的幻覺裡，孩子與前夫都受不了。本生老師鼓勵她要積極修行，她便把兒子紀新帶到希格瑪莊園「接受挑戰」⋯⋯這是演員高慧君嗎？演活秦凱莉，是什麼樣的挑戰？

成為自己討厭的人

因為過去沒演過較為冷靜、犀利的角色，一開始我更想演的是詹又雲，但導演屬意我演秦凱莉。看著劇本，我真的愈看愈生氣，這個媽媽為什麼這麼討人厭？她完全沒有看到自己的人生問題，是一個不自省的人。

我一邊討厭凱莉，一邊開始做人物小傳，思考她為什麼會變成這樣？幫她做故事之前的人生設計，想像她與老公是大學班對，順順利利畢業後結婚；她成為輔導老師，老公去貿易公司上班，還生了一對龍鳳胎。一切看似都很美滿，她也認為大家聽她的話、照著她的方向走，人生就會幸福，卻沒想到老公出軌了。而她不知道，是她的自以為是拉開了與家人的距離，直到最終也沒有完全清醒。

開始為角色寫小傳，就沒什麼是克服不了的，我似乎進入了凱莉的人生。在拍戲期間，回到家也很陰鬱，連我媽都覺得女兒好像不太理她，因為有他們的信任，我才能天馬行空又放鬆地表演這個角色。

我哭了，導演也哭了

一場在輔導教室輔導蓮心的戲，我本來已經在家裡想好要如何詮釋專業的輔導老師，但到了現場，因為場景空間設計的變動，立刻要改變表演方式。我彷彿本生老師上身的驅魔師，一下子恫嚇，一下子勸阻，完全不是在輔導學生，呈現出凱莉走火入魔的一面，但很過癮的一次表演。

偵訊室也是我很喜歡的一場戲，檢察官詹又雲來告訴我兒子走了，導演給了一個指令，她不要我大哭，順著當下「我不相信兒子死了，但那會不會是真的」的糾結心情，我交出了飾演又雲的柯姐一眼，到趴地瞪了飾演又雲的柯姐一眼，再把頭埋起來。其實我哭了，但大家看不到。倒是洛導看到這個表演哭了，她看到我

肩膀微微顫抖，覺得心好酸。我喜歡用表演逼哭導演，那讓我很有成就感。

拍到最後，我其實心疼凱莉，也心疼每一個沒有勇氣檢視自己缺陷的人。我曾經過迷惘階段，之所以可以跨越，是因為我敢檢視自己最不足、最黑暗、最骯髒的一面。

如果說拍完後有什麼體悟，我希望我不要變成秦凱莉那樣執拗的人吧！但我曉得我不會，因為曾經歷黑暗，我知道一定會有光明。

柯淑勤

——

飾演　詹又雲

劇中的詹又雲，是四十歲的檢察官，總是一身套裝加高跟鞋。丈夫意外殉職，從此單親扶養兒子。調查局專員羅權志是她紓壓的對象，兩人的約會總在汽車旅館。她總覺得三島長月的墜樓案哪裡怪怪的，但找不到犯罪事實……在演員柯淑勤眼中，詹又雲是什麼樣的人？又該如何為這個角色添瓦增色？

她不是「詹母」，她是「詹又雲」

很多人將詹又雲視作公正不阿、冷靜追案的角色，但我從來不這麼認為。我始終覺得，現代人心裡有很多洞需要填補，然而我們往往不願坦然面對，總是假裝一切如常，或人云亦云，以令人錯愕的方式將洞口掩埋，直到那個洞腐爛發臭，甚至反噬自己。消磨了人性，喪失了善良，那是很讓人心痛的。

如果深挖，我相信詹又雲這個角色背後一定也有很多故事，只是

乍看無法察覺。最初洛導來找我，我就覺得這個角色很難讓人親近。她沒有一個家，生活大都圍繞在辦公室。我想，我必須讓她人性化。

過去，我最討厭主角的母親在劇本裡被稱作「陳母」或「柯母」，我認為這是一種侮辱。這個角色既然存在於劇本中，必有其重要性。我必須對我的角色負責，就像我想強化又雲這個角色的存在。

每個人都有怪癖，我也希望能在又雲身上看到。於是我讓她在每次脫下高跟鞋、勘查案發現場時，都把高跟鞋慎重交到助手的手裡，助手要像捧著王冠一樣捧著它；和羅權志親熱時，她也會把高跟鞋供在床邊。直到最後在莊園淨化室的高潮戲，她沒脫下高跟鞋，而是隻身往滅火。這表示在那一刻，她已經不在乎高跟鞋了。

對待劇中那幾場性愛戲，我同樣毫無保留。這是我從影以來第一次拍攝性愛戲，很開心有這樣的機會，一直在想該怎

麼處理。一開始我就要求全裸，沒有任何遮掩，也告訴對手演員，不用擔心碰到我，因為我知道在鏡頭上，演員是否放得開會被看得一目瞭然。

這種關係，不見得比較「正常」

又雲在丈夫身故後獨自撫養兒子明曜到高中，有些人或許會羨慕她和明曜之間獨立自由的親子關係，但對我來說，劇中又雲的選擇可能也是自私的藉口。因為她心知無法當兒子的父親或母親，不如界定成朋友。

在親子關係方面，我和又雲也有些相像。因為沒辦法忍受去批判別人的生命，有些人或許會羨慕他們，我會選擇給孩子空間，以朋友的方式相處，那是最輕鬆舒服的。直到最後明曜在醫院醒過來的那場戲，我才覺得這是又雲第一次這麼女人、這麼柔弱。不是因為兒子受傷，而是一種純粹的母親性。原來她也有這一天。

當然，這種關係不見得就是比較「正常」的，這故事呈現的本就是社會百態。其實我可以理解這個故事中的每一個角色，每個人的悲劇都讓人嘆惋。如果他們當初可以好好找到方法把心裡的洞填補，就不用走到這一步。所以，我們要懂自己、找到適合自己的方式，不要去複製別人。沒有任何一件事可以馬上結果，但給它時間，我相信會慢慢癒合。

鄒承恩

飾演 蔡師兄

劇中的蔡師兄，三十六歲，長期在外經商，一心只有賺錢。經營的工廠出事後，他被地下錢莊打斷一條腿，幸好本生出面協調，償還債務，這使他對本生心懷感恩，還幫著本生將動力會搞成一樁大業……然而蔡師兄真的別無二心嗎？演員鄒承恩詮釋角色時，又投入了哪些心思呢？

「死亡」是蔡師兄的底線

蔡師兄是一個充滿衝突的角色，他一直遊走在善惡邊緣，既負責動力會的財務，也是劇中早就對本生有所懷疑的人。長月墜樓是蔡師兄的底線，他最不願意面對的，就是「死亡」這件事，因為他的前妻就是在他面前過世。那個愧疚感一直深植在他心中，也讓他很容易將情感投射到嘉美身上。

正因為長月的死，讓他驚覺下一個被逼死的很可能就是自己，才開始有所提防，不讓自己陷入本生的操弄。同時，他的內心也是糾結的。畢竟本生是他的救命恩人，在他陷入人生低谷時拉了他一把，他對本生崇拜且感激，甚至當白手套時也會想向本生邀功，堆砌自己在本生面前的優越感。

然而隨著底線被逾越，最終連嘉美都走向死亡，他才終於爆發，決定對調查方說出實情。在為角色做功課的過程中，我也問過心理治療師朋友：「這樣的人真的有可能完全跳脫出來，回歸到原本的樣子嗎？」很不幸，心理治療師回答：「很少。」因為他對本生的依賴已經根深蒂固，結局是否真有可能背叛，在我看來仍是未知數。

花更多時間，專注表演的細節

過去曾經和洛導合作過好幾檔戲，洛導筆下的角色總是亦正亦

邪，不會只有單一形象。但對演員來說，這表示我必須花更多時間去準備。蔡師兄不僅要西裝筆挺地穿梭於政商名流間，最特殊的是他跛腳的設定，為此我還特別諮詢認識的復健師，以及作為護理師的太太，在短時間內提前揣摩，練習如何走路、坐下、開車等最基礎的動作。

而在拍戲現場，洛導常常簡單一語就飽含隱喻，需要集中精神聆聽，在劇本上記下備註。姜導則是很有玩興，不時丟出天馬行空的奇想，希望讓蔡師兄和嘉美之間的曖昧情愫更飽滿。與兩位導演合作，都讓我收穫頗豐。

每個人都有我執，我想這齣戲是希望告訴觀眾，如果在一件事上放得太重，得到的往往是反效果。我相信觀眾在看的時候會有所共鳴，當然最不希望大家經歷這樣的切身之痛。我們無法預期人生會是什麼，但是任何人與事都沒有絕對的好壞，如果認識到這點、或許就能放下我執。希望觀眾在看這齣戲的時候，也能有這樣的體悟。

楊大正

飾演 **趙維成**

劇中的趙維成，三十六歲，是致群中學校車司機。一場車禍事故使他無法說話，還要按月給受害家屬賠償金。妻子嘉美日漸投入動力會，他費盡力氣，才從回家的妻子口中得知一樁樁椿惡事。他直闖莊園想找本生理論，沒想到更崩潰的事情還在後面……演員楊大正這回放下麥克風，將如何形塑這個瘖啞的角色？

不能言語，是最難的事情

第一次翻開劇本，我像是閱讀小說般，一口氣看完。劇作的流暢讓身為旁觀者的我，一下子就走入這個故事。我眼中的趙維成是一個真實又可憐的人，運氣總是不站在他這邊。他在故事起點又遭逢家庭悲劇，但歷經這一連串的打擊，他始終努力，不讓自己垮下來，仍堅強地張開雙臂，愛著自己的家人。

飾演趙維成對我來說最困難的地方，在於不能使用言語。為此，我提前接觸了一些瘖啞人士，做了很多準備。因為這個角色不是先天障礙，是後天車禍造成，在呈現上也會有極大的不同。我向一位狀態相似的大哥請教經驗，再自己內化揣摩。

我尤其難忘維成狼狽回家，卻發現妻兒開瓦斯自殺的那一場戲。他癱坐著嚎哭，隨後進入一場夢境，彷彿一切從未發生。因為要一鏡到底，角色的情緒轉折大，在表演上又要非常精準，我甚至緊張到不小心將門撞壞。另外在莊園與本生的打鬥戲同樣很過癮，本生在盛怒之下要以拆信刀刺向我的手掌，即使是道具刀，事前也排練過，但當下刺向我的痛感與恐懼還是極其真實。

過去飾演其他角色，或多或少都有自身經驗可以投射，但這回，我盡量藉由模仿來呈現一名幾乎賠上人生、無法言語的底層失意者的生活樣態，直至演完都沒有很大把握。好在與導演們對角色的想像沒有太大分歧，上戲前也會針對每場戲做肢體練習，如今回想，這次演出真是很不一樣的一次體驗。

演員身分，是我創作的養分

「演員」這份工作之於我，是暫時抽離現實，透過表演進到另一個軀殼中，體驗不一樣的人生。當我將收獲和啟發再帶回生活中，這也成為了我音樂創作的素材與養分。

我很喜歡「演員」這個身分，也享受所有人齊心協力完成一齣戲

的迷人過程，希望能不斷累積經驗，持續進步。如果在表演上有什麼地方能被觀眾看見，對我來說就是莫大的肯定，「演員」這個身分也就成立了。

我相信這會是一部存在感強烈的作品。它其實是鼓勵觀眾──到頭來，還是要靠自己來決定自己的人生。宗教或其他心靈寄託，都是讓人心安的工具，我們還是要走入現實，面對屬於自己的人生課題。

吳奕蓉

飾演　譚嘉美

劇中的譚嘉美，三十五歲，本來在家照顧三個小孩，丈夫維成發生車禍，生活翻天覆地，迫使她開始做鐘點清潔，包含費慕淇的家。她去過動力會，在那裡與大明星平起平坐，聆聽本生的開示，還有個關愛她的蔡師兄，直到目睹了「那件事」……曾為新聞工作者，演員吳奕蓉如何走進這個瘋狂的劇本？

這個角色，有什麼話要說？

「好瘋」，這是劇本最初帶給我的感受。在這部戲裡，沒有一個角色容易處理，每個大人都被過去的傷痛糾纏，那左右了他們當前的決定，甚或造成悲劇的結果。然而戲劇珍貴之處，就在於為那些不被了解的人爭取理解，即便是惡魔。每個人相信什麼，都有其背景與脈絡，當然，也包括最終帶著孩子自我了結的嘉美。窮困拮据、底層代表，是我最

初從導演口中認知到的嘉美，隨著故事推進，嘉美的遭遇更使她瀕臨崩潰。以我來說，幾乎不太可能想像自己「變成」她，甚至在準備過程中，我也不會太鑽入這個角色，而是經由反覆閱讀劇本，盡力理解編劇意圖透過角色說的話。

我與導演討論過：嘉美的終極目標是什麼？是希望自己幸福，還是她的孩子幸福？最終我們都認為是她自己。嘉美很有生命力和目標，會主動尋找讓自己幸福的方式，卻也導致她做出看起來像是錯誤的決定。她最後帶三個孩子自殺，也許一般人都無法接受，但我傾向不武斷評議角色，其實故事會走到那裡，已經不是一個決定，而是絕望之下的反射。

一次「撞牆」後的領悟

拍戲過程彷彿做中學，持續嘗試不同方法。很難讓自己變成嘉美時，我選擇找個「替代」想像，好比當嘉美發現自己被港警性侵時，我想起女學生被港警性侵的報導，那幫助我去揣想她的情緒反應——一個本來要保護我的人怎麼會對我做這種事情？那種權力不對等、難以置信與憤恨的感覺，或許類似。

開拍時確實有段適應期，不確定「演好」的標準在哪，有一回，洛導引導我的方法帶給我很大啟發。那場戲是我自殺前向丈夫維成坦承自己在動力會的遭遇。在狹小房間裡，我哭得很慘，為了維持緊繃的狀態，換鏡位時也沒離場去休息，果然一下子就「斷電」疲乏了。洛導

看出我的疲乏，便指示我找塊木板牆，用頭撞五、六下。做完這個動作再繼續拍，我感覺到自己的狀態確實不一樣，後來那場崩潰的哭戲，我自然多了邊哭邊用雙手打頭的動作。只有情感和腦子是不夠的，演員還要用身體演戲，藉由這個與戲劇無關的動作刺激，讓我真正領悟到「Acting is reacting」的意涵。

演員是需要非常專注與專業的工作，你要一直重複，卻不能複製，每次演都要像第一次。這是我覺得很困難的一件事，愈演愈覺得「表演」有太多內涵值得挖掘。而作為演員，我期許自己將角色做好，也期待透過這部戲，讓大家理解悲劇有其脈絡，理解人的恐懼與無助。理解自己可能只是幸運。

王渝屏

飾演 李蓮心

劇中的李蓮心，是家境富裕的十六歲高中生，臉上的胎記使她從小就被同學嘲笑、霸凌。加入熱音社，暗戀著品學兼優的社長詹明曜，卻成為同學的笑柄。透過秦老師加入動力會，在那裡得到從沒感受過的愛與溫暖，本生還說她是天使……演員王渝屏怎麼看待這個角色？又如何完成那場困難的高潮戲呢？

過程很勞役，但我很享受

蓮心是一個被霸凌者的角色，但她又不是可憐兮兮的女孩，而是來自富有家庭，有點自負與自戀，相當「非典型」。當她到了本生老師的面前，就像看見《哈利波特》（Harry Potter）中的「意若思鏡」，她把自己最脆弱、最不想被看見的地方交給本生，我想，她是在那裡追尋被照顧、被愛、被關注。

蓮心有個特別的地方，我上戲前要在臉上畫一大塊胎記，這個戲前面那些還抓不到角色的狀態，好像也都被建立起來了。面對這個有點沉重的角色，我不會感到懼怕，反而對具有挑戰性的事感到好奇，也想知道現在的我可以做到哪裡。當我看過好的演員、好的東西，就不會希望自己的東西是不好的。而我要如何達到那個生命的厚度？我覺得那是沒有停止的追尋，過程很勞役，但我很享受。

外的時間，是幫助我成功進入角色的重要媒介。而那些看似日常的表演，好比怎麼拿取東西？寫字時身體應該是什麼姿態？要怎麼堆疊蓮心這個角色讓她更立體？是對首次拍長篇幅影集的我來說，更具挑戰性且有趣的部分。

記得開拍不久，就碰上最難的戲。在鱷魚島，本生老師解讀我的希格瑪檔案。沒有複雜走位，沒有時間做起承轉合，攝影機一開，就只看到演員的兩張臉，我們就在那樣的場面進行完三頁對話。那是讓演員毫無偷懶空間的戲，真的好難！但拍攝時專注度也很高，回過神已經演了十個小時。我覺得當演員就是有這種「演到忘了時間」的魔幻時刻，而完成這場戲，前面那些還抓不到角

林暉閔

—— 飾演 詹明曜

劇中的詹明曜，是十六歲的高中生，詹又雲的獨子，熱音社社長。他獨立早熟又溫柔，對母親的戀情了然於心，卻不願明說；知道蓮心喜歡他，但還不明白怎麼回應。當蓮心和紀新都在動力會出事，他也勇敢地找上本生。演員林暉閔如何準備這個無所畏懼的角色？與其他演員之間又有什麼化學反應？

身體的表演，來自心底信任感

或許因為很早就接觸戲劇，性格比較早熟，不希望別人為我擔心，這是我和詹明曜這個角色比較相近的地方。而這也是我第一次碰觸到有這麼多群戲的劇本，在表演時必須有更高的專注力，將感官打開，準確接住每個人的丟球，不遺失演員之間的化學反應。於我而言，這是很大的挑戰和突破。

身體的表演也讓我印象深刻，在劇中有一場重要的戲，是明曜闖入動力會的莊園，直接與本生對話，而後被懸吊在地下室。演那場戲時，不論我有任何動靜，在現場總會有人第一時間來關心我。那個當下我雖然恐懼，卻也同時感受到劇組滿滿的愛。我希望這場戲能傳遞給觀眾勇氣，告訴大家，要勇敢做自己覺得對的事情。

從劇本到演出，我覺得這個故事探討的是人性的敏感與脆弱，以及生而為人、我們所需要時時平衡的「矛盾」。每個人都有需要依賴的時候，再堅強的人也有軟弱的一面。而我們要相信，我們永遠不會只有一個人。

其實接觸表演後，我一度陷入不知該怎麼與人相處、如何真心交友的迷霧中。參演這齣戲，讓我學會敞開心扉，主動給予。和同年齡層的演員一起討論表演，和劇組的其他人像是團隊一樣相處，也讓我更敢於面對自己的脆弱，懂得依賴身邊的人。能夠因工作交到這樣一群好朋友，我備感幸運。

劉晉瑋

飾演 紀新

劇中的紀新，是十六歲的高中生，秦凱莉的兒子，紀美的雙胞胎哥哥，最想和好朋友明曜唱自己寫的歌。他不想讓母親掌控，也覺得母親自從去動力會後就很不對勁。他想讓母親看清本生的真面目，遂答應一起去動力會看看，沒想到卻被眾人以戒毒之名管教……對於本性活潑的演員劉晉瑋，他會與這樣的角色碰撞出什麼火花？

如果是紀新，他會怎麼做？

第一次看到紀新，我覺得他是我不想成為的角色。他激進叛逆，會衝撞母親，總是以偏激的手段證明自己，那些都是我在生活中絕不可能顯現的一面。同時，我又能清楚感受到自己與紀新的連結，他一直住在我的身體裡。我嘗試用紀新的方式生活，想像如果是紀新，他會怎麼做，也因此碰撞出意想不到的火花。

過去總是飾演活潑高能量角色的我，一直以來都不太擅長收集負面情緒。接到這樣一部剖析人性黑暗面的作品，我迫切地渴望沉澱下來，修補作為一名演員的共感力課題。

在拍攝期間，洛導在心靈上予我無私開導，姜導在身體語言上給我動作提點。與慧君姐的無數場母子對戲中，我發現她本人用詞年輕，甚至會說遊戲術語，讓我一下子卸下壓力。上戲時她一眼就能看出我的迷惘緊張，也總會告訴我，無論我如何發球，她都有千萬招能接住我。與她的那場豆漿店爭執戲尤其難忘，原以為會激烈凶狠，實際卻是心碎心痛，那是我第一次感受到「媽媽不愛我」。一起飾演同學的暉閔也常慷慨與我討論表演，讓我嘗試放慢步調，感受呼吸。這些對我來說都有極大幫助。

這部戲讓我學會勇敢解封自

己，也彷彿一下子打開了表演開關，過癮地體驗了一回對真實情緒的捕捉。很開心自己進步了，作為演員，未來我還會走更遠的路。

宸頤

飾演 **紀美**

劇中的紀美，是十六歲的高中生，秦凱莉的女兒，雙胞胎中的妹妹，也是蓮心的好朋友。她無力調解母親與哥哥的爭執。對於蓮心與年長男子交往的情事也愛莫能助。

直到哥哥死了，母親被收押，她才像清醒過來。最初有點沒自信、害怕犯錯，宸頤是如何跟著角色成長、蛻變？

成為有故事的女孩

紀美是個單純、可愛、按照規矩做事，只想對自己身邊的人好的女生，大部分和我本人是相像的，唯獨她會和媽媽撒嬌、擁抱，讓我感到小彆扭。而在拍和媽媽在地檢署和解的戲，飾演我媽媽的慧君姐在拍攝前抱了我一下說：「妳辛苦了。」那個擁抱很深很溫暖，就像真實媽媽的擁抱，讓我不再有原本扭捏的想法。

第一次拍影集，剛開始還處在沒自信、害怕犯錯的狀態，上表演課時就被發現很容易躲在哥哥身後，玩滅火器、要大喊願望的戲也一直吼不太出來，這都讓紀美顯得畏縮，像是她還沒真正長出來。

直到過了大魔王的那場戲——哥哥過世後，媽媽被偵訊，我要拿著哥哥的解剖同意書到偵訊室裡給她簽。拍攝前洛導找我深聊，告訴我「演員要很赤裸地讓大家來看妳」，引導我去觸碰紀美的痛。當下，我就像劇組裡一隻知道要飛，但還不太會飛的鳥，一口氣被推去懸崖邊。過程中，我好像會飛了一點，發現原來演戲沒有那麼可怕，原來一路上風景滿漂亮的。

拍攝《我願意》像個集中表演訓練營，而那場戲可能就是極限挑戰。後來洛導稱讚我：「妳成為一個有故事的女孩了。」那張截圖存在手機，我想，自己算是通過挑戰了吧！

田中千繪

飾演 —— 三島長月

劇中的三島長月，三十六歲，是費慕淇的經紀人。兩人合作多年，有著密不可分的共生關係。她突然墜樓的事件疑點重重，使檢察官又雲開始調查，才發現她是動力下來，像是先將她的過去演完了再進的狀態，成為我準備這個角色主要課題。我在開拍前將長月的人生經歷寫會成員，甚至用不當手法積攢電影資金……演員田中千繪如何成就在故事開頭便離開的角色？又有什麼背後的故事？

視同主演般地對待角色

十多年前，我剛來到台灣就與洛導相識，一直很喜歡她的劇本，也很希望可以參與一部向社會拋出問題的作品。這次收到邀約，我甚至還沒看完劇本，心裡就決定要接演。長月戲分不多，卻很關鍵，不管是導演們還是我自己，都將她放在和主演們一樣的位置對待。

長月在故事開頭便離開，又是唯一知道動力會背後真相的人，如何讓她一出場就像是經歷過些什麼

長月作為慕淇的經紀人，犧牲自己的人生去保護慕淇，我必須讓兩人在一開始就有非常熟悉的感覺。起初很擔心如何與飾演費慕淇的吳庚霖培養默契，我嘗試去看他定裝，好在息問候，也主動去打開心扉，聊了許多彼此都很願意打開心扉，聊了許多深刻。

這部戲我只拍了八天，彷彿也像是和其他演員一樣花了三個月，很榮幸可以和這個勇敢的團隊一起完成台灣未曾嘗試過的題材。

洛導分享心底對慕淇的真實感覺，洛導便順勢讓我將這些話轉換為台詞，那份情感自然的流動至今都很深刻。

有場原本設定長月在慕淇的幻想裡跳舞的戲，後來改為向慕淇道別。在討論要如何呈現時，我與演藝生涯的經歷。這些對話，讓我們建立了很深的信賴感。

劉倩妏

飾演　許書晴

劇中的許書晴，是從財經組轉來影劇版的記者，除了緋聞也寫業配報導，物欲強烈，喜歡蒐集名牌包。原本只是想追費慕淇的內幕，跟著進入動力會後，居然也拜服在本生腳下，開始相信希格瑪教的精神……演員劉倩妏如何走過一系列的瘋魔體驗，把自己的身體交給這個故事？

戲裡戲外，都是極限課程

起初我對許書晴這個角色不太有好感，她不懂愛是什麼，溫柔體貼絕對與她沾不上邊。我一方面經由她的職業去體驗真實記者的工作，挖掘她背後的渴望與不安全感；二方面試著體會她如何從完全不相信，到漸漸成為動力會的信徒。前期的準備包含打坐、頌缽課程，我嘗試讓他人來動搖我，感受自己的變化。

拍攝現場就像大型表演工作坊，看似做足準備，但永遠有意外驚喜。連菜都切不好，卻臨時要為慕淇做飯；與本生老師做雙人瑜珈，得自己想動作；每個人要以美洲豹姿態走向本生老師……永遠不

知道下一刻會接到什麼考題。

而一系列的瘋魔體驗，例如跳水、極限課程，都帶給我極大衝擊。知道要踩麵包蟲，當下覺得還好，但真正被矇住眼後，牠散發著巨大的腐臭味，讓我陷入天人交戰。喊卡後，我腿軟到被扛出去，一度喘不過氣，還不斷清洗自己。那個當下，好像可以理解殺了人被噴滿鮮血，或是被強暴的心境，還好洛導和其他工作人員都陪在身旁，給予演員極大安慰。

因為劇情像是上了許多心靈課程，洛導寫的台詞，從本生老師的口中說出來，對我來說有著開示般的啟發。堅強與脆弱僅是一線之差，「靜下來聆聽自己的聲音，不要讓自己的脆弱被有心人利用。做自己生活的主人，不要淪為情緒的奴隸。」這部戲帶給我、也期待能帶給觀眾的體會。

謝章穎

節演 安怡

劇中的安怡，是三十歲的年輕刑警，在查案現場，總能看到檢察官又雲將脫下的高跟鞋放心地交到他手上。年僅二十三歲的演員謝章穎，如何演出「不是菜鳥」的刑警？

超齡演出，全靠基本功

準備角色時，我透過朋友介紹認識了一些警察，相約去熱炒店聊天，了解他們的工作日常，也對埋伏、攻堅等各式任務上了一課。不過最大的挑戰，其實是年齡。

要演出一個大約三十歲的人，還沒到那個年紀，真的不太知道怎麼詮釋。過程中滿仰賴和導演們的討論，從講話語調到走路的樣子，這些基本功其實花了很多時間，一次次調整，就是為了把角色的形象抓出來。

表現不好時，與我對戲的柯姐

其實都知道，但她不會直接要我怎麼做，可能是吃飯時把我叫去一旁聊天，要我說故事給她聽。我想都是為了讓我練習說話咬字，使我的表演更好吧！

陳家逵

節演 羅權志

在執法角色中找到各種「情」

劇中的羅權志，三十多歲，是調查局金融犯罪小組的資深專員，也是又雲的祕密情人。已演過不少法官、律師，陳家逵這次將會如何詮釋此類角色的情感戲？

羅權志在劇中的重點，很大一部分是與又雲私下偷情，且這段中年之戀並非常見的苦情劇碼。比起其他入教角色，我認為我們這組正

好對照出他們的不知如何是好。

確定與柯姐演一組後，即使劇本裡並沒有特別設定，我仍主動提出在情欲戲上，我可以表現得比較撒嬌，像小戀人、小狼狗。記得一開拍就是整天床戲！得找出各場床戲的不同層次。所幸柯姐很會見招拆招，不少對白是即興發揮。

讀本時對本生這個角色有些斥，直到最後地下室攻堅的戲，看到美術組準備的道具，我才好像明

白本生的就是心受傷了。那時雖然是基於檢警角色執法，然而我的內心其實多了一層同情與惋惜。